张 景 昆 / 著

唐诗接受史研究

——以朝鲜宣祖时期为中心

社会科学文献出版社

SOCIAL SCIENCES ACADEMIC PRESS (CHINA)

2019 年度教育部人文社会科学研究一般项目“朝鲜时代唐诗接受史研究”（19YJC751065）资助

序

看完张景昆《唐诗接受史研究——以朝鲜宣祖时期为中心》的书稿，喜悦感慨，交杂系之。喜悦的是经过十余年的刻苦钻研历练，景昆终于成长为一位成熟的学者；感慨的是在当今浮躁的世态中，能够一直坚持自己的治学道路，得具有多么坚定的持守和学术情怀！

景昆自本科时就钟情于中国文学思想史，当时罗宗强先生已退休，就被分到我门下。我一向认为兴趣是成功的前提，就没有让景昆做《燕行录》系年考订一类的工作，而只让她参与撰写《韩国诗话全编校注》，任编委和分册主编，因诗话与文学思想史有较为紧密之联系的缘故。当时她就有了研究"朝鲜时代汉诗史"的宏伟构想。由于硕士研究生期间她与我完成了《箕雅五百诗人本事辑考》，2012年保送读博，2015年毕业后应聘到山西大学任教。其硕士学位论文《朝鲜诗人李廷龟使行傧接诗研究》、博士学位论文《古代朝鲜宣祖朝汉诗研究》以及就职后主持的教育部项目"朝鲜时代唐诗接受史研究"，都是一系列相互联系的研究路向，也为本书的完成奠定了较为深厚的基础。

我从事域外汉诗文献整理二十余年，也对她的诗学研究有所关注。无论韩国还是中国，能深入肌理地细致研究朝鲜汉诗史的著作并不算多。我的朋友马金科先生的《朝鲜诗学对中国江西诗派的接受——以高丽后期至李朝前期朝鲜诗话为中心》应是开风气之先的一部，景昆作为晚辈能够扎实地拿出这本小书，也算是对前辈的景仰和献礼吧。

综观本书特点，其优长大致有以下几点。

其一，根据朝鲜汉诗发展的具体情况，采取了理论与创作并重，甚至更注重创作的研究方法。重视对朝鲜诗人的创作进行细致分析，由此出发，进而对其创作倾向及其反映出的诗学思想做出恰如其分的评判。诚如书中所言："朝鲜对中国古典诗歌的接受采用学诗者的视角，传播、接受唐诗的根本目的是创作，唐诗接受具有很强的实践属性，重创作、轻理论，创作研究不容忽视。但由于作为研究基础的朝鲜汉诗史研究薄弱，已经成为唐诗接受研究进一步深入发展的瓶颈，现有研究大体停留在史料辑录和排比阶段，少有结合文化语境与汉诗史深入阐发其理论意义，尤其对唐诗参与朝鲜汉诗建构的历时性过程关注不多。"这就颇有罗宗强先生研究中国文学思想史路径的意味了，是将此法运用于朝鲜汉诗研究的一种成功尝试。

其二，对"宗唐"现象进行研究细分。本书对朝鲜文学史上的宗唐现象，不是做简单化绝对化的片面论定，而是通过细致入微的深入分析，指出其中复杂的矛盾和微妙的区别，从而更加贴近文学发展的实际面貌。比如杜甫是唐诗大家，但"学杜"并不等于"宗唐"，作者指出："杜诗是一个独特的存在，作为唐诗变体与唐诗中开宋诗先河者，向上可归属于雄浑悲壮的盛唐体，向下可导向意深语新、锻炼精工的宋诗风，宗唐、宗宋诗人都可能学杜，但其学杜的目的和角度不同。"又比如同是宗唐学唐的"三唐"诗人，其气象并不完全相同；即使同一个学唐的诗人，不同作品也会有不同面貌，早年和晚年也会有不同变化。

> "三唐"诗人中，崔诗清劲，白诗枯淡，而李达比崔庆昌、白光勋家数大，律绝兼善，风格多样，故"苞崔孕白而自成大家"。沉着雅丽之外，有清奇沉雄者，如《漫浪舞歌》；有沉着顿挫者，如《上龟城林明府》；有凄凉沉郁者，如《夜坐有怀》；有清爽流利者，如《佛日庵赠因云释》；有秾丽婉转者，如《宫词》；有清新平易者，如《采莲曲次大同楼船韵》。不同时期风格有所变化。早年风流豪逸，诗也富艳绮丽，晚年"敛其绮丽归于平实"。如《夜坐有怀》："流落关西久，今春且未还。有愁来客枕，无梦到乡山。时事干戈里，生涯道路间。殷勤一窗月，夜夜照衰颜。"平淡语，写尽心事，凄凉而沉郁。

只有经过这样抽丝剥茧的细致研究，才能更真实地还原文学史、诗歌史的真相。

其三，对于作品的艺术元素做深入肌理的剖析，在透彻领悟的基础上，对诗歌创作特点做出准确评价，真正做到言之有据，令人信服。如分析崔庆昌诗的"悲愁孤寂情思的具象化表达"，就以《边思》"少小离家音信稀，秋来犹着战时衣。城头画角吹霜急，一夜黄榆叶尽飞"为例，指出其"写征戍之苦，前虚后实，缭乱的黄叶在夜色中上下纷飞，有很强的画面感，又融情入景，黄叶一似心绪，因故乡遥不可及而惆怅悲凉，兴象高远，含不尽之意于言外，诗意蕴藉"。又如分析白光勋诗：

> 自然意象的构造也带有虚化、朦胧的特点，如山影、水气、烟树（烟木）等。"山影初移水气来"（《忆崔嘉运》其一），"沉沉烟雨林"（《氾上路醉后》）等，仿佛印象派画作以边界模糊、氤氲的色块构造体积，迷离如梦。这种虚化意象的手法，好处在于使意象的质实具体得到化解，变得清虚空灵，大历诗人常使用这种手法。

这样的艺术分析，与时下某些论著囫囵吞枣，游谈无根的空言说经相比，高下立现。

其四，对前人的诗学批评，持审慎的客观态度，不是随意盲从。如朝鲜诗歌大家许筠评崔庆昌《边思》诗"峭丽"，本书则认为"'丽'字恐未稳，诗境的重点不在'黄榆'，而在'叶尽飞'暗示的缭乱心绪"。又如目前中韩学者普遍将"三唐"诗人宗唐倾向的形成笼统地归因于明代复古派的影响，而本书则提出"元明唐诗学作为朝鲜'三唐'诗人的影响渊源，主要是李东阳、《唐音》以及格法著作等，而非前后'七子'"，并从文集流传时间差、"三唐"诗人与"七子"创作风貌迥异、是否宗杜等方面提供了坚强的论据，使人耳目一新。

以上数端，不足以全面概括本书的成就，仅仅是我个人的粗浅感受。当然，景昆作为青年学人，本书肯定还存在不足之处，还望海内外博雅君子是正之。也希望景昆在朝鲜汉诗史的研究道路上持之以恒，不断精进，取得更多的学术成果，为文化做出更大贡献！

赵　季

2022 年 5 月 28 日

目　录

绪论　朝鲜宣祖时期文化语境
与唐诗接受机制

朝鲜宣祖时期（1568～1608）类似于中国唐代开元、天宝年间，既是汉诗发展的黄金时代，又因王朝经历万历卫国战争由盛转衰而酝酿着创作思想的重大变化。各样的创作群体、相互激荡的不同的诗学观念、丰富的诗歌风格和体制形态，形成璀璨的诗坛风景。宣祖时期的汉诗成就居朝鲜时代（1392～1910）乃至古代朝鲜之最，历来诗论家多有论述，如：

> 本朝之秀，自郑三峰、权阳村以后，握灵珠建赤帜者代不乏人。而乘运跃鳞，莫过于成、宣两朝，方之李唐，则开、天之际；比诸皇明，则嘉、隆之会。①

> 国家承罗、丽之后，扫除荒屯，大辟文治，彬彬乎比侔中华。而往在肇造之初，风气浑朴，声明未融。操觚之家既狙元季之衰音，或袭宋人之陈语，惟以适时用供馆阁为能。逮至穆陵光御，邦运鸿昌，宏儒巨匠，蔚然辈出。文章之盛，上挽隆古。②

> 吾邦之诗，以高丽李益斋为宗。而本朝宣、仁之间，继而作者最盛。有白玉峰、车五山、许夫人、权石洲、金清阴、郑东溟诸家，大抵皆主丰雄高华之趣。③

---

① 南龙翼：《箕雅序》，见《壶谷集》卷一五，《韩国文集丛刊》第131册，首尔：民族文化推进会，1994，第334页。
② 洪良浩：《五山集跋》，见《耳溪集》卷一六，《韩国文集丛刊》第241册，首尔：民族文化推进会，2000，第275、276页。
③ 金泽荣：《申紫霞诗集序》，见《韶濩堂文集定本》卷二，《韩国文集丛刊》第347册，首尔：民族文化推进会，2005，第251页。

论者比诸明代嘉靖、隆庆年间，整体诗风丰雄高华。

璀璨的群星中又以"三唐"诗人旗帜鲜明，对诗坛风气影响较大。在王朝诗风由宋转唐的历史转捩点，三人以创作导夫先路，宗唐得似的创作高峰使唐风弥漫整个诗坛，人必称唐诗，一扫宋诗余风，成为朝鲜汉诗发展的重要节点。其后李晬光（1563~1628）、申钦（1566~1628）、梁庆遇（1568~1629）、许筠（1569~1618）等在理论上标举唐诗，由此构成朝鲜时代中期宗唐文学思潮的不同发展阶段。

本书截取宣祖时期单独研究，并非承袭以政治分期代替文学分期的传统研究方法。一方面，"三唐"诗人在诗歌史上有足够的辐射力量和独特意义。尽管后世批评其蹈袭摹拟，但依然难掩其独特的辨识度，清远的意境、玲珑凑泊的兴象与诗人深沉的情感构成纯正的唐诗格调，无一不熨帖地满足着古今一些读者的审美趣味。作为一个经久不衰的话题，"三唐"诗人在东亚唐诗传播的研究视域下仍有很大的阐释空间。另一方面，宣祖诗坛以唐音、宋调骖乎并行拉开序幕，继之以"三唐"诗人这一宗唐创作高峰，又以兼宗唐宋收尾，实有其自足的诗歌发展轨迹。许筠《惺叟诗话》概括了宣祖时期诗风递嬗的主要脉络：

> 我朝诗至宣庙朝大备。卢苏斋得杜法，而黄芝川代兴。崔、白法唐，而李益之阐其流。吾亡兄歌行似太白，姊氏诗恰入盛唐。其后权汝章晚出，力追前贤，可与容斋相肩随之，猗欤盛哉！①

宣祖初年、后期向宋诗风转变的枢纽都是作为唐诗别调的杜韩诗。朝鲜时代的宗宋诗人往往上溯至杜诗，如许筠所言卢守慎（1515~1590）、黄廷彧（1532~1607），而宗唐诗人则将杜诗排除在唐律典范之外，杜韩升温与宋诗风的抬头相表里。中间以"三唐"诗人为辐射中心，受中国传入的唐诗选本影响，以刘长卿、韦应物等为典范，中晚唐诗风盛行。因此从这个意义上讲，宣祖时期汉诗史就是一部有典型意义的唐诗接受史。

---

① 许筠：《惺所覆瓿稿》卷二五《说部四》，《韩国文集丛刊》第74册，首尔：民族文化推进会，1991，第362页。

一 宣祖时期文化语境与唐诗接受

宣祖二十五年（1592）日本入侵朝鲜①，史称"壬辰倭乱"；宣祖三十年（1597）再次入侵，称"丁酉再乱"。前后持续七年的战乱，使朝鲜由太平盛世跌入低谷，一似安史之乱之于开元、天宝。无论是盛世的昂扬精神，还是民族危机凿刻的生命深度，都成为诗歌的发酵剂，从诗歌黄金时代的层面上来看，宣祖时期也可以比于开元、天宝②。宣祖时期的汉诗也以宣祖二十五年（1592）为断限，前期号"穆陵盛世"，诗坛群星灿烂，百花齐放；后期经历万历卫国战争与中兴诗坛，诗坛风气和诗歌题材都发生了变化。

起初朝鲜王朝建立，结束了高丽的武人统治，成立了以文官为主的两班国家，成宗时期士林进入中央，但因为与勋旧势力的对立，酿成燕山君戊午（1498）和甲子（1504）、中宗己卯（1519）、明宗乙巳（1545）四次士祸，士林不振。其中明宗乙巳士祸就发生在"三唐"诗人年幼时。明宗晚年再次重用士林。宣祖即位，励精图治③，政治清明，大力培养人才，登用白仁杰（1497~1579）、李滉（1501~1570）、李珥（1536~1584）等讲学论治，并伸乙巳以来之冤枉，削李芑（1476~1552）、郑顺朋（1484~1548）、林百龄（1498~1546）等人勋籍，恢复卢守慎、柳灌（1484~1545）等人官爵，扭转了形势，重新振奋士林，"朝廷之间，清议方兴"④。宣祖还命撰《儒先录》，刊行《近思录》《心经》《小学》《三纲行实》等儒家经典，

---

① 本书中"朝鲜"指古代朝鲜半岛政权或朝鲜王朝（1392~1910），非1948年成立的朝鲜民主主义人民共和国。

② 李植《刘生枕流台诗卷后序》："抑吾东方文学之士，至我先朝（宣祖——引者注）号为最盛。盖由风气晚开，法度始备。考其高下，其类于唐天宝之际耶？"（《泽堂别集》卷五，《韩国文集丛刊》第88册，首尔：民族文化推进会，1992，第335页）申纬《东人论诗绝句三十五首》其十四有"中宣后进开天是"，自注："崔、白法唐，而李苏谷阐其流。崔简易险劲矫健，自辟门户。权石洲晚出，而可与容斋肩随。"（见申纬《警修堂全稿》册一七《北禅院续稿二》，《韩国文集丛刊》第291册，首尔：民族文化推进会，2002，第372页）二人已将中宗至宣祖年间的诗坛盛况比作唐开元、天宝。

③ 金时让《涪溪记闻》卷上："宣庙初年，励精求治。日三晋接，又有夜对。故朝讲毕，讲官不敢退，仍在殿庑，论证经义，入对昼筵。昼筵毕亦如之，夕讲，然后始退。"见蔡美花、赵季主编《韩国诗话全编校注》第2册，人民文学出版社，2012，第1529页。

④ 申钦：《象村稿》卷五三《山中独言》，《韩国文集丛刊》第72册，首尔：民族文化推进会，1991，第353页。

并申谕礼曹，劝课《小学》，并且仁厚待士，如金安老《龙泉谈寂记》载：

> 宣庙好文，缵契两圣，宠奖儒林，迥出常谟。一时文章魁杰之士彪炳玉署，如梅溪、三魁、碏（潘）溪暨先大夫尤被隆眷。常所述作，随月书进。梅溪、潘溪俱以亲老丐外，特致米硕，以优其亲。潘溪进稿，有"北望君臣隔，南来母子同"之句，上从容赏咏曰："好仁身虽在外，心不忘君矣。"梅溪遭艰，锡祭荣之。宠及存亡，人人感起。鼓舞人材，振作士气，诚千载罕遇之盛也。成领相希颜由弘文正字丁忧去，制阕复叙，例谢恩命。上召至阁门外劳之，命中官臂一鹰以赐曰："尔有老母。公退有暇，可以郊猎，助供滋味。"又入夜对，赐酒果，公袖柑橘十数枚。因醉伏不省，中官负出之，不觉袖柑堕散于地。明日下柑橘一盘于玉堂，教曰："昨日希颜袖橘，意欲遗亲，故赐之。"公镂骨思死，卒倡靖国之举，以为报效地。宣庙待士之诚，知人之明，固有以尽人忠也。①

宋时烈（1607~1689）论当时各方面人才辈出："我国人才，至宣庙朝最盛。道学则退溪、南冥、寒冈、栗谷、牛溪、重峰，文章则月沙、简易，才士则车天辂、林悌，善写韩濩，将才李舜臣、金德龄，并生一时。虽是气数之适然，而亦由培养之盛也。尝审车天辂，而命道臣优给食物，上之爱惜人才如此，人才岂不致之哉！"②

不过宣祖时期也贯穿着党争。宣祖八年（1575）"乙亥党论"，以金孝元、沈义谦围绕拟铨郎事件的反目为导火索，东人党和西人党分裂。卢思慎、李珥调停不得，士林也由此分裂，李滉为首的岭南学派、李珥为首的畿湖学派日后分别归属于东人党和西人党。宣祖因立世子问题罢免当时士林领袖、宗唐诗人郑澈，牵连大批士人。朴淳任左议政时期，为西人党领袖，与大司谏许晔并立，尹根寿、李春英与李山海、柳成龙、卢守慎等诗人分属西人党、东人党。1592年万历卫国战争爆发后，东人党分化为南人、

---

① 金安老：《希乐堂文稿》卷八，《韩国文集丛刊》第 21 册，首尔：民族文化推进会，1988，第 438 页。

② 见宋时烈《宋子大全附录》卷一八《崔慎录下》，《韩国文集丛刊》第 115 册，首尔：民族文化推进会，1993，第 562 页。

北人，南人以稳健派禹性传为首，李德馨向明朝求援、柳成龙保举李舜臣
有功，一时居上风，与明将李如松往来密切；北人以强硬派李泼为首，依
附明朝经略丁应泰，将军元均与李舜臣明争暗斗。北人后来又分化为以李
山海为首的大北和南以恭为首的小北，并因政见、态度不同进一步分化。
围绕世子光海君、嫡子永昌大君与庶长子临海君的王位争夺，大北、小北、
南人剑拔弩张，最终酿成光海君即位后的"七臣之祸"。总之，随着大臣权
力的强化，朝鲜内部党派之争愈演愈烈，利用司宪府、司谏院弹劾大臣，
党同伐异。虽然宣祖时并未像其他时代一样发生过大规模的血腥杀戮，比
起朝鲜时代前期的四次士祸，对士人而言这一时期可谓"解放的时代"，但
朋党政治作为一种内部消耗，侵蚀着朝鲜国力，也造成士人仕途和心态的
不稳定，诗人的审美趣味和创作典范的选择也受到所在学派、党派的影响，
这也构成宣祖时汉诗发展的重要文化语境之一。

　　此外，朝鲜时代初期以来创立的各种制度在宣祖时期日益完善，促进
了汉诗的发展和唐诗接受。

（一）朝天使行、皇华傧接与汉诗

　　洪武元年（1368），明太祖朱元璋即与高丽国王王颛互遣使臣。李成桂
取而代之以后，其政权的合法性与正统性获得明朝的认可，继续两国之间
的朝贡关系。太宗元年（1401）李成桂之子李芳远被明朝册封为朝鲜国王，
两国确立了典型的宗藩关系。朝鲜奉明朝正朔，国王、世子、王后均接受
其册封，每年元旦、冬至、万寿节、千秋节定期派使臣朝贡进贺，还有谢
恩、奏请、辨诬、押送等不定期使行①，使臣往来频繁。

　　《尚书》记载的五服制和《周礼》的九服体现了最初的华夷观。居于中
原的政权具有自然地理中心和文化地理中心的双重意义，周边国家和地区
以受中华文明教化的深浅来区分其文明的高下和与中原王朝的亲疏关系。
古代朝鲜深受这种严辨华夷的文化观念影响，其地理位置偏远，于是希望

---

① 《通文馆志》卷三《事大上·赴京使行》："国初，岁遣朝京之使，有冬至、正朝、圣节、
千秋四行。谢恩、奏请、进贺、陈慰、进香等使，则随事差送。……自崇德以来，无千秋
使，而有岁币使。至顺治乙酉，因敕谕（路道遥远，元朝、冬至、圣节三节表仪俱准于元朝
并贡云），乃并三节及岁币为一行，而必备使、副使、书状官三员，名之曰冬至使，岁一遣
之。其他有事之使并如旧。"首尔：首尔大学奎章阁韩国学研究院，2006，第85、86页。

通过积极学习明朝礼仪文化来提升国家的文化地位，仰慕中华文化，"衣冠文物，一从华制"①，以"小中华"自居②。《明史·朝鲜传》："朝鲜在明虽称属国，而无异域内。"③ 权近（1352~1409）谓："吾东方虽在海外，爰自箕子八条之教，俗尚廉耻。文物之懿，人材之作，侔拟中夏。"④

因此，朝鲜使臣出使中国不仅有政治、外交方面的意义，更有重要的文化意义。朝鲜士人以出使中国为荣，称之为"观周"，如申光汉（1484~1555）《送潘公父赴京前年使北虏》："今日观周吴季札，旧时和虏汉张骞。"⑤ 崔岦（1539~1612）《送谢恩兼陈奏使申圣与公》："诵诗闻鲁国，观乐入周京。"⑥所谓"观周"，即目睹中华的制度、风俗等文化，尤其是礼乐制度。将明朝比拟为周公制礼作乐所在的神圣的文化轴心时代——周朝，体现出朝鲜民族强烈的崇礼意识和尊周情结。跨越历史时空，他们频频回望的倒不是国力强盛以及国际知名度到达顶峰的唐朝⑦，而是儒家文化最具象征性和权威性的开端周代。因为商纣王叔父箕子在周灭商之后远走朝鲜半岛，实行八条之教⑧，促进了

① 《朝鲜宣祖实录》卷四一，宣祖二十六年（1593）八月二日（癸未）："我国自箕子受封之后，历代皆视为内服。汉时置四郡，唐增置扶余郡，至于大明，以八道郡县，皆隶于辽东。衣冠文物，一从华制，委国王御宝以治事。"见《李朝实录》第 27 册，东京：日本学习院东洋文化研究所，1961，第 615 页。

② 《朝鲜史略》卷六《高丽纪》："右仆射参知政事朴寅亮卒，谥文烈。寅亮文词雅丽，宋熙宁中与金觐使宋。其所著述宋人称之，至刊二公诗文，号《小华集》。"（台湾商务印书馆影印文渊阁《四库全书》本）李奎报《东国李相国集》卷一七《题华夷图长短句》："君不见华人谓我小中华，此语真堪采。"（《韩国文集丛刊》第 1 册，首尔：民族文化推进会，1988，第 469 页）

③ （清）张廷玉等：《明史》卷三二○，中华书局，1974，第 27 册，第 8307 页。

④ 权近：《阳村集》卷一六《郑三峰文集序》，《韩国文集丛刊》第 7 册，首尔：民族文化推进会，1988，第 171 页。

⑤ 申光汉：《企斋集》卷五《关东录》，《韩国文集丛刊》第 22 册，首尔：民族文化推进会，1988，第 296 页。

⑥ 崔岦：《简易集》卷六《焦尾录》，《韩国文集丛刊》第 49 册，首尔：民族文化推进会，1990，第 386 页。

⑦ 朝鲜王朝虽然也将明、清军士称为"唐兵"，称中国刊刻的书籍版本为"唐本"，称从中国引进的音乐为"唐乐"，主要是与本土"乡本""乡乐"等相对而言，但是其仰慕和推崇的中华文化主要还是以周代礼乐文化为根本。

⑧ 据《汉书·地理志》《后汉书·东夷传》《三国志·东夷》，箕子"八条之教"的内容包括：其一，"相杀，以当时偿杀"；其二，"相伤，以谷偿"；其三，"相盗者，男没入为其家奴，女子为婢，欲自赎者，人五十万"；其四，"妇人贞信"；其五，"重山川，山川各有部界，不得妄相干涉"；其六，"邑落有相侵犯者，辄相罚，责生口、牛、马，名之为'责祸'"；其七，"同姓不婚"；其八，"多所忌讳，疾病死亡，辄捐弃旧宅，更造新居"。参见张博泉《箕子"八条之教"的研究》，《史学集刊》1995 年第 1 期。

朝鲜文明开化，"由夷入华"，因此周代对朝鲜来说也具有礼乐文化源头的意义。因此可以说，历史上维系中朝宗藩关系的纽带，最重要的不是经济和军事实力，而是文化力量。

从柳成龙（1542~1607）《许荷谷朝天记序》也可以看出，出使中国虽然辛苦，并且伴随着危险，但仍是朝鲜士人的至乐之事：

> 余尝谓幸逢天下无事之时，玉帛梯航，无远不通。士君子生于下国，得奉聘觐之命，修使事于天子之庭，从容专对。退而与贤士大夫，揖让周旋。于以考制度礼乐之盛，睹文物衣冠之懿，以快吾心胸，甚乐事也。①

书状官主要负责记录途中和在中国京城停留期间的每日天气、行程，以及外交活动、见闻和对中国政治、经济、文化等方面的认识。明朝时期朝鲜慕华事大，仰慕明朝为天朝，故多称"朝天录"；明清易代前后，朝鲜目清为夷狄，且因前往沈阳或北京朝贡，故多称"燕行录"。学界习惯合称为使行录或燕行录。而三千一百余里②的漫长旅途中，士人羁旅之苦、乡国之思等个体情感的抒发就主要依靠汉诗，即所谓"使行诗"。凡出使过中国的士人，其文集中往往保存有此类诗歌，成为朝鲜汉诗的一个独特门类，与中国传统的纪行诗、羁旅诗、边塞诗相关而又有所不同。

相对于朝鲜使华创造了一个诗歌门类，明朝使臣到达朝鲜对汉诗创作的影响更大，构成朝鲜汉诗发展文化语境及动力体系的核心。朝鲜希望通过华使向皇帝传达政治诚意，因此把傧接华使当作十分重要的政治活动。除选择宰臣作为远接使、馆伴，安排例行的游观活动、私下馈赠外，还派人与

---

① 柳成龙：《西崖集》卷一七，《韩国文集丛刊》第 52 册，首尔：民族文化推进会，1990，第 328 页。
② 不同时期朝鲜使臣的使行路线不同，则里程数不同。据杨雨蕾《燕行与中朝文化关系》（上海辞书出版社，2011，第 25~29 页），1421 年明朝迁都北京前和 1621 年后金兴起阻断辽阳后都曾通过海路，1629 年因袁崇焕的要求再次改变贡道。此处以 1421 年至 1621 年历时最长的使行路线为标准。

之诗赋酬答，并结集为《皇华集》①，即今称之诗赋外交，这是明朝与朝鲜王朝之间一种独特的外交形式②。远接使和馆伴往往选择擅长汉文学的文臣，傧接团队中的制述官和从事官也极选一国能文之臣，以便为远接使和馆伴代笔。两国使臣的诗歌唱和在交流政治情感之外，还存在争胜的文人心理，朝鲜王朝也流行以诗文华国的观念③。朝廷上下对傧接团队的期待是有能力迎接明使在诗体形式（如长篇排律、杂体诗）或强韵、险韵等方面的挑战，甚至赢得明使赞赏，证明"东国有人"，获得明人对朝鲜本国文化不输中原、不可视为夷狄的认定。由此傧接团队的入选标准将能诗善赋放在首位。如康复诚所言："登极颁诏，多出翰林高选。我国迎接境上人员，必择华国第一手段。"④ 申昉（1686~1736）《屯庵诗话》亦言："我之傧接，必简一时之英。"⑤

参与傧接成为朝鲜文人的莫大荣誉，以诗文华国是文人的政治理想，还可作为加官进阶之资。因此崔岦说"士羞不识龙湾路，文欲相当凤诏臣"⑥。到中朝边境的龙湾恭候明使，意即参与傧接明使，是当时文人的理想之一，并且朝鲜文人希望通过明使扬名中国。出于对中华文化的崇拜，朝鲜时代士人以自己的诗文闻名中国为荣，而与明使的直接接触是难得的

---

① 《皇华集》为明代文臣历次出使朝鲜所作诗文的合集，包括朝鲜傧接官员酬唱之作，前有朝鲜大臣作序。意取《诗经·小雅·皇皇者华》，《左传》襄公四年穆叔如晋，云"皇皇者华，君遣使臣之诗。言忠臣奉使，能光辉君命，如华之皇皇然"。每次出使后朝鲜官方及时刊印，朝鲜宣祖四十一年（1608）曾经合刊，英祖四十九年（1773）第二次合刊，收录世宗三十二年（1450）至仁祖十一年（1633）计二十三部《皇华集》。另光海君十三年（1621）刘鸿训、杨道寅出使的一部皇华集单行，则共有二十四部《皇华集》存世。可参考赵季辑校《足本皇华集》，凤凰出版社，2013。
② 可参考王克平《明朝与朝鲜的诗赋外交研究》，香港：亚洲出版社，2011。
③ 如《朝鲜中宗实录》卷三四，中宗十三年（1518）七月十二日（己酉）："解纷多赖于词命，华国亦由于风谣。"（《李朝实录》第21册，东京：日本学习院东洋文化研究所，1959，第324页）洪万宗《诗评补遗》卷上："朱太守之蕃见崔、李、白集，大加叹赏曰：'当归梓江南，以夸贵邦文物之盛。'盖指崔、李、白之诗也。噫！文章之华国有如此，则世之以为小技而忽之者何哉？"（蔡美花、赵季主编《韩国诗话全编校注》第3册，人民文学出版社，2012，第2426页）
④ 康复诚：《苏斋先生年谱》，见卢守慎《苏斋集》卷末，《韩国文集丛刊》第35册，首尔：民族文化推进会，1988，第299页。
⑤ 申昉：《屯庵集》卷八，《韩国文集丛刊续》第66册，首尔：韩国古典翻译院，2008，第566页。
⑥ 崔岦：《简易集》卷八《西都录后·简远接一行江上》，《韩国文集丛刊》第49册，首尔：民族文化推进会，1990，第475页。

机会。如李廷龟（1564～1635）等人邀请明使为其诗文集作序或别墅亭台作记，许筠向明使朱之蕃（1558～1624）推介姐姐许兰雪轩的诗集。金得臣《终南丛志》记载车天辂也通过明使朱之蕃闻名中国："唐天使朱之藩尝奉使我国，归时以东方事实回奏于皇帝，其中一款曰'朝鲜有车天辂者，文章奇壮，尝谪北关，有诗一句曰"风外怒声闻渤海，雪中愁色见阴山"云云'，其见重于中国亦至于此。"①

不但远接使、馆伴等傧接专职团队，其他大批文职官员也扈从明使游观汉江、西江，送别明使时还要赠诗，傧接活动的参与群体非常广泛。因此，汉诗的创作对于朝鲜文人有着特别重要的意义，文人对汉诗创作的热情很高。《皇华集》中的诗歌虽然艺术成就不高，但是这一制度对刺激汉诗的流行和艺术的进步功莫大焉。

尤其在宣祖年间，这一现象更为明显。终明一代文臣出使朝鲜共计二十五次，而宣祖年间明使来访六次，频率仅次于世祖时期（1455～1468）。二十四部《皇华集》② 中，宣祖时期占六部③，数量居各朝之最。宣祖不仅重视《皇华集》的刊刻质量，有不当文字辄删改④，还在宣祖四十一年（1608）将之前各部《皇华集》合刊为《皇华集类编》⑤。虽然明使有贪腐索礼之事或与明使有论礼事件，但朝鲜总体上竭诚招待，重视皇华傧接，由此也重视汉文学教育，认为："我国事天朝，接华使，文不可少之，而诗不可

① 蔡美花、赵季主编《韩国诗话全编校注》第3册，人民文学出版社，2012，第2108页。

② 燕山君十二年（1506）颁登极诏使徐穆、吉时来，朝鲜未单独刊刻《皇华集》，而是将其附录在成宗二十三年（1492）颁册立皇太子诏使艾璞、高胤《壬子皇华集》后。

③ 包括宣祖元年（1568）赐谥使欧希稷《戊辰皇华集》与颁册立皇太子诏使成宪、王玺《戊辰皇华集》，宣祖六年（1573）颁登极诏使韩世能、陈三谟《癸酉皇华集》，宣祖十五年（1582）颁皇太子诞生诏使黄洪宪、王敬民《壬午皇华集》，宣祖三十五年（1602）颁册立皇太子诏使顾天埈、崔廷健《壬寅皇华集》，宣祖三十九年（1606）颁皇太孙诞生诏使朱之蕃、梁有年《丙午皇华集》。

④ 重视刊刻质量如《朝鲜宣祖实录》卷七，宣祖六年（1573）二月二十五日（丙子）："传曰：近日印出《内训》与《皇华集》字画熹微，纤断不端，多有不精处，校书馆官员与所印下人推治。"（《李朝实录》第27册，东京：日本学习院东洋文化研究所，1961，第89页）《皇华集》删改如宣祖三十五年（1602）八月十三日和十七日关于《平壤行次韵》涉万历卫国战争中明援兵事、宣祖三十九年（1606）十月二十九日等。

⑤ 《朝鲜宣祖实录》卷一六〇，宣祖三十六年（1603）三月二十日（丙子）："《皇华集类编》成。弘文馆副提学朴弘老以下各赐儿马一匹，写字官等亦赐物有差，仍赐酒。"见《李朝实录》第30册，东京：日本学习院东洋文化研究所，1961，第133页。

眇视也。"① 宣祖时以理学治国的思想早已成熟，理学思想也获得了很大发展，出现了李珥、李滉等标志朝鲜理学成就的硕儒。在重道轻文主流价值观对诗文创作的挤压下，正是诗赋外交为词章保留了合法性②，得以对抗儒臣"词章浮华"的指摘。而与成宗、燕山君等时期相比，宣祖对文学的推崇显然较为克制。宣祖三十八年（1605）设撰集厅，命柳根、尹根寿、李好闵、吴亿龄、申钦、李廷龟、韩浚谦、洪庆臣、郑协等编选本国诗赋③，接续徐居正（1420~1488）编《东文选》的传统。又命编韩、柳、欧或李、杜等诗为《文章宗范》，宣祖汉诗作品收入《列圣御制》④。此外，君臣唱和也直接促进了汉诗发展。宣祖二十一年（1588）俞泓（1524~1594）从明朝带回《大明会典》，标志着宗系辨诬成功，宣祖御制汉诗及小序，承政院文臣参与唱和⑤。其他一些风雅行为，如赐休静（1520~1604）御书唐诗绝句⑥，征郑澈、权韠诗稿观览⑦等，《朝鲜王朝实录》记录的这些历史碎片提示了宣祖对汉诗创作的激励。

正如李建昌（1852~1898）《宁斋诗话》所言："穆陵以前诗学极盛。当时自湖堂以至太学士之选，皆先诗而后文，专为华使傧接计也。"⑧ 指出

---

① 《朝鲜宣祖实录》卷一八七，宣祖三十八年（1605）五月二十七日（庚子），见《李朝实录》第 30 册，东京：日本学习院东洋文化研究所，1961，第 456 页。

② 《朝鲜中宗实录》卷二七，中宗十二年（1517）一月十九日（乙未），中宗下教："经学为本，词章末也。然我国事大之邦，接天使，交邻国，词华不可顿废也。"见《李朝实录》第 21 册，东京：日本学习院东洋文化研究所，1959，第 114 页。

③ 《朝鲜宣祖实录》卷一八三，宣祖三十八年（1605）一月十七日（壬辰）："设撰集厅，命大提学柳根，会同延陵府院君李好闵、弘文馆提学吴亿龄、艺文馆提学申钦及海平府院君尹根寿、京畿监司李廷龟、吏曹参判韩浚谦、行上护军洪庆臣、郑协等，抄选东人制作诗赋。"见《李朝实录》第 30 册，东京：日本学习院东洋文化研究所，1961，第 408 页。

④ 申翊圣《乐全堂集》卷六《列圣御制集序》："王子义昌君旁搜极索，得列圣御制诗章及手札若干编，宣庙宸翰为尤多，合成一编，徽翊圣纪其颠末。"《韩国文集丛刊》第 93 册，首尔：民族文化推进会，1992，第 246 页。

⑤ 李山海有《御制诗轴跋》，见《鹅溪遗稿》卷五，《韩国文集丛刊》第 47 册，首尔：民族文化推进会，1988，第 565、566 页。

⑥ 事见《朝鲜宣祖修正实录》卷二四，宣祖二十三年（1590）四月一日（壬申）："香山僧统休静亦被逮就鞫。静有自著书，雅辞多祝厘君上，上即命放释，赐御书唐诗绝句及墨竹一纸，慰谕以还之。"据太白山史库本。

⑦ 事见《朝鲜宣祖实录》卷一四七，宣祖三十五年（1602）闰二月五日（戊戌），以及《朝鲜宣祖修正实录》卷三五，宣祖三十四年（1601）十月一日（乙丑）。

⑧ 蔡美花、赵季主编《韩国诗话全编校注》第 11 册，人民文学出版社，2012，第 8790、8791 页。

皇华傧接对宣祖时期汉诗发展的重要促进作用。宣祖之后，仁祖时（1623~1649）清朝与朝鲜建立宗藩关系，但朝鲜视其为夷狄，文化上并不尊崇清朝。而且清朝派往朝鲜的使臣不再以文臣为主，记载两国使臣唱和的《皇华集》停刊。失去与华使唱和这一强烈的政治需求和文化推动力后，朝鲜文士钻研汉诗创作的热情大大衰减。之后孝宗时期（1650~1659）至肃宗（1675~1720）初年诗坛相对沉寂，诗人、作品乏善可陈，更多地转向对诗歌史的建构和理论总结，直到提出朝鲜诗风的自觉才找到了汉诗继续发展的出路，汉诗创作才重新活跃起来，也能从反面说明诗赋外交的诗史意义。

皇华傧接不仅促进了宣祖时期诗人的创作热情，也对其创作倾向具有引导作用。

傧接明使时的唱和往往有时间限制，明使常常拿出宿构的诗作以供唱和，有的需要朝鲜文士现场完成，难度大的在第二天呈览明使，因此要求诗人诗思敏捷。李建昌《宁斋诗话》："其时华使，亦未闻有文章之士，特以敏捷为长，务相窘以为胜。"① 朴趾源《避暑录》："陪臣远接龙湾，必妙选词学之士为从事以备应卒。而诏使在道，必出此等，意在困迫接伴。当时接伴诸人，亦必预习此等。"② 宣祖时期车天辂（1556~1615，号五山）富赡敏捷的大手笔最符合这类场合的要求。如李德泂（1566~1645）《松都记异》所载："每于华使之来，以制述官随傧。相酬唱之际如遇强韵险制，则必用车诗。华使见之，大加称叹。"③ 又洪良浩《五山集跋》："凡有大辞命副急应卒者，辄属之公。而诏使之傧接，皇华之唱酬，公未尝不与焉。"④

参与傧接还给诗人们提供了聚会交流切磋诗艺的好机会。如宣祖三十五年（1602）颁册立皇太子诏使顾天埈、崔廷健来，朝鲜傧接团队极选当时能文之士，远接使李好闵、迎慰使李廷龟，权韠、朴东说、李安讷等作为从事官或制述官齐聚平壤，史称"文星聚关西"。梁庆遇《霁湖诗话》记载："昔在己酉，诏使之游汉江也，一时名于诗者皆以制述官随之，乘船在

① 蔡美花、赵季主编《韩国诗话全编校注》第 11 册，人民文学出版社，2012，第 8790 页。
② 朴趾源：《燕岩集》卷一四《热河日记》，《韩国文集丛刊》第 252 册，首尔：民族文化推进会，2000，第 286 页。
③ 《大东野乘》第 4 册，首尔：庆熙出版社，1969，第 581 页。
④ 洪良浩：《耳溪集》卷一六，《韩国文集丛刊》第 241 册，首尔：民族文化推进会，2000，第 276 页。

后，相与评论古今诗，满船喧然。"① 此次唱和诗结集为《东槎集》。②

（二）科举试诗与汉诗

朝鲜半岛的科举制度始于高丽光宗九年（958）。朝鲜时代科举制度分为文科、武科和杂科，其中文科（又称大科）最为重要。文科一般需经历生员试或进士试（统称小科）这种预备考试，获得成均馆入学资格，并在成均馆学满三百日。其中进士试考赋一篇，古诗、铭、箴中一篇（铭、箴近乎不考，即诗、赋取其一），后期变为三十句以上的赋一篇或诗一首；生员试考四书疑、五经义一篇。丽末鲜初受理学思想影响，进士试暂停六十余年。进士试的存废，从理学思想上看是经义与词章之争，然而出于诗赋外交对华国人才的需要，世宗、端宗时恢复进士试，继续以诗赋取士的方式引导、培养人才。世宗十七年（1435）集贤殿大提学李孟畇等进言："独诗学专废，大小文士不知诗法，非惟一身之艺不全，抑亦有阙于国家之用。"③ 建议恢复进士试，全面复兴汉诗，并于世宗二十年（1438）举办了进士试。世宗二十六年（1444）以科举冒滥为导火索，进士试又一度被废，最终在端宗元年（1453）被确立下来，一直实行到1894年朝鲜废除科举制度。四百余年间读书人对进士试的参与度甚至超过生员试。

宣祖时期进士试已经固定下来并发展成熟。学界普遍认为科举试诗对诗歌创作有重要的影响。南宋严羽曾在《沧浪诗话·诗评》中指出唐以诗赋取士是唐诗创作比宋诗繁盛的原因之一："或问：唐诗何以胜我朝？唐以诗取士，故多专门之学，我朝之诗所以不及也。"④ 科举制度未必能培养大诗人，但无疑对一代诗歌普及具有重要推动作用。朝鲜科举试诗要求采用七言排律的形式，其体称为科诗，由朝鲜时代初期卞季良（1369~1430）创制，后来逐渐形成了固定的创作模式。在与诗赋外交的合力影响下，朝鲜诗人别集中的日常创作也以七律为重，汉诗创作数量多，且艺术成就高。尽管科诗的

① 梁庆遇：《霁湖集》卷九，《韩国文集丛刊》第73册，首尔：民族文化推进会，1991，第502页。

② 关于诗赋外交对朝鲜时代汉诗的影响可参见拙文《文雅之力：论中朝诗赋外交对古代朝鲜汉诗的形塑》，《江西社会科学》2021年第4期。

③ 《朝鲜世宗实录》卷六八，世宗十七年（1435）六月二十六日（丙寅），见《李朝实录》第8册，东京：日本学习院东洋文化研究所，1956，第432页。

④ （宋）严羽著，张健校笺《沧浪诗话校笺》下册，上海古籍出版社，2012，第522页。

体式与日常创作不尽相同①，但是终究释放出重视汉诗的信息，促进汉诗教育在官学与私学体系的展开，声律、用典、词藻等汉诗技艺也在平日的科诗习作中得以磨练，对汉诗在朝鲜的普及和兴盛具有不可磨灭的作用。

（三）中央文官制度与汉诗

朝鲜重视对入仕之后文官汉文化与汉文学素质的继续培养，文官劝课与科举试诗相延续，为诗赋外交培养、储备人才。科举阶段的进士试为初级考试，考虑到士子年幼，学殖尚浅，科诗多为不严格讲求格律的古体诗，而文官课诗则多对律诗写作提出要求，汉诗水平需在原基础上进一步精进。

世宗始创读书堂制度，也称"湖堂"，选年少有才行的文臣赐暇读书，以备大用。其后由于诗赋外交培养汉诗人才的需要，读书堂受到历代国王重视。世祖时，成均馆大司成李承召上启：

> 事大交邻，莫重辞命。我国所以见重于上国者，在崇礼义而勤述职，通古今而善辞命，是故朝廷命使，必择博学有文章者遣之，亦以我国人喜文学耳。由此观之，文章虽末技，诚不可废。世宗尝选文臣之年少英敏者，使就山房读书，盖为此也。②

建议世祖也像世宗一样开读书堂，储备文学人才。读书堂被选之人"专废职务，任其所之。如杨熙止辈，或往寓山寺，自上亦令其道监司题给粮物，使之专心做功，故文章之士蔚然辈出"③。宋时烈记载明宗对读书堂文臣的宠遇："一日，上召对湖堂学士，讲论经理，且命制述。亲执青钟，满酌以侑，而又仿苏轼金莲烛故事以送之。翌日，大臣尚震等率诣殿陛陈谢，一

---

① 李睟光《芝峰类说》卷八《文章部一·文体》："我国科举之文，其弊甚矣。……诗、赋有人题、铺叙、回题等式，尤与文章家体样别。故虽得决科，遂为不文之人。"（据仁祖十二年（1634）木刻本）丁若镛《夏日对酒》论进士试试诗："于今识者论，追咎卞季良。诗格本卑陋，流害浩茫洋。村村坐夫子，教授非汉唐。何来《百联》句，吟诵方满堂。"（《与犹堂全书》第一集《诗文集》卷五，《韩国文集丛刊》第 281 册，首尔：民族文化推进会，2002，第 87 页）

② 《朝鲜世祖实录》卷一二，世祖四年（1458）四月二十四日（辛巳），见《李朝实录》第 13 册，东京：日本学习院东洋文化研究所，1957，第 219 页。

③ 《朝鲜明宗实录》卷二三，明宗十二年（1557）九月十四日（甲子），见《李朝实录》第 26 册，东京：日本学习院东洋文化研究所，1960，第 189 页。

时以为盛事。"①

读书堂月课除经史外，也要求作诗。明宗十二年（1557），右议政尹溉建议："如月课命题之外，其江湖寓兴之作、朋友和唱之制，皆令书启而亲览，则其所制述皆自性情中出。非独观人之法在是，民俗歌谣亦因此可知矣。"② 一些诗人别集中保存有湖堂课诗。

据不完全统计，宣祖时期共九次选拔三十六人赐暇读书③，平均每二三年即派遣一次，仅次于重视诗赋外交的中宗时期。被选赐暇读书的文人中不乏后来既身居台辅又擅长汉诗的尹根寿、柳成龙、柳根、李恒福、李德馨，也包括宗唐诗人郑澈、尹根寿、许篈、崔庆昌等。宣祖时活跃的其他诗人，如宗唐诗人高敬命、李后白在明宗时入湖堂，卢守慎、尹春年则早在中宗时已赐暇读书，读书堂确实起到了培养汉诗人才的作用。

读书堂制度外，文臣春秋仲月试也会考查赋诗。太宗七年（1407），权近请奏时职、散职三品以下文臣于每年春秋仲月在艺文馆按题赋诗④。太宗十七年（1417），卞季良与朴訔变为馆阁两府以上文官在议政府经三次考试，科目包括律诗、古诗、表笺，其他品阶文臣也在艺文馆、成均馆聚会制述⑤。文臣参与范围进一步扩大。

如果同时兼任弘文馆大提学、艺文馆大提学、知成均馆事，则称为典文衡、主文柄。文衡应该具备经学、文学、诗学的素养，执行辞命、科举、文士课试、儒学教诲等任务，是儒林和词苑的统帅，可谓文人之极任。并且因为选择标准的严格，文衡具有很大的权威。李德馨（1561～1613）年谱

---

① 宋时烈：《宋子大全》卷一五五《思庵朴公神道碑铭》，《韩国文集丛刊》第113册，首尔：民族文化推进会，1993，第323页。
② 《朝鲜明宗实录》卷二三，明宗十二年（1557）九月十四日（甲子），见《李朝实录》第26册，东京：日本学习院东洋文化研究所，1960，第189页。
③ 据〔韩〕徐范宗《朝鲜时代读书堂的教育学研究》附录《朝鲜时代赐暇读书者一览表》，高丽大学2003年博士学位论文，第129、130页。
④ 《朝鲜太宗实录》卷一三，太宗七年（1407）三月二十四日（戊寅）："乞自今，时、散文臣三品以下，每年春秋仲月会艺文馆，馆阁提学以上出题，赋诗，以考能否，具名申闻，以凭叙用。"见《李朝实录》第3册，东京：日本学习院东洋文化研究所，1954，第29页。
⑤ 《朝鲜太宗实录》卷三三，太宗十七年（1417）二月十二日（己巳）："春秋制述，诚为令典。然制之限过于三日，似为迟缓。自今每于春秋仲月值衙日，馆阁两府以上，三次会于议政府，出律诗题，限其日午时，古诗亦如之。表笺则限未时收卷，第其高下。前衔三品至四品，于艺文馆朝房；五六品至参外，成均馆朝房，亦令聚会制述。"见《李朝实录》第5册，东京：日本学习院东洋文化研究所，1955，第395页。

记载："本朝官职以文衡为重。虽鸿才硕儒，非履历既久，品秩崇重，鲜能居之。"① 并且文衡一般多由入选过读书堂的人担任。文衡因掌管科举、月课等，有能力对诗坛风气产生较大影响。如鱼叔权《稗官杂记》载："诸公遭祸，容斋典文，欲改诗文之体，凡监试、文科皆取平平之文，少涉奇健则辄黜之，故月课取舍亦如是。"② 李荇（1478~1534，号容斋）以文衡的影响施之于诗坛，试图改变受朴祥（1474~1530）、金净（1486~1521）等影响流行的宗唐风气。宣祖时朴淳（1523~1589）也以文衡的身份扭转当时文风："（戊辰）退溪辞递，先生又还典文衡。先生疾当时文体尚浮薄，欲力变陋习澡雪之。论文章，则首以班、马、韩、柳、李、杜为本；论道学，则又以《小学》《心经》《近思录》为阶梯。"③ 正是朴淳引导"三唐"诗人之一的李达由宋转唐，在馆阁兴起唐风，对朝鲜时代中期的宗唐文学思潮有鼓舞之功。

（四）学校教育与汉诗

朝鲜时代初期振兴官学。太祖、太宗时，重建成均馆及五部学堂校舍。实际上，北部学堂的校舍一直未建成，故朝鲜时代只有东、南、西、中四学，为中央官僚子弟的教育机关。成均馆为最高学府，相当于中国的国子监。由四学入成均馆，需进士试或生员试合格。成均馆设养贤库，朝廷赐学田和奴婢，提供儒生日常食宿、财政来源等。在地方设乡校，生徒可免除兵役。朝鲜时代中期对官学的财政投入降低，官学逐渐衰退，书院、书堂等私学兴起，宣祖时全国书院超过一百所。

无论官学、私学，汉诗都是一项重要的教育和考试内容。太宗时权近已经建议学校考查作诗："中外学校，每年春秋季月，复行课诗之法，监司守令监学之时，亦令赋诗，旌其能者，以加劝勉。"④ 因此汉诗成为童蒙教

---

① 李德馨：《汉阴文稿·附录》卷一《年谱上》，《韩国文集丛刊》第65册，首尔：民族文化推进会，1991，第476页。

② 据洪万宗《诗话丛林·夏》引，蔡美花、赵季主编《韩国诗话全编校注》第4册，人民文学出版社，2012，第2641页。

③ 李选：《芝湖集》卷一〇《思庵朴公行状》，《韩国文集丛刊》第143册，首尔：民族文化推进会，1995，第516页。

④ 《朝鲜太宗实录》卷一三，太宗七年（1407）三月二十四日（戊寅），见《李朝实录》第3册，东京：日本学习院东洋文化研究所，1954，第29页。

育的必修课。林象德（1683～1719）《幼学读书规模》在经、史书目之后，即开列诗文书目，其中关于诗歌的记载："兼读《楚辞》、《选》赋，李、杜、三唐诗选，以博词翰。"① 唐诗是童蒙教育范本，尤其是韩愈诗歌。李廷龟九岁读唐诗抄及韩诗②；申缜（1760～1828）十二岁读韩诗，十四岁读韩、杜五古③。

综上所述，慕华事大的国策为宣祖时期的唐诗接受提供了意识形态保障，诗赋外交、科举试诗、文官试诗与学校教育是促进汉诗生产的文学制度，也为唐诗在朝鲜的传播提供了必要土壤。

二 宣祖时期唐诗接受机制

朝鲜汉诗发展受到本土文化语境与中国典范的双重影响，朝鲜根据本土文化语境对唐诗进行选择与重构，同时诗歌又有其内在发展机制，因此宣祖时期唐诗接受机制呈现以下特征。

首先，功能需求与选择标准。诗歌的功能定位是文化作用于文学的中间环节，朝鲜不同时代的文化语境决定了对汉诗的不同功能需求，因此在一定程度上决定了汉诗艺术风貌，也导致宗唐的目的和角度各不相同。王朝初建，由于国体建设需要，汉诗的首要功能需求是"达意"，诗坛流行"以意为主"的诗学观念，在理学场域下强调诗歌的体道功用。宣祖前期国家承平，文化多元，士人从燕山君、中宗、明宗时期连续的士祸中解脱出来，后来士林退居地方，也促进了地方文化的发展。宣祖时具备了盛世学唐的文学生态，文学不必一味被政治教化捆绑，诗人有闲暇、有余力追求单纯的艺术，诗歌在一定程度上回复到承载情感、依靠形象从容地建构诗性体验的本质，因此符合这种需要的唐诗自然进入朝鲜诗人的视野，诗风从宗宋向宗唐递嬗，讲究文学艺术的形式美，汉诗艺术技巧日臻完善。此外，宣祖时理学获得了很大发展，李珥等理学家的文学

---

① 林象德：《老村集》卷四，《韩国文集丛刊》第 206 册，首尔：民族文化推进会，1998，第 90 页。

② 见李廷龟《月沙集·附录》卷二赵翼《行状》，《韩国文集丛刊》第 70 册，首尔：民族文化推进会，1991，第 449 页。

③ 见申缜《石泉遗集》后集卷八《日乘》，日本《朝鲜日报》第 34 辑，据京城帝国大学今西龙教授藏抄本影印。

观念较为通达，认为诗歌有助于存养心性，理学诗人的唐诗接受呈现出形式审美与道德审美交融的特点，理学思想还在典范选择等大框架方面影响其他诗人的唐诗接受。

其次，关于唐诗接受途径，以文人交流为契机，以书籍交流为载体。元明两代，中朝文化交流紧密，以使臣交流为主，还包括赠书、求书、漂流人等。元代时中国文化对朝鲜的影响较为深刻，而且持续时间久远，宣祖时宗唐诗人参照的一些重要唐诗文献来自元人编选，如佚名撰（或题傅与砺述范德机意）《诗法源流》、杨士弘《唐音》、方回《瀛奎律髓》、由金入元的元好问编撰的《唐诗鼓吹》《虞注杜律》、林桢增补宋人毛直方《诗学大成》等。明代以后使臣往来频繁，万历卫国战争在客观上又提供了交流契机，如尹根寿与明人的诗学交流以及李廷龟与丘坦、许筠与明将的交往等①。朝鲜时代前期以来中国的格法著作、唐诗选本与诗人别集等唐诗文献已经大量流入朝鲜，而活字印刷的发展又促进了唐诗文献的刊刻及其流传范围的扩大。宣祖三年（1570）刊刻王安石《唐百家诗选》，宣祖六年（1573）刻明人单复《读杜诗愚得》，以及宋赵蕃和韩淲《唐诗绝句》，元好问撰、郝天挺注《唐诗鼓吹》等选本，还有《分类补注李太白诗》《虞注杜律》《须溪先生校本韦苏州集》《诸家注柳先生集》《朱文公校昌黎先生集》等诗人别集。关于明代复古派文集，李东阳《怀麓堂诗稿》传入较早，宣祖时以乙亥字刊刻。尹根寿又引入李梦阳和王世贞的文集。1572年朝鲜谢恩使买回李梦阳文集②，1580年尹根寿在开城刊刻；1589年、1594年尹根寿出使中国时，又两次购回王世贞《弇州山人四部稿》。明人文集的传入加深了明代唐诗学对朝鲜的影响，李东阳对宣祖时宗唐诗学、王世贞对光海君和仁祖宗唐诗人的影响尤深。总之，宣祖时面临的唐诗资源要比前代丰富，唐诗选本就有《唐宋千家联珠诗格》《唐宋分门名贤诗话》《唐百家诗选》《唐贤诗》《诗法源流》《三体唐诗》《唐诗鼓吹》《二泉绝句》《唐

---

① 相关研究可参看陈广宏《许筠与朝、明文学交流之再检讨》（《韩国研究论丛》第19辑，世界知识出版社，2008）、廖肇亨《从"搜奇猎异"到"休明之化"——由朱之蕃看晚明中韩使节文化书写的世界图像》（《汉学研究》第29卷第2期，2011）、左江《许筠、李廷龟与丘坦的交游》（《缟纻风雅：第二届南京大学域外汉籍研究国际学术研讨会论文集》，中华书局，2021）等。

② 柳希春：《眉岩集》卷九《日记（删节○上经筵日记别编）·壬申（隆庆六年我宣庙六年）》，《韩国文集丛刊》第34册，首尔：民族文化推进会，1988，第314页。

音》《唐诗正声》《唐诗品汇》《盛唐十二家诗》等。唐诗文献的传播范围也不局限于馆阁，普通士人有更多机会接触唐诗文献，因此才会出现刘希庆、白大鹏等委巷诗人宗唐的文学现象。

再次，对唐诗的接受方式，创作上以集句、次韵、效体或沿袭唐人诗题为接受标志，同时包括对唐代诗人观物方式、情感模式、诗法、风格、意境与审美理想的深层接受。高敬命与许兰雪轩分别代表了两种典型的宗唐创作方式。高敬命以诗题标示拟效体、次韵、集句，通过效体、次韵、集句体认唐诗的艺术风格，诗风由宋转唐。这种看似表面化的效拟在朝鲜有很多作品，成为学习唐诗乃至中国诗歌的典型方式。《韩国文集丛刊》收录的次韵诗中，以次韵李、杜、韩数量最多①，分别为次杜 1672 首，次李 283 首，次韩 160 首。而集唐诗中，以集杜诗、集李诗、集白（居易）诗为主，还有 54 首直接以"集唐"命名，杂集众家。许兰雪轩多作《塞下曲》《宫词》《游仙词》等乐府体绝句或沿袭《无题》《闺怨》《古意》《拟古》等唐人常见诗题。如车天辂《乐府新声跋》所谓："唐人为诗多仿古乐府，如《宫词》《闺怨》《少年行》《塞下曲》《游仙词》等，题目尽好，此古人所谓望其题目，亦知为唐者也。"② 宣祖时崔庆昌、白光勋、林悌、李达、李睟光等皆有此类题目，申钦也效仿，有《芝峰辑〈乐府新声〉，其中有〈宫词〉〈塞下曲〉〈游仙诗〉等体，余戏效之》③。这些诗歌题材或体裁集中体现了唐诗不同于宋调的丰神情韵：乐府脱胎于民歌，清新明快；宫词、游仙词可以容纳华美的意象，形成清丽的诗境；朝鲜重文抑武，诗人少有入幕经历，《塞下曲》可以替代边塞诗抒发壮怀。他们的学唐策略是通过选择这些具有鲜明唐音特色的诗体以趋近唐诗创作风貌，追求惟妙惟肖的摹拟效果。朝鲜时代后期也在延续这种学唐方式，如南龙万（1709～1784）《效唐诗体》序："世之律家辄言唐声，然皆未得为优孟焉。闲中取其有响色者次之，凡二十篇。"④ 其作品绝大多数是《少年行》《长门怨》

---

① 仅就诗题明确标示"次某某韵"为统计标准。

② 见日本东洋文库藏本《乐府新声》卷末。

③ 见申钦《象村稿》卷二〇，《韩国文集丛刊》第 71 册，首尔：民族文化推进会，1991，第 506 页。

④ 南龙万：《活山集》卷二，《韩国文集丛刊续》第 79 册，首尔：韩国古典翻译院，2009，第 47 页。

《采莲曲》《竹枝词》《伊州歌》等乐府题目。除南龙万外，郑弘溟（1582~
1650）《畸庵集》卷四有"长门怨效唐人诗体"。朝鲜诗人题目所标示的效
"唐诗体""唐人体""唐人诗体"，很多指向了乐府体。朝鲜诗家对唐诗的
接受并未停留于诗题或诗体，而是从对诗歌本质的认识到具体的艺术技法，
都有较为深刻全面的受容。比如对"清"在诗歌风格价值序列中的位置有
自觉认识，其圆融周密的理论话语置于中国诗话亦不逊色。申钦谓：

> 古人云："乾坤有清气，散入诗人脾。"清是诗之本色。若奇若健，
> 犹是第二义也。至于险也、怪也、沉着也、质实也，去诗道愈远。清
> 则高，高则不可以声色求也。诗必得无声之声、无色之色，浏浏朗朗，
> 淡淡澄澄，境与神会，神与笔应而发之，然后庶几不作野狐外道。故
> 历观往匠，闲居之作胜于应卒，草野之音优于馆阁。盖有意而为之者，
> 不若得之于自然也。①

宣祖时宗唐诗作无论清丽、清远、清婉、清切、清疏抑或清奇，都以清为
底色，显然抓住了中晚唐诗的根本格调与神韵。

最后，接受媒介对宣祖时的唐诗接受具有重要导向作用。蒋寅指出：
"文学的接受和影响，总是依托于某个文化思潮的背景，在文学现象背后往
往有着深刻的思想史、文化史原因。"② 苏轼、朱熹在朝鲜享有崇高而持久
的文化地位，其风格论、作家论对李白、杜甫、韦应物、韩愈等唐代诗人
的接受有重要影响。其中苏轼作为典型的文人，以其在文学、绘画、书法
各方面的造诣与"坡仙"的人格魅力，成为朝鲜的文化偶像。李晬光谓朝
鲜诗人"多尚苏黄，二百年间皆袭一套"③，虽然苏黄并称，实际只有苏轼
对朝鲜的影响如此持久。朱熹对朝鲜的影响也是跨越时代的。宣祖时理学
发展成熟，朱熹作为思想界的绝对权威，如洪翰周（1798~1868）所言

---

① 申钦：《晴窗软谈》卷上，《象村稿》卷五〇，《韩国文集丛刊》第72册，首尔：民族文化
推进会，1991，第333、334页。
② 蒋寅：《旧题李攀龙〈唐诗选〉在日本的流传和影响》，《国学研究》第12卷，2003。
③ 李晬光：《芝峰类说》卷九《文章部二·诗》，蔡美花、赵季主编《韩国诗话全编校注》
第2册，人民文学出版社，2012，第1051页。

"我东诸贤，动法朱子"①，其诗作与诗论也对朝鲜有深刻影响。朱熹作《杜诗考异》，认为作诗学杜如"士人治本经"②；提出韩诗也有平易自然、文从字顺之处，编撰的《朱文公校昌黎先生集》《韩集考异》流播到朝鲜，成为韩诗的主要阅读文本之一。

苏轼与朱熹还共同促进了韦应物诗在朝鲜的经典化。苏轼阐发韦诗价值："独韦应物、柳宗元发纤秾于简古，寄至味于淡泊，非余子之所及也。"③ 并将其与陶渊明并列，促进"陶韦"并称的流行。朱熹从理学的角度给韦诗很高评价，认为其"气象近道"："其诗无一字做作，直是自在，其气象近道。……韦苏州诗高于王维、孟浩然诸人者，以其无声色臭味也。"④ 既出于推尊古体、平淡自然风格的观念，同时也是对韦应物诗性情节制、以山水体道、人格即诗格的认可。朱熹这一诗论在朝鲜的传播借力于《诗人玉屑》。《诗人玉屑》卷五《初学蹊径·晦庵诲人学陶柳选诗韦苏州》："作诗须从陶柳门庭中来，乃佳。不如是，无以发萧散冲淡之趣，不免于局促尘埃，无由到古人佳处也。如《选》诗及韦苏州，亦不可不熟读。"其下又引《陵阳室中语》云："陵阳诲人学韦诗：公每劝读韦苏州诗。且云：余晚年酷爱此诗。后有书见抵，犹云多读杜陵、韦、柳也。"⑤《诗人玉屑》较早传入朝鲜，且流传较广，较早的记载如李穑（1328～1396）诗《读玉屑卷末》⑥，崔淑精（1432～1480）、尹春年（1514～1567）、沈守庆（1516～1599）以及宣祖中期宗唐诗人车天辂、李晬光等均有阅读记录⑦，现存有世宗二十一年（1439）木刻本等版本。《诗人玉屑》不仅在中国促进

① 洪翰周：《智水拈笔》卷二《诗观》，见蔡美花、赵季主编《韩国诗话全编校注》第10册，人民文学出版社，2012，第8306页。

② （宋）黎靖德编，王星贤点校《朱子语类》卷一四〇《论文下》，中华书局，1986，第8册，第3333页。

③ 《苏轼文集》卷六七《书黄子思诗集后》，中华书局，1986，第5册，第2124页。

④ （宋）黎靖德编，王星贤点校《朱子语类》卷一四〇《论文下》，中华书局，1986，第8册，第3333页。

⑤ （宋）魏庆之：《诗人玉屑》卷五，中华书局，2007，上册，第153页。

⑥ 李穑：《牧隐诗稿》卷八。全诗曰："望江南调与声清，绰约肌肤冰雪明。歌罢出门无处觅，定应骑鹊上瑶京。"见《韩国文集丛刊》第4册，首尔：民族文化推进会，1988，第63页。

⑦ 分别见崔淑精《逍遥斋集》卷二《东人诗话后序》、尹春年《诗法源流体意声三字注解》、沈守庆《遣闲杂录》、车天辂《五山说林草稿》、李晬光《芝峰类说》卷九《文章部二·诗》。

了理学思想对诗歌领域的渗透，也对韦诗在朝鲜的经典化有重要推动作用。

朝鲜对韦应物的接受呈现出理学家与诗人合谋的特点。宣祖时理学家李珥编中国汉魏至宋代诗歌选本《精言妙选》，他重视创作主体冲淡萧散、闲适、洒落的襟怀气象在诗中的表现，因此以诗歌风格为序，将"冲淡萧散"、"闲美清适"和"清新洒落"置于前列，又重古体、平淡诗风，因此韦应物入选诗歌数量最多。理学家李滉弟子柳成龙虽与李珥学派不同，但宗韦应物则一致，"间出为诗章，冲淡浑成，不事雕镂，其机轴多从陶、韦带来"①。诗人学韦诗则有文学方面的现实考量，李植《学诗准的》谓："李、杜歌行雄放驰骋，必须健笔博才可以追蹑。然初学之士学之，易于韦、柳诸作，以其词语平近故也。"② 因此朝鲜也接受了以韦诗为正宗的价值定位，如郑斗卿《东溟诗说》："先秦、西汉文不可不读，而诗又以正为宗，当以《三百篇》为宗主。而古诗、乐府无出汉魏、曹刘、鲍谢诸名家耳。陶靖节、韦左司冲淡深粹，出于自然，可以寻常读。"③ 沿袭陶韦并称，以韦诗为学诗的正宗门径。韦应物别集和入选选本的刊刻时间大多在理学传入之后，也说明了韦诗接受与理学之间的内在联系。无从考证韦应物诗集单独刊刻始于何时，有记载的是万历卫国战争前以辛卯字刊刻了《须溪校本韦苏州集》④。宗唐诗风兴起时，韦诗成为朝鲜汉诗教育的学诗范本。如宣祖时李达学诗，"取《文选》、太白及《盛唐十二家》、刘随州、韦左史暨伯谦《唐音》，伏而诵之"⑤，其学诗范本包括韦诗，韦诗与李白、刘长卿作为"唐音"风调的典型代表，当是出于其精妙细微的体物之心与婉约细腻的流丽风致。白光勋给儿子的书信提及韦诗与儒家经典一同成为随身必备书籍："书册大小并二十五卷，而《诗》《书》大文、《近思录》《韦苏州》，

① 见郑经世《有明朝鲜国输忠翼谟光国忠勤贞亮效节协策扈圣功臣大匡辅国崇禄大夫议政府领议政兼领经筵弘文馆艺文馆春秋馆观象监事世子师丰原府院君西崖柳先生行状》，见柳成龙《西崖集》卷末《西崖先生年谱》卷三，《韩国文集丛刊》第52册，首尔：民族文化推进会，1990，第548页。

② 李植：《泽堂别集》卷一四，《韩国文集丛刊》第88册，首尔：民族文化推进会，1992，第518页。

③ 蔡美花、赵季主编《韩国诗话全编校注》第2册，人民文学出版社，2012，第1406页。

④ 〔韩〕诸洪圭：《韩国书志学辞典》，首尔：景仁文化社，1974，第231页。

⑤ 许筠：《惺所覆瓿稿》卷八《文部五·荪谷山人传》，《韩国文集丛刊》第74册，首尔：民族文化推进会，1991，第204页。

在其中矣。"① 洪柱世（1612~1661）《入学门庭》诗歌部分胪列"《诗经》、《楚辞》、选诗、杜诗、李白、陶诗、韦诗、《唐诗品汇》"②。即使以宗宋著称的崔岦，在晚年转向唐风后编选《十家近体》，也将韦诗与李白、杜甫、韩愈、柳宗元、孟浩然、杜牧、黄庭坚、陈师道、陈与义等经典作家并列。一言以蔽之，韦应物诗在朝鲜的经典化与丽末鲜初理学的传入、兴盛同步，其艺术价值的发现和诗史地位的确立有赖于两位文学家与理学家的共同阐扬，并最终成为宣祖宗唐诗人的主要典范之一。

三 朝鲜半岛唐诗接受史研究现状与本书研究方法

虽然国内已经出版的唐诗接受史（唐诗学史）专著大多未将古代朝鲜半岛的唐诗接受情况纳入研究视野③，但是在唐诗批评、诗人接受和文献研究方面均已取得了一定的知识学实绩。

首先，关于古代朝鲜的唐诗批评。邝健行等编《韩国诗话中论中国诗资料选粹》④对诗话中的唐诗评论材料进行了辑录；党银平 2016 年立项的国家社科基金项目"韩国文集所见中国唐宋文学批评文献汇辑与研究"，辑录范围进一步扩展至文集。孙德彪《朝鲜诗家论唐诗》⑤则提炼理论问题，对朝鲜的唐诗观进行了初步研究。

其次，关于唐诗文献在朝鲜的传播与再编选。此前中国学者多着眼于发现流播域外的古逸书、珍本或佚文，如金程宇、查屏球以《十抄诗》补《全唐诗》⑥，卞东波对《唐宋千家联珠诗格》的整理与研究⑦等。2018 年国家社科基金重大项目查清华"东亚唐诗学文献整理与研究"与查屏球"日

① 白光勋：《玉峰别集·答振南书（辛巳）》，《韩国文集丛刊》第 47 册，首尔：民族文化推进会，1988，第 150 页。
② 洪柱世：《静虚堂集·附录》，《韩国文集丛刊续》第 32 册，首尔：民族文化推进会，2007，第 398 页。
③ 目前仅见沈文凡《唐诗接受史论稿》（现代出版社，2010）有从南羲采《龟磵诗话》看朝鲜的唐诗接受相关内容。
④ 邝健行等编《韩国诗话中论中国诗资料选粹》，中华书局，2002。
⑤ 孙德彪：《朝鲜诗家论唐诗》，民族出版社，2006。
⑥ 金程宇：《韩国本〈十抄诗〉中的唐人佚诗辑考》，《洛阳师范学院学报》2002 年第 5 期；查屏球：《新补〈全唐诗〉102 首——高丽本〈十抄诗〉中所存唐人佚诗考》，《唐代文学研究》第 10 辑，2004 年 11 月。此外查屏球整理《夹注名贤十抄诗》，上海古籍出版社，2005。
⑦ 卞东波：《唐宋千家联珠诗格校证》，凤凰出版社，2007；卞东波：《稀见汉籍〈唐宋千家联珠诗格〉的文献价值及其疏误》，《清华大学学报》2008 年第 6 期。

韩藏唐诗选本研究"，正在对韩国唐诗选本进行全面整理与集成研究①，呈现出超越中国主体、扩大研究范围的趋势。而韩国学者更重视朝鲜对唐诗选本的改造，考述中国编纂的唐诗文献东传朝鲜的时间及朝鲜再编选情况。一方面，关于中国编纂的唐诗文献在朝鲜的传播，金学主《朝鲜时代刊行中国文学关联书研究》②、沈庆昊《关于朝鲜朝的杜诗集刊行》③ 为代表性成果。另一方面，关于"朝人选唐诗"（朝鲜编纂的唐诗选本）的研究，全相烈《朝鲜时代唐诗选集的编纂样相》④ 较早涉足这一领域，许敬震《谈韩国所纂唐诗选集的变化过程》⑤ 进一步钩沉丰富选本目录，琴知雅《朝鲜时代唐诗选集的编纂状况——以延世大学藏本的类型、特征和文献价值为中心》⑥ 等详细介绍了现存四种唐诗选本的版本、编撰与收藏情况。

再次，关于对唐代诗人的个体接受。这一研究起步较早，成果丰富。其中杜诗接受研究成果最为丰富和深入，如李立信《杜诗流传韩国考》⑦ 辑录考辨相关史料，左江《李植杜诗批解研究》⑧、《高丽朝鲜时代杜甫评论资料汇编》⑨ 注重个案和文献研究，张伯伟《典范之形成——东亚文学中的杜诗》⑩、安末淑《杜甫诗和韩国朝鲜时代诗研究》⑪ 则进行整体观照。相对来说，韩国学者的研究更具有文学史视野，如李丙畴《韩国文学上的杜诗研究》⑫、全英兰《韩国诗话中有关杜甫及其作品研究》⑬、李南锺《在韩国

① 可参考查清华《东亚唐诗学资源的开发空间及其现代意义》，《上海师范大学学报》2020年第5期；杨焄《东亚唐诗论评与唐诗学研究》，《上海师范大学学报》2020年第5期。
② 〔韩〕金学主：《朝鲜时代刊行中国文学关联书研究》，首尔：首尔大学校出版部，2000。
③ 〔韩〕沈庆昊：《关于朝鲜朝的杜诗集刊行》，《韩国学报》第11辑，1985。
④ 〔韩〕全相烈：《朝鲜时代唐诗选集的编纂样相》，东方古典文学会编《东方古典文学研究》，2004。
⑤ 参见许敬震指导学生论文노경희《十七八世纪朝鲜与江户文坛唐诗选集受容与刊行样相比较研究》（《茶山与现代》2010年第3辑）等。
⑥ 〔韩〕琴知雅：《朝鲜时代唐诗选集的编纂状况——以延世大学藏本的类型、特征和文献价值为中心》，《中国诗学》第19辑，人民文学出版社，2015。
⑦ 李立信：《杜诗流传韩国考》，台北：文史哲出版社，1991。
⑧ 左江：《李植杜诗批解研究》，中华书局，2007。
⑨ 左江：《高丽朝鲜时代杜甫评论资料汇编》，上海古籍出版社，2021。
⑩ 张伯伟：《典范之形成——东亚文学中的杜诗》，《中国社会科学》2012年第9期。
⑪ 安末淑：《杜甫诗和韩国朝鲜时代诗研究》，山东大学2005年博士学位论文。
⑫ 〔韩〕李丙畴：《韩国文学上的杜诗研究》，首尔：二友出版社，1979。
⑬ 〔韩〕全英兰：《韩国诗话中有关杜甫及其作品研究》，台北：文史哲出版社，1990。

传统时期孟浩然诗接受样相研究》①、金卿东《高丽朝鲜时代士人对白居易的"受容"及其意义》②、李钟汉《韩愈诗文在韩国的传播时期、过程和背景》③ 等，系统梳理史料，并结合朝鲜的历史文化与汉诗发展史，考察其接受过程与文学史意义。

综上所述，朝鲜半岛对唐诗的接受涉及创作、批评与文献三个维度。然而，相对于日本唐诗接受研究而言，朝鲜唐诗接受研究总体上仍处于起步阶段，还有很大发展空间。

朝鲜对中国古典诗歌的接受采用学诗者的视角，传播、接受唐诗的根本目的是创作，唐诗接受具有很强的实践属性，重创作、轻理论，创作研究不容忽视。但作为研究基础的朝鲜汉诗史研究薄弱，已经成为唐诗接受研究进一步深入发展的瓶颈，现有研究大体停留在史料辑录和排比阶段，少有结合文化语境与汉诗史深入阐发其理论意义，尤其对唐诗参与朝鲜汉诗建构的历时性过程关注不多。宣祖时期的唐诗接受主要是在前期唐诗选本奠定的唐诗资源基础上，确立学唐倾向，并在创作方面取得突破，"三唐"诗人的创作高峰拉开全社会宗唐大幕。而"朝人选唐诗"的本土唐诗选本编纂与自觉的唐诗理论建构比创作滞后，许筠向李达学诗，李晬光、申钦等人的诗学理论和选本编纂主要在光海君、仁祖时期，大体从十七世纪开始。所以本书主要从创作方面梳理唐诗接受，并清理宣祖时可资借鉴的唐诗资源，以及李珥编纂选本《精言妙选》体现出的唐诗观等。

关于唐诗接受与朝鲜汉诗创作方面的研究，杨会敏的系列论文对此做出了初步尝试，如《论朝鲜朝宗唐诗人群汉诗创作及影响》④、《高丽前半期汉诗的盛唐精神意蕴》⑤、《统一新罗时期汉诗的晚唐风韵》⑥、《朝鲜朝仁祖

---

① 〔韩〕李南锺：《在韩国传统时期孟浩然诗接受样相研究》，《吉林师范大学学报》2012 年第 3 期。
② 〔韩〕金卿东：《高丽朝鲜时代士人对白居易的"受容"及其意义》，《文学遗产》1995 年第 6 期。
③ 〔韩〕李钟汉：《韩愈诗文在韩国的传播时期、过程和背景》，《周口师范学院学报》2010 年第 1 期。
④ 杨会敏：《论朝鲜朝宗唐诗人群汉诗创作及影响》，《重庆理工大学学报》2012 年第 1 期。
⑤ 杨会敏：《高丽前半期汉诗的盛唐精神意蕴》，《北华大学学报》2014 年第 6 期。
⑥ 杨会敏：《统一新罗时期汉诗的晚唐风韵》，《延边大学学报》2014 年第 6 期。

至景宗时期宗唐诗风论析——以士大夫诗人群、委巷诗人群为中心》①，勾勒了各时期学唐的主要诗人以及有代表性的唐诗观念。马金科 2019 年度国家社科基金项目"古代朝鲜半岛'唐宋诗之争'文献整理与研究"，该方向相关研究成果包括《余音未消：论"唐宋之争"对李德懋诗学的影响》《论朝鲜朝初期文学家徐居正的唐宋诗观》《朝鲜朝中期"唐宋诗之争"研究》等。② 李岩《域外接受与变革：朝鲜朝唐宋诗之辨审美趋向探析》③，从与宋诗对比的角度，揭示朝鲜时代唐音消长与诗坛风尚之间的关系。韩国学者郑珉《十六七世纪学唐风的性格与风情》④ 揭示十六七世纪朝鲜"自宋易唐，自苏还杜"的诗风演变，并将宗唐历程分为四个阶段：金净、李胄、俞好仁、申从濩、罗湜、朴淳、郑澈、申光汉、尹根寿、权擘、许篈为宗唐先声，崔庆昌、白光勋、李达、许兰雪轩、林悌为艳丽的晚唐风，权韠、李安讷、许筠、李晬光、车天辂为盛唐风，郑斗卿为汉魏拟古风。全松烈《朝鲜前期汉诗史研究》⑤ 从创作角度考察朝鲜王朝初建到宣祖时期的典范选择，其中以宗唐系谱及其诗风嬗变为论述重点。沈庆昊《中国诗选集与诗注释书的受容与朝鲜前期汉诗的变化》⑥ 关注的各时代选本中涉及《分门纂类唐宋时贤千家诗选》《联珠诗格》《唐诗鼓吹》《唐音》《瀛奎律髓》《唐诗品汇》等唐诗文献，从官刻选本角度考察朝鲜诗风嬗变，具有启示意义。此外，李钟默《朝鲜前期汉诗唐风的特征与局限》⑦、安炳鹤《朝鲜中

① 杨会敏：《朝鲜朝仁祖至景宗时期宗唐诗风论析——以士大夫诗人群、委巷诗人群为中心》，《唐都学刊》2021 年第 9 期。

② 朴哲希、马金科：《余音未消：论"唐宋之争"对李德懋诗学的影响》，《华夏文化论坛》第 20 辑，2018 年 12 月；马金科、朴哲希：《论朝鲜朝初期文学家徐居正的唐宋诗观》，《社会科学战线》2019 年第 10 期；朴哲希：《朝鲜朝中期"唐宋诗之争"研究》，《外国文学研究》2021 年第 3 期。

③ 李岩：《域外接受与变革：朝鲜朝唐宋诗之辨审美趋向探析》，《文学评论》2022 年第 4 期。

④ 〔韩〕郑珉：《十六七世纪学唐风的性格与风情》，韩国汉文学会主办《韩国汉文学研究》第 19 辑，1996。

⑤ 〔韩〕全松烈：《朝鲜前期汉诗史研究》，首尔：以会文化社，2001。

⑥ 〔韩〕沈庆昊：《中国诗选集与诗注释书的受容与朝鲜前期汉诗的变化》，韩国语文学国际学术论坛，2007 年 6 月，第 75～91 页。

⑦ 〔韩〕李钟默：《朝鲜前期汉诗唐风的特征与局限》，韩国汉文学会主办《韩国汉文学研究》第 18 辑，1995。

期唐诗风与诗论的展开样相》① 也有相关研究。

虽然受到研究者主观视角限制和历史遗留材料的有限性，完全还原历史的期待是无望的，但不代表还原历史的意图对研究者的认识没有意义。本书不满足于史料的平铺和简单罗列，旨在描述宣祖时宗唐思潮发生、发展的历史过程，寻绎影响唐诗接受过程、接受形态和影响范围的重要文学事件及其相关人物，在时间坐标系中定位，并通过探寻文学事件与相关人物之间的因果关联勾勒历史脉络。相信不同研究者日益在历史框架之上填充细节，将不断逼近历史史实。

本书注重创作与批评相结合，以弥补宣祖时期唐诗评论资料的"文献不足征"，注意考察理论与创作之间的离合关系，并考察诗格诗法、选本、总集、别集等唐诗文献的东传、刊刻与再编选，从丰富的创作实践与典型的选本编纂中提炼朝鲜的唐诗观。重点关注唐诗与朝鲜半岛汉诗创作、诗学理论发展的关系，阐释中国诗人典范的选择与朝鲜诗风嬗变之间的关系以及传入选本的诗学史意义，将唐诗接受置于朝鲜汉诗发展的历史进程和朝鲜本土的文化语境中做系统的文学文化观照，阐释朝鲜唐诗观的流变以及唐诗接受的诗学文化史意义。既注重挖掘中国亡佚而朝鲜仍然保存的唐诗资源，同时注重朝鲜民族接受过程中的选择、重构与对唐诗的创造性发展，阐释唐诗如何参与朝鲜本土诗学建构，呈现唐诗作为经典的多重阐释的可能性。域外唐诗接受研究需要建构与本土唐诗接受不同的研究方法，本书初步尝试和探讨，踵事增华，则俟后之大雅君子。

朝鲜文集中多有双行小字注释，本书引用时，题目中的小字属于题注，题目从简，因此删掉，个别之处为区分，故保留，以圆括号标示，如白光勋《答振南书（辛巳）》《答振南书（庚辰）》；正文中的小字一般保留，以圆括号标示；笔者所加注解用"引者注"标明。

---

① 〔韩〕安炳鹤：《朝鲜中期唐诗风与诗论的展开样相》，《韩国文化研究》第 1 辑，2000 年 12 月。安炳鹤另有《三唐派诗世界研究》，高丽大学 1988 年博士学位论文。

第一章　宗唐文学思潮的发轫

朝鲜汉诗学唐的渊源要追溯至新罗末、高丽初，相当于中国晚唐、五代时期。新罗遣唐留学生金云卿、崔匡裕、崔致远、朴仁范、朴寅亮与唐朝诗人许浑、马戴、杜荀鹤、僧贯休、齐己等交游以及诗歌酬赠。宋朝建立后，宋诗也传入朝鲜，尤其是苏轼诗风从高丽中期开始流行①，持续二百余年。后来师法典范拓宽至黄庭坚、陈师道、王安石等人。但唐风在高丽仍有一定影响，如高丽中期，崔冲、郭舆、金富轼、郑知常的汉诗有晚唐风韵；高丽后期，唐诗接受进一步深化，郑誧、洪侃、郑梦周、李崇仁学唐，李奎报、李仁老、金克己、李齐贤、李穑唐宋兼宗，诗中表现出对李白、杜甫、韩愈、白居易等唐代诗人的受容。释子山《夹注名贤十抄诗》收录二十六位中晚唐诗人，以中小诗人为主，甚至包括一百余首《全唐诗》未收的逸诗，可见朝鲜接受唐诗之深细。不过总体而言，此时期无论宗唐、宗宋，尚属于紧跟中国诗坛趋尚，并未对唐诗、宋诗所代表的诗歌艺术类型有自觉选择。

朝鲜时代初期依照历史惯性延续宋诗风，但杜诗一直作为最高典范，刊刻、编选、注释、学习不绝如缕，世祖时僧义砧、柳方善善解杜诗；世宗命编《纂注分类杜诗》；安平大君《八家诗选》选李、杜、韦、柳诗，与宋欧阳修、王安石、苏轼、黄庭坚并举。同时郑道传、李詹、郑以吾、柳方善、成侃、月山大君李婷、南孝温等人作诗有唐风。唐诗文献作为经典，

---

① 金宗直《青丘风雅序》：“得吾东人诗而读之，名□者不啻数百，而其格律无虑三变：罗季及丽初，专袭晚唐；丽之中叶，专学东坡。”（据韩国国立中央图书馆藏甲辰字本）据吴熊和《苏轼奉使高丽一事考略》（《杭州大学学报》1995年第1期），苏颂在苏轼遭“乌台诗案”时所作一首诗的自注“前年高丽使者过余杭，求市子瞻集以归”，是目前苏轼诗集传入高丽的最早记载。其诗为苏颂《苏魏公集》卷一〇《已未九月，予赴鞫御史，闻子瞻先已被系。予昼居三院东阁，而子瞻在知杂南庑，才隔一垣，不得通音息，因作诗四篇，以为异日相遇一噱之资耳》，则最迟宋熙宁十年（1077）苏轼集已传入朝鲜。

其刊刻并未停止，唐诗资源在持续积累中。尤其世宗十六年（1434）新铸二十万甲寅字，以此刊印了《唐宋千家联珠诗格》《唐宋句法》《唐诗》《分类补注李太白诗》《纂注分类杜诗》《朱文公校昌黎先生集》《唐柳先生集》，包括地方官刻本在内的还有《三体唐诗》《唐诗鼓吹》以及诗人别集《唐翰林李太白集》《杜工部草堂诗笺》《黄氏集千家注杜工部诗史补遗》《新刊五百家注音辨昌黎先生文集》《唐柳先生集》《樊川文集夹注》等。

到宣祖时期以"三唐"诗人为标志兴起大规模宗唐文学思潮之前，其间成宗、燕山君、中宗、明宗时属于过渡时期，诗坛以宋诗风为主，但已经出现尝试宗唐的诗人诗作。这段时期虽然兴起数次士祸，多位诗人受到牵连，但成宗、中宗、明宗在朝鲜历史上都以涵养文化著称，刊印唐诗选本和别集，培养汉诗人才，积累艺术经验，为诗风由宋转唐奠定了一定基础。其中成宗时期（1470~1494）尤其重视文教，继世宗、世祖之后，成宗十五年（1484）新铸甲辰字，大规模刊印书籍并颁布，教化及于乡学，并且建立书肆，铸字、印书不拘公私兴造。其中刊刻的唐诗文献包括《唐诗鼓吹》《鼓吹续编》《唐宋千家联珠诗格》《唐百家诗》《唐诗正音抄》《瀛奎律髓》《唐诗品汇》《诗学大成》《文章辨体》，以及《杜工部七言律诗》《纂注分类杜诗》《虞注杜律》《香山诗抄》等。至此，宣祖时宗唐诗派依据的主要选本《唐宋千家联珠诗格》《三体唐诗》《唐诗鼓吹》《唐百家诗》《唐诗正音》《唐诗品汇》已经基本传入朝鲜，并通过刊刻、抄写具备了一定的流传范围。成宗还命人谚解杜诗，促进了杜诗的普及和传播范围的扩大。据《朝鲜王朝实录》记载，成宗自十一年（1480）至十九年（1488），频繁以"鱼川泳而鸟云飞""春雪禁体""秋月扬明辉""长乐宫上寿""豹隐南山""游富春山""龙山落帽"等为题考查馆阁文臣的排律创作，自上而下传递出重视汉诗的信息。

燕山君（1495~1506）是典型的好文之主，晚年经常君臣唱和，宠幸宗唐诗人姜浑、李希辅等。他的自作诗已经开始注重意象营构，绝句往往首联辞藻秾丽，尾联保留议论的痕迹，属于由宋转唐的过渡。并且燕山君对文臣制进诗也提出符合自己审美偏好的要求，认为"诗贵华丽"①，"主意

---

① 《燕山君日记》卷五七，燕山君十一年（1505）一月三十日（丙辰），见《李朝实录》第19册，东京：日本学习院东洋文化研究所，1959，第765页。

欲着题，措辞欲和畅"①，未摆脱重"意"的审美倾向。他也认识到汉诗在诗赋外交中的"华国"功能，十年（1504）"试律诗四韵以取士"，史臣讥曰："由是，士习愈毁，竞弃实学而事诗句，数年之间经史一废，争诵《唐诗鼓吹》，徼幸科第。"② 不过从侧面反映出对宗唐诗风的促进。燕山君十一年（1505）下令："取士时，其制述与杜牧、白居易、李太白气习相近者取之。"③ 又命校书馆印进《唐诗鼓吹》《鼓吹续编》《三体唐诗》《唐音》《诗林广记》《唐贤诗》《瀛奎律髓》等唐诗文献④。总之，燕山君鲜明的个人喜好通过科举、文臣赓和对朝鲜宗唐诗风的兴起有重要推进作用。

中宗时期（1506～1544）非常重视诗赋外交，明确意识到"解纷多赖于词命，华国亦由于风谣"⑤；"他事则已矣，其中酬唱之事甚为重难"⑥。因此，他大力培养汉诗人才，入选读书堂人数居历代之最，刊印的唐诗文献以《唐宋千家联珠诗格》、杜诗为主，中宗七年（1512）尹春年刊《诗法源流》，但也有不少宋诗文献，可见唐诗在当时仍未成为诗坛主流。明宗时期（1546～1567）刊刻书籍中唐诗文献所占比重明显超过宋诗，如《唐宋千家联珠诗格》《唐音》《唐诗汇选》《须溪先生批点杜工部排律》《读杜诗愚得》《朱文公校昌黎先生集》《刘随州文集》等。

创作方面，世祖时期以来诗人不再满足苏诗的"波澜富而句律疏"⑦，对学苏诗而流行的粗豪率易诗风予以反思，汉诗开始呈现出精致化的趋势。金宗直（1431～1492）选《青丘风雅》，"稍涉豪放者弃而不录"⑧，有意推

① 《燕山君日记》卷五八，燕山君十一年（1505）七月七日（庚寅），见《李朝实录》第 19 册，东京：日本学习院东洋文化研究所，1959，第 783 页。

② 《燕山君日记》卷五六，燕山君十年（1504）十一月二十三日（己酉），见《李朝实录》第 19 册，东京：日本学习院东洋文化研究所，1959，第 753 页。

③ 《燕山君日记》卷五七，燕山君十一年（1505）三月二十二日（丁未），见《李朝实录》第 19 册，东京：日本学习院东洋文化研究所，1959，第 770 页。

④ 《燕山君日记》卷五八，燕山君十一年（1505）五月十九日（癸卯），见《李朝实录》第 19 册，东京：日本学习院东洋文化研究所，1959，第 777 页。

⑤ 《朝鲜中宗实录》卷三四，中宗十三年（1518）七月十二日（己酉），见《李朝实录》第 21 册，东京：日本学习院东洋文化研究所，1959，第 324 页。

⑥ 《朝鲜中宗实录》卷八三，中宗三十一年（1536）十二月八日（己丑），见《李朝实录》第 23 册，东京：日本学习院东洋文化研究所，1959，第 525 页。

⑦ （宋）刘克庄：《后村诗话》，中华书局，1983，第 26 页。

⑧ 成伣：《慵斋丛话》卷一〇，见蔡美花、赵季主编《韩国诗话全编校注》第 1 册，人民文学出版社，2012，第 303 页。

崇雅正诗风："得吾东人诗而读之，名□者不啻数百，而其格律无虑三变：罗季及丽初，专袭晚唐；丽之中叶，专学东坡；迨其叔世，益斋诸名公稍稍变旧习，裁以雅正，以迄于盛朝之文明，犹循其轨辙焉。"① 此后，汉诗沿两个方向发展：一方面以师法黄庭坚为代表的江西诗派，形成了"海东江西诗派"②，以朴闇、李荇、郑士龙为著，疏卤质实、沉厚老健的宋诗风居主流，从语言的锻炼方面寻求突破；另一方面出现了真正有意识以唐为法、且创作取得一定成就的诗人，注重诗歌意境的提纯。如李胄"始学唐诗，沉着奇丽"③，申光汉清劲老健，金净清壮奇丽，林亿龄雄肆豪逸，李后白豪放超诣。朝鲜时代前期其他学唐诗人还包括俞好仁、申从濩、姜浑、朴祥、罗湜、郑希良、奇遵、崔寿峸、金麟厚、林亨秀等。

第一节　朝鲜时代初期的由宋转唐与唐宋诗之争

朝鲜时代初期出于意识形态建设的需要，汉诗多用于说理，"以意为主"的诗学观念盛行，追求"达意"的诗学目的，因此有明显的议论化倾向，以宋诗风为主流。成宗以来，涵养文化，汉诗进一步发展，更多的艺术细节被重视，宗唐诗风发轫，一些诗人的汉诗创作有学唐迹象。李睟光谓："本朝诗人不脱宋元习者无几。如李胄、俞好仁、申从濩、申光汉号近唐，而似无深造之功。"④

首先，由于唐风初起，一些诗人存在明显过渡痕迹，如俞好仁、李胄、申光汉、郑希良等。他们或唐宋兼宗，或学唐而缺少艺术经验，未臻纯粹。

俞好仁（1445～1494），字克己，号㵢溪、㵢溪。本贯高灵。成宗朝文

---

① 金宗直：《青丘风雅序》，据韩国国立中央图书馆藏甲辰字本。
② "海东江西诗派"指朝鲜时代中期李荇（号容斋）、朴闇（号挹翠轩）、郑士龙（号湖阴）等宗法黄庭坚与江西诗派的诗人群体。得名于申纬《东人论诗绝句三十五首》其十六："学副真才一代论，容斋正觉入禅门。海东亦有江西派，老树春阴挹翠轩。"（见《警修堂全稿》册一七《北禅院续稿二》，《韩国文集丛刊》第291册，首尔：民族文化推进会，2002，第373页）韩国学者李钟默《海东江西诗派研究》（首尔：太学社，1995）提出其成员还包括朴祥、卢守慎、黄廷彧。
③ 许筠：《苏谷诗集序》，见李达《苏谷诗集》卷首，《韩国文集丛刊》第61册，首尔：民族文化推进会，1991，第3页。
④ 李睟光：《芝峰类说》卷九《文章部二·诗评》，见蔡美花、赵季主编《韩国诗话全编校注》第2册，人民文学出版社，2012，第1106页。

科及第，选湖堂，历任修撰、校理、掌令。为赡养母亲乞外任，卒于陕川郡任上。著有《潘溪集》今传。其诗格律雅古，奇峭精警。有唐韵的诗如《题沙斤驿亭》："乾坤真逆旅，无处不居停。往者犹来者，长亭复短亭。遥空孤雁度，薄暮数峰青。一枕南柯梦，斜阳欲半庭。"又如七绝乐府旧题《咸阳滥濡竹枝曲十绝》："城南城北闹鸡豚，赛罢田神谷雨昏。太守游春勤劝课，肩舆时入杏花村。"许筠《国朝诗删》卷二评为："无飘渺之音而自秾厚有味。"① 但是俞好仁自言笃好黄庭坚诗，为了传播黄诗，在成宗十三年（1482）刊刻其诗集②。他有德有学，身后奉享长水苍溪书院、咸阳滥溪书院等。成伣亦谓"其诗深悟于理而自得，故篇篇有范，句句有警，米盐酝藉，不落世之窠臼。譬如秋山，多骨少肉，奇峭无穷"③。

李胄（1468~1504）字胄之，号忘轩，本贯固城。成宗朝登第，选湖堂，官止正言。为金宗直门人，戊午史祸时流配珍岛，甲子士祸处斩刑，后追赠都承旨。有《忘轩遗稿》今传。许筠谓其"始学唐诗，沉着奇丽"④；"李忘轩胄诗最沉着，有盛唐风格"⑤。他曾以书状官身份出使中国，作五律《通州》："通州天下胜，楼观出云霄。市列金陵货，江通杨（扬）子潮。层云秋落渚，独鸟暮归辽。鞍马身千里，登临故国遥。"柳梦寅（1559~1623）《於于野谈》谓："中原之人揭悬板，称之曰'独鹤暮归辽先生'。"⑥ 李胄擅长七律，其《次安边楼韵》："铁关天险似秦中，古塞悲笳落远空。冻雨斜连千嶂雪，饥鸦惊叫一林风。百年去住身先老，半世悲欢气挫雄。万里羁怀愁不语，关河迢递近山戎。"《惺叟诗话》评为"老苍奇杰"⑦，《国朝诗删》卷五谓："悲壮顿挫，盛唐能品，又结得慷慨。"⑧ 不过

---

① 〔韩〕赵钟业：《韩国诗话丛编》第 4 册，首尔：太学社，1996，第 351 页。

② 俞好仁：《潘溪集》卷七《黄山谷集跋》，《韩国文集丛刊》第 15 册，首尔：民族文化推进会，1988，第 187 页。

③ 成伣：《虚白堂集》卷七《潘溪诗集序》，《韩国文集丛刊》第 14 册，首尔：民族文化推进会，1988，第 473 页。

④ 许筠：《苏谷诗集序》，见李达《苏谷诗集》，《韩国文集丛刊》第 61 册，首尔：民族文化推进会，1991，第 3 页。

⑤ 许筠：《惺叟诗话》，见《惺所覆瓿稿》卷二五《说部四》，《韩国文集丛刊》第 74 册，首尔：民族文化推进会，1991，第 361 页。

⑥ 蔡美花、赵季主编《韩国诗话全编校注》第 2 册，人民文学出版社，2012，第 1011 页。

⑦ 许筠：《惺叟诗话》，见《惺所覆瓿稿》卷二五《说部四》，《韩国文集丛刊》第 74 册，首尔：民族文化推进会，1991，第 361 页。

⑧ 〔韩〕赵钟业：《韩国诗话丛编》第 4 册，首尔：太学社，1996，第 538 页。

许筠指出这种沉着老苍的诗风"自是苏、杜中来,大体不纯"①,有宋诗风的残留。别集存有《次山谷雪韵》《次山谷和子瞻韵》《次山谷次王炳之竹字韵》②,可见其对黄庭坚诗的喜爱。

申光汉(1484~1555)字汉之、时晦,号企斋、骆峰、石仙斋、青城洞主,本贯高灵,为申叔舟之孙。中宗朝登科,选湖堂,典文衡,官至赞成、领经筵。著有《企斋集》今传。中宗三十三年(1538)诏使华察、薛廷宠来,为都司宣慰使。三十九年(1544)中宗赐谥使张承宪来,为远接使。明宗元年(1546)仁宗赐谥使王鹤来,为馆伴,并作《丙午皇华集序》。别集中还存有与日本使臣的唱和诗。他也以理学诗人兼具唐风宋调。赵士秀谓其"祖少陵而宗江西,气浑而雄,律赡而富,清研幽妙,峻洁流丽。如铜丸走板(坂),如繁星丽天,众体森备,远驾前古。人谓善学老杜"③,指出其由杜诗而达宋调的倾向。别集中有次韵邵雍、梅尧臣诗二十二首④,也可以见其诗学渊源。其诗与海东江西诗派的郑士龙齐名。洪万宗(1643~1725)《小华诗评》卷上:"申企斋、郑湖阴一时齐名,两家气格不同,申诗清亮,郑诗雄奇。"⑤《惺叟诗话》:"申骆峰诗清绝有雅趣……虽雄奇不逮湖老,而清邃过之。"⑥ 申光汉又与海东江西诗派另一成员李荇同被列为和平淡雅的一脉:"我朝作者代有其人,不啻数百家。以近代人言,途有三焉。和平淡雅,成一家言者,容斋李荇、骆峰申光汉,而申较清、李较圆。"⑦ 大抵诗风之"清"使之更接近唐音。曾自言:"少也未读他诗,始学杜牧《华清宫》排律,因学作诗法。虽晚年欲有所述,必先诵一遍,然后执笔。"⑧ 别集还存有对唐人五言绝句和刘禹锡诗的次韵,如卷三《书斋

① 许筠:《鹤山樵谈》,蔡美花、赵季主编《韩国诗话全编校注》第 2 册,人民文学出版社,2012,第 1435 页。
② 据纯祖四年(1804)木刻本《铁城联芳集》,见全松烈《朝鲜前期汉诗史研究》,首尔:以会文化社,2001,第 157、158 页。
③ 赵士秀:《文简公行状》,见申光汉《企斋集》卷一四《附录》,《韩国文集丛刊》第 22 册,首尔:民族文化推进会,1988,第 383 页。
④ 如卷三《次邵尧夫年老逢春韵十三首》《次梅宛陵秋蝉韵》,卷九《和邵尧夫首尾吟八首》。
⑤ 蔡美花、赵季主编《韩国诗话全编校注》第 3 册,人民文学出版社,2012,第 2333 页。
⑥ 《韩国文集丛刊》第 74 册,首尔:民族文化推进会,1991,第 363 页。
⑦ 申钦:《晴窗软谈》卷下,《韩国文集丛刊》第 72 册,首尔:民族文化推进会,1991,第 347 页。
⑧ 李济臣:《清江先生诗话》,见蔡美花、赵季主编《韩国诗话全编校注》第 1 册,人民文学出版社,2012,第 650 页。

壁上有帖唐人五言绝句者五首宵坐无聊用其诗中字还次其韵》，卷八《次刘禹锡送春词韵》。申光汉诸体俱备，其中七绝唐韵较为突出，如《春词拟古》："帘卷轻寒袭画屏，美人睡起燕呢咛。门前柳色春应染，眉上愁容谁为青？"

郑希良（1469~1502）字淳夫，号虚庵，籍贯海州。燕山君元年（1495）及第。金宗直门人，戊午史祸时谪义州。燕山君十年（1504）蒙放，丁忧守墓于德水县南，后不知所终。有《虚庵遗集》。郑希良诗格高古，如《题途旁院壁》："鸟窥颓垣穴，人汲夕阳泉。山水为家客，乾坤何处边。""风雨惊前日，文明负此时。孤筇游宇宙，嫌闹并休诗。"南龙翼认为其七律"家法忽从金柜变，天心先许杜鹃知"[1] 一联奇健。[2] 许筠品评"客里又逢寒食雨，梦中犹忆故乡春"[3] 一联"有中唐雅韵"[4]。

创作偏向中晚唐诗风的诗人有申从濩、姜浑等。

申从濩（1456~1497）字次韶，成宗朝登第，因进士试、文科与重试皆魁，号三魁堂，本贯高灵。申从濩有家学渊源，祖父申叔舟、父亲申用溉都是朝鲜著名诗人，一门三代典文衡。曾选湖堂，官至礼曹参判。成宗十二年（1481）、燕山君三年（1497）分别以千秋使书状官、贺正使出使中国，并参与接待明使董越、王敞。善诗文、书法，有《三魁堂集》，著《舆地胜览》。曹伟谓："次韶少时喜用事，下语奇险，见之者辄难读。……后学唐诗，痛革少年之习，沉雄豪健，流丽清壮，备兼众体。"[5] 尤其七古雄丽，代表作如《惜骏马忽死》[6]《题日出扶桑图》。七绝《伤春二首》其一有唐韵："茶瓯饮罢睡初醒[7]，隔屋闻吹紫玉笙。燕子不来莺又去，满庭红

① 出郑希良《虚庵遗集》卷一《读宋史》，《韩国文集丛刊》第18册，首尔：民族文化推进会，1988，第16页。
② 南龙翼：《壶谷诗话·诗评·东诗》，蔡美花、赵季主编《韩国诗话全编校注》第3册，人民文学出版社，2012，第2204页。
③ 出郑希良《虚庵遗集》卷一《偶书》，《韩国文集丛刊》第18册，首尔：民族文化推进会，1988，第19页。
④ 见许筠《惺叟诗话》。据《惺叟诗话》，郑诗作"客里偶逢寒食雨，梦中犹忆故园春"。《韩国文集丛刊》第74册，首尔：民族文化推进会，1991，第361页。
⑤ 曹伟：《梅溪集》卷四《高灵世稿识》，《韩国文集丛刊》第16册，首尔：民族文化推进会，1988，第346页。
⑥ 此据《箕雅》卷一三，《续东文选》卷五、《国朝诗删》卷八题作《家有一马甚骏，畜之几十年。一日忽无病而死，余嗟惜者久，作诗而记之》。
⑦ "醒"，《续东文选》卷一〇作"轻"，据韩国首尔大学奎章阁藏训练都监字覆刻本。

雨落无声。"《国朝诗删》卷二评为"晚李佳品"①,《小华诗评》卷上誉为"何让唐人"②。

姜浑(1464~1519)字士浩,号木溪,谥文简,本贯晋州。成宗朝登第,选湖堂,官至判中枢。成宗二十三年(1492)明朝册立皇太子诏使艾璞、高胤先至,为远接使卢公弼从事官。他是金宗直门人,燕山君戊午史祸时被祸,中宗时参靖国功臣,封晋川君。今传《木溪逸稿》。燕山君时,姜浑为都承旨,以文华骤升。燕山君曾以"寒食园林三月暮,落花风雨五更寒"为韵,姜浑作《应制》诗曰:"清明御柳锁寒烟,料峭东风晓更颠。不禁落花红衬地,更教飞絮白漫天。高楼隔水寒珠箔,细马寻芳耀锦鞯。醉尽金樽归别院,彩绳摇曳画栏边。"③符合燕山君"诗贵华丽""和畅"的审美趣味,《国朝诗删》卷五评为"晚李佳品,秾媚"④。姜浑还有一些诗开"三唐"诗人之先,如被评为"诗中有画"的名句"紫燕交飞风拂柳,青蛙乱叫雨昏山"⑤,以及《三嘉双明轩》:"古县鸦鸣日落时,雪晴江路细逶迤。人家处处依林樾,白板双扉映竹篱。"姜载亨谓其诗"有钟磬之音而冲淡清绝"⑥。

被当时诗论家誉为有盛唐之风的金净、罗湜、奇遵,主要由于其意象、语言造成雄浑悲壮的风格,诗作少雕饰,不软媚,但实际上其宗法对象仍包括中晚唐诗人。

金净(1486~1521)字符冲,号冲庵、孤峰,谥文简,本贯庆州。中宗朝登魁科,选湖堂,官至刑曹判书。己卯被祸,杖流济州,不久赐死。奉享报恩象贤书院、清州莘巷书院、济州橘林书院。善诗、书、画,著有《冲庵集》今传。许筠谓,李胄之后,金净"继起为韦、钱之音,二公足称一班"⑦。

---

① 〔韩〕赵钟业:《韩国诗话丛编》第4册,首尔:太学社,1996,第352页。
② 蔡美花、赵季主编《韩国诗话全编校注》第3册,人民文学出版社,2012,第2327页。
③ 事见许筠《惺所覆瓿稿》卷二五《说部四·惺叟诗话》,《韩国文集丛刊》第74册,首尔:民族文化推进会,1991,第361页。
④ 〔韩〕赵钟业:《韩国诗话丛编》第4册,首尔:太学社,1996,第547页。
⑤ 出七律《星州临风楼四首》其二:"试吟佳句发天悭,正值楼中吏牒闲。紫燕交飞风拂柳,青蛙乱叫雨昏山。一生毁誉身多病,半载驱驰鬓欲斑。黄阁故人书断绝,客行寥落滞乡关。"《韩国文集丛刊》第17册,首尔:民族文化推进会,1988,第164页。
⑥ 姜载亨:《木溪先生逸稿跋》,见姜浑《木溪逸稿》卷末,《韩国文集丛刊》第17册,首尔:民族文化推进会,1988,第196页。
⑦ 许筠:《苏谷诗集序》,见李达《苏谷诗集》卷首,《韩国文集丛刊》第61册,首尔:民族文化推进会,1991,第3页。

"先生尤喜韦苏州诗，手不释卷。每赞孟浩然'微云淡河汉，疏雨滴梧桐'之句。故其诗与韦、孟同其态。"① 金净绝句学刘长卿，如《感兴》："落日临荒野，寒鸦下晚村。空林烟火冷，白屋掩荆门。"意象清寂萧瑟，许筠《惺叟诗话》谓"酷似刘长卿"②。此外，在济州所作的《闻方生谈牛岛歌以寄兴》学李贺，还有闲适诗《懒（效刘白张姚体）》。七绝《江南》"江南残梦昼厌厌，愁逐年芳日日添。双燕来时春欲暮，杏花微雨下重帘"，以及《锦江楼》"西风木落锦江秋，烟雾蘋洲一望愁。日暮酒醒人去远，不堪离思满江楼"，极似唐诗，申钦谓"置之唐人集中，辨之不易"③。其"五律深得杜工部体"④，豪壮如"风生万古穴，江撼五更楼"⑤；沉郁如《遣怀》："海国恒阴黱，荒村尽日风。知春花自发，入夜月临空。乡思千山外，残生绝岛中。苍天应有定，何用哭途穷。"不过与申光汉、朴祥不同的是，金净的诗歌语言浅切自然，重意兴，并未由杜甫阑入宋诗。

罗湜（1498~1546）字正源，号长吟亭，本贯安定。荫补陵参奉。作为赵光祖、金宏弼门人，明宗即位年（1545）乙巳士祸时坐诗案罢职，谪流兴阳，次年安置江界，并赐死。著有《长吟亭遗稿》今传。罗湜诗高古冲淡，诗中有画，评者以为有盛唐之风。如《咏画猿二首》其二："老猿失其群，落日枯槎上。兀坐首不回，想听千峰响。"李达评价："此盛唐《伊州歌》法，所谓截一句不得成篇者也。"⑥ 朴世采（1631~1695）谓其诗"词高意远，绝去雕饰"⑦。

奇遵（1492~1521）字敬仲，一字子敬，号服斋，谥文愍。本贯德阳。

① 金净：《冲庵集·年谱下·附录·诸家记述》，《韩国文集丛刊》第 23 册，首尔：民族文化推进会，1988，第 277 页。
② 许筠：《惺所覆瓿稿》卷二五《说部四》，《韩国文集丛刊》第 74 册，首尔：民族文化推进会，1991，第 362 页。
③ 申钦：《晴窗软谈》卷下，见《象村稿》卷五二，《韩国文集丛刊》第 72 册，首尔：民族文化推进会，1991，第 342 页。
④ 《东国诗话汇成》卷一二，蔡美花、赵季主编《韩国诗话全编校注》第 4 册，人民文学出版社，2012，第 3147 页。
⑤ 出金净《冲庵集》卷一《清风寒碧楼》，《韩国文集丛刊》第 23 册，首尔：民族文化推进会，1988，第 111 页。
⑥ 许筠《惺叟诗话》引，见《惺所覆瓿稿》卷二五《说部四》，《韩国文集丛刊》第 74 册，首尔：民族文化推进会，1991，第 363 页。
⑦ 朴世采：《南溪集》卷六六《长吟亭集序》，《韩国文集丛刊》第 140 册，首尔：民族文化推进会，1994，第 358 页。

中宗时及第。己卯士祸时谪湖西，又移配咸镜道稳城，不久赐死。奉享稳城忠谷书院、高阳文峰书院、牙山仁山书院。有《德阳遗稿》。奇遵"时时讽咏杨士弘编次《唐音》"①，别集中可见其诗学许浑、钱起、李翱等，如《四皓庙次唐许用晦韵》《夜阅唐诗有怀因次钱起韵》《拟幽怀赋次李翱韵》。其《记梦》诗："异域江山故国同，天涯垂泪倚孤峰。潮声寂寞河关闭，木叶萧条城郭空。野路细分秋草里，人家多住夕阳中。征帆万里无回棹，碧海茫茫信不通。"鱼叔权《稗官杂记》卷三谓"声调悲壮，绝似唐诗"②，终成诗谶，谪居稳城。又《秋日城头》：

> 塞国初霜下，胡山一半黄。野寒风叶动，江落雁沙长。朔气沉孤戍，边云老战场。高城聊极目，日暮泪茫茫。

《壶谷诗话·诗评·东诗》评为"五言律最佳者"之一。③《国朝诗删》卷四评其《日暮登城》有"高、岑奇思"④。此外，奇遵有乐府体创作，如《塞上歌》《关山曲》《少年行》《古曲》《塞上侠少歌》《悲城头》《三更吟》《白屋叹》《古人歌》《古意》等，开朝鲜时代中期宗唐诗派大量创作乐府体之先河，尤其是闺怨、游仙、边塞题材的尝试。不过奇遵多用汉魏乐府的古题或片段叙事结构，诗风高古雄浑，体式也是古风，与宣祖时诗人多用绝句不同。

崔寿峸也因其独特的性情，并未完全流于中晚唐诗境。崔寿峸（1487～1521）字可镇，号猿亭、北海居士、镜浦山人，谥文正。本贯江陵。他是金宏弼门人，与赵光祖等交游，在士林间德高望重，中宗末年荐举为参奉。但得罪南衮，死于乙巳士祸。诗文、书画、音律、数学均造诣颇深。其诗清峭。如《题万义浮屠》："古殿残僧在，林梢暮磬清。曲通千里尽，墙压众山平。木老知何岁，禽呼自别声。艰难忧世网，今日恨余生。"《辋川》诗曰："秋月

① 朴忠元：《德阳遗稿叙》，见奇遵《德阳遗稿》卷首，《韩国文集丛刊》第 25 册，首尔：民族文化推进会，1988，第 291 页。
② 蔡美花、赵季主编《韩国诗话全编校注》第 1 册，人民文学出版社，2012，第 801 页。
③ 蔡美花、赵季主编《韩国诗话全编校注》第 3 册，人民文学出版社，2012，第 2205 页。
④ 〔韩〕赵钟业：《韩国诗话丛编》第 4 册，首尔：太学社，1996，第 467 页。

下西岑，暝烟生远树。断桥两幅巾，谁是辋川主。"①

此外，湖南诗坛较早流行宗唐风气，朴祥、林亿龄、金麟厚、林亨秀、李后白学唐，他们直接影响生长于斯的"三唐"诗人崔庆昌、白光勋，湖南诗坛在朝鲜时代中期宗唐思潮中具有重要地位。湖南指全罗道，朝鲜时代包括全州、罗州、济州、南原、顺天、长兴等，凡五十六邑。② 李睟光谓："顷世诗人多出于湖南。如朴讷斋祥、林石川亿龄、林锦湖亨秀、金河西麟厚、梁松川应鼎、朴思庵淳、崔孤竹庆昌、白玉峰光勋、林白湖悌、高苔轩敬命，皆表表者也。"③ 当时诗社活跃，如潇洒园诗社有著名诗人高敬命、奇大升、金麟厚、郑澈、李后白等，俯仰亭诗社有高敬命、梁庆遇、奇大升、尹斗寿、朴淳、林悌等，二友堂诗社有金麟厚、李后白、林亿龄、白光勋等，风咏亭诗坛有高敬命、奇大升、金麟厚、柳希春、李滉、林亿龄等。④ 交游唱和，师友切磋，唐风鼓荡。

湖南诗坛学唐的渊源要上溯到朴祥，朴祥虽然唐宋兼宗，毕竟开宗唐之先。朴祥（1474~1530）字昌世，号讷斋，谥文简，本贯忠州。燕山君时登第，选湖堂，登重试，官至通政、牧使，追赠吏曹判书，奉享光州月峰书院。著有《讷斋集》今传。朴祥诗名极高，其诗众体兼备，结构致密，且雄刚奇古，沉郁古健。如"弹琴人去鹤前月，携笛客来松下风"⑤ 与"西北二江流太古，东南双岭凿新罗"⑥。前者被《小华诗评》卷上评为"高古爽朗"⑦，后者为郑士龙推奖。对于这种诗风的形成，《海东杂录》卷一谓朴祥"天性倜傥，甚有气节"⑧；尹衢云："先生为诗与文，亦不乐熟软，力去陈言，独追古作者为徒。……故源流混浑，而气力雄劲；托兴幽远，而称

① 俱载许筠《鹤山樵谈》，蔡美花、赵季主编《韩国诗话全编校注》第 2 册，人民文学出版社，2012，第 1442 页。
② 据古山子编《大东地志》卷六，韩国首尔大学奎章阁藏本。
③ 李睟光：《芝峰类说》卷一四《文章部七·诗艺》，据仁祖十二年（1634）木刻本。
④ 见〔韩〕朴焌圭《湖南诗坛研究》，光州：全南大学校出版部，1998，第 124 页。
⑤ 出朴祥《讷斋集》卷五《弹琴台》，《韩国文集丛刊》第 18 册，首尔：民族文化推进会，1988，第 526 页。
⑥ 出朴祥《讷斋集》卷五《忠州南楼次李尹仁韵》，《韩国文集丛刊》第 18 册，首尔：民族文化推进会，1988，第 527 页。
⑦ 蔡美花、赵季主编《韩国诗话全编校注》第 3 册，人民文学出版社，2012，第 2335 页。
⑧ 蔡美花、赵季主编《韩国诗话全编校注》第 3 册，人民文学出版社，2012，第 1653 页。

物芳美。"① 朝鲜诗论家对于这种奇杰古健的诗风存在不同的批评意见。有认为其学唐的，如鱼叔权指出朴祥"诗尚盛唐"②，朴祐（1476～1547）认为"非深于风雅、骚、李、杜者，则难能会讷斋之诗矣"③。然而作为宗宋诗人的"海东江西诗派"郑士龙、黄廷彧也激赏其奇健：

> 权应仁《松溪漫录》卷上："湖阴郑相公卜④筑于宜宁鼎津岸上，其壁上只钉容斋、讷斋、适庵三诗，此三贤为湖阴所服可知。"⑤
> 许筠《惺叟诗话》："郑湖阴少推伏，只喜讷斋诗，尝书'西北二江流太古，东南双岭凿新罗'及'弹琴人去鹤边月，吹笛客来松下风'之句于壁上，自叹以为不可及。"⑥
> 洪万宗《小华诗评》卷上："许筠尝云：'少见芝川，其持论甚倨，谈古今文艺，少所许与。如容斋而目为太腴，李达而指为模拟，湖阴、苏斋稍合作家，惟取讷斋以为不可及云。'"⑦

大抵朴祥与二人的共通之处在于尊崇杜诗。朝鲜时代中期宗唐诗人主张学唐与学杜不同，将杜诗视为唐诗别调和转向宋诗风的枢纽，因此以"清"作为风格价值序列首位的宗唐诗论家申钦⑧将朴祥作为反面教材，认为他"以险瑰奇健为之能，至于得正觉者犹不多"⑨。刊刻其文集的正祖评论较为

---

① 尹衢：《讷斋先生行状》，见朴祥《讷斋集·附录》卷一，《韩国文集丛刊》第19册，首尔：民族文化推进会，1988，第95页。
② 见洪万宗《诗话丛林·夏》引鱼叔权《稗官杂记》，蔡美花、赵季主编《韩国诗话全编校注》第4册，人民文学出版社，2012，第2641页。
③ 朴祐：《讷斋先生集序》，见朴祥《讷斋集》，《韩国文集丛刊》第18册，首尔：民族文化推进会，1988，第464页。
④ 卜，原文作"小"，据洪万宗《诗话丛林·夏》引《松溪漫录》改，见蔡美花、赵季主编《韩国诗话全编校注》第4册，人民文学出版社，2012，第2647页。
⑤ 蔡美花、赵季主编《韩国诗话全编校注》第1册，人民文学出版社，2012，第533页。
⑥ 见许筠《惺所覆瓿稿》卷二五《说部四》，《韩国文集丛刊》第74册，首尔：民族文化推进会，1991，第362页。
⑦ 蔡美花、赵季主编《韩国诗话全编校注》第3册，人民文学出版社，2012，第2331页。
⑧ 申钦《晴窗软谈》卷上："古人云：'乾坤有清气，散入诗人脾。'清是诗之本色。若奇若健，犹是第二义也。至于险也、怪也、沉着也、质实也，去诗道愈远。"（《象村稿》卷五〇，《韩国文集丛刊》第72册，首尔：民族文化推进会，1991，第333、334页）
⑨ 申钦：《晴窗软谈》卷下，见《象村稿》卷五二，《韩国文集丛刊》第72册，首尔：民族文化推进会，1991，第347页。

公允，激赏其"奇杰遒丽"①，同时指出："朴祥诗往往有恰似俗所谓'百联抄体'，然其古健处非后人所能及。""结构致密，乍看艰晦难知，而久看其味渐隽。"② 朴祥专意打造名句的"百联抄体"，以及注重人工思力安排、追求意新语工导致的"乍看艰晦难知"，正是宋诗风格。

林亿龄（1496~1568）字大树，号石川，本贯善山。朴祥门人。中宗朝登第，官至监司。奉享海南石川祠。著有《石川集》今传。其诗宗李白，申钦《晴窗软谈》卷下谓："诗学青莲，而家数甚大。"③《石川集》有五言长篇《青莲居士对月高吟曰"对影成三人"，知者以为新奇，不知者莫不骇且笑。从弟林大老作诗示予，予演为长篇》，以及五言四韵《次谪仙韵赠白云洞主人》。其诗雄肆豪逸，俊逸清新。《东国诗话汇成》卷一二谓："石川尚气，不曲循规矩，故放大笔，穷纸之多少。往往有疏处亦不小。"④ 诗如《登竹栖楼》："江触春楼走，天和雪岭围。云从诗笔涌，鸟拂酒筵飞。浮海知今是，趋名悟昨非。松风当夕起，萧飒动荷衣。"《国朝诗删》卷四谓"音节谐捷，神气豪上"⑤，南龙翼《壶谷诗话·诗评·东诗》评为朝鲜"五言律最佳者"之一⑥。

金麟厚（1510~1560）字厚之，号河西、湛斋，谥文正。本贯蔚山。金安国门人。中宗朝登第，选湖堂，官止校理，求外为玉果县监。乙巳后终不仕，后赠吏曹判书。金麟厚为著名理学家，洪奭周谓："湖南于我东，为才俊之渊薮。当国朝中叶，尤彬彬称盛际。弁誉髦翼，声明佩实而流光者，相望于朝野，殆不胜搂指举也。而其以道学称者，自河西金文正公始。"⑦ 金麟厚著有《周易观象篇》《西铭事天图》，配享文庙，奉享长城笔岩书院、南原露峰书院、玉果咏归书院等。金麟厚五岁即能作诗，有诗学著作《百

① 李祘：《弘斋全书》卷一六四《日得录四·文学四》，《韩国文集丛刊》第 267 册，首尔：民族文化推进会，2001，第 207 页。
② 李祘：《弘斋全书》卷一六五《日得录五·文学五》，《韩国文集丛刊》第 267 册，首尔：民族文化推进会，2001，第 232、233 页。
③ 申钦：《象村稿》卷五二，《韩国文集丛刊》第 72 册，首尔：民族文化推进会，1991，第 346 页。
④ 蔡美花、赵季主编《韩国诗话全编校注》第 4 册，人民文学出版社，2012，第 3167 页。
⑤〔韩〕赵钟业：《韩国诗话丛编》第 4 册，首尔：太学社，1996，第 476 页。
⑥ 蔡美花、赵季主编《韩国诗话全编校注》第 3 册，人民文学出版社，2012，第 2205 页。
⑦ 洪奭周：《渊泉集》卷一九《阳谷集序》，《韩国文集丛刊》第 293 册，首尔：民族文化推进会，2002，第 423 页。

联抄解），今传《河西集》。其诗本于《诗经》《楚辞》《文选》、李白、杜甫等，如《见寒山诗有感》《送吴祥之佐关东幕用李太白凤凰台韵为赠》《次将进酒韵》；也有次韵宋诗之作，如《西湖徙鱼用东坡韵》《西斋饮酒次半山韵》。其诗诸体兼善，高旷夷粹，沉着俊伟，诗如其人。金麟厚早年之作多和平冲淡，而又有豪放之气；晚岁高明纯正，而间有慷慨悲愤之辞。如《读楚辞次陈惟善韵示景范求和》其二："青枫江上未招魂，白日何时得照冤？荷盖水车消息断，夕阳挥泪洒乾坤。"又《登吹台》："梁王歌舞地，此日客登临。慷慨凌云趣，悲凉吊古心。长风生远野，白日隐遥岑。当代繁华事，茫茫何处寻。"梁应鼎（1519~1581）"极赞其《登吹台》诗，以为高、岑高韵"①。许筠谓："沉着俊伟，一洗纤靡，实可贵重也。"②

林亨秀（1514~1547）字士遂，号锦湖。本贯平泽。中宗朝登第，选湖堂，官至济州牧使。丁未壁书之变，为尹元衡、郑彦悫冤死，后奉享罗州松斋书院。著有《锦湖遗稿》今传。林亨秀倜傥有气节，能文章，善骑射，文武全才，曾出任会宁府判官。中宗三十三年（1538）明使华察、薛廷宠颁诏，为远接使苏世让从事官。三十九年（1544）赐谥使张承宪至，为迎接都监郎厅。文集中诗歌多数为皇华傧接时所作。素善李滉，同入湖堂读书，多有诗文酬答。诗警隽英特，辞情逸发，李滉以"风樯阵马"譬之。如七绝《即事》其二："醉倚胡床引兕觥，佳人狎坐戛银筝。沙场战罢归来晚，驰到辽河剑戟鸣。"又擅押长韵，如五言排律《春雪十韵用韩文公韵次演之》，七言排律《大平馆六十韵》，七言古诗《鳌山歌》，其中《鳌山歌》一百零三句，句句用韵，可谓大手笔。其诗多以意象结尾，含不尽之意见于言外，不同于宗宋诗人或学唐不彻底的诗人尾联议论。

李后白（1520~1578）字季真，号青莲，谥文清，本贯延安。明宗时及第，选湖堂，官至刑曹判书。明宗二十二年（1567）以远接使从事官往迎明朝诏使许国、魏时亮，宣祖六年（1573）以宗系辩诬奏请使赴京。有《青莲集》。李后白为诗慕李白，名、号均与李白有关，曾以杜甫《天末怀李白》"文章憎命达"句敷衍成七古《文章憎命达》，其中有："独怜谪仙

---

① 许筠《惺叟诗话》引，见《惺所覆瓿稿》卷二五《说部四》，《韩国文集丛刊》第 74 册，首尔：民族文化推进会，1991，第 364 页。
② 许筠：《惺叟诗话》，见《惺所覆瓿稿》卷二五《说部四》，《韩国文集丛刊》第 74 册，首尔：民族文化推进会，1991，第 364 页。

李翰林，风仪轩豁南溟鸿。调羹御床未为贵，夜即万里山千层。"李后白诗清绝，豪放超诣。如《无题》："小屋高悬近紫微，月边僧影渡江飞。西湖处士来相访，东岳白云沾草衣。"其年谱记载三十二岁时，"学问日进，白玉峰光勋、崔孤竹庆昌、李峒隐义健、李孤潭纯仁、金南溪胤、林斯文荟、尹斯文箕皆从而游。白、崔两公则因执师弟之礼"①。其中白光勋十四岁时即"闻青莲李公以布衣讲学于金陵之博山，就而学焉"②。"湖南之诗，自李青莲始学唐。因以崔白代兴，益有声词苑。"③ 崔庆昌、白光勋的宗唐倾向和诗学典范当来自其引导。

然而成宗以来的学唐风气在当时并未得到广泛认可，激起一些诗人的反对，出现海东江西诗派与宗唐派之间的唐宋诗之争。如权应仁（1517～1588?）《松溪漫录》卷下记载了中宗时宗唐派与学苏派的对立：

> 今世诗学，专尚晚唐，阁束苏诗。湖阴闻之笑曰："非卑也，不能也。"退溪亦曰："苏诗果不逮晚唐耶？"愚亦以为，如坡诗所谓"岂意青州六从事，化为乌有一先生"；"冻合玉楼寒起粟，光摇银海眩生花"；"风花误入长春苑，云月长临不夜城"，不知晚唐诗中有敌此奇绝者乎？高丽时每榜云："三十三东坡出矣。"丽代文章优于我朝而举世师宗，则坡诗不可谓之卑也。若薄其为人，则晚唐诗人贤于苏者几何人耶？唯退溪相公好读坡诗，常诵"云散月明谁点缀，天容海色本澄清"之句，其所著诗使坡语者多矣。退溪，讳李滉。④

崇尚晚唐诗风的诗人以苏轼诗格卑，而"海东江西诗派"郑士龙并不认同。

此时的唐宋诗之争并非单纯的文学论争，实际上与学派、党派的斗争纠缠在一起。岭南学派领袖李滉仍推崇苏诗，势必影响东人党、初期南人党诗人创作的诗学典范和审美趋向；而畿湖学派李珥推崇唐风，其编纂的

① 李后白：《青莲集下·年谱》，见《国译青莲集》，光州：全南大学校出版部，1992，第188页。
② 白光勋：《玉峰别集》附录李喜朝修正《年谱》，《韩国文集丛刊》第47册，首尔：民族文化推进会，1988，第159页。
③ 金昌协：《农岩集》卷二二《苫川集序》，《韩国文集丛刊》第162册，首尔：民族文化推进会，1996，第154页。
④ 蔡美花、赵季主编《韩国诗话全编校注》第1册，人民文学出版社，2012，第551页。

中国诗歌选本《精言妙选》多选唐人诗，入选最多的诗人分别为韦应物、李白、杜甫、孟浩然、柳宗元、王维、刘长卿，均为唐人。另外，朝鲜时代初期学唐诗人多属于士林派，与之对立的勋旧派①文人推尊宋诗，尚苏黄。如上所述，朝鲜时期四大士祸中多有宗唐诗人罹祸，如燕山君戊午史祸、甲子士祸时金宗直门人李胄、郑希良、姜浑、南孝温，中宗己卯士祸时金净、金绿、奇遵、朴祥、申光汉，明宗乙巳士祸时罗湜、林亨秀、林亿龄等。"海东江西诗派"另一成员李荇直接以文衡身份，"以科举变文体"，继续限制朴祥、金净、奇遵等人的影响，实则是打压赵光祖及其门人代表的士林派。当时鱼叔权《稗官杂记》记载：

> 正德年，黄校理孝献示余《八阵图》诗曰："此乃朴讷斋祥代其弟祐作玉堂月课之诗也。大提学于考第时不置优等，可怪也。"其诗曰："兵家休说渭阳符，不见夔江八阵图。天地动摇归指画，鬼神萧瑟落规模。三分海宇擘微羽，万古孙吴叱懦夫。雄算未终星已殒，只今遗碛绝高孤。"盖己卯年间，讷斋、冲庵诸公诗尚盛唐，文尚西京，如金承旨绿、奇典翰遵与其侪辈皆以讷斋、冲庵为师友。诸公遭祸，容斋典文，欲改诗文之体，凡监试、文科，皆取平平之文。少涉奇健，则辄黜之，故月课取舍亦如是。②

鱼叔权提到朴祥、金净、金绿、奇遵，他们与赵光祖、金湜等构成了己卯年被打击的主要士人群体。中宗十四年（1519）下教："韩忠与赵光祖、金净、金湜、金绿等交相朋比，附己者进之，异己者斥之，声势相倚，盘据权

---

① "士林派"与"勋旧派"为韩国古代史研究常用概念，如李丙焘《韩国史大观》（〔韩〕许宇成译，台北：正中书局，1979）等，但近年也开始对其合理性进行反思。两派形成于丽末鲜初。士林派以郑梦周、吉再为代表，为不与新政权合作的士人，退居乡村，代表地方士大夫阶层利益；勋旧派以郑道传、权近等为中心，在政权更迭和新政权的创建过程中立有功勋，在朝廷操纵政权，占有大片土地。实际上两派中都有士人，郑梦周等强调节义、义理，首推伯夷、叔齐，以儒家王道理想，对现实政治进行批判，是朝鲜王朝性理学传承的源头；郑道传等推举武王革命，强调针对当时状况实施变革，不重观念上的义理道德，而以文化建设为首务。因此更合理的是，前者称为"节义派"或"义理派"，后者被称为"经世派"或"革新派"。

② 据洪万宗《诗话丛林·夏》引，蔡美花、赵季主编《韩国诗话全编校注》第4册，人民文学出版社，2012，第2640、2641页。

要，引诱后进，诡激成习，使国论颠倒，朝政日非。在朝之臣畏其势焰，莫敢开口。其以此，命禁府讯鞠。"① 己卯年贤良科"策荐举士，取掌令金湜等二十八人"②，文科别试"取文科金祕等十九人"③。赵光祖被赐死后，成均馆儒生守阙号哭。左议政南衮等以朝鲜古无贤良科以及成均馆大司成金湜出题、奇遵有泄题嫌疑④为名，提议己卯别试及贤良科罢榜。追溯事件起源，金净、朴祥遂也被牵连⑤。

南衮还借此机会提出"正士习、变文体"⑥，于是第二年（1520）一月被贬地方的李荇起用"为工曹参判兼弘文馆大提学、艺文馆大提学"⑦，典文衡。南衮与李荇提出从成均馆儒生每月制述入手，并且仿北宋欧阳修为打击艰涩险怪的太学体，"以科举变文体"。如实录记载：

> 衮、荇议启曰："文体别无可变之事。成均馆乃人才之渊薮，一朝之内三旬制述，而知馆事往考之，若有诡激者，深言其病，只取其平

① 《朝鲜中宗实录》卷三七，中宗十四年（1519）十二月二十五日（乙酉），见《李朝实录》第21册，东京：日本学习院东洋文化研究所，1959，第471页。
② 《朝鲜中宗实录》卷三五，中宗十四年（1519）四月十三日（丙子），见《李朝实录》第21册，东京：日本学习院东洋文化研究所，1959，第391页。
③ 《朝鲜中宗实录》卷三七，中宗十四年（1519）十月二十二日（壬午），见《李朝实录》第21册，东京：日本学习院东洋文化研究所，1959，第438页。
④ 《朝鲜中宗实录》卷三八，中宗十五年（1520）一月十一日（庚子）："（经筵侍讲官柳）溥曰：文字虽出于南衮，而题之本意则出自金湜。其所预议，且以题意漏通举子云者，果不虚矣。……举子权璠曰：'先于试日，闻诸奇遵，今科策题当问以士习，诸子其知之。及入场见挂题，则果如前所闻题意。'溥又曰：金湜云：'试券不须皮封。其为皮封者，欲其公正也。若心公，则无皮封可也。'世让言：'如此，则必有后弊，不可不封。'湜等恣行无忌如此，亦何所不至也？"（《李朝实录》第21册，东京：日本学习院东洋文化研究所，1959，第474页）
⑤ 《朝鲜中宗实录》卷三八，中宗十五年（1520）一月十二日（辛丑），侍读官苏世让："前日金净、朴祥上疏，分君子、小人，互为是非而相攻击，终起大弊。"见《李朝实录》第21册，东京：日本学习院东洋文化研究所，1959，第476页。
⑥ 《朝鲜中宗实录》卷三八，中宗十五年（1520）一月十七日（丙午），见《李朝实录》第21册，东京：日本学习院东洋文化研究所，1959，第479页。此外，《朝鲜中宗实录》卷三七，中宗十四年（1519）十二月二十五日（乙酉）："衮曰：'近日文体甚不古，皆由彼类倡之也。今为文者欲效古文，而务为诡激，古文之体不应如此，虽村野之人，可使皆解之矣。李荇上来，则（荇前见贬在外，今拜大提学故云）使之变其文体可也。昔宋朝改西昆之体，此亦大事也。'"见《李朝实录》第21册，东京：日本学习院东洋文化研究所，1959，第470页。
⑦ 《朝鲜中宗实录》卷三八，中宗十五年（1520）一月四日（癸巳），见《李朝实录》第21册，东京：日本学习院东洋文化研究所，1959，第473页。

淡者，则可变矣。"……裒等又启曰："前年式年别试，凡三度试取，臣等以为烦数矣。但今欲正士习、变文体，莫如科举。昔欧阳循（修）亦以科举变文体。"①

勋旧派对士林派的打压名义上与文风挂钩，在徐居正的叙述中亦如是。其《笔苑杂记》云："国朝以来，科场文体稳平。自癸酉、甲戌以来，一二文士以诡奇崛强之文擢巍科，四五六年之间文体尽变为西昆。今国学及科场举欧阳公黜刘几故事，黜其甚者，文体稍稍如旧，然未能尽变也。近于殿策起头，有一生曰：'披沙拣金，有大冶之精；执策临马，有伯乐之明。'有一生曰：'天开于子，地辟于丑，人生于寅。'其浮华不协若是。"② 考"癸酉、甲戌"年相关科举，中宗八年（1513）二月亲耕后别试取一等韩忠、二等金绿③，九年（1514）九月别试取宗唐诗人乙科黄孝献、丙科奇遵④，另外中宗十年（1515）"文科殿试取幼学张玉、司纸赵光祖等十五人"⑤。徐居正所谓"一二文士以诡奇崛强之文擢巍科"当指金绿、奇遵、韩忠、赵光祖等，除黄孝献外，这些人均在己卯士祸中被流放，其中士林领袖赵光祖不久被赐死。

若论奇健诗风，公认当推宗宋诗派朴祥、郑士龙、卢守慎、黄廷彧等人。如申钦《晴窗软谈》卷下：

> 我朝作者代有其人，不啻数百家。以近代人言，途有三焉。和平淡雅，成一家言者，容斋李荇、骆峰申光汉，而申较清、李较圆。大家则徐四佳居正当为第一，而占毕金宗直、虚白成俔次之。如讷斋朴祥、湖阴郑士龙、苏斋卢守慎、芝川黄廷彧、简易崔岦，以险瑰奇健

---

① 《朝鲜中宗实录》卷三八，中宗十五年（1520）一月十七日（丙午），见《李朝实录》第21册，东京：日本学习院东洋文化研究所，1959，第479页。
② 蔡美花、赵季主编《韩国诗话全编校注》第1册，人民文学出版社，2012，第240页。
③ 《国朝文科榜目》第1册，首尔：太学社，1984，第358页。另《朝鲜中宗实录》卷一七，中宗八年（1513）二月二十六日（乙丑）："殿试取文科韩忠等十人。"《李朝实录》第20册，东京：日本学习院东洋文化研究所，1959，第577页。
④ 《国朝文科榜目》第1册，首尔：太学社，1984，第364页。
⑤ 《朝鲜中宗实录》卷二二，中宗十年（1515）八月二十二日（庚辰），见《李朝实录》第20册，东京：日本学习院东洋文化研究所，1959，第745页。

为之能，至于得正觉者犹不多。①

许筠也有类似表达："恭惟我国家文运休明，学士大夫以诗鸣者殆数十百家。咸自谓人握灵蛇之宝，林②然盛哉。概而揆之，则途有三焉。其和平淡雅，圆适均称，浑然成一家言者，推容斋相，而骆峰及永嘉父子擅其华。其次则昌大莽莽，富蓄博材，为一代大方家者，如四佳、占毕、虚白辈骋其雄。又其次则嶕峣峻峭，缔思致巧，以瑰玮险绝为贵者，如讷斋、湖阴、苏相、芝川诸巨公衔其杰。"③此外，申纬《东人论诗绝句三十五首》其十四"虚白讷斋角奇健"④，指出成伣、朴祥诗风奇健。己卯士人中朴祥诗风确实奇健，但赵光祖、金净、奇遵等并不符合，而勋旧派中郑士龙诗风却是公认的奇健。许筠《惺叟诗话》谓其诗"奇杰浑重"⑤，《鹤山樵谈》谓"造语奇健"⑥，洪万宗《小华诗评》卷上评以"奇古峭拔"⑦，李选论其"为诗组织奇健，自辟堂奥"⑧。所以"以科举变文体"的本质不在文风改革，而是党派之争。换句话说，是党争固化了唐宋诗风的对垒。己卯士人在当时人眼中宗唐，如尹根寿《月汀漫录》："己卯诸贤一时之论以为，文则法汉，书则法晋，诗则学唐，人物则当以宋诸儒为准，如金元冲、金大柔、奇子敬辈是已。冲庵、德阳之诗，则其遗集具在，人得而见之，固是唐调。"⑨指出金净、金绹、奇遵宗唐，尤其是金净、奇遵的创作。《稗官杂记》中对朴祥《八阵图》诗不置优等提出疑惑的黄孝献（1491～

① 申钦：《象村稿》卷五二，《韩国文集丛刊》第72册，首尔：民族文化推进会，1991，第347页。

② 林，疑"彬"字之讹。

③ 许筠：《苏谷诗集序》，见李达《苏谷诗集》卷首，《韩国文集丛刊》第61册，首尔：民族文化推进会，1991，第3页。

④ 申纬：《警修堂全稿》册一七《北禅院续稿二》，《韩国文集丛刊》第291册，首尔：民族文化推进会，2002，第372页。

⑤ 见许筠《惺所覆瓿稿》卷二五《说部四》，《韩国文集丛刊》第74册，首尔：民族文化推进会，1991，第362页。

⑥ 蔡美花、赵季主编《韩国诗话全编校注》第2册，人民文学出版社，2012，第1469页。

⑦ 蔡美花、赵季主编《韩国诗话全编校注》第3册，人民文学出版社，2012，第2333页。

⑧ 李选：《芝湖集》卷五《郑湖阴事迹》，《韩国文集丛刊》第143册，首尔：民族文化推进会，1995，第419页。

⑨ 尹根寿：《月汀别集》卷四，《韩国文集丛刊》第47册，首尔：民族文化推进会，1988，第379页。

1532）为中宗时进士，曾选湖堂，论诗也宗唐。鱼叔权另有对黄孝献的记载："黄参判孝献字叔贡，学问甚笃，为诗文必以西汉、盛唐为的，一时以为强效古文，颇不许。"① 己卯士祸和"科举变文体"事件中站在己卯士人对面，或否定、或施以打压的郑士龙、苏世让、李荇、鱼叔权均为勋旧派中人，又均有宗宋的诗风趋向。

"青山遮不住，毕竟东流去。"宗唐之风并未就此消歇，当中宗后期、明宗政治环境较为松弛时仍在湖南等地继续发酵，并在宣祖初年形成压倒之势。而李荇、徐居正等人的出师之名是以奇健为病、恢复诗文的伦理性，也并未直接针对宗唐诗风。明宗元年（1546）文科及第的沈守庆感喟："余少时，士子学习古诗者皆读韩诗、东坡，其来古矣。近年士子以韩苏为格卑，弃而不读，乃取李杜诗读之。"② 韩苏与李杜的对立可视为唐音与宋调的美学范型之争，"韩苏"指称的侧重点在苏诗，同时韩愈诗是唐诗变体，钱锺书所谓"唐人之开宋调者"。至于权应仁所言专尚晚唐与沈守庆、鱼叔权所言宗李杜、盛唐不同，大抵受元明唐诗学影响，诸家不否认以李杜、盛唐作为最高典范，但实际创作与理论会有偏差，或者由于个人性情和具体审美趣味不同，其人气盛、诗风雄浑则近盛唐，也有诗人偏爱晚唐诗的清丽。总之，这一时期诗坛的宗唐情况较为多元化，不仅唐音与宋调混杂，宗唐诗人本身也未形成一致的审美取向，不专主盛唐。具体到诗人个体，由于主要取法于选本，所以泛取各家，也不专主一家。

总之，朝鲜时代前期的宗唐倾向日益清晰，在取法对象方面泛取各家而不名一家，较为多元。其诗史意义在于成为宣祖时期宗唐文学思潮的重要诗学资源，尤其湖南诗坛直接影响了崔白的诗学方向，并且在诗歌艺术方面进行了各种探索，积累了艺术经验，在一定程度上塑造了宣祖时宗唐派的艺术风貌，具体表现为以下几方面。

一是抒发性情取代议论说理，成为汉诗的主要功能。

二是注重自然意象的营构，以词婉而微的比兴手法取代径直的赋法，尤其以意象结尾的结构方式能够取得言有尽而意无穷的艺术效果，其深层

---

① 鱼叔权：《稗官杂记》卷三，蔡美花、赵季主编《韩国诗话全编校注》第 1 册，人民文学出版社，2012，第 800 页。

② 沈守庆：《遣闲杂录》，蔡美花、赵季主编《韩国诗话全编校注》第 1 册，人民文学出版社，2012，第 586 页。

运思方式由理性的逻辑思索转为由外物触发的感兴。

三是在体式方面，发现绝句和乐府体更容易营造蕴藉悠远、清丽而有丰神情韵的唐风，并进行了初步尝试。

四是尹春年《诗法源流体意声三字注解》虽然在宗杜的《诗法源流》基础上立论，但加入自己的理论主张，拈出体、意、声三个范畴，尤其重声韵的诗学观念对"三唐"诗人有重要启示。

第二节　卢守慎、黄廷彧、崔岦谪中尊杜

成宗以来盛行的学唐风气向宗宋诗人渗透，使其主体诗风外兼有唐音。这是另一种形式的唐宋兼宗，与上文所提及没有明确诗学偏好的俞好仁、李胄等人不同，更可见宗唐诗风的影响力之大。"海东江西诗派"是学界在古代诗论基础上归纳出的宗宋诗派，但实际上也并非纯粹的宋诗风。郑士龙曾感慨当时专尚晚唐的新诗风对宗宋诗风的冲击，诗派另一成员朴闾的汉诗则以"以唐人之情境，兼宋人之事实"[1]，"其神情兴象犹唐人也"[2]。被许筠誉为"国朝第一"的李荇也并非完全以黄陈为典范，而是向上追溯到杜甫，"五言古诗入杜出陈，高古简切"，其整体诗风"沉厚和平，淡雅纯熟"[3]。杜诗是一个独特的存在，作为唐诗变体与唐诗中开宋诗先河者，向上可归属于雄浑悲壮的盛唐体，向下可导向意深语新、锻炼精工的宋诗风，宗唐、宗宋诗人都可能学杜，但其学杜的目的和角度不同。

宣祖初年尊尚黄陈的宗宋诗人如卢守慎、黄廷彧、崔岦，由于贬谪经历与杜甫的忧患身世共鸣，诗学上也倾向于杜诗。许筠《惺叟诗话》："我朝诗至宣庙朝大备。卢苏斋得杜法，而黄芝川代兴。"[4] 二人在学习黄陈、

---

① 李祘：《弘斋全书》卷一六五《日得录五·文学五》，《韩国文集丛刊》第 267 册，首尔：民族文化推进会，2001，第 231 页。

② 金昌协：《农岩杂识外篇》，见《农岩集》卷三四，《韩国文集丛刊》第 162 册，首尔：民族文化推进会，1996，第 377 页。

③ 许筠：《惺叟诗话》，见《惺所覆瓿稿》卷二五《说部四》，《韩国文集丛刊》第 74 册，首尔：民族文化推进会，1991，第 361 页。

④ 许筠：《惺所覆瓿稿》卷二五《说部四》，《韩国文集丛刊》第 74 册，首尔：民族文化推进会，1991，第 362 页。

继续延续宋诗之奇峭老健的同时，都上溯至江西诗派初祖——杜甫。诗学渊源的转变意味着诗风的变迁。先前，世宗、成宗时分别官方刊印《纂注分类杜诗》《分类杜工部诗谚解》，之后仁祖时李植作《杜诗批解》，都为学杜高峰。而在宣祖时期，杜诗仅为多样诗风中的一宗。宗杜与"三唐"诗人代表的中晚唐诗风并峙，宣祖诗坛主流的唐诗观认为宗杜与宗唐不同，因此这时期的宗杜也仅是诗风由宋转唐的一种过渡。

卢守慎（1515~1590）字寡悔，号苏斋、伊斋、暗室、茹峰老人，谥文简，初谥文懿。本贯光州。为己卯名臣李延庆（1484~1548）女婿，并从其学习。少时还师从李籽。中宗时及第，选湖堂。明宗二年（1547）良才驿壁书上变，时任吏曹正郎的卢守慎受到牵连被贬顺天，移配珍岛，一贬就是十九年。谪居珍岛期间，著《人心道心辩》《执中说》，注解明代陈柏《夙兴夜寐箴》和朱熹《大学章句》《童蒙须知》等。"三唐"诗人中崔庆昌、白光勋曾往珍岛就学于卢守慎①。明宗二十年（1565）文定大妃死后，量移槐山，宣祖元年（1568）放还。宣祖五年（1572）典文衡，明神宗登极诏使韩世能、陈三谟来，为馆伴，并为《皇华集》作序。宣祖二十一年（1588）官至领相。后因误荐郑汝立、金宇颙、李泼、白惟让，于宣祖二十三年（1590）削夺官爵，逝于寓舍。著有《苏斋集》今传。

卢守慎作诗主气格，笔势凌厉宏放。其雄放的诗风带有学苏轼诗的痕迹②，如《十六夜唤仙亭二首次韵》其一：

> 二八初秋夜，三千弱水前。升平好楼阁，宇宙几神仙。曲槛清风度，长空素月悬。愀然发大啸，孤鹤过蹁跹。

《国朝诗删》卷四评："笔力凌厉宏放，气盖一世。"③ 洪万宗评其诗"雄发

---

① 卢守慎《苏斋集》卷四有《崔正字携酒相看》《正字诵静诗次韵赠之》以及《白生至夜饮》《大醉戏赠白生》《来日将别白生生请一语乃醉书与之》《别白文二生》等。

② 卢守慎《苏斋集》与苏诗相关的有：卷一《赋苏轼三首（丙午正月）》，卷二《食柑次东坡韵》《人有折梅相赠之兴感次东坡惠州村字韵》《读东坡故周茂叔先生濂溪诗感叹和韵》，卷五《咏雪（用东坡韵）》《复步前韵》等。

③ 〔韩〕赵钟业：《韩国诗话丛编》第4册，首尔：太学社，1996，第485页。

富赡"①，南龙翼谓其"渊宏"②。而"横空盘硬语，妥帖力排奡"（韩愈《荐士》）的劲健格力则承自黄庭坚、陈师道。金万重（1637～1692）《西浦漫笔》谓其"又变而专攻黄陈"③。卢守慎诗主筋骨思理，以气格胜，追求词语组合的生新，力避俗软，体现出较为纯粹的宋诗风格。实录史官谓其诗"奇拔警策"④，安肯来《东诗丛话》卷三谓其"雄壮近古"⑤。不过其诗也有宋诗枯燥、"无声色留人处"⑥的缺点。

其沉郁老健、莽宕悲壮的诗风承自杜甫，像乱离奔走之际学杜诗的陈师道一样，能"得杜骨"⑦。权应仁《松溪漫录》卷下云："苏斋相国之诗专学老杜，纯正典雅。"⑧尹根寿《月汀漫录》："苏斋手写杜诗，不遗一首，细书作二卷，常讽诵。"⑨柳梦寅《於于野谈》云："卢苏斋守慎谪珍岛十九年，冬则为窟室而读书，于书无所不读而偏（遍）《论语》及杜诗至二千周。"⑩金昌协（1651～1708）《农岩杂识外篇》："深得老杜格力，后来学杜者莫能及。盖其功力深至，得于忧患者为多。"⑪卢守慎谪居珍岛十九年，"历乎事之常变以坚其学，遭乎境之坎壈郁怫以老其识"⑫，对杜诗抒发的悲郁更能感同身受，如《诵杜陵'畏人成小筑，褊性合幽栖'一联，觉似为今日道，遂用为韵成十绝》，与杜甫的孤独心灵同感。"海月虫吟

① 洪万宗：《小华诗评》卷上，蔡美花、赵季主编《韩国诗话全编校注》第3册，人民文学出版社，2012，第2341页。

② 南龙翼：《壶谷诗话·诗评·东诗》，蔡美花、赵季主编《韩国诗话全编校注》第3册，人民文学出版社，2012，第2199页。

③ 蔡美花、赵季主编《韩国诗话全编校注》第3册，人民文学出版社，2012，第2248页。

④ 《朝鲜宣祖修正实录》卷二四，宣祖二十三年（1590）四月一日（壬申），据太白山史库本。

⑤ 蔡美花、赵季主编《韩国诗话全编校注》第11册，人民文学出版社，2012，第9364页。

⑥ （清）方东树《昭昧詹言》卷二〇评苏轼《孤山柏堂》："尝谓坡诗不可学，学则入于率直，无声色留人处。"人民文学出版社，1961，第445页。

⑦ （明）胡应麟：《诗薮》外编卷五，上海古籍出版社，1979，第214页。

⑧ 蔡美花、赵季主编《韩国诗话全编校注》第1册，人民文学出版社，2012，第550页。

⑨ 尹根寿：《月汀别集》卷四，《韩国文集丛刊》第47册，首尔：民族文化推进会，1988，第388页。

⑩ 转引自〔韩〕李丙畴《韩国汉文学里的杜诗》，见郑判龙、〔韩〕李钟殷主编《朝鲜——韩国文化与中国文化》，中国社会科学出版社，1995，第307页。〔韩〕赵钟业主编《韩国诗话丛编》（首尔：太学社，1996）影印本《於于野谈》不见此语。"偏"疑为"遍"之误。

⑪ 金昌协：《农岩集》卷三四，《韩国文集丛刊》第162册，首尔：民族文化推进会，1996，第378页。

⑫ （清）叶燮《密游集序》，王运熙、顾易生主编《清代文论选》上册，人民文学出版社，1999，第258页。

尽，山风露气收"① 一句雄浑老健，许筠《鹤山樵谈》谓"求之于少陵卷中，亦不可多得"②。"此时何许子，万里不惮行"（《送许书状赴京》），《国朝诗删》卷七评"得杜夔后之音"③，谓其如杜甫到夔州后诗"简易而大巧出焉，平淡如山高水深"④。

卢守慎还承袭杜甫"诗史"的特点。南宋初胡宗愈《成都草堂先生诗碑序》："先生以诗鸣于唐，凡出处去就、动息劳佚、悲欢忧乐、忠愤感激、好贤恶恶，一见于诗。读之，可以知其世。学士大夫谓之'诗史'。"⑤ 卢守慎的个人生活和仕途中事也都见之于诗，逢家祭、祖妣讳日、朋友会面、移居、游历等事多作诗，谪居、出海避乙卯倭变、为馆伴、修理孝陵、递右相、赐几杖等人生大事更有诗记之，甚至谪居期间逢大小节日也要作诗感怀。遇国王禅日、懿殿有恙、命削乙巳伪勋等也以诗的形式抒发个人感受，展现文臣个体视角下的国家大事。诗题下自注和后人整理时的小注详似日记，这些记录创作时间和诗歌本事的副文本能够较为完整地反映卢守慎一生起伏和心路历程。但他对时事的议论不及杜诗，并没有有意地以"史笔"实录时事，更多关乎个人格物、存诚、"为己之学"的心性修养以及坚持仁与孝的道德操守。纵观其罢职初期"自觉心为火，谁看涕似泷"⑥的呼天抢地，到罢归忠州"忘里襟怀寂，闲中宇宙宽"⑦ 的达观超脱，再到谪珍岛"谁能掩身戒，善养此时端"⑧ 的砥砺名行、谈论义理。诗风也从质直粗卤，发露无遗，到以理为主，沉郁老健。

诗法方面，卢守慎袭用杜诗句法、章法，尤其体现在其擅长的五言律诗中。许筠《惺叟诗话》："卢之五律，黄之七律，俱千年以来绝调。"⑨ 梁庆遇《霁湖诗话》："卢苏斋五言律酷类杜法，一字一语皆从杜出。其'诗

① 出卢守慎《宿三村社仓》。
② 蔡美花、赵季主编《韩国诗话全编校注》第 2 册，人民文学出版社，2012，第 1448 页。
③ 〔韩〕赵钟业：《韩国诗话丛编》第 4 册，首尔：太学社，1996，第 658 页。
④ 《黄庭坚全集》卷一八《与王观复书》其二，四川大学出版社，2001，第 2 册，第 471 页。
⑤ 见（清）仇兆鳌《杜诗详注》附编，中华书局，1979，第 4 册，第 2243 页。
⑥ 出卢守慎《夜坐泣书三律》其一。
⑦ 出卢守慎《谪居四味四首》其三。
⑧ 出卢守慎《冬至有感》。
⑨ 许筠：《惺所覆瓿稿》卷二五《说部四》，《韩国文集丛刊》第 74 册，首尔：民族文化推进会，1991，第 365 页。

书礼学未，四十九年非'① 之句，世皆传诵，实出于老杜《咏月诗》，曰：
'羁栖愁里见，二十四回明。'可谓工于依样矣。"② "四十九年非"除了使
用《淮南子·原道训》"蘧伯玉年五十而有四十九年非"③ 的典故外，也有
沿袭老杜句法的一面，打破五律二一二或二二一的平稳句式，特意造成敧
侧险绝的艺术效果。七律中也有这种句法的应用，如"大丈夫身生老病"④
等。另外，其《一日读书，忽念死迫亲老，为之怃然，情发不中，遂仿工
部〈同谷歌〉作八首》，袭用杜甫《乾元中寓居同谷县作歌七首》的主旨、
体式、章法、句法，前七首分咏自己、父母、祖母、老师（暨岳父）、弟、
妹及妻子七个不同对象，最后则加一首咏书："我书一部常在案，志学而立
犹把玩。"

此外，卢守慎也有直接化用杜甫诗句处。《芝峰类说》载："卢苏斋因
送客醉后作一诗未成，有蝉为骤雨所驱坠于席前，公即续之曰：'秋风乍起
燕如客，晚雨暴过蝉若狂。'似有神助。杜诗云'秋燕已如客'，乃用此
也。"⑤ 又如"未有不阴时"（《人日》），直接使用杜诗《元日二首》（其
一）成句。

总之，卢守慎学杜而句法稳熟，格力厚重。

与卢守慎同时的黄廷彧也学杜诗。黄廷彧（1532~1607）字景文，号芝
川，谥文贞。本贯长水。明宗时及第，多供职艺文馆、春秋馆，明宗二十
二年（1567）以书状官身份赴明。宣祖初年参与经筵，被卢守慎誉为"讲
官第一"，并参修《明宗实录》。中年多补外郡，宣祖六年（1573）后为父
母丁忧六年，其间潜心读书，钻研礼学、诸子，并涉猎星命堪舆、医方算
数。宣祖十七年（1584），明朝修订《大明会典》时，黄廷彧以宗系辨诬奏

---

① 卢守慎《别白文二生》题注："八月，按白光勋、文益世。"原诗作："诗书礼学未，三十
九年非。"注："三十九，一作四十五。"（《苏斋集》卷四，《韩国文集丛刊》第 35 册，首
尔：民族文化推进会，1988，第 152 页）本卷前有《闻河西亡》，题注曰："庚申二月。"
（《苏斋集》卷四，《韩国文集丛刊》第 35 册，首尔：民族文化推进会，1988，第 152 页）
则该诗当作于中宗十五年（1560），此时卢守慎四十五岁，原文当为"四十五年非"明矣。
② 见梁庆遇《霁湖集》卷九，《韩国文集丛刊》第 73 册，首尔：民族文化推进会，1991，第
501、502 页。
③ 刘文典撰，冯逸、乔华点校《淮南鸿烈集解》上册，中华书局，1989，第 25 页。
④ 卢守慎：《弹琴台用讷斋韵二首》其一。
⑤ 李晬光：《芝峰类说》卷一三《文章部六·东诗》，见蔡美花、赵季主编《韩国诗话全编校
注》第 2 册，人民文学出版社，2012，第 1287 页。

请使出使明朝①，因辨诬有功封为长溪府院君②。宣祖二十四年（1591）由卢守慎推荐，黄廷彧未经湖堂而典文衡③。第二年万历卫国战争爆发，以号召使的身份扈从王子顺和君到关东招募勤王之兵，与两王子陷于日军。为敷衍日军检查而作的伪文书代替另作的谚文真文书上呈至宣祖，因此获罪，流配吉州。又因政敌罗织罪名，罢职归乡。著有《约鉴便览》十五卷，今传其《芝川集》。

黄廷彧在馆阁期间，同僚汉诗已有摹唐倾向。许筠《惺叟诗话》："公少日在玉堂，时李伯生、崔嘉运、河大而辈俱尚唐韵。咏省中小桃，篇什甚多。公和之曰：'无数宫花倚粉墙，游蜂戏蝶趁余香。老翁不及春风看，空有葵心向太阳。'含意深远，措辞奇悍。为诗不当若是耶？绮丽风花，返（反）伤其厚。"④ 李纯仁（1533~1592）、崔庆昌、河应临（1536~1567）等宗唐诗人注重意象营造，追求蕴藉空灵的诗境。但是黄廷彧此诗发于经术，注重义理。后来晚年经历万历卫国战争，又"酷遭奇祸"⑤，思想情感和人生感慨的表达无法雍容闲雅，并未形成"三唐"诗人清新婉丽的意境，而是以冲决而出的情感气势和豪健横放的笔力表达对世事的洞察。如"自是功名苦相逼，莫言歧路枉伤神"（《送崔复初再赴海西方伯》），又"红尘漫说归田好，白首犹歌行路难"（《罢官向芝上午坐楼院》）。《小华诗评》卷下言："未尝不叹其激切。"⑥ 黄廷彧独擅七律，诗风横逸奇伟，晚年被祸后更加意态横放，使用虚词，语句散文化。如作于宣祖二十六年（1593）

① 黄廷彧《芝川集》卷一有《和金彭龄田家韵》，作于使行途中。
② 《光海君日记》卷二七，光海君六年（1614）三月二十八日（庚辰），据太白山史库本（中草本）。
③ 许筠《鹤山樵谈》："国朝以来典文柄者，皆由于赐暇读书之人，而长溪则否，世皆荣之。"（蔡美花、赵季主编《韩国诗话全编校注》第2册，人民文学出版社，2012，第1447页）《光海君日记》卷七六，光海君六年（1614）三月二十八日（庚辰）："廷彧文章高妙，然不自矜衒，人莫知者。卢守慎偶见其诗，延誉荐拔，遂柄文衡。"（据太白山史库本）黄赫《独石集·先府君行状》："（辛卯）文衡缺乏。廷臣更推先君为首，即兼带弘文馆大提学、艺文馆大提学、知春秋馆成均馆事。"（《韩国文集丛刊续》第7册，首尔：民族文化推进会，2005，第225、226页）
④ 许筠：《惺所覆瓿稿》卷二五《说部四》，《韩国文集丛刊》第74册，首尔：民族文化推进会，1991，第365、366页。
⑤ 张维：《溪谷集》卷六《芝川集序》，《韩国文集丛刊》第92册，首尔：民族文化推进会，1992，第114页。
⑥ 蔡美花、赵季主编《韩国诗话全编校注》第3册，人民文学出版社，2012，第2365页。

至三十年（1597）谪居吉州期间的《题砥柱台》：

> 混沌初分积气浮，何来巨石峙中流。雷风抟击犹难动，岳海惊翻只独留。万古即今谁阅视，一身千里幸来游。闻君欲办新亭子，八九胸吞在极眸。

《国朝诗删》卷六评曰："雄荡浑涵，足洗千古纤靡。"①

关于其诗学渊源，金昌协《农岩杂识外篇》谓："芝川矫健奇崛，出自黄、陈。"② 实际上黄廷彧由黄陈进一步上溯至杜甫。在儿子黄赫的家学叙述中，黄廷彧幼时，祖父黄起峻曾手抄杜诗五七言律若干首口授③。他在格力劲健和驱驾气势方面与杜诗相似，并形成自己的独特风格，自成一家。黄赫《先府君行状》："文章、诗规老杜而自立门户，尤以警拔神解为主。"④ 尹根寿评黄廷彧："诗规老杜，卓然自树。力振弱调，雅健为主。"⑤ 朴世采谓"芝川黄公，专学杜诗"⑥。

另一位将黄陈诗风演绎至极致的诗人崔岦也在贬谪期间宗杜。崔岦（1539~1612）字立之，号简易、东皋。本贯通川。李珥门人。明宗时及第，文科壮元。门第寒微，又为人简亢，容易招致谤议，所以多为京外官。后为卢守慎知遇，声名大振。官至承文院提调。著有《周易本义口诀附说》《洪范学记》《汉史列传抄》。崔岦诗文兼善，为"八文章"之一，也因此多次参与外交事务。宣祖十年（1577）、十四年（1581）、二十六年（1593）、二十七年（1594）四次前往明朝，呈书礼部、兵部等，以文华国，沿途诗作收入《丁丑行录》《辛巳行录》《癸巳行录》《甲午行录》。宣祖三十九年

---

① 〔韩〕赵钟业：《韩国诗话丛编》第 4 册，首尔：太学社，1996，第 605 页。
② 金昌协：《农岩集》卷三四，《韩国文集丛刊》第 162 册，首尔：民族文化推进会，1996，第 378 页。
③ 黄赫《先府君行状》："曾祖赠赞成公（黄起峻——引者注）尝奇爱之，曰：'此儿气度非凡，他日必名世。'乃手抄杜诗五七言律若干首口授云。"（见黄赫《独石集》，《韩国文集丛刊续》第 7 册，首尔：民族文化推进会，2005，第 220 页）
④ 见黄赫《独石集》，《韩国文集丛刊续》第 7 册，首尔：民族文化推进会，2005，第 228 页。
⑤ 尹根寿：《月汀集》卷七《祭长溪府院君文》，《韩国文集丛刊》第 47 册，首尔：民族文化推进会，1988，第 295 页。
⑥ 朴世采：《南溪集续集》卷二二《知中枢玄谷先生赵公墓表》，《韩国文集丛刊》第 142 册，首尔：民族文化推进会，1995，第 500 页。

（1606）皇太孙诞生诏使朱之蕃、梁有年来，为远接使柳根制述官。今传其《简易集》。

崔岦诗矫健雄奇，意深语新。申钦评其诗"精切矫健""奇健出人"[1]，尤其早期诗着意求奇出新，诗意深折，讲究技巧法度，炼字炼句，比卢守慎、黄廷彧更"镵画矫健"[2]。从宣祖十四年（1581）四十二岁时创作的《辛巳行录》开始，"豪横镵画"的诗风已经发生了变化，其诗学典范由黄陈转至杜甫，再到苏轼、唐诗。

崔岦曾取法杜诗句法。如"黄知篱落近，白见障亭多"（《海州道中》），承袭杜甫"碧知湖外草，红见海东云"（《晴二首》其一）。宋代范晞文谓"老杜多欲以颜色字置第一字，却引实字来"，即以颜色字为诗眼，"不如此，则语既弱而气亦馁"[3]。又如"海瘴刚侵夜，虫吟劣作秋"（《中秋夜阴》），也类似于杜甫"半阔者半必细"[4] 的句法。崔岦曾自言："诗堪包揽何须妙，语欲惊人思亦阑。"（《即事次杜遣闷韵》）其诗学精神明显承袭杜甫"为人性僻耽佳句，语不惊人死不休"（《江上值水如海势聊短述》）。他在贬谪瓮津县监期间，生活艰难，对杜甫诗有深切的共鸣，共次韵杜诗二十三首。诗中体现出狂傲自放的精神面貌，自言"不许门通不速客，为狂为傲挂渠唇"（《次杜拨闷韵》），"年来古绝又豪放"（《戏赠同行韩正郎景洪二首》其一），有杜甫"自笑狂夫老更狂"（《狂夫》）之态。

崔岦后期诗学观念转变，气更宽裕舒徐，也为接受苏轼和唐诗提供了可能。宣祖二十七年（1594）所作《甲午行录》末尾自注："余非熟东坡诗。甲午如京，为本国书亡于兵火，仅购看苏律一本。及后海平公遇苏州人吴明济，偶示行录鄙作，则曰：'大有苏长公气格。'余不敢以欣以沮，

---

[1] 申钦：《晴窗软谈》卷下，见《象村稿》卷五二，《韩国文集丛刊》第72册，首尔：民族文化推进会，1991，第346页。

[2] 金昌协《农岩杂识外篇》评崔岦诗："其风格豪横，质致深厚不及苏斋，而镵画矫健过之。"见《农岩集》卷三四，《韩国文集丛刊》第162册，首尔：民族文化推进会，1996，第378页。

[3] （宋）范晞文：《对床夜语》卷三，见丁福保辑《历代诗话续编》上册，中华书局，1983，第423、424页。

[4] 李梦阳《再与何氏书》："古人之作，其法虽多端，大抵前疏者后必密，半阔者半必细；一实者必一虚，选景者意必二。此予之所谓法圆规而方矩者也。"（《空同集》卷六二，台湾商务印书馆影印文渊阁《四库全书》本）

而可见华人看诗不似我人等闲也。"① 壬辰乱后，书籍多毁于兵火，偶然得
苏诗阅读，无形中受其影响，而为随军来朝鲜并编纂《朝鲜诗选》的明人
吴明济赞誉。崔岦之前曾编有中国诗歌选集《十家近体》，选李白、杜甫、
韩愈、柳宗元、孟浩然、韦应物、杜牧、黄庭坚、陈师道、陈与义诗，也
可见其审美取向。其《十家近体诗跋》："十家之外，似可恨少者，李商隐、
苏东坡二家。余亦未尝不喜，然或不善学焉，则其流得无失之艰与伤于易
者乎！此余过为虑，未必通论也。"② 谓学李商隐诗"失之艰"，即用典偏僻，
诗意艰深难解；而学苏轼诗"伤于易"，少锤炼，不拘法度，不合于意深语新
的诗学追求。由此，前人眼中的宋诗人苏轼与唐诗同时成为崔岦的师法对象，
这种奇特的接受现象也有其内在原理。苏诗的自由疏放正可以淡化崔岦学习
黄陈形成的豪横镵画诗风，而唐诗消解诗中的人工思力安排，总之苏诗与唐
诗对崔岦的意义大抵都在于消解语言和情感的张力，回归性情的自然发抒。
"以欣以沮"的矛盾态度说明无论崔岦是否主观上有意放弃意深语新的追求，
但随着际遇改善和性情成熟，左冲右突的孤愤以及由此带来的突兀、生新的
诗境得到缓解，新的艺术风貌更符合当时中朝诗坛的审美主流。

　　宣祖二十七年（1594）以后的几年里崔岦有各种尝试，其诗风多样化
体现在《甲午行录》《公山录》《松都录》《西都录》等，既有一贯的劲健，
也有反映万历卫国战争国家罹难的沉痛，还有一反平时滞涩的流畅诗风。
宣祖三十一年（1598）《公山录》有几首宗唐诗歌，如《独乐八咏》富于
情韵，而《题石阳正仲燮水墨画二幅》描摹画境，与初期题画诗的宋诗风
形成鲜明对照③。也是在这时，崔岦写下了"分留物色少，总为后荷衣"④，
向宗唐诗人林亿龄致敬。这一时期还出现了为数不多的以景作结、有余味、
有意境的诗作。如《月松亭》："十里寒沙月一襟，谁教画手着松阴。诗仙

① 崔岦：《简易集》卷七，《韩国文集丛刊》第 49 册，首尔：民族文化推进会，1990，第
　 435 页。
② 崔岦：《简易集》卷三，《韩国文集丛刊》第 49 册，首尔：民族文化推进会，1990，第
　 304 页。
③ 初期《题石阳正仲燮墨竹八幅》《题青山白云图二首》等，评判画艺、探究画家作画时的
　 思维过程，以意为主。如"露滴看不见，竹垂觉露压"（《题石阳正仲燮墨竹八幅·露
　 竹》），"葱茏拥岸知林近，缥缈浮村觉水多"（《题青山白云图二首》其二），即使涉及景
　 物，侧重点在人的感觉而非物象描摹。
④ 出《仲燮示以关东诸作就和一二尤绝境者次韵·竹西楼》，见《简易集》卷七《公山录》，
　 《韩国文集丛刊》第 49 册，首尔：民族文化推进会，1990，第 441 页。

正自忘归去，鹤警三更露已深。"① 又《送韩石峰还牛山》："匹马凌兢雪上行，相随落月背荒城。犹胜老子送君后，剪尽孤灯窗未明。"②

崔岦诗从早年的峭刻生硬转为晚年"动止自随"的从容洒脱，从谨守法度达到随物赋形的自如。后期意深语新的主体风格不再依靠外在句法形式的突兀、生新，诗作情意沉至，格力厚劲，语言通俗、浑融而不堕凡近，正是诗人艺术表现技巧臻至纯熟的表现。

综上所述，卢守慎、黄廷或、崔岦的诗学倾向以宗宋为主，代表了成宗以后由苏轼转向黄陈的诗坛风尚。在贬谪经历的激发下，他们又由黄陈上溯到杜诗，而对杜诗的接受实际上反映了朝鲜士人的自我认识，并且逗露了新的诗风转向的讯息。其中崔岦又由杜甫进一步接受更典型的唐风，促进其后期诗风的转变和成熟。

第三节　朴淳、尹根寿对宗唐思潮的引导

杜诗并非宣祖时宗唐思潮的主流典范，宣祖宗唐派一般认为学杜并不等同于学唐。推动宣祖宗唐思潮、建立主流典范与风格的重要人物是朴淳与尹根寿。

许筠《苏谷诗集序》如此叙述宗唐诗风产生过程：

> 往在弘、正间，忘轩李胄之始学唐诗，沉着奇丽。而冲庵金文简公继起为韦、钱之音。二公足称一班，而惜也年命恨之。逮在隆、万间，思庵相知尊盛李，所咏颇清邵。模楷虽不足，而鼓舞攸赖。晚得崔、白，遂张大楚，所谓夥涉之启刘、项者，非耶？同时有苏谷翁者，初学杜、苏于湖阴，其吟讽者既鸿缜纯熟矣。及交崔、白，悟而汗下，尽弃其所学而学焉。③

---

① 见崔岦《简易集》卷七《公山录》，《韩国文集丛刊》第49册，首尔：民族文化推进会，1990，第441页。
② 见崔岦《简易集》卷七《松都录》，《韩国文集丛刊》第49册，首尔：民族文化推进会，1990，第445页。
③ 李达：《苏谷诗集》卷首，《韩国文集丛刊》第61册，首尔：民族文化推进会，1991，第3、4页。

李胄未必是第一个学唐的诗人，但许筠揭示出了朴淳对崔白、继而对李达诗学路径选择的影响。

朴淳（1523~1589）字和叔，少号青霞子，后改思庵，谥文忠。本贯忠州。为徐敬德（1489~1546）门人，朴祥侄，与李滉、李珥、成浑（1535~1598）交游。中宗时进士及第，明宗八年（1553）文科壮元，后选湖堂，明宗宠遇优渥①。宣祖元年（1568）典文衡，宣祖十二年（1579）官至领相，是朝鲜王朝少有的以"壮元及第为议政者"之一②。在朝为政期间主张清议，接引士类，为士林领袖，举荐李珥、成浑等，缓解了燕山君至明宗间几次大的士祸对士林的打击，"一时士类多聚于朝，士气益励，人皆想望有为"③。且有清德，"朝野士民所倚重，而为东国之纲"④。宣祖八年（1575），党争初起，朴淳以左议政为西人党首，许晔（1517~1580）以大司谏为东人领袖。朴淳与中国的关系也较为密切。宣祖元年（1568）明宗赐谥诏、宣祖册封诏使行人欧希稷、太监张朝来，朴淳为远接使；同年又为册立东宫诏使成宪、王玺的远接使。宣祖五年（1572）以贺神宗登极使如明。十五年（1582）皇子诞生诏使黄洪宪、王敬民来，为远接使李珥从事官。后因祖护李珥、成浑，受到弹劾。宣祖十九年（1586）辞递，卜居永平县白云溪，三年后下世。有《思庵集》今传。

朴淳的汉诗为宣祖诗坛开启了新风气。申钦《晴窗软谈》卷下云：

> 我朝作者代有其人，不啻数百家。以近代人言，途有三焉。和平淡雅，成一家言者，容斋李荇、骆峰申光汉，而申较清、李较圆，大家则徐四佳居正当为第一，而占毕金宗直、虚白成俔次之。如讷斋朴

---

① 宋时烈《宋子大全》卷一五五《思庵朴公神道碑铭》："一日，上（明宗——引者注）召对湖堂学士，讲论经理，且命制述。亲执青钟，满酌以侑，而又仿苏轼金莲烛故事以送之。翌日，大臣尚震等率诣殿陛陈谢，一时以为盛事。"见《韩国文集丛刊》第113册，首尔：民族文化推进会，1993，第323页。

② 沈守庆《遣闲杂录》："国朝壮元及第为议政者无几，郑麟趾、崔恒、权擥、洪应、慎承善、柳顺汀、金安老、沈通源、郑惟吉、朴淳、卢守慎、郑澈及守庆。"见蔡美花、赵季主编《韩国诗话全编校注》第1册，人民文学出版社，2012，第572页。

③ 李珥：《栗谷全书》卷三四《附录二·年谱下》，《韩国文集丛刊》第45册，首尔：民族文化推进会，1988，第314页。

④ 朴淳《思庵集》卷七《附录·诸家记述》引《重峰丁亥封事》，《韩国文集丛刊》第38册，首尔：民族文化推进会，1988，第380页。

祥、湖阴郑士龙、苏斋卢守慎、芝川黄廷彧、简易崔岦，以险瑰奇健
为之能，至于得正觉者犹不多。思庵朴公淳近来稍涉唐派，为诗甚
清邵。①

以风格而言，朴淳在当时诗坛"和平淡雅""险瑰奇健"的两大主流之外另
辟一路，清邵而温婉。申钦谓其"清修苦节，人莫能及"②，宣祖许以"松
筠节操，水月精神"③，这种清廉自持的修养与刻苦坚守的气节所形成的人
生境界凝结在诗中，则为清邵④。

以诗学渊源而言，朴淳在宋诗风之外推崇唐音，宗法唐诗。明使欧希
稷赞为"宋人物，唐诗调"⑤。许筠谓："逮在隆、万间，思庵相知尊盛李，
所咏颇清邵。"⑥ 李晬光称其"诗亦清峭近唐"⑦，言"清峭"则差，朴淳诗
中并无峭刻的意思，然而"近唐"不虚。其《访曹云伯》其一：

> 醉睡仙家觉后疑，白云平垫月沉时。翛然独出修林外，石径筇音
> 宿鸟知。

整首诗意境清幽寂静，由此"人谓之'宿鸟知先生'"⑧。又如《砺山郡别
行思上人》："王程那得驻征骓，愁外青山几夕晖。金马古城相送处，刺桐
花落雨霏霏。"许筠《国朝诗删》卷三评为"晚李"⑨，具有晚唐风调。《湖

---

① 申钦：《象村稿》卷五二，《韩国文集丛刊》第 72 册，首尔：民族文化推进会，1991，第
　347 页。
② 申钦：《晴窗软谈》卷下，见《象村稿》卷五二，《韩国文集丛刊》第 72 册，首尔：民族
　文化推进会，1991，第 344 页。
③ 《朝鲜宣祖实录》卷一七，宣祖十六年（1583）八月十八日（丁卯），见《李朝实录》第
　27 册，东京：日本学习院东洋文化研究所，1961，第 236 页。
④ "邵"通"劭"，美好意。
⑤ 李选：《芝湖集》卷一〇《思庵朴公行状》，《韩国文集丛刊》第 143 册，首尔：民族文化
　推进会，1995，第 516 页。
⑥ 许筠：《苏谷诗集序》，见李达《苏谷诗集》卷首，《韩国文集丛刊》第 61 册，首尔：民族
　文化推进会，1991，第 3 页。
⑦ 李晬光：《芝峰类说》卷一五《性行部·恬退》，据仁祖十二年（1634）木刻本。
⑧ 权应仁：《松溪漫录》卷上，见蔡美花、赵季主编《韩国诗话全编校注》第 1 册，人民文
　学出版社，2012，第 539 页。
⑨ 〔韩〕赵钟业：《韩国诗话丛编》第 4 册，首尔：太学社，1996，第 395 页。

堂口号》："乱流经野入江沱，滴沥犹存槛外柯。篱挂蓑衣檐晒网，望中渔
屋夕阳多。"李济臣《清江先生诗话》谓"诸公叹美，以为真有声之画"①，
肯定其意象构造的成功。《清风寒碧楼》其一："客心孤迥自生愁，坐听江
声不下楼。明日又登官路去，白云红树为谁秋？"结句有余味，含不尽感慨
于言外。洪万宗《诗评补遗》卷上："余未尝不一唱三叹。"② 晚年退居永
平县，"有拜鹃窝、二养亭、吐云床名号，环以白云溪、金水潭、苍玉屏，
兴至杖屦逍遥，或游枫岳诸山"③。"其闲适自在之意，孤高拔俗之标"④ 寓
之于诗，多游览兴怀、写景体物、赠答之作，自抒怀抱，诗思清浅枯淡。

朴淳七绝最佳，用力处往往在结句，如"石径筇音宿鸟知""望中渔屋
夕阳多""白云红树为谁秋"等。取景造境，前面几句不妨以意运之，如
《肃拜后归永平》、《清风寒碧楼》其一，仍带有宋诗思路诗法的特点，好在
能带来诗意的流动。佳作往往在尾联营构一中心意象，既振起全篇，又含
蕴不尽，留有余味。但更多的诗篇未注意到全诗形象的浑然一体，能形成
圆融意境的不多，仅《访曹云伯》等数首而已。此外，他对意象的提纯、
简化不够，造成诗中的意象往往不够鲜明突出，字句锻炼还不精工，往往
词繁而意浅。又"篱挂蓑衣檐晒网"（《湖堂口号》）、"留花应待老仙还"
（《送退溪先生还乡》）等句，比较拗口，音调不够流畅。

朴淳诗中的这些问题需要此后的学唐诗人进一步解决，他在文学史上
的地位主要在于对唐诗的提倡鼓舞之功。宣祖元年（1568）他为文衡时，
"疾当时文体尚浮薄，欲力变陋习澡雪之"⑤，"于文章追复汉唐格法"⑥，
"首以班、马、韩、柳、李、杜为本"⑦。诗歌方面他提倡唐诗风，明确针对
当时崇尚苏轼的诗坛风气，受严羽《沧浪诗话》的影响，指出"子瞻虽豪

---

① 蔡美花、赵季主编《韩国诗话全编校注》第 1 册，人民文学出版社，2012，第 655 页。
② 蔡美花、赵季主编《韩国诗话全编校注》第 3 册，人民文学出版社，2012，第 2414 页。
③ 宋时烈：《宋子大全》卷一五五《思庵朴公淳神道碑铭》，《韩国文集丛刊》第 113 册，首尔：民族文化推进会，1993，第 325 页。
④ 申钦：《晴窗软谈》卷下，见《象村稿》卷五二，《韩国文集丛刊》第 72 册，首尔：民族文化推进会，1991，第 344 页。
⑤ 李选：《芝湖集》卷一〇《思庵朴公行状》，《韩国文集丛刊》第 143 册，首尔：民族文化推进会，1995，第 516 页。
⑥ 《朝鲜宣祖修正实录》卷二三，宣祖二十二年（1589）七月一日（丙午），据太白山史库本。
⑦ 李选：《芝湖集》卷一〇《思庵朴公行状》，《韩国文集丛刊》第 143 册，首尔：民族文化推进会，1995，第 516 页。

放，已落第二义也"①。朴淳对"三唐"诗人的诗学方向选择有重要影响，其中崔庆昌、白光勋与朴淳同为湖南人，又为朴淳门人，李达也直接受其影响，由宋入唐，如许筠记述：

> 一日，思庵相谓达曰："诗道当以为唐为正。子瞻虽豪放，已落第二义也。"遂抽架上太白乐府歌吟、王孟近体以示之。达瞿然知正法之在是，遂尽捐故学。②

正是朴淳推动了学唐高潮的到来。如许筠所言："模楷虽不足，而鼓舞攸赖。晚得崔、白，遂张大楚，所谓夥涉之启刘、项者非耶？"③ 李选谓："玄翁论其文章曰：清邵淡洁，诗尤警发，力追李唐。后来崔庆昌、白光勋、李达之流，其源皆自公所倡始。"④ 此外，委巷诗人刘希庆（1545～1636）也跟随他学唐诗⑤。朴淳以"儒林领袖，艺苑宗盟"⑥ 的身份和科举制度的影响力，对当时朝鲜文风转变有很大影响，"崔庆昌、白光勋、李达等皆其门人，自是文体为之丕变"⑦。郑弘溟《思庵先生文集跋》："因记平昔丈老卮言：'吾东虽古称诗学，而率皆以苏、黄、两陈为法，其于开元以下不能窥闯门阈而唭其肴馔焉。'……夷考晋唐源流所自，相公实先倡之耳。"⑧

尹根寿（1537～1616）字子固，号月汀，谥文贞，本贯海平。明宗十三年（1558）及第。选湖堂，典文衡，官止左赞成，封海平府院君。尹根寿通汉

---

① 许筠：《惺所覆瓿稿》卷八《文部五·苏谷山人传》，《韩国文集丛刊》第74册，首尔：民族文化推进会，1991，第204页。
② 许筠：《惺所覆瓿稿》卷八《文部五·苏谷山人传》，《韩国文集丛刊》第74册，首尔：民族文化推进会，1991，第204页。
③ 许筠：《苏谷诗集序》，见李达《苏谷诗集》卷首，《韩国文集丛刊》第61册，首尔：民族文化推进会，1991，第3页。
④ 李选：《芝湖集》卷一〇《思庵朴公行状》，《韩国文集丛刊》第143册，首尔：民族文化推进会，1995，第523页。
⑤ 南鹤鸣《行录》："思庵朴相国淳尝观其诗，深赏之，因教以唐诗。"见刘希庆《村隐集》卷二《附录》，《韩国文集丛刊》第55册，首尔：民族文化推进会，1990，第32页。
⑥ 宋时烈：《宋子大全》卷一五〇《朴思庵画像赞》，《韩国文集丛刊》第113册，首尔：民族文化推进会，1993，第223页。
⑦ 《朝鲜宣祖修正实录》卷二三，宣祖二十二年（1589）七月一日（丙午），据太白山史库本。
⑧ 见朴淳《思庵集》卷七《附录》，《韩国文集丛刊》第38册，首尔：民族文化推进会，1988，第390页。

语，汉学教授出身，多次作为朝鲜使臣赴明，所谓"四使燕京，十渡鸭江"①，万历卫国战争期间为明朝经略宋应昌接伴使。今传其《月汀集》，著有《韩文吐释》《月汀漫录》等。

尹根寿景慕明代复古派。申钦谓："好观皇明诸家。信阳、北地、凤洲、沧溟，旷世神交，慨然有不并世之叹。"② 何景明、李梦阳、王世贞、李攀龙中又首推李攀龙诗，许筠《鹤山樵谈》云："明人诗，苏谷以何仲默为首，仲兄以李献吉居最，尹月汀以李于麟度越前二子。"③ 尹根寿对前代诗人的次韵较为集中，除杜诗外，《朝天录》中有五首次韵何景明、李梦阳诗，分别为《次河大复九日黔国后园二首韵》《次河大复宗哲初至夜集韵》《路上即事次河大复月夜赠田子之江西》《次李空同雪日繁台院阁酒集韵》《次李空同雪后朝天宫韵》。尤其后三首作于出使中国期间，在何景明、李梦阳所在土地上次韵二人诗，时空交并下的倾慕之情溢于言表。

尹根寿最早引入复古派李梦阳和王世贞的文集。如《月汀漫录》载：

> 高彦明，译者也。余出身肆华语，故高有时来见我。高言曾见李和宗，则李谓："昔于辛巳年，嘉靖登极诏使唐皋、史道出来时，俺以别通事答应。一日远接使容斋李相国令通官问于唐太史曰：'方今海内文章，谁为第一？'太史曰：'李梦阳其人也。'"其时空同致仕，家居汴梁，名动天下。我国不知，虽闻此言，而亦不肯访问于中原，可叹。（一本盖李空同以己丑年下世。在辛巳，即其无恙时也。名动天下，在其时已然。）近岁始见《空同集》者，而方知其诗文两极其至，沧溟、弇州诸公极其推尊，我国之知有空同子晚矣。④

明使唐皋于正德十六年（1521）出使朝鲜，其时朝鲜只知李梦阳之名。宣

---

① 申钦：《象村稿》卷二六《海平府院君月汀尹公神道碑铭》，《韩国文集丛刊》第72册，首尔：民族文化推进会，1991，第94页。

② 申钦：《象村稿》卷二六《海平府院君月汀尹公神道碑铭》，《韩国文集丛刊》第72册，首尔：民族文化推进会，1991，第94页。

③ 蔡美花、赵季主编《韩国诗话全编校注》第2册，人民文学出版社，2012，第1444页。

④ 见尹根寿《月汀别集》卷四，《韩国文集丛刊》第47册，首尔：民族文化推进会，1988，第369页。

祖六年（1573）朝鲜谢恩使买回"《崆峒集》三卷"①，1580 年尹根寿在开城刊刻，其《崆峒诗跋》云：

> 诗至于杜，集厥大成，非古人语乎？夫以有唐诗道之盛，仿佛夫杜者盖鲜。迨义山始造其藩篱，而半山老人为之叹赏不置，黄、陈各得其一体而已冠于宗派。然此则全集具在，夫人而能见之百代之后而宛得遗韵，俯视诸家，卓然独契如崆峒子者，世尚有斯人乎？且又王、杨数子，老杜之所许也。今观集中唐初体者，方驾并驱，功与之齐，才全能巨，信此之云。后来操觚者争自濯磨竞慕，无不曰崆峒子、崆峒子，固已大行于中土。而在吾东得见者寡矣，不亦可羞乎？而余不此之印以薪其传，而尚谁印乎？②

尹根寿好杜诗，认为其集大成。其《朝天录》有《以落日心犹壮秋风病欲苏为韵作五言十绝》，《月汀漫录》记卢守慎好杜诗，又对杜诗中的苏大侍御（《苏大侍御访江浦赋八韵记异》）、"熟精文选理"（《宗武生日》）进行解释。尹根寿谓李梦阳得杜诗遗韵，其诗作的初唐风格也是老杜认可的，而朝鲜人尚不知其名，有孤陋寡闻之嫌，因此慨然以刊刻李梦阳诗集为己任。

1589 年尹根寿以宗系奏请使出使北京，购回王世贞《弇州山人四部稿》。他在给王世贞之子王士骐（1557~?）的书信中写道：

> 凤洲老先生之高名日揭中国。中国之人，三尺稚孺，固已知有先生，而海外遐贱乃冥然独无所闻知。昔年黄翰林之颁诏敝邦也，从其行掌故者，始得闻先生诗文空同之后一人而已。自是切切然常愿一窥览全集。既而因赴京之行，而购得《四部稿》。③

---

① 柳希春：《眉岩集》卷九《日记（删节○上经筵日记别编）·壬申（隆庆六年我宣庙六年）》，《韩国文集丛刊》第 34 册，首尔：民族文化推进会，1988，第 314 页。
② 尹根寿：《月汀集》卷四《崆峒诗跋》，《韩国文集丛刊》第 47 册，首尔：民族文化推进会，1988，第 239、240 页。
③ 尹根寿：《月汀集》卷五《上王主事书（士骐）》，《韩国文集丛刊》第 47 册，首尔：民族文化推进会，1988，第 258、259 页。

不过这次购回的《弇州山人四部稿》毁于不久之后爆发的万历卫国战争中。宣祖二十七年（1594）尹根寿再次使明时重又购买："在甲午冬，又以请兵、请粮奉使如京，虽疑信互传，而先生已弃后学矣，自此仰止之心遂无所凭依。缘前所有《四部稿》见失于兵火，又得他帙而归，至今尊阁之案上矣。"①

正是受明代复古派影响，尹根寿在朝鲜文坛首倡古文辞，并且有李梦阳、王世贞文集作为范本，对思潮起到了推波助澜的作用。如李德懋《清脾录》卷一："尹月汀根寿性喜中原，倡为古文辞。朝鲜士大夫文章能具体裁者，月汀之力也。"②申钦谓："倡为古文，以先秦、西京为主，而酷好司马子长。"而尹根寿"为诗宗盛李"③，凭借其文衡的社会地位，对当时诗坛应有很大影响。李梦阳、王世贞文集传入、刊刻时，崔白已至暮年或下世，而李达与尹根寿确有交往，大抵受到其影响。尹根寿好杜诗，与明代复古派的取法对象有根本上的相似之处；崔白属于较为纯粹的中晚唐诗风，而李达早年跟随郑士龙学杜诗，本就从杜诗入，更容易接受明七子，也更容易与尹根寿有诗学思想的共鸣。李达有《上月汀亚相》：

> 客衾秋气夜迢迢，深屋流萤度寂寥。明月满庭凉露湿，碧天如水绛河遥。离人梦断千重岭，禁漏声残十二桥。咫尺更怀东阁老，贵门行马隔云霄。④

李达慕何景明，曾对许筠讲此诗为何景明作，如《鹤山樵谈》载："益之尝出一律示之曰：'此仲默之逸诗。'初不觉真赝，则曰：'此诗清绝，选律者不当遗之，必君之拟作。'益之不觉卢胡。"⑤可见李达对此诗似明复古派诗

① 尹根寿：《月汀集》卷五《上王主事书（士骐）》，《韩国文集丛刊》第 47 册，首尔：民族文化推进会，1988，第 259 页。
② 李德懋：《青庄馆全书》卷三二，《韩国文集丛刊》第 258 册，首尔：民族文化推进会，2000，第 11、12 页。
③ 申钦：《象村稿》卷二六《海平府院君月汀尹公神道碑铭》，《韩国文集丛刊》第 72 册，首尔：民族文化推进会，1991，第 94 页。
④ 李达：《苏谷诗集》卷四，《韩国文集丛刊》第 61 册，首尔：民族文化推进会，1991，第 23、24 页。
⑤ 蔡美花、赵季主编《韩国诗话全编校注》第 2 册，人民文学出版社，2012，第 1444 页。

风颇为自负,上呈尹根寿以寻求认同。如果说这首只是秉持同样诗学追求的诗人之间的交流切磋,那么另一首《奉寄月汀大人》言及思念和生平心迹,更像熟识的朋友之间的委婉奉劝,其诗曰:"天涯熟食适清明,异地淹留见客情。京洛数年消息断,别离中夜梦魂惊。高官已自归勋业,造物终须忌盛名。从此春风无限好,有山何处不归耕。"①

总之,朴淳、尹根寿以文衡暨文坛领袖的身份推崇唐诗、明代复古派,促进朝鲜诗坛对唐诗与明代唐诗学的双重接受。朴淳与尹根寿对朝鲜汉诗前后相继的引导及其唐诗观,也代表了宣祖时宗唐诗风的两个不同阶段。第一个阶段延续成宗以来的审美趋向,从《唐音》《唐诗鼓吹》《唐百家诗选》等选本、格法著作习得中晚唐诗风,以"三唐"诗人为创作高峰;第二个阶段则从明代复古派汲取更多元的师法对象和雄壮的风格,以车天辂、权韠等为代表诗人,并且这个阶段一直延续到光海君、仁祖时期。因此这两个阶段也可以视为朝鲜时代中期宗唐诗风的两个阶段。

第四节 郑澈的意象经营

郑澈(1536~1593)字季涵,号松江,谥文清,本贯延日。长姊为仁宗淑仪。明宗时及第,三十二岁选湖堂,官至左相、寅城府院君。宣祖元年(1568)明宗赐谥诏、宣祖册封诏使行人欧希稷、太监张朝来,辟为远接使朴淳从事官②。少时就学于奇大升、金麟厚,又是梁应鼎门人。与李珥同年选入读书堂,又与成浑、朴淳交游密切。

郑澈性格刚介,激扬直言,受党争影响,仕途大起大落。金孝元、沈义谦分裂后,郑澈成为西人党首。宣祖十七年(1584)李珥去世,第二年成浑退出朝廷,士林退居地方,郑澈也被迫退寓高阳,又归昌平。宣祖二十二年(1589)拜右议政。二十四年(1591),领相李山海以立世子事陷害郑澈,初配明川,命移晋州,再移江界。后又因崔永庆(1529~1590)死于狱中事获罪,周围一大批士人受到牵连。万历卫国战争后蒙赦免,第二年

---

① 李达:《苏谷诗集》卷四,《韩国文集丛刊》第 61 册,首尔:民族文化推进会,1991,第 24 页。

② 郑澈:《松江别集》卷二《附录·年谱上》,《韩国文集丛刊》第 46 册,首尔:民族文化推进会,1988,第 266 页。

以谢恩使前往北京。因东人党主张与日本和议，谎称日军此时已经撤回渡海，郑澈据此上报明朝兵部，被递职推考。当年十二月卒于江华寓舍①。著有《松江集》今传。

郑澈为歌辞②文学大家，以朝鲜本民族语言作《关东别曲》《思美人曲》《续美人曲》《星山别曲》《将进酒辞》五首歌辞。金春泽将其比于屈原："因其放逐郁悒，以君臣离合之际，取譬于男女爱憎之间，其心忠，其志洁，其节贞，其辞雅而曲，其调悲而正。"③ 许筠《惺叟诗话》谓其诗"清壮可听"④。另有短歌形式的时调八十余首，其中十六首收入《警民编》。《警民编》评曰："盖因陈古灵谕文中诸条，添以君臣、长幼、朋友三者，使民寻常诵习。讽咏在口，则其于感发人之情性，不无所助。"⑤

郑澈的汉诗不事雕琢而隽爽飞动，豪逸不羁。张维《松江遗稿后序》云："为诗未尝刻意炼琢，多出于对境挥洒，往往隽爽飞动，有声外之韵，意外之趣。"⑥ 其创作方式正是唐人典型的"诗情缘境发"⑦，自然豪逸。其《统军亭》：

> 我欲过江去，直登松鹘山。西招华表鹤，相与戏云间。

任璟（1667~?）《玄湖琐谈》："这二句未尝道得统军亭一语，而世以为古今绝作，何也？盖是亭也，远临辽碣，气象旷邈，松翁乃托兴于意想之表，趣格飘逸，与兹亭相侔也。"⑧ 申钦《晴窗软谈》卷下也认为郑澈此篇独能

---

① 事见《朝鲜宣祖修正实录》卷二七，宣祖二十六年（1593）十二月一日（庚戌），据太白山史库本。
② 歌辞是朝鲜国语文学中的长歌形式之一，盛行于十六七世纪。
③ 金春泽：《北轩集》卷一六《囚海录·论诗文》，《韩国文集丛刊》第185册，首尔：民族文化推进会，1997，第227页。
④ 许筠：《惺所覆瓿稿》卷二五《说部四》，《韩国文集丛刊》第74册，首尔：民族文化推进会，1991，第366页。
⑤ 郑澈《松江别集》卷七《附录·畸翁所录》引，《韩国文集丛刊》第46册，首尔：民族文化推进会，1988，第416页。
⑥ 张维：《溪谷集》卷六，《韩国文集丛刊》第92册，首尔：民族文化推进会，1992，第113页。
⑦ （唐）皎然《秋日遥和卢使君游何山寺宿敩上人房论涅槃经义》，见（清）彭定求等编《全唐诗》卷八一五，中华书局，1999，第12册，第9257页。
⑧ 蔡美花、赵季主编《韩国诗话全编校注》第4册，人民文学出版社，2012，第2903页。

形容其气象①。又《咸兴客馆对菊》："秋尽关河候雁哀，思归且上望乡台。殷勤十月咸山菊，不为重阳为客开。"作于明宗二十一年（1566）奉使北关，回到咸兴时。许筠《国朝诗删》卷三评其"格超思渊"②。下联因其超迈，尤为人称道，出使还未还朝，诗已经在汉城传播开来③。另《金沙寺》：

> 十日金沙寺，三秋故国心。夜潮分爽气，归雁有哀音。虏在频看剑，人亡欲断琴。平生《出师表》，临乱更长吟。

车天辂《五山说林草稿》记载这首诗的本事："壬辰倭奴之充斥也，宣庙西幸出，郑相国澈于安置中命以都体察使之任。公受命而南也，行抵黄海道长渊地金沙寺，留十日，时是岁七月秋也。"④ 后两联为殉于锦山的赵宪、高敬命作，《东诗丛话》卷一评曰"词气殊甚凄切"⑤，情感内蕴丰厚。

郑澈汉诗有学习唐风的倾向。其《秋日作》："山雨夜鸣竹，草虫秋近床。流年那可驻，白发不禁长。"瞒过素善藻鉴诗句的成浑，使其被误以为"晚唐人诗"⑥。他在艺术技巧方面比同样学唐的朴淳更成熟。南龙翼评郑澈诗"遒紧"⑦，一方面，因其语言省净凝练而整饬。另一方面，他常将两个或多个单纯意象合并为复合意象。这点在名词性意象中较为突出，如"夕阳桥"（《宜月亭》其一）、"咸山菊"（《咸兴客馆对菊》）、"落木声"和

---

① 蔡美花、赵季主编《韩国诗话全编校注》第2册，人民文学出版社，2012，第1387页。

② 〔韩〕赵钟业：《韩国诗话丛编》第4册，首尔：太学社，1996，第406页。

③ 郑澈《松江别集》卷二《附录·年谱上》："及复命入阙，郑公芝衍时为吏郎，自政厅罢归，路遇公，笑迎曰：'"不为重阳为客开"来矣。'盖公未及还朝，诗已先播故也。"（《韩国文集丛刊》第46册，首尔：民族文化推进会，1988，第265页）一说朴忠元也有此言。车天辂《五山说林草稿》："及还朝，朴相公忠元迎，谓之曰：'是故作"殷勤十月咸山菊，不为重阳为客开"者也。'"（蔡美花、赵季主编《韩国诗话全编校注》第2册，人民文学出版社，2012，第962页）

④ 蔡美花、赵季主编《韩国诗话全编校注》第2册，人民文学出版社，2012，第964页。

⑤ 蔡美花、赵季主编《韩国诗话全编校注》第11册，人民文学出版社，2012，第9272页。

⑥ 洪万宗《诗评补遗》卷上："成牛溪素于古今诗句藻鉴甚明，郑松江得五言一绝，其诗曰：'山雨夜鸣竹，草虫秋近床。流年那可住，白发不禁长。'遂印于唐楮，示牛溪曰：'此是古壁所涂，而但不知谁作也。'牛溪再三吟咏，曰：'此必晚唐人诗。'松江笑曰：'我欲试公，公果见瞒。'"（蔡美花、赵季主编《韩国诗话全编校注》第3册，人民文学出版社，2012，第2415页）

⑦ 南龙翼：《壶谷诗话·诗评·东诗》，蔡美花、赵季主编《韩国诗话全编校注》第3册，人民文学出版社，2012，第2199页。

"溪南树"（《山寺夜吟》）等，前一意象作为定语修饰后一意象，语言更紧凑，中心意象也更鲜明突出而内涵丰富。

但他的诗并不质实板滞，其原因在于意象的密度不高，每句一两个中心意象，注重意象的剪裁和提纯，追求疏朗简净的艺术效果。相对朴淳而言，其诗在经营意象上有了很大的进步。而且五言绝句多使用虚词，也能化解遒紧带来的节奏促迫感。如《统军亭》："我欲过江去，直登松鹘山。西招华表鹤，相与戏云间。"连用"欲""直""相与""间"，舒缓语气，造成"江""山""华表鹤""云"这几个雄伟意象之间气息的流动，"反虚入浑"（司空图《二十四诗品·雄浑》），从而形成全篇雄浑的气韵。又"流年那可驻，白发不禁长"（《秋日作》）的"那可"；"追到广陵上，仙舟已杳冥"（《别退陶先生》）的"上"和"已"；"错认为疏雨"（《山寺夜吟》）的"为"等。既能使语法逻辑意义明晰，意脉流动，又能使气息疏朗。

郑澈尤善绝句，清新警拔。南龙翼《壶谷诗话·诗评·东诗》："郑松江最长于绝句，如七言'无端十月咸山菊''杜宇一声山竹裂'，五言'我欲过江去''寒雨夜鸣竹'等作，绝佳。"① 其中《夜坐闻鹃》："掖垣南畔树苍苍，魂梦迢迢上玉堂。杜宇一声山竹裂，孤臣白发此时长。"《晴窗软谈》卷下谓作于"解职在南中时"，"语甚警策"②。郑澈将"杜宇一声"与"山竹裂"的意象并置，故意制造错觉联想，使人模糊地认为山竹的炸裂是为杜鹃叫声所震，将声音转化为视觉，含混的诗意更加凄厉警绝。又《宜月亭》其一："白岳连天起，城川入海遥。年年芳草路，人度夕阳桥。"该诗发语警拔，"白岳连天起"纵向扩展空间，"城川入海遥"则横向拉伸，十字形构图，一纵一横，气势恢弘。下联刻画道路铺满萋萋的芳草，暗寓乡思；夕阳桥畔，行人独往，暮色生愁，又多了一层愁绪。上联的景物之壮与下联暗寓的凄凉情思形成反差，反观"城川入海遥"之"遥"也多了故乡遥远渺茫难及的感慨，诗意含蓄绵邈。

第五节　高敬命的学唐方式

高敬命（1533~1592）字而顺，号霁峰、苔轩、苔槎，谥忠烈。著有

---

① 蔡美花、赵季主编《韩国诗话全编校注》第3册，人民文学出版社，2012，第2206页。
② 蔡美花、赵季主编《韩国诗话全编校注》第2册，人民文学出版社，2012，第1394页。

《霁峰集》今传。其诗风秾丽富盛。他一生的汉诗创作可以分为三个时期。明宗十三年（1558）文科壮元及第，至十八年（1563）因卷入党争罢归乡里，是为早期。期间选湖堂，任职馆阁，汉诗辞藻丰美，色彩华丽，意象瑰奇。多咏物诗、题画诗，摹景体物，工于技巧。明宗十八年（1563）至宣祖十四年（1581）起用为灵岩郡守，是为中期。"一卧南中者十九年"①，闲废期间诗艺大进，创作了大量景观题咏组诗。晚年起废。宣祖二十五年（1592）万历卫国战争爆发，高敬命以前东莱府使的身份在潭阳兴起义兵，与前府使金千镒（1537~1593）、学谕柳彭老（1554~1592）等组成联军，被推为盟主，在与日军的锦山之战中牺牲。他晚年所作的《东槎和稿》《皇华和稿》以及平日应酬之作，重拾及第初期的清新密丽，但气韵转深厚沉雄。

高敬命在中年闲废期间，"闲来检书箧，浪诵十年诗"（《用湖阴老人韵自述》），模仿中国《选》体②、唐音、宋调等不同美学类型的诗歌，并且不局限于中国诗人，还有意学习朝鲜诗人，以此共同促进诗歌艺术水平的提高和诗歌风格的转变。他的学唐行为代表了朝鲜时代诗风由宗宋向宗唐的转变，带有两个时期的过渡痕迹。

一　次韵或拟效中朝诗人诗作

从高敬命文集中"次（用）……韵"或"效……"的诗作中不难发现他有意摹拟唐风的倾向。他以此模仿某位诗人的题材内容、艺术风格、语言特点或意象、意境，向诗人致意。通过这些诗作，可以发现高敬命的审美偏好，同时与他前后期诗风的转变结合起来，可以考见其诗学渊源。

除往来酬赠唱和的次韵诗多为师友相赠、不具备诗学意义外，高敬命《霁峰集》中次韵的朝鲜诗人及其诗作主要有：效金时习（1435~1493）的《寓兴效清寒子》，效金宗直的《次占毕韵赠尹绫城士初》，效郑士龙的《刚叔邀话中路闻有内集径还（用湖阴韵）》《用湖阴韵奉简松堂》，效卢守慎的《次苏斋相国韵题唯政轴》《用苏斋韵述怀》。除涉及金时习的作品外，

---

① 柳根：《霁峰集跋》，见高敬命《霁峰集》卷尾，《韩国文集丛刊》第 42 册，首尔：民族文化推进会，1988，第 132 页。
② 如高敬命《霁峰集遗集·拟古寄林石川》："爱尔石川翁，振衣千仞头。宿昔梦见之，绿发晞昆丘。绰约冰雪姿，宕然难再求。云山极迢递，月暮淡夷犹。"《韩国文集丛刊》第 42 册，首尔：民族文化推进会，1988，第 146 页。

其他作品都创作于闲废期间。其中又非常注重前辈郑士龙、卢守慎。洪万宗《小华诗评》卷上曾将郑士龙《夜渡白马江》①与高敬命后期《次宋进士惟谆韵》其三②比较，认为"湖阴诗虽极雄豪，未若霁峰之清新高迈，虽以刘梦得《金陵怀古》方之，霁峰不必多让"。③高敬命的主要目的在于学习二人语言的富赡宏肆。学郑士龙意象的雄奇，而益之以清新；学卢守慎的宏富，而去其瘦硬。

关于中国诗人，高敬命前期任职馆阁期间涉及中国诗人的诗作包括，与杜甫相关的《效杜陵江头暮行诗》《效夔州杂诗》，韦应物相关的《和韦应物晓坐郡斋韵》，李商隐相关的《效义山》，赵孟𫖯相关的《效"一庭风雨自黄昏"体》，刘贡父相关的《次贡父金陵怀古韵二首》，朱熹相关的《次云谷杂咏》，苏轼相关的《次东坡雪后北台韵》。其中仿效杜甫的诗作寄寓感慨④，效其沉郁。而有意学苏轼之雄肆清旷，在当时则属于诗坛主流⑤。效仿韦应物的高雅闲淡和李商隐的精工密丽，因其风格适合馆阁应制和文臣唱和，与高敬命前期的诗风最为吻合。

闲废期间，高敬命阅读中国诗人别集或选本，不但提及的诗人数量明显增多，而且呈现集中于杜甫、黄庭坚的趋势。

对杜甫的偏爱延续了前期的趋势。提及杜甫的有七首，分别为卷三《奉寄尹博士自新（用老杜发潭州韵）》《寄赠金千长（用杜江上忆君诗韵）》《雪中用杜韵赠栖霞》《用老杜对雪韵》《雨中无聊次杜律曲江二首示季明追述顷日萧（潇）洒之游》《用杜韵偶吟》，卷四《移寓石村后奉柬栖霞支石

---

① 郑士龙《夜渡白马江》："别酒浇胸未散愁，野桥分路到江头。城池坐失温王险，图籍曾闻汉将收。花委尚传崖口缺，龙亡还认钓痕留。寒潮强学灵胥怒，乱送惊涛殷柁楼。"见《湖阴诗稿》卷四，《韩国文集丛刊》第25册，首尔：民族文化推进会，1988，第115页。

② 高敬命《次宋进士惟谆韵》其三全诗为："病起因人作远游，东风吹梦送归舟。山川郁郁前朝恨，城郭萧萧半月愁。当日落花余翠壁，旧时巢燕绕江楼。凭君莫话温家事，吊古伤春易白头。"《韩国文集丛刊》第42册，首尔：民族文化推进会，1988，第111页。

③ 蔡美花、赵季主编《韩国诗话全编校注》第3册，人民文学出版社，2012，第2340页。

④ 高敬命《效杜陵江头暮行诗》："夕阳淡林杪，孤村烟火稀。舟行殊未已，鸟宿自相依。供世肝肠反，匡时策虑非。江城独归处，寥落壮心违。"《效夔州杂诗》："肠断巴江月，春来六上弦。流光那可待，吊影政相怜。关塞烟尘外，中原豺虎边。时危望不极，巫岫郁相连。"（《霁峰集》卷一，见《韩国文集丛刊》第42册，首尔：民族文化推进会，1988，第9页）

⑤ 崔滋《补闲集》卷中："近世尚东坡，盖爱其气韵豪迈，意深言富，用事恢博。"见蔡美花、赵季主编《韩国诗话全编校注》第1册，人民文学出版社，2012，第112页。

两翁求和用老杜屏迹韵》。与前期次杜甫韵寄寓感慨不同，此时期多为摹景之作。而《寄赠金千长（用杜江上忆君诗韵）》："念至频挥涕，书来只益悲。梦回梁月夜，魂断岭云时。咽咽寒虫诉，萧萧病叶辞。天涯万虑集，独立咏君诗。"感慨深沉，顿挫有致，与前期则是一致的。

高敬命对黄庭坚的偏爱是前期所没有的。文集涉及黄庭坚的有九首诗，分别为《有怀石川苏斋两先生用山谷韵》《偶吟用前韵》《次山谷效建除体韵述怀》《读史次山谷泊舟白沙江韵》《用前韵寄与沧浪》《用山谷秘省夜直寄怀韵奉简周道求和》《感怀用山谷韵》。山谷韵多用于遣怀、自述的主题，且这些诗都有议论化的倾向。相比唐诗借景抒情的构思方式，黄庭坚诗境广阔，表现手法多样，更适合抒发复杂的内容，比较切合高敬命仕途生涯由极盛突然中断的不尽感慨。这也是高敬命不可能完全放弃宋诗、专注于唐诗的重要原因之一。如《次山谷效建除体韵述怀》，全篇以叙事为主，在建除体限制首字的框架内，写以稼穑、织布为生的农夫，生活饥寒交迫，催租更使其雪上加霜，却无可奈何，借酒消愁，视此为忍性之日。充满罢归后的艰辛、无奈，可见心理上的自我调适。诗风也学黄庭坚的瘦硬生新。

此时高敬命次韵的其他诗人还包括李白、苏轼、柳宗元①，都属于沿袭前期诗风。他学李白古体和苏轼诗，以李白的豪放不羁和苏轼的清旷横扫罢归后的抑郁，对二人的仿作都完成于闲废初期。次韵柳宗元诗，借用其《岭南江行》的"瘴江"等意象象征罢归之苦，实则更多是心境之苦的折射。他对柳宗元远谪柳州深有共鸣，诗风也学其清峭。可见高敬命对诗学范型的选择不以唐、宋为分野，而是根据身世境遇与心境的契合度选择诗人诗作。

二　集句诗

除次韵、效体之外，高敬命还创作有 31 首集句诗②，全部作于中、后期。

---

① 与李白相关的为《次太白韵有怀新斋石川两先生》《前韵赠同福宰曹耆之》《前韵再赠曹耆之》《前韵寓意沧浪》《前韵自述》《前韵述戏赠诸君请决一战以较饮量》《用前韵书石川题画鹰诗后》《次太白韵寄意赤壁》；柳宗元相关的为《波知岛次柳州岭南江行韵》《郡楼闻鹃有感次柳州韵示西潭》；苏轼相关的为《雪中次东坡北台韵二首》。

② 一题下数首，则单独计数。

集句诗源于晋傅咸作《七经》诗，集《诗经》成句为诗，但还未以"集句"命名。以"集句"命名始于宋人，或谓始于王安石，或谓始于石曼卿或胡归仁①。明徐师曾《文体明辨序说》："集句诗者，杂集古句以成诗也。"② 其体式有如补缀百家衣裳，故黄庭坚戏称为"百家衣体"③。这种诗体传入朝鲜，林惟正最早作此体，有《林百家衣集》。诗论家对其作法有确切认识。如李晬光云："晋傅咸作集经诗，略曰：'聿修厥德，令终有俶。勉尔遁思，我言斯服。'此盖后世集句之始。""集句诗者，摘古人诗句而凑成者也。自王荆公始倡之，有曰：'相看不忍发，惨惨暮潮平。欲别更携手，月明洲渚生。'甚可喜。黄山谷谓之'百家衣体'。其法贵拙速而不贵巧迟。文天祥及前朝林惟正多效此体，然不足法也。"④

高敬命的集句诗涉及三十五位诗人⑤，其中唐代三十二位，宋代三位。唐代诗人包括，杜甫、李白、王维、高适、韦应物、韩愈、刘禹锡、柳宗元、杜牧这样的大家，也包括长孙佐辅、皎然、郑合敬、许浑、崔鲁、钱起、刘沧、曹唐、羊士谔、韩琮、皇甫曾、崔峒、韦庄、刘长卿、严维、刘商、东方虬、杜荀鹤、李端、石召、戴叔伦、崔涂、方干等中小诗人；宋代诗人则仅见王安石、苏轼⑥、黄庭坚。专门集一人之诗的，包括涉及杜甫的十三首、涉及韦应物的三首、涉及李白的一首⑦，全为唐人。集多人之诗的集古句，也以杜甫居多，占十句，尤其卷四《七家岭除夕集古句》三首，其中六句为杜诗。此外，集李白、许浑、崔鲁、皎然、钱起、刘长卿、

---

① 曾枣庄：《中国诗词文的集句体》，《古典文学知识》2011年第5期。

② 见（明）吴讷、徐师曾《文章辨体序说·文体明辨序说》，人民文学出版社，1998，第111页。

③ （宋）惠洪：《冷斋夜话》卷三，《丛书集成初编》第2549册，商务印书馆，1936，第14页。

④ 李晬光：《芝峰类说》卷九《文章部二·诗法》，见蔡美花、赵季主编《韩国诗话全编校注》第2册，人民文学出版社，2012，第1061页。

⑤ 高敬命《霁峰集》卷四《栖霞席上集古句醉赠金彦伦》"世路尘埃老得人"一句作者及出处不详，疑高敬命误诵或朝鲜流传诗歌版本有异文。按：姚合《过无何上人院》有"自想归时路，尘埃复几重"，见《文苑英华》卷二三七、《瀛奎律髓》卷四七。岑参《送费子归武昌》有"莫向江村老却人"，见《唐百家诗选》卷二、《唐音》卷三、《唐诗品汇》卷二九。不详孰是。

⑥ 高敬命还创作有与集句相类的檃栝体，如卷四《国子监见石鼓檃栝苏语》，也可视为对苏轼的学习和致意。

⑦ 集杜甫句有《书不尽意漫集杜句附李守溉奉呈关西李伯春按使》《集杜句寄李伯春按使》《集杜诗》《庚辰立春有感集杜诗漫书》；集韦应物句，如《罢官后集韦苏州诗示金正字廷龙》《席上集韦诗示安庆昌》《集韦诗再示安生》；集李白句，如《醉言集太白句》。

刘商、东方虬诗每人两句，其他诗人都是每人出现一句。

这些诗句在《文苑英华》《唐诗绝句》《唐百家诗选》《三体唐诗》《唐诗鼓吹》《瀛奎律髓》《唐音》《唐诗品汇》等当时朝鲜流行的诗歌总集中可以找到文献出处。有的诗歌仅见其中的南宋赵蕃、韩淲编《唐诗绝句》或明高棅编《唐诗品汇》，二者应为高敬命阅读过的诗歌选本。集杜甫、李白、苏轼、黄庭坚的诗句则可能出自本集或摘编本①。

集句是学诗的一种手段，高敬命作集句诗是系统阅读并学习唐、宋诗的结果。在次韵与效体中，高敬命学唐的迹象还不明显，而在集句诗中，唐诗占了绝对优势。如果说次韵与效体更多根据心境选择作为仿效对象的诗人和诗风，而集句诗则更多地体现高敬命平日的记诵，徐师曾《文体明辨序说》云："必博学强识，融会贯通，如出一手，然后为工。"② 可见他在闲废期间对唐诗的有意识学习与模仿，这也是"晚承佳作更清新"③ 的原因所在。

他的这种学唐方式与宣祖时其他宗唐诗人不同。其他诗人多为模仿特定诗体，高敬命的集句诗则带有骋才骋学的色彩。许兰雪轩和李达的学唐方法比较有代表性。李达在大量阅读唐集之后，"即仿诸家体而作长短篇及律绝"④，即《荪谷诗集》中的宫词、步虚词以及乐府诗题《采莲曲》《关山月》《塞下曲》《塞上曲》《襄阳曲》等。崔庆昌、白光勋也创作有《塞下曲》、宫词等唐诗常见诗题，许筠多作乐府、歌行。高敬命的学唐则另辟蹊径，效体侧重在艺术风格的摹拟；而次韵中朝诗人诗作，并创作集句诗，依靠记诵的广博将不同诗人的诗句重新组合，表达自己的情怀，就突破了

---

① 中宗十八年（1523）刊出《李白诗选集》《杜甫诗选集》《苏东坡诗选集》《黄山谷诗选集》，二十五年（1530）《赵注杜律》《杜工部五言律律》；明宗二十年（1565）刊出《东坡诗选》，明宗时还刊有《须溪先生批点杜工部排律》；宣祖年间刊印《分类补注李太白诗》《虞注杜律》，万历卫国战争前刊印《苏诗摘律》等。据〔韩〕金学主《朝鲜时代刊行中国文学关联书研究》，首尔：首尔大学校出版部，2000，第2~5页；以及〔韩〕尹炳泰编《韩国古书年表资料》，首尔：大韩民国国会图书馆，1969，第20页。

② 见（明）吴讷、徐师曾《文章辨体序说·文体明辨序说》，人民文学出版社，1998，第111页。

③ 高敬命：《奉别副使大人王给事》其二，见《霁峰集》卷四《皇华和稿》，《韩国文集丛刊》第42册，首尔：民族文化推进会，1988，第110页。

④ 许筠：《惺所覆瓿稿》卷八《文部五·荪谷山人传》，《韩国文集丛刊》第74册，首尔：民族文化推进会，1991，第205页。

艺术形式的效仿，进入到精神层面，与古人进行精神交流，在诗中表达心灵上的共鸣。

三　高敬命学唐在诗风上的表现

高敬命的学唐在诗风上的体现首先为情韵的融冶和语言的华美流丽，注重意象的选择和提炼。意象的密度比朴淳和郑澈高，能够形成浑然一体的意境。出以清新的格调，就形成美学风格意义上的唐音。他自言"晚承佳作更清新"①。如使行诗《百祥楼次韵》：

> 醉蹑梯飙十二楼，晴川芳草望中收。水宫帘箔疑无地，蓬岛烟霞最上头。天外梅花飞玉笛，月边莲叶渺仙舟。临风欲挹浮丘袂，笙鹤飘然戏十洲。

诗境清邃夐绝，意趣翩然而雍容。黄帝十二楼、水晶宫、蓬莱岛，将百祥楼譬之仙境，充满瑰丽奇幻的色彩。许筠《国朝诗删》卷六评："此篇力洗江西，欲入李唐，故颇流丽清远。"② 又《道中望十三山》："绾结湘鬟翠几重，修眉天际画初浓。神鳌戴立疑三岛，巫峡飞来剩一峰。燕塞断鸿低积缟，海门残照下高春。恨无谢朓惊人句，快写平生芥蒂胸。"风格雄奇流丽，结尾感慨深至。

高敬命学唐的另一突出特点是声调俊逸圆转，在声韵格律方面追踪唐诗。梁庆遇《霁湖诗话》认为"唐宋之卞，在于格律音响间"③。柳根《苔轩集跋》评高敬命："其诗之播人口者，俊逸圆转，人皆以为不可及。"④ 李恒福（1556~1618）《苔轩集序》："拱俟刊公诗，置我青石床。余响春容，

---

① 高敬命：《奉别副使大人王给事》其二，见《霁峰集》卷四《皇华和稿》，《韩国文集丛刊》第 42 册，首尔：民族文化推进会，1988，第 110 页。
② 〔韩〕赵钟业：《韩国诗话丛编》第 4 册，首尔：太学社，1996，第 598 页。
③ 梁庆遇：《霁湖集》卷九《诗话》，《韩国文集丛刊》第 73 册，首尔：民族文化推进会，1991，第 493 页。
④ 高敬命：《霁峰集》卷尾，《韩国文集丛刊》第 42 册，首尔：民族文化推进会，1988，第 131 页。

众窍皆鸣。诵之万遍，升三天者，未足为多也。"① 也推奖他的声韵音响。相比朴淳诗的拗口，也是一种进步。如《渔舟图》："芦洲风飐雪漫空，沽酒归来系短蓬。横笛数声江月白，宿禽飞起渚烟中。"洪万宗《小华诗评》卷上："其声韵格律极逼唐家。"②《乙丑春书怀示舍弟》："往事悠悠未易论，暮年乡社逐鸡豚。溪山到处俱无恙，父老如今半不存。青草池塘余物色，白云关塞阻晨昏。世情消尽诗情在，料理东风浊酒尊。"全诗清爽流利，"圆美流转如弹丸"（《南史·王筠传》）。又《谢林正字希仁送酒》："松堂煮酒淡如油，妙处方之内法优。火活泉新齐气力，蜡香椒烈备刚柔。金茎瑞露浓初滴，赤岸晨霞烂欲流。持向病夫应有意，黄封曾识殿西头。"《国朝诗删》卷六评："通篇腴郁圆转，行中第一。"③

此外，高敬命诗中多用叠字，以增强诗歌的节奏感，达到以声摹境的艺术效果。如"整整斜斜落，疏疏密密闻"（《雪中用杜韵赠栖霞》其一）；"个个衔芦雁，晖晖腐草萤"（《悲秋》）；"双鬓萧萧镊已残"（《有怀》其一），"帘幕阴阴客梦残"（《有怀》其二）等。又用轮字加快诗句的节奏，如《狂吟》："是风非风海波怒，欲雪未雪天气昏。"

高敬命的学唐过程不同于崔庆昌、白光勋，二人早受李后白影响，文集中的诗呈现出比较纯粹一致的唐诗格调。他由宋入唐，初学苏轼、黄庭坚和郑士龙、卢守慎，曾说"仓卒学唐，半真半假"④。但对宋诗的学习奠定其阔大富盛的基调，在此基础上接受唐诗，比单纯宗唐的崔庆昌、白光勋情思能壮，尤其后期气韵深厚沉雄。朝鲜诗坛以酷似唐诗为成功标准，推尊"三唐"诗人，而高敬命的汉诗成就也不应忽视。其次韵、拟效、集句的学唐方式典型代表了朝鲜乃至东亚诗人学习中国诗歌的方式，其他诗人也多有类似创作以表达对典范的致意和心理趋同，构成日本、越南等汉文化圈国家共有的文学景观。

① 李恒福：《白沙集》卷二，《韩国文集丛刊》第 62 册，首尔：民族文化推进会，1991，第 192 页。
② 蔡美花、赵季主编《韩国诗话全编校注》第 3 册，人民文学出版社，2012，第 2339 页。
③ 〔韩〕赵钟业：《韩国诗话丛编》第 4 册，首尔：太学社，1996，第 600 页。
④ 梁庆遇：《霁湖集》卷九《诗话》，《韩国文集丛刊》第 73 册，首尔：民族文化推进会，1991，第 495 页。

第二章 "三唐"诗人的创作高峰

　　"三唐"诗人指朝鲜时代中期三位宗唐诗人崔庆昌、白光勋和李达。"三唐"既是以《沧浪诗话》《唐音》等所称唐诗分期标示其学唐倾向，又是指此并称的诗人之数为三。"三唐"诗人并称最早见于任相元（1638～1697）《苏谷集跋》："当穆陵朝，有称《三唐集》者，谓崔孤竹庆昌、白玉峰光勋、李苏谷达也。是三子者，刻意摹唐，间有绝相肖者。"① 朝鲜时代后期李学逵（1770～1835）《海东乐府》谓："玉峰与李苏谷达、崔孤竹庆昌，俱以诗名，时号'三唐'。"② 申纬《东人论诗绝句三十五首》其十七注曰："崔孤舟③、白玉峰、李苏谷，世所称'三唐'者。"④ 其中崔庆昌、白光勋同乡，又称"崔白"。

　　宋诗流行二百余年之后，诗作即使宗唐，也往往渗透宋诗风格⑤。而三人宗唐，尤其擅长绝句，各自为学唐提供了有效的艺术经验。申钦《晴窗软谈》卷下揭示其诗学史意义："我朝文章巨公非不蔚然辈出，务为专家，至于取法李唐者绝少。冲庵、忘轩之后，崔庆昌、白光勋、李达数人最著。"⑥ 金净（号冲庵）、李胄（号忘轩）之后，当以三人为宗唐创作高峰。

---

① 任相元：《恬轩集》卷三〇，《韩国文集丛刊》第 148 册，首尔：民族文化推进会，1995，第 470 页。

② 李学逵：《洛下生集》册一七《秋树根斋集》，《韩国文集丛刊》第 290 册，首尔：民族文化推进会，2002，第 528 页。

③ "舟"，疑为"竹"之讹。

④ 申纬：《警修堂全稿》册一七《北禅院续稿二》，《韩国文集丛刊》第 291 册，首尔：民族文化推进会，2002，第 373 页。

⑤ 如许筠《鹤山樵谈》："忘轩李胄之诗沉着老苍，仲氏以为近于大历、贞元，然自是苏、杜中来，大体不纯。"见蔡美花、赵季主编《韩国诗话全编校注》第 2 册，人民文学出版社，2012，第 1435 页。

⑥ 申钦：《象村稿》卷五二，《韩国文集丛刊》第 72 册，首尔：民族文化推进会，1991，第 342 页。

第一节 "三唐"诗人宗唐缘起及其
与明代前后"七子"的比较

一 对辞章派与道学派的纠偏

清纪昀《冶亭诗介序》:"有一变必有一弊,弊极而变又生焉,互相激,互相救也。"① "因弊而立法,法立而弊生",递相变化,互为循环,揭示了文体流变的内部原因。"三唐"诗人的出现首先是诗歌内部发展机制决定的,是为矫正朝鲜时代前期辞章派和道学派作诗的弊病。金万重《西浦漫笔》:"本朝诗体不啻四五变。国初,承胜国之绪,纯学东坡,以迄于宣靖,惟容斋称大成焉。中间参以豫章,则翠轩之才实三百年一人。又变而专攻黄、陈,则湖、苏、芝鼎足雄峙。又变而反正于唐,则崔、白、李其粹然者也。"② 朝鲜初期的师法对象由苏,到苏、黄,再到黄、陈,实则可以看作由苏轼逐渐过渡到江西诗派的变化。辞章派文人如"海东江西诗派"李荇、朴闇以及卢守慎等,学习苏轼和江西诗派,过分注重技巧,于是显现出了弊端。金万重《西浦漫笔》又曰:"学眉山而失之,往往冗陈,不满人意,江西之弊尤拗拙可厌。"于是"三唐"诗人"又变而反正于唐"。③

清代方东树评苏轼《孤山柏堂》:"只如题叙去,而兴象老气自然,如秦、汉法物,非近观时玩。公之本色在此。尝谓坡诗不可学,学则入于率直,无声色留人处。所谓'学我者死'。"④ 苏轼作诗"出新意于法度之中,寄妙理于豪放之外"⑤,变化豪纵。后人欲学其豪放、清旷与阔大的诗境,须从人格精神的涵养入手,如果胸襟气魄不高,则只学得粗率质直的形貌而已。正如学李白一样,诗人气质不相近则不可学。而江西诗派"锻炼精而性情远"⑥。"宋人生唐后,开辟真难为"⑦。江西诗派为了求新求奇,不

---

① (清)纪昀:《纪文达公遗集》卷九,清嘉庆刻本。
② 蔡美花、赵季主编《韩国诗话全编校注》第3册,人民文学出版社,2012,第2248页。
③ 蔡美花、赵季主编《韩国诗话全编校注》第3册,人民文学出版社,2012,第2248页。
④ (清)方东树:《昭昧詹言》卷二〇,人民文学出版社,1961,第445页。
⑤ 《苏轼文集》卷七〇《书吴道子画后》,中华书局,1986,第5册,第2210、2211页。
⑥ (宋)刘克庄:《后村诗话》,中华书局,1983,第26页。
⑦ (清)蒋士铨:《忠雅堂诗集》卷一三《辩诗》,见《忠雅堂集校笺》第2册,上海古籍出版社,1993,第986页。

惜音律拗折、语言朴拙生涩，打破了唐诗追求的平稳高华、和谐圆美。如黄庭坚《题意可诗后》："宁律不谐，而不使句弱；宁字不工，不使语俗。"① 陈师道《后山诗话》也讲："宁拙毋巧，宁朴毋华，宁粗毋弱，宁僻毋俗，诗文皆然。"② 后学才力不逮，不能做到意新语工，反而会产生"拗拙可厌"的弊端。于是南宋四灵、江湖诗派兴起于江西诗派之后，矫江西末流粗粝的弊端。

朝鲜"三唐"诗人的出现也是致力于矫正辞章派文人学苏轼、学江西诗派所产生的弊端。三人着力处在于学苏轼和学江西诗派容易忽视的"兴象""声色"，决定诗歌艺术成就的关键已经不在于诗人自身贯注于诗中的文气厚薄，即情感力度大小，以及意深语新的刻意锻炼，性情取代气格成为诗歌的首要范畴。同时三人也是对道学派文人金宏弼（1454~1504）、李彦迪（1491~1553）、李滉在汉诗中说理，以致"理过其辞，淡乎寡味"的纠偏，道学派文学观念反向刺激了形式审美文学思潮的产生。

二 诗人群体内部的相互影响

持有宗唐主张的诗人之间的交游、诗会切磋促进了学唐风气的传播和艺术经验的积累。

朝鲜时代中期的宗唐诗风从湖南诗坛开始，崔庆昌、白光勋少时曾共学于李后白门下，得乡贤李后白沾溉。并且朝鲜时代前期的其他学唐诗人朴祥、林亿龄、朴淳、高敬命也是湖南同乡，崔白受到地方诗风熏染。

稍后在中央，朴淳于宣祖元年（1568）典文衡，致力于以文衡的身份扭转当时文风，在诗歌方面提倡以唐诗为正宗，有鼓舞之功，于是宣祖初年宗唐风气从中央馆阁开始兴盛。李达早年跟随郑士龙学诗，师法苏轼、黄庭坚、杜甫③，正是在朴淳影响下由宋转唐。如许筠《荪谷山人传》所叙：

① 《黄庭坚全集》卷二六，四川大学出版社，2001，第 2 册，第 665 页。
② （清）何文焕辑《历代诗话》上册，中华书局，1981，第 311 页。
③ 许筠《荪谷诗集序》："同时有荪谷翁者，初学杜、苏于湖阴，其吟讽者既鸿缜纯熟矣。"（见李达《荪谷诗集》卷首，《韩国文集丛刊》第 61 册，首尔：民族文化推进会，1991，第 3 页）许筠《惺叟诗话》："李益之少时学杜诗于湖阴。"（《惺所覆瓿稿》卷二五《说部四》，《韩国文集丛刊》第 74 册，首尔：民族文化推进会，1991，第 362 页）

一日，思庵相谓达曰："诗道当以为唐为正。子瞻虽豪放，已落第二义也。"遂抽架上太白乐府歌吟、王孟近体以示之。达瞿然知正法之在是，遂尽捐故学，归旧所隐苏谷之庄，取《文选》、太白及盛唐十二家、刘随州、韦左史暨伯谦《唐音》伏而诵之。①

李达苦读唐诗五年，加之学杜、苏的基础，诗境反较崔白开阔。

"三唐"诗人另一位崔庆昌在宣祖元年（1568）文科及第，当时朴淳典文衡，正是出于朴淳门下，释褐后参与馆阁酬唱。许筠有言："逮在隆、万间，思庵相知尊盛李，所咏颇清邵。模楷虽不足，而鼓舞攸赖。晚得崔、白，遂张大楚，所谓夥涉之启刘、项者非耶？"② 许筠《惺叟诗话》："公（黄廷彧——引者注）少日在玉堂，时李伯生、崔嘉运、河大而辈俱尚唐韵，咏省中小桃篇什甚多。"③ 黄廷彧、李纯仁、崔庆昌、河应临四人中，李纯仁及第最晚，在宣祖五年（1572）。宣祖九年（1576）崔庆昌为灵光郡守，之后就不在中央任职，则材料所言四人咏省中小桃、李纯仁等三人宗唐，当在宣祖五年（1572）至九年（1576）之间。崔庆昌后来成为宗唐诗人的中坚力量，"三唐"诗人之一。另据许筠《鹤山樵谈》："仲氏诗初学东坡，故典实稳熟。及选湖堂，熟读《唐诗品汇》，诗始清健。"④ 考许篈年谱："癸酉，赐暇读书湖堂。"⑤ 即宣祖六年（1573），正是唐风初炽之时，许篈也由学苏转而宗唐。综合起来看，宣祖初年宗唐风气就已经很兴盛了，崔庆昌正身处其中。

崔、白、李三人还与其他宗唐诗人交游。如崔庆昌与郑澈、徐益等结"二十八宿会"。白光勋好作诗，多主动寄人，交游广，与高敬命、林亿龄、林悌等有酬唱。李达的交游更广。在崔庆昌任灵光郡守时，李达与之交游。高敬命任瑞山郡守时，李达和他流连唱和。李达又与崔庆昌、高敬命、徐

---

① 许筠：《惺所覆瓿稿》卷八《文部五》，《韩国文集丛刊》第74册，首尔：民族文化推进会，1991，第204页。

② 许筠：《苏谷诗集序》，见李达《苏谷诗集》，《韩国文集丛刊》第61册，首尔：民族文化推进会，1991，第3页。

③ 许筠：《惺所覆瓿稿》卷二五《说部四》，《韩国文集丛刊》第74册，首尔：民族文化推进会，1991，第365页。

④ 蔡美花、赵季主编《韩国诗话全编校注》第2册，人民文学出版社，2012，第1436页。

⑤ 见许篈《荷谷集》附录《荷谷先生年谱》，《韩国文集丛刊》第58册，首尔：民族文化推进会，1990，第485页。

益在平壤结诗会，浮碧楼同题共咏、步郑知常《大同江》韵，一时传诵。在南原广寒楼，李达与白光勋、林悌、梁大朴（1543～1592）等以诗酬唱①，还与许篈、许筠堪称知音，许筠自称弟子。李达与林悌也有诗作唱和往来。崔庆昌的表侄柳珩（1566～1615）还曾向李达学诗，将其诗编为《西潭集》②，扩大其影响。

崔、白、李有共同的交集，三人曾同游奉恩寺③。崔、白下世早，李达《湖寺见僧轴有崔白诗怆怀有赠》："出郭渡江少，水年多往来。每携崔白辈，僧院课诗才。旧友凋零尽，流年次第催。沉吟倚柱久，西日下生台。"④睹物思人，真情流露。

三 元朝、明初唐诗文献的熏染

十六世纪后半叶，中国与朝鲜都掀起了宗唐复古的诗歌思潮。于明则时处嘉靖、隆庆，于朝鲜则时处朝鲜时代中期。"三唐"诗人生于"前七子"领袖李梦阳（1473～1530）过世后数年，比"后七子"领袖李攀龙（1514～1570）晚二十年、王世贞（1526～1590）晚十几年生，大体上与明"后七子"同时而稍晚。大抵基于这种同时代而稍晚的时间关联，目前中韩学者普遍将"三唐"诗人宗唐倾向的形成笼统地归因为明代复古派的影响，然而忽略了文学传播与接受的时间差。李德懋有言："大抵东国文教较中国每退计数百年后始少进。东国始初之所嗜，即中国衰晚之始厌也。"⑤ 数百年的时间差略显夸张，其实不同时期朝鲜接受中国文学思潮的速度不同，而万历卫国战争前较为滞后，中国诗学传播到朝鲜的时间差较大，明代前后"七子"对朝鲜的影响也滞后。事实上"三唐"诗人并非在前后"七子"

---

① 李达《苏谷诗集》有《龙成（城）酬唱》《次双阜相公广寒楼韵》《龙城次玉峰韵》，白光勋《玉峰诗集》有《广寒楼次苏谷李益之》，林悌《林白湖集》有《龙城赠孙使君》，当作于此时。

② 李睟光《芝峰集》卷二一有《西潭集跋》，《韩国文集丛刊》第66册，首尔：民族文化推进会，1991，第199、200页。

③ 白光勋：《玉峰诗集中·八月十一夜与嘉运益之同宿奉恩寺》，《韩国文集丛刊》第47册，首尔：民族文化推进会，1988，第128页。

④ 李达：《苏谷诗集》卷三，《韩国文集丛刊》第61册，首尔：民族文化推进会，1991，第15页。

⑤ 李德懋：《青庄馆全书》卷六八《寒竹堂涉笔上》，《韩国文集丛刊》第259册，首尔：民族文化推进会，2000，第245页。

的导源下才宗尚唐风，实与明 "七子" 有着相同的理论渊源——元明唐诗选本、格法著作以及明初李东阳的倡导。

首先来看当时社会上流传的唐诗选本及诗人别集。明宗、宣祖两朝对唐诗选本的大力刊刻和传播，为 "三唐" 诗人学唐提供了必要条件和可能性。三人居于社会中下层，无法阅读王室藏书，所以除了直接从中国传入而未在朝鲜刊印的书籍外，还需要传播范围更广泛的唐诗选本和别集。

影响当时朝鲜学习唐风的主要是唐诗选本。鲁迅曾经肯定选本的重要意义："凡是对于文术，自有主张的作家，他所赖以发表和流布自己的主张的手段，倒并不在作文心，文则，诗品，诗话，而在出选本。"① 而朝鲜从学诗的方便性和刊印的经济性来讲，对诗话等诗学理论的需求不是第一位的，更需要可以直接作为诵读、模仿对象的选本，因此选本对诗坛风气的影响也就比严羽《沧浪诗话》等诗论更直接、更有力，是朝鲜接受中国诗学最重要的媒介。

选本中又以元代杨士弘编《唐音》对 "三唐" 诗人的影响最大。《唐音》依 "体制声响" 分为《始音》《正音》《遗响》。《始音》收 "初变六朝" 的王、杨、卢、骆，《遗响》所收 "篇章长短参差，音律不能谐合"（《唐音》卷首《凡例》）。《正音》以体裁分，依次为五言古诗、七言古诗、五言律诗（排律附）、七言律诗（排律附）、五言绝句（六言绝句附）、七言绝句。杨士弘自言重盛唐、黜晚唐，在自序中批评之前的唐诗选本"大抵多略于盛唐而详于晚唐"②，但自己也未免此病，不选李白、杜甫、韩愈诗。朝鲜燕山君时刊刻过《唐音》，仁宗元年（1545）、明宗九年（1554）以活字刊印《唐诗正音抄》③，明宗十年（1555）以活字刊印明张震辑注《唐诗正音辑注》④。李达的学诗范本中，《唐音》就是重要的一种。

元明唐诗学另一种影响较大的选本是明代高棅编《唐诗品汇》。《唐诗

① 鲁迅《选本》，发表于 1934 年 1 月 1 日《文学季刊》创刊号，另收入《集外集》，见《鲁迅全集》第七卷，人民文学出版社，1981，第 136 页。
② 见（元）杨士弘编选，（明）张震辑注，（明）顾璘评点，陶文鹏、魏祖钦整理点校《唐音评注》上册，贵州人民出版社、河北大学出版社，2010，第 26 页。
③ 今韩国国立中央图书馆藏仁宗年间金属活字本，标注元杨士弘编、明张震辑注。
④ 元杨士弘编、（明）张震辑注的一般称作《唐音辑注》，可能朝鲜刊刻时仅选取《正音》部分，称作《唐诗正音辑注》。

品汇》"考摭正变,第其高下"①,"诚使吟咏性情之士观诗以求其人,因人以知其时,因时以辩其文章之高下,词气之盛衰,本乎始以达其终,审其变而归于正"②。《唐音》与《唐诗品汇》都是在树立诗体正变观念的前提下,以盛唐为正,中晚唐为变,正为高,变为下,使学诗者知有取舍。朴淳为李达指示学唐路径时"遂抽架上太白乐府歌吟、王孟近体以示之"③,也是要李达学盛唐。不过《唐音》对"三唐"诗人的影响要超过《唐诗品汇》。《唐诗品汇》虽然早在成宗时就刊刻过,但当时流传范围有限,其接受高峰滞后,到了朝鲜时代后期,其影响范围要比《唐音》更广。

关于诗人别集的刊刻,明宗年间刊有刘长卿的《刘随州文集》,宣祖时万历卫国战争前刊刻了韦应物《须溪校本韦苏州集》、柳宗元《诸家注柳先生集》、李白《分类补注李太白诗》和韩愈《朱文公校昌黎先生集》④,为诗人提供了创作范本。

在诗人别集方面,需要厘清中朝共同存在的一种诗歌观念——学唐与学杜不同。对于作为一种美学类型的唐诗来讲,杜诗属于变体,开宋诗先河。南宋叶适《徐斯远文集序》:"庆历、嘉祐以来,天下以杜甫为师,始黜唐人之学,而江西派章焉。"⑤ 将杜甫与"唐人之学"对立,"唐人之学"在这里具体指宋初"晚唐体"师尚的晚唐诗人贾岛、姚合诗风,意境清苦寒俭,其意象组合方式、语言风格却是后来宗唐者师法的主要对象。对宣祖宗唐诗派影响较大的严羽认为"五言绝句,众唐人是一样,少陵是一样"⑥。明代诗论家也多做如此分辨。明代高棅《唐诗品汇》各体均以李白为"正宗",而杜甫除五七言绝句外列为"大家",启发了明人的认识,李梦阳、王廷相、胡应麟、李攀龙等人也持相近看法⑦。何景明《明月篇并序》:"乃知子美辞

---

① (明)马德华叙,见(明)高棅《唐诗品汇》卷首,上海古籍出版社,1988,第2页。
② (明)高棅:《唐诗品汇总叙》,见高棅《唐诗品汇》卷首,上海古籍出版社,1988,第10页。
③ 许筠:《惺所覆瓿稿》卷八《文部五·荪谷山人传》,《韩国文集丛刊》第74册,首尔:民族文化推进会,1991,第204页。
④ 据〔韩〕金学主《朝鲜时代刊行中国文学关联书研究》,首尔:首尔大学校出版部,2000,第2~4页。
⑤ 见《叶适集》卷一二,中华书局,1961,第1册,第214页。
⑥ (宋)严羽:《沧浪诗话·诗评》,见张健校笺《沧浪诗话校笺》下册,上海古籍出版社,2012,第507页。
⑦ 孙学堂:《明代格调说论杜诗》,见卢盛江、张毅、左东岭编《罗宗强先生八十寿辰纪念文集》,中华书局,2009,第481~492页。

固沉着，而调失流转，虽成一家语，实则诗歌之变体也。……子美之诗，博涉世故，出于夫妇者常少，致兼雅颂，而风人之义或缺。"① 许学夷（1563～1633）《诗源辨体》："盛唐诸公律诗得风人之致，故主兴不主意，贵婉不贵深（谓用意深，非情深也），冯元成谓'得风人之旨而兼词人之秀'是也。子美虽大而有法，要皆主意而尚严密，故于雅为近。""盛唐诸公，惟在兴趣，故体多浑圆，语多活泼。若子美则以意为主，以独造为宗，故体多严整，语多沉着耳。"② 清中叶陈沆（1785～1826）《诗比兴笺》归纳当时通行观念："世推杜陵诗史，止知其显陈时事耳。甚谓源出变雅，而风人之旨或缺；体多直赋，而比兴之义罕闻。"③ "博涉世故"谓杜诗从学问中来、距性情远；"体多直赋，而比兴之义罕闻"谓多直叙其事，可以体现出杜诗以文为诗、夹叙夹议的特点。其他如讲究字法、句法、章法等技巧、法度，更直接下开宋调。杜甫与韩愈一样，是促进唐、宋诗转关的重要人物。

朝鲜诗人也区分学唐与学杜对诗歌创作风貌的不同影响。如李植《学诗准的》：

> 所当专精师法者，无过于杜。……然不参以唐律，则自不免堕于宋格，须以韩、柳、韦、钱起、皇甫非一人、窦五窦之类、两刘数百首参之长卿诗多抄，摹袭其声色，方为全美。④

他认识到杜诗唐中涵宋的特性，把杜诗与作为风格类型的"唐律"区别开来。取杜诗的"精细高迈"，去其以意为主、议论化等涵宋的一面，并济之以"唐律"的"声色"，使诗作不"堕于宋格"。朝鲜时代后期一些诗论家对"学杜""学唐"对立的表达更加醒豁，并且有高下之分。如申靖夏（1680～1715）《评诗文》："沧浪洪世泰少日为唐，晚乃学杜，其格颇变。论者以为学杜者不如学唐。"⑤ 朴齐家（1750～1805）言："近日所谓学杜者，诗之下

---

① （明）何景明：《大复集》卷一四，台湾商务印书馆影印文渊阁《四库全书》本。

② （明）许学夷：《诗源辨体》，人民文学出版社，1998，第183、214页。

③ 出（清）陈沆《诗比兴笺》卷三《杜甫诗笺》，人民文学出版社，1981，第159页。

④ 李植：《泽堂别集》卷一四，《韩国文集丛刊》第88册，首尔：民族文化推进会，1992，第517、518页。

⑤ 申靖夏：《恕庵集》卷一六《杂记》，《韩国文集丛刊》第197册，首尔：民族文化推进会，1997，第480页。

品;学唐者,诗之次上。"① 此外,金昌协谓:"为诗虽小道,亦必有所师法。或主唐,或主杜,或主宋。"② 将杜诗独立于唐、宋之外,更耐人寻味。

朝鲜确实一直将杜甫诗奉为最高典范,与某一时段的宗唐、宗宋并无必然关联,杜诗选本的大规模刊刻不必然引发或代表学唐风气的兴盛。如世宗二十五年(1443)命购杜诗诸家注,次年编成《纂注分类杜诗》,但当时集贤殿学士并不追慕唐风;成宗十二年(1481)命柳允谦(1420~?)编《分类杜工部诗谚解》,而几十年后金净等学唐者和海东江西诗派同时兴起;仁祖朝李植作《纂注杜诗泽风堂批解》,却是因为经历"万历卫国战争"后对杜诗认同感的增强;正祖年间刊《杜律分韵》和杜甫、陆游《二家全律》,命编《杜陆千选》,属于为醇正文体和推崇杜甫忠君爱国思想的意识形态建设,诗坛却是"后四家"的法古创新,尚宋诗而参以明清声色。因此杜诗刊刻与宗唐风气没有必然联系。明宗时刊有《须溪先生批点杜工部排律》《须溪先生批点杜工部七言律诗》,宣祖年间刊有旧传虞集编《虞注杜律》,但不能作为此时期宗唐的证明材料。

取宋诗选本作比较,宋诗选本和诗人别集的刊刻大体可以作为宋诗风是否流行的晴雨表。在宗宋为主流的中宗年间,欧阳修、苏轼、黄庭坚、陈与义的诗文集刊刻较为全面,朝鲜诗人柳希龄(1480~1552)编《宋诗正韵》六卷、江西诗派诗选集《祖宗诗律》十四卷、《苏诗抄》二卷,可见宗宋风气之盛。此时刊刻的唐代文集则包括李白、杜甫、柳宗元、韩愈等。其中李、杜二人并尊为中国古典诗歌的巅峰诗人,无论宗唐、宗宋诗人都将其视为最高典范,而宋诗风流行之下的杜诗刊刻③主要出于其作为江西诗派初祖和宋诗渊源的意义。宣祖年间,刊刻有方回《瀛奎律髓》、王安石《王荆文公集》,以及苏轼著、刘弘编《苏诗摘律》,其他如朱熹、张栻文集

① 朴汉永《石林随笔》引,见蔡美花、赵季主编《韩国诗话全编校注》第11册,人民文学出版社,2012,第9590页。
② 金昌协:《农岩别集》卷三《语录·鱼有凤录》,《韩国文集丛刊》第162册,首尔:民族文化推进会,1996,第563页。
③ 如中宗十一年(1516)刊刻《纂注分类杜诗》,十八年(1523)《杜甫诗选集》,二十五年(1530)(元)赵汸选注《赵注杜律》和《杜工部五言律诗》,三十七年(1542)《杜诗批注》,以及具体刊印时间不详的两种:(南宋)刘辰翁批点《须溪先生批点杜工部排律》,(元)范梈批选、郑萧编次《杜诗范德机批选》。据〔韩〕金学主《朝鲜时代刊行中国文学关联书研究》,首尔:首尔大学校出版部,2000,第3页;〔韩〕沈庆昊《关于朝鲜朝的杜诗集刊行》,见《韩国学报》第11辑,1985。

的刊刻出于尊崇理学，岳飞、文天祥则因其爱国忠君，显然都不是出于学宋诗的目的。之后光海君在位期间（1609～1623），宋调代表诗人黄庭坚、苏轼、陈师道、陆游等人诗集逐一刊刻，唐代仅有李白、杜甫等，宗唐、宗宋形势发生扭转的痕迹可见一斑。

总之，唐诗选本和诗人别集大规模集中刊刻，一方面因为学唐风气盛，对唐诗选本的需求大；另一方面，提供范本方便模仿，对这一风气推波助澜，又影响了年轻诗人对师法对象和诗学道路的选择，"三唐"诗人即受益于此，李达更是典型体现了唐诗选本及诗人别集对其学唐的影响。许筠《苏谷山人传》记载朴淳"遂抽架上太白乐府歌吟、王孟近体以示之。达瞿然知正法之在是，遂尽捐故学，归旧所隐苏谷之庄，取《文选》、太白及盛唐十二家、刘随州、韦左史暨伯谦《唐音》伏而诵之"①。李达早年从郑士龙学苏轼和杜甫诗，和当时的大多数诗人一样，"多尚苏黄"②。经朴淳点拨，转而阅读唐诗选本和唐人别集，包括李白、王维、孟浩然、刘禹锡、韦应物诗和《唐音》等，这些都在明宗或宣祖年间刊印过。而他阅读过的"盛唐十二家"当指明张逊业编《盛唐十二家诗》③，收录王勃、杨炯、卢照邻、骆宾王、陈子昂、沈佺期、宋之问、杜审言、孟浩然、王维、高适、岑参等十二位诗人的诗歌④，这是其诗风多样化的原因之一。唐集的刊印和流传为其宗唐提供了可能性，而反过来别集的刊刻信息为考察诗坛宗尚提供了间接佐证。

四 李东阳及其声韵论的影响

政治、文坛领袖作为传播媒介，对诗风的引导有时超过纯文学家。李东阳为官五十年，历仕四朝，身居宰辅之位十八年，以宰臣之尊为文章领袖。包含诗话在内的《怀麓堂集》在其生前就已传入朝鲜，并于朝鲜初期

---

① 许筠：《惺所覆瓿稿》卷八《文部五》，《韩国文集丛刊》第 74 册，首尔：民族文化推进会，1991，第 204 页。
② 李晬光：《芝峰类说》卷九《文章部二·诗》，蔡美花、赵季主编《韩国诗话全编校注》第 2 册，人民文学出版社，2012，第 1051 页。
③ 明代黄虞稷《千顷堂书目》有著录。谢榛《四溟诗话》卷三载"后七子""一日，因谈初唐、盛唐十二家诗集，并李、杜二家，孰可专为楷范"（《四溟诗话 姜斋诗话》，人民文学出版社，1961，第 80 页），可见《盛唐十二家诗》在明代是诗学畅销书。
④ 综观许筠《苏谷山人传》所列诗集，唯独缺杜诗，也可证当时是将学唐与学杜区别开的。

大量刊刻。如 1491 年金驲孙（1464～1498）论及李东阳，其时李东阳 44 岁；1522 年尹春年引用其《怀麓堂诗话》。明宗四年（1549）以活字刊印《怀麓堂集》，明宗至宣祖年间还有木刻本、金属活字本（乙亥字）。其诗学主张也宜较快为朝鲜接受，他推尊盛唐诗、严羽、《唐音》，都在朝鲜产生反响。尤其他首次将声律单独提出来加以强调，虽然复古派中李梦阳、王廷相、徐祯卿、王世贞、谢榛、胡应麟等都曾论及诗之音节声律，但反复申说、论述丰富无出其右，涉及以声辨体、诗乐合一传统以及具体调声术等。如《麓堂诗话》："诗必有具眼，亦必有具耳，眼主格，耳主声。闻琴断，知为第几弦，此具耳也；月下隔窗辨五色线，此具眼也。……试取所未见诗，即能识其时代格调，十不失一，乃为有得。"① 认为诗歌格调，不仅在于诉之于视觉的诗歌体貌，也在于诉之于听觉的声韵。不同时代的诗歌，有不同的声韵特点。"今之歌诗者，其声调有轻重、清浊、长短、高下、缓急之异，听之者不问而知其为吴为越也。汉以上古诗弗论，所谓律者，非独字数之同，而凡声之平仄，亦无不同也。然其调之为唐、为宋、为元者，亦较然明甚。"② 在相同的格律之外，声调有轻重、清浊、长短、高下、缓急的不同，于是形成不同的时代风格和个人风格。"唐诗类有委曲可喜之处，惟杜子美顿挫起伏，变化不测，可骇可愕，盖其音响与格律正相称。回视诸作，皆在下风。然学者不先得唐调，未可遽为杜学也。"③ 杜诗的高明正在其"音响与格律正相称"，在符合格律的前提下，找到有个人特色的音响声调系统，与悬置为"正音""正声"的"唐调"又有区别。而艺术成熟的标志正在于艺术个性的形成。

李东阳与明初台阁杨士奇、杨荣都推重杨士弘《唐音》，李东阳谓："选唐诗者，惟杨士弘《唐音》为庶几。"④ 朝鲜前期流传的唐诗选本包括《三体唐诗》《唐宋千家联珠诗格》《二泉绝句》《唐诗鼓吹》《万首唐人绝

---

① 丁福保辑《历代诗话续编》下册，中华书局，1983，第 1371 页。

② 丁福保辑《历代诗话续编》下册，中华书局，1983，第 1379 页。

③ 丁福保辑《历代诗话续编》下册，中华书局，1983，第 1373 页。

④ （明）李东阳：《麓堂诗话》，见丁福保辑《历代诗话续编》下册，中华书局，1983，第 1376 页。朝鲜诗论家李睟光曾直接引用李东阳此语，可见其在朝鲜的影响，云："李东阳言：选唐诗者，唯《唐音》为庶几，次则周伯弼《三体》。若《鼓吹》，则多以晚唐卑陋者为人格，吾无取焉。"（《芝峰类说》卷七《经书部三·书籍》，据仁祖十二年（1634）木刻本）

句》等,《唐音》能够卓然挺出成为最重要的创作典范,除自身编纂体例适合朝鲜外,明朝台阁尤其李东阳的标举也是重要原因。朝鲜时代中期《唐音》抄本、刻本较多,李达学诗时"取《文选》、太白及盛唐十二家、刘随州、韦左史暨伯谦《唐音》伏而诵之"①;许筠为初学者指示学诗路径:"为诗则先读《唐音》,次读李白。"②"三唐"诗人的"三唐"之称不只是诗人之数,也与《唐音》的"三唐"说桴鼓相应。《唐音》有初步的审音辨体意识,不选李、杜、韩诗,绝句多选乐府风格,标举盛唐而实际选诗以中晚唐居多,都在一定程度上塑造了"三唐"诗人的创作风貌。《唐音》特别注重音律,"求之音律,知其世道"③,上升到审音知政④的高度。杨士弘自序"审其声律之正变,而择其精粹"⑤,所以《正音》部分往往选取音律接近盛唐的诗作,以诗的音节区分正变而不以时代。其所标举的"正音"成为朝鲜诗论家品鉴诗作的价值基准。如许筠《鹤山樵谈》:"崔、白、李三人诗皆法正音。"⑥ 又《惺叟诗话》:"(崔白)音节可入《正音》。"⑦ 申钦《白玉峰诗集序》:"白子之诗信乎其为正音也。"⑧

在李东阳与《唐音》的合力影响下,重声韵成为当时诗坛的共识。梁庆遇《霁湖诗话》认为"唐宋之下,在于格律音响间",而不在于宋诗多用事,堆砌典故,以才学为诗,唐诗也会使用典故:"学晚唐者指用事曰,非唐也。盛唐用事处亦多,时时有类宋诗,然句法自别,世人鲜能知之。骆宾王诗曰:'有蝶堪成梦,无羊何触藩。'白乐天诗曰:'但识臧生能诈圣,

---

① 许筠:《惺所覆瓿稿》卷八《文部五·苏谷山人传》,《韩国文集丛刊》第 74 册,首尔:民族文化推进会,1991,第 204 页。

② 许筠:《鹤山樵谈》,蔡美花、赵季主编《韩国诗话全编校注》第 2 册,人民文学出版社,2012,第 1447 页。

③ 《唐音姓氏并序》,见(元)杨士弘编选,(明)张震辑注,(明)顾璘评点,陶文鹏、魏祖钦整理点校《唐音评注》下册,贵州人民出版社、河北大学出版社,2010,第 26 页。

④ 《礼记·乐记》:"审音以知乐,审乐以知政。"(清)孙希旦《礼记集解》下册,中华书局,1989,第 982 页。

⑤ 《唐音姓氏并序》,见(元)杨士弘编选,(明)张震辑注,(明)顾璘评点,陶文鹏、魏祖钦整理点校《唐音评注》下册,贵州人民出版社、河北大学出版社,2010,第 26 页。

⑥ 蔡美花、赵季主编《韩国诗话全编校注》第 2 册,人民文学出版社,2012,第 1436 页。

⑦ 许筠:《惺所覆瓿稿》卷二五《说部四》,《韩国文集丛刊》第 74 册,首尔:民族文化推进会,1991,第 366 页。

⑧ 申钦:《象村稿》卷二一,《韩国文集丛刊》第 72 册,首尔:民族文化推进会,1991,第 8 页。

可知宁子解佯狂。'此等句何限,非用事而何?"① 唐代沈佺期、宋之问"研练精切,稳顺声势"(唐元稹《唐故工部员外郎杜君墓系铭序》),律诗得以定型,开元年间"声律、风骨始备"(殷璠《河岳英灵集序》),因此唐诗多音调流转,音韵铿锵。宋诗往往追求瘦硬生新,爱用生僻字,讲究有出处,"宁律不谐,而不使句弱"②。把不拘平仄的古诗句式融入格律谨严的近体诗中,造成音节的拗折和艰涩,不自然、不流转,音韵往往不响。如黄庭坚"'只今满坐且尊酒,后夜此堂空月明。''清谈落笔一万字,白眼举觞三百杯。''田中谁问不纳履,坐上适来何处蝇。''秋千门巷火新改,桑柘田园春向分。''忽乘舟去值花雨,寄得书来应麦秋。'其法于当下平字处,以仄字易之,欲其气挺然不群"③。即使诸如"眼中故旧青常在,鬓上光阴绿不回"(《次韵清虚》),完全符合平仄、粘对规则,但读起来拗口,声势不顺畅。

"三唐"诗人创作有鲜明的重视声韵的特点,并在后世诗论中得到了确认。由声律分析可知,"三唐"诗人有明确的审音辨体意识,乐府体出以近体绝句,声韵流转,又运用声韵拟古等形式摹拟唐音,能臻至轻重、清浊、高下、洪细与情感调谐的精微境界,与朝鲜时代前期的宗唐创作存在明显差别。李廷龟评白光勋诗:"句法精炼,音调响亮中律度,读之锵然有金石声,真所谓正其趋向而得声之精者也。"④ 申钦谓"其声清","诗道之难固如此,则白子之诗信乎其为正音也。试击节而歌之,则汹汹者宫,铿铿者商,读之者心澈而肠洁。"⑤ 如"十年心事一樽酒,坐对梅花无所言"(《题洪君千璟锦北庄》);"明月不逢骑鹤侣,夜深鸣笛下江南"(《寒川滩》),抑扬顿挫,清徐有致。

更为突出的是李达。他学唐诗时有意追求声韵肖唐,对照诸家诗专意摹拟,"句锻字炼,声揣律摩,有不当于度,则月窜而岁改之"⑥。而且他科

① 梁庆遇:《霁湖集》卷九《诗话》,《韩国文集丛刊》第 73 册,首尔:民族文化推进会,1991,第 493 页。
② 《黄庭坚全集》卷二六《题意可诗后》,四川大学出版社,2001,第 2 册,第 665 页。
③ (宋)魏庆之:《诗人玉屑》卷二《拗句》引《诗学禁脔》,中华书局,2007,上册,第 48 页。
④ 李廷龟:《月沙集》卷三九《玉峰集序》,《韩国文集丛刊》第 70 册,首尔:民族文化推进会,1991,第 143 页。
⑤ 申钦:《象村稿》卷二一《白玉峰诗集序》,《韩国文集丛刊》第 72 册,首尔:民族文化推进会,1991,第 8 页。
⑥ 许筠:《惺所覆瓿稿》卷八《文部五·苏谷山人传》,《韩国文集丛刊》第 74 册,首尔:民族文化推进会,1991,第 205 页。

举参加的是译科考试，汉吏学官出身，相对于其他朝鲜诗人，对中国语言的掌握不局限在字义上，还熟悉语音，为他把握诗歌的音响提供了便利条件。他的七言绝句多以谣、怨、曲、歌、词命名。在唐代，绝句多可入乐歌唱，明代胡震亨《唐音癸签》："唐初歌曲多用五七言绝句。"① 清代沈德潜《说诗晬语》："绝句，唐乐府也。篇止四语，而倚声为歌。"② 李达所作拟乐府虽然不必入乐，但承袭了重视音乐美的追求。如《采莲曲次大同楼船韵》："莲叶参差莲子多，莲花相间女郎歌。来时约伴横塘口，辛苦移舟逆上波。"近体格律参以乐府体同字回互的调声手段，声韵流美，并且声随情转，前半轻快，后半滞涩，有一唱三叹之致，李东阳之所谓"可验之于歌"者。任相元谓其诗"音节铿锵"③。许筠《惺叟诗话》认为李达"音节格律悉逼古人"。④

"三唐"诗人对当时诗坛的影响也能反映其对诗歌声韵音调的重视。李植《村隐刘希庆诗集小引》：

> 况当翁盛壮时，国朝诗教洋洽，轶轨三唐。无论馆阁巨公，方鹜燕、许；乃若下僚、外朝雄鸣高蓍，无非员外、协律、随、苏、溧阳之伦；下至齐民小胥，野鹊之吟、沙鹤之句，举皆铿锵不失声韵。⑤

除了以唐代诗人作为师法对象、从宋诗重人文意象回归到唐诗以自然意象为主，"举皆铿锵不失声韵"便强调了音响声调的铿锵高昂。

这种诗学观念在朝鲜时代后期得到了继承，对声韵重要性的认识也与前人一致。正祖朝朴齐家《柳惠风诗集序》："情非声不达，声非字不行，三者合于一而为诗。"认为情、声、字是统一和谐的，但因为朝鲜与中国有"国俗之别，方音之殊"，"虽然字各有其义，而声未必成言。于是乎诗之道专属之

---

① （明）胡震亨：《唐音癸签》卷一五《乐通四·词曲》，古典文学出版社，1956，第136页。
② （清）沈德潜：《说诗晬语》卷上，丁福保辑《清诗话》下册，中华书局，1963，第542页。
③ 任相元：《恬轩集》卷三〇《苏谷集跋》，《韩国文集丛刊》第148册，首尔：民族文化推进会，1995，第470页。
④ 许筠：《惺所覆瓿稿》卷二五《说部四》，《韩国文集丛刊》第74册，首尔：民族文化推进会，1991，第366页。
⑤ 李植：《泽堂集》卷九，《韩国文集丛刊》第88册，首尔：民族文化推进会，1992，第155、156页。

字，而声日离矣。夫字之离声，犹鱼之离水，而子之离母也。吾恐其生趣日枯，而天地之理息矣”。[①]“三唐”诗人则避免了这一缺憾。孝宗朝金得臣《赠龟谷诗序》：“崔、白、李专以响为务。……近来操觚者，咸曰诗必主于响。”[②]

五 “三唐”诗人与明代前后“七子”的比较

元明唐诗学作为朝鲜“三唐”诗人的影响渊源，主要是李东阳、《唐音》以及格法著作等，而非前后“七子”。究其原因，有以下几点。

首先，从文集流传时间差看，朝鲜接受前后“七子”已在“三唐”诗人掀起宗唐思潮二十余年后。崔庆昌、白光勋幼时即受到湖南诗坛的宗唐风尚影响，如白光勋八岁到十三岁间的诗作[③]以及崔庆昌少时作《乙卯乱后》、九岁作《登南岳》[④]，已呈现出典型的唐风。有文献记载的师承关系为，早在1550年、1551年二人跟随湖南诗坛宗唐诗人李后白学习[⑤]。宣祖元年（1568）六月十八日崔庆昌增广试乙科及第[⑥]，当时朴淳典文衡，“疾当时文体尚浮薄，欲力变陋习澡雪之”[⑦]，“于文章追复汉唐格法”[⑧]，崔庆昌正适应了这种趋势。李达宗唐稍晚，后来也在朴淳的影响下，用五年时

---

① 朴齐家：《贞蕤阁文集》卷一，《韩国文集丛刊》第261册，首尔：民族文化推进会，2001，第602页。

② 金得臣：《柏谷集》册五，《韩国文集丛刊》第104册，首尔：民族文化推进会，1993，第151页。

③ 全诗为：“夕阳江上笛，细雨渡江人。余响杳无处，江花树树春。”见郑澔《丈岩集》卷一七《玉峰白公墓碣铭》，《韩国文集丛刊》第157册，首尔：民族文化推进会，1995，第342页。

④ 崔庆昌《乙卯乱后（少时作）》：“汉将孤神算，边城战骨荒。羽书飞不息，日夕到昭阳。”《登南岳（九岁作）》：“苍翠终南岳，崔嵬宇宙间。登临聊俯瞰，江汉细潺湲。”见崔庆昌《孤竹遗稿》，《韩国文集丛刊》第50册，首尔：民族文化推进会，1990，第5页。

⑤ 白光勋《玉峰集》附录李喜朝修正《年谱》：“庚戌，公十四岁（1550年——引者注）。闻青莲李公以布衣讲学于金陵之博山，就而学焉。李公每以绝世奇宝称之。一时有崔孤竹庆昌、尹斯文箕、林斯文荟、金南溪胤，并有偲切熏陶之益。”又云：“癸丑，公十七岁，从伯氏评事公入洛。梁松川应鼎以内翰在邸，又受学焉。”（《韩国文集丛刊》第47册，首尔：民族文化推进会，1988，第159页）则1553年白光勋离开，去洛阳师从梁应鼎。

⑥ 柳希春《眉岩集》卷六《日记（删节○上经筵日记别编）·戊辰下》：“（六月）十八日，罢漏后上殿，考文三十二道。……崔庆昌、崔镇国、洪汝谆、李荣翼，以三下次之。”《韩国文集丛刊》第34册，首尔：民族文化推进会，1988，第249页。

⑦ 李选：《芝湖集》卷一○《思庵朴公行状》，《韩国文集丛刊》第143册，首尔：民族文化推进会，1995，第516页。

⑧《朝鲜宣祖修正实录》卷二三，宣祖二十二年（1589）七月一日（丙午），据太白山史库本。

间，由杜、苏转唐。① 许筠还记载李达"及交崔、白，悟而汗下，尽弃其所学而学焉"②，而李达与崔庆昌的交往时间不应晚于 1576 年或 1577 年③。到 1580 年在平壤浮碧楼李达与崔庆昌等唱和时，步郑知常《大同江》韵，已有成熟的宗唐诗作《采莲曲次大同楼船韵》，被众人推为第一。④ 而万历朝鲜战争之前，中国文化东传朝鲜较迟缓，复古派文集的传入、产生影响与中国有几十年的时间差。1573 年朝鲜谢恩使买回"《崆峒集》三卷"，1580 年尹根寿在开城刊刻。1589 年尹根寿购回王世贞《弇州四部稿》，而何景明集大抵稍早于 1589 年东传。此时崔白已至晚年或下世⑤，没有文献记载阅读过明集；李达即便与尹根寿有交游，阅读过复古派文集，首推何景明⑥，其《上月汀亚相》有意模仿何景明诗⑦，但此时其宗唐诗风早已成熟。综上

---

① 许筠《惺所覆瓿稿》卷八《文部五·荪谷山人传》："达瞿然知正法之在是，遂尽捐故学，归旧所隐荪谷之庄，取《文选》、太白及盛唐十二家、刘随州、韦左史暨伯谦《唐音》伏而诵之。夜以继晷，膝不离坐席。凡五年，恍然若有悟。试发之诗，则语甚清切，一洗旧日态。"《韩国文集丛刊》第 74 册，首尔：民族文化推进会，1991，第 204、205 页。
② 许筠：《荪谷诗集序》，见李达《荪谷诗集》卷首，《韩国文集丛刊》第 61 册，首尔：民族文化推进会，1991，第 3 页。
③ 许筠《鹤山樵谈》："李益之从崔嘉运游灵光，有所眄妓，欲买紫锦而未得价布。益之乞以诗曰：'商胡卖锦江南市，朝日照之生紫烟。美人欲取为裙带，手探囊中无直钱。'嘉运曰：'荪谷之诗一字千金，敢惜其费乎？'乃逐字各直三匹以需其求，其爱才如此。"（蔡美花、赵季主编《韩国诗话全编校注》第 2 册，人民文学出版社，2012，第 1451 页）按崔庆昌宣祖九年（1576）五月出为灵光郡守，第二年秋即解归，据其诗《弃郡还洛寓城西作（丁丑秋自灵光解归）》（崔庆昌《孤竹遗稿》，《韩国文集丛刊》第 50 册，首尔：民族文化推进会，1990，第 29 页），则二人交往应在 1576 年或 1577 年。
④ 梁庆遇《霁湖诗话》："崔、徐既书，李乃就，竟推李作为绝唱。"见《霁湖集》卷九，《韩国文集丛刊》第 73 册，首尔：民族文化推进会，1991，第 496 页。
⑤ 崔庆昌卒于 1583 年，白光勋卒于 1582 年。
⑥ 许筠《鹤山樵谈》："明人诗，荪谷以何仲默为首。"见蔡美花、赵季主编《韩国诗话全编校注》第 2 册，人民文学出版社，2012，第 1444 页。许筠《鹤山樵谈》作于宣祖二十九年（1596），说明在此之前，李达已经阅读过明代复古派文集。
⑦ 许筠《鹤山樵谈》："益之尝出一律示之曰：'此仲默之逸诗。'初不觉真赝，则曰：'此诗清绝，选律者不当遗之，必君之拟作。'益之不觉卢胡。"（蔡美花、赵季主编《韩国诗话全编校注》第 2 册，人民文学出版社，2012，第 1444 页）李达《上月汀亚相》全诗为："客衾秋气夜迢迢，深屋流萤度寂寥。明月满庭凉露湿，碧天如水绛河遥。离人梦断千重岭，禁漏声残十二桥。咫尺更怀东阁老，贵门行马隔云霄。"（李达《荪谷诗集》卷四，《韩国文集丛刊》第 61 册，首尔：民族文化推进会，1991，第 23 页）按《朝鲜宣祖实录》卷六九，宣祖二十八年（1595）十一月二十三日（辛卯），"以尹根寿为（议政府——引者注）左赞成"。赞成位在领议政、左议政、右议政之下，故称"亚相"。另据《朝鲜宣祖实录》卷七二，宣祖二十九年（1596）二月十五日（壬子），尹根寿已递为同知事，则此诗当作于 1595 年、1596 年间。

可知明代复古派并非三人宗唐渊源。

其次，由于取法对象不同，"三唐"诗人与"七子"创作风貌迥异。虽然前后"七子"也沿着严羽、杨士弘、李东阳注重"音节""音律"的方向发展，他们提倡的"格调说"包含体格和声调两部分，尤其谢榛《四溟诗话》对"盛唐声韵"辨析精细，但是前后"七子"侧重在理论层面，创作实践中声韵流转其实有欠。而"三唐"诗人因为主要受唐诗选本影响，从作品到作品，虽然没有理论的自觉，但诗作在声韵音响方面取得了一定成就。同样以宗唐为主，"三唐"诗人与前后"七子"的创作风貌并不相同。明代流行的格调说以"大"为美，主要因为他们取径较宽，在实际创作中体现出与"三唐"诗人不同的审美偏好。

在唐代诗人内部，前后"七子"不把学杜与学唐对立起来。"前七子"普遍尊杜，尤其李梦阳得杜诗之雄浑。"后七子"中谢榛学杜，出于身世境遇的共鸣，突出性情之真；王世贞学杜甫的叙述夹杂议论。于是"格调说"的其中一脉重视作家才力，强调感情的丰富性、气势力量、表现手法的多样化、风格的雄浑壮大和艺术功力的深湛①。而朝鲜诗论家明确指出学唐与学杜不同，是否宗杜成为"三唐"诗人与明代复古派诗风的分水岭。

除宗盛唐之外，前后"七子"取径更宽。"前七子"之一王九思《刻太微后集序》："今之论者，文必曰先秦两汉，诗必曰汉魏盛唐。"② 他在盛唐之外加上汉魏，吸收汉魏雄浑高古的风格，使诗风更健朗。并且前后"七子"每位诗人的师法范围也不尽相同，除盛唐外，还包括先秦、六朝、初唐、韩愈等，诗风也自然更多样，但对情感力度和气势力量的追求则一致。注重诗歌的"大"与"重"，难免遗失唐诗绵邈的风神。情韵的缺失和理性的介入，使之去唐更远。缪钺评："若明代前后七子之规摹盛唐，虽声色格调，或乱楮叶，而细味之，则如中郎已亡，虎贲入座，形貌虽具，神气弗存，非真赏之所取也。"③

朝鲜也认识到前后"七子"的诗有粗硬之调，金昌协谓李梦阳诗"莽

---

① 孙学堂：《明代诗学与唐诗》，齐鲁书社，2012，第 496 页。
② （明）王九思：《渼陂续集》卷下，见《续修四库全书》第 1334 册，上海古籍出版社，2002，第 236 页。
③ 缪钺：《诗词散论·论宋诗》，上海古籍出版社，1982，第 36 页。

苍劲浑，倔强疏卤"①。相对于前后"七子"的朗硬寡味，"三唐"诗人则呈现出较为一致的浅切清丽的诗风。他们抒情旖旎，其山水清音与明远，更近中晚唐格调，并将学杜与学唐对立起来。虽不主"具范兼镕"，凭借"偏精独诣"② 亦自胜出。注重意象的营构，把宋诗的思路诗法和诗中的叙述、议论涤荡得更为彻底，刻意用力处少，诗风清新而自然，音韵流转。此外，"三唐"诗人重景情，用事只是辅助，而"七子"主用事；"三唐"诗人擅长短章小制绝句、五律，多摹拟唐乐府，"七子"则以律诗、古体、歌行为主。又如李达在摹拟唐代乐府的过程中，提炼、总结唐代诗人卢纶《和张仆射塞下曲》和王建《宫词》等以情境画面作结的艺术手法，并将其广泛应用到其他乐府作品和叙事性题材的汉诗中。如《出塞曲》其一："虏中传出左贤王，塞马如云杀气黄。已近居延山下猎，碛西烟火照天光。"不直接正面描写敌人的凶猛，而是通过塞马、火光反复渲染其气势，未见其人，先慑其声势，充满大敌当前的紧张感。又《塞下曲赠柳总戎》《采莲曲次大同楼船韵》《拜新月》等，有叙事性的情节设计，对种种情境进行过滤性的选择，最后对颇具暗示性和象征力的场景进行特写，凸显了艺术形象。相较于前后"七子"的"无意无法"（清吴乔《围炉诗话》卷一），也不失为一种成功的学唐策略。

明代胡应麟《诗薮》谓："宋人调甚驳，而材具纵横，浩瀚过于元；元人调颇纯，而材具局促，卑陬劣于宋。然宋之远于诗者，材累之；元之近于诗，亦材使之也。故蹈元之辙，不失为小乘；人宋之门，多流于外道也。"③ 所谓"近于诗""远于诗"，都是以唐风为审美理想。宋人与元人的材具与诗作艺术效果的悖反，同样适用于宗唐的明代诗人与"三唐"诗人的对比。"三唐"诗人对摹拟对象的忠实和步趋，虽然以牺牲新创和脱离朝鲜现实为代价，却也换来了空灵蕴藉的诗境，更接近唐诗风调，相较于前后"七子"理论建树与创作实践的矛盾，也不失为一种便捷有效的学唐方式。

朝鲜诗人申翊圣（1588～1644）早已辨明本国宗唐思潮发生的独立性，

---

① 金昌协：《农岩杂识外篇》，见《农岩集》卷三四，《韩国文集丛刊》第 162 册，首尔：民族文化推进会，1996，第 376 页。

② 胡应麟《诗薮》外编卷四："偏精独诣，名家也；具范兼镕，大家也。"（上海古籍出版社，1979，第 184 页）

③ （明）胡应麟：《诗薮》外编卷六，上海古籍出版社，1979，第 229 页。

指出其与明朝遥相呼应:"盖中朝以草昧之功归之北地、信阳,而本朝崔、白始倡三唐,荷谷起而雄鸣于一时,则诗道之变与中朝相为表里者为盛。"①"三唐"诗人有倡始之功,重在创作;李晬光、申钦、梁庆遇、许筠等继之以理论阐扬。宣祖时宗唐思潮不同阶段,其理论渊源不同。从"三唐"诗人扩展到全社会普遍尊唐、诗论家理论观念的自觉明晰与明"七子"的影响不无关系,换句话,"七子"对朝鲜宗唐的作用不在于导源而在于扩流。金昌协也论及此间关系:"至穆庙之世,文士蔚兴,学唐者寝多。中朝王、李之诗又稍稍东来,人始希慕仿效,锻炼精工。"② 着一"又"字,三人诗风成熟与"七子"文集东传的时间先后判然明矣。

一言以蔽之,明代前后"七子"对朝鲜时代中期兴起宗唐之风的作用不在于导源而在于扩流,"三唐"诗人源于本土李后白、朴淳的引领,其背后的中国诗学渊源主要为《唐音》与李东阳。此外,通过尹春年《诗法源流体意声三字注解》不难发现,元代傅与砺述、明代怀悦辑《诗法源流》与陈绎曾《文筌》对诗声的重视直接启发了朝鲜。选本、格法著作作为创作范式,在朝鲜的影响超过诗话、序跋等其他诗学文献,适合朝鲜重创作不重理论的接受期待,也是东亚接受中国文学的典型机制。同时,明代复古派的理论渊源与朝鲜大体相似,元代诗格在明代多有类纂,已经有学者指出《唐音》在明初的作用③,李东阳与复古派的关系这段文学史公案也可以从朝鲜的接受侧面得到印证。以域外之眼反观中国研究,元明之际的诗法诗格、选本与李东阳在文学史上的意义被凸显出来。

第二节 崔庆昌、白光勋的意境营造

崔庆昌、白光勋二人齐名,并称"崔白"④。他们都是湖南人,少时学

---

① 金世濂《东溟集》卷四《槎上录》引申翊圣《题东溟槎上录》,《韩国文集丛刊》第 95 册,首尔:民族文化推进会,1996,第 194、195 页。
② 金昌协:《农岩杂识外篇》,见《农岩集》卷三四,《韩国文集丛刊》第 162 册,首尔:民族文化推进会,1996,第 377 页。
③ 陈国球:《明代复古派唐诗论研究》,北京大学出版社,2007。
④ 申钦《象村稿》卷二一《白玉峰诗集序》:"崔、白方驾主盟,而白诗独先传。"(《韩国文集丛刊》第 72 册,首尔:民族文化推进会,1991,第 9 页)宋相琦《南迁录》:"白玉峰,湖南诗人也,与崔孤竹齐名,其诗至今脍炙,谈诗者皆曰'崔白'。"(转下页注)

于梁应鼎、李后白门下，其诗较早宗唐。"三唐"诗人中，二人的艺术成就相当，格调更为纯粹，诗稿也曾合刊①。

崔庆昌（1539~1583）字嘉运，号孤竹。本贯海州。明宗十六年（1561）中进士试，宣祖元年（1568）文科及第，当时朴淳典文衡，出于朴淳门下。善射，书法清劲遒紧。有《孤竹遗稿》传世。

他少时与白光勋学于梁应鼎、李后白门下②。梁应鼎（1519~1581）字公燮，号松川，历任工曹佐郎、工曹参判、大司成。其诗"水色烟光尽太平，河桥犹带旧时名。伊凉若是箫韶曲，岂使胡雏犯两京"③，有唐韵。崔庆昌早年与李珥、宋翼弼、崔岦、白光弘、尹卓然、李山海、李纯仁等酬唱于南原都护府潭阳武夷洞④，世号"八文章"；与郑澈、徐益等游于汉城佳境三清洞，称"二十八宿会"⑤。其他交游如成浑、辛应时等⑥。其中朴淳、郑澈、白光弘、白光勋、李达尚唐风，可与一同研磨诗艺；李珥、成浑、宋翼弼、李纯仁宗理学，可相与砥砺名节。

崔庆昌"既才高气豪，不屑屑于功名，益以廉白简贵自厉，与世寡合，其视脂韦躁竞者不啻若浼己也"⑦。有《感遇十首寄郑季涵》自抒怀抱。自

（接上页注④）（《玉吾斋集》卷一七，《韩国文集丛刊》第 171 册，首尔：民族文化推进会，1996，第 550 页）河谦镇《东诗话》卷一："白玉峰、崔孤竹并有诗名，人称'湖南崔白'。"（蔡美花、赵季主编《韩国诗话全编校注》第 11 册，人民文学出版社，2012，第 9632 页）

① 崔岦：《简易集》卷九《稀年录·订玉峰孤竹二稿合刊之议不是小序》，《韩国文集丛刊》第 49 册，首尔：民族文化推进会，1990，第 523 页。

② 朴世采《南溪集》卷一二《孤竹诗集后叙》："少与玉峰白光勋游，学松川梁公、青莲李公之门。"（《韩国文集丛刊》第 141 册，首尔：民族文化推进会，1995，第 491 页）《宋子大全》卷二〇六《青莲李公行状》："峒隐李公义健、孤竹崔公庆昌、玉峰白公光勋诸人从之游。"（《韩国文集丛刊》第 115 册，首尔：民族文化推进会，1993，第 14 页）

③ 梁应鼎：《松川遗集》卷一《过渔阳桥》，《韩国文集丛刊》第 37 册，首尔：民族文化推进会，1988，第 509 页。

④ 崔庆昌《孤竹遗稿·五言律诗》有《武夷洞（少时作）》，当作于此会。

⑤ 朴世采《南溪集》卷一二《孤竹诗集后叙》："未弱冠，同栗谷李先生、龟峰宋翼弼、东皋崔岦诸才子唱酬于武夷洞，世号八文章禊。既而同松江郑澈、万竹徐益诸名流游三清洞，人又称二十八宿会。其文艺凤成，交游亲附为一时艳慕者，可知也。"见《韩国文集丛刊》第 141 册，首尔：民族文化推进会，1995，第 491 页。

⑥ 宋时烈《宋子大全》卷一三九《孤竹集序》："盖撮而言之，则公之所与游，牛、栗两先生也，朴思庵、郑松江、辛白麓诸公也。"《韩国文集丛刊》第 112 册，首尔：民族文化推进会，1993，第 569、570 页。

⑦ 朴世采：《南溪集》卷一二《孤竹诗集后叙》，《韩国文集丛刊》第 141 册，首尔：民族文化推进会，1995，第 491 页。

号孤竹,正是慕孤竹国君二子伯夷、叔齐之忠义,并出于"众人皆醉我独醒"的特立独行,别有一种对孤独感的自觉追求。宣祖六年(1573)十一月,与金孝元、金宇颙同时入选读书堂,本欲大用。但不满少时同结"八文章楔"的李山海,因其党同伐异而绝交;又不攀附许篈,为其所厌,宣祖九年(1576)以从事官出使中国归来,官职不升反降,罢典籍,黜为灵光郡守。宣祖十五年(1582)备边司荐为钟城府使,不久又被弹劾,改为成均馆直讲。生于党争初起之时,而如此孤傲忤时,清高自许,李珥尝以"冰霜素履"称其清苦之节①。因此观其一生,在朝日少,边关时多。历北评事、灵光郡守、大同察访、钟城府使、防御使从事官等职。最终在上京途中卒于镜城客馆。崔岦言"其或放迹在外,犹得高牙大纛之下,轻裘缓带,从容横槊赋诗逞气象也"②。李珥所谓"金銮不着词臣迹,玉帐还伸虎旅威"(《送崔嘉运出宰钟城》)。

崔庆昌对学唐的艺术贡献在于悲愁孤寂情思的具象化表达和雄浑的边塞诗风。他在汉诗中侧重一己之情的抒写,有很强的内倾性,即使赠别的诗作也感慨人归而唯独自己滞留或同是辞家游宦的悲辛③。客愁思归是他的汉诗最重要的主题,因为久滞边关,性情又与世寡合,诗中处处可见孤寂悲愁的情思,这正是其情感基调。

崔庆昌的边塞诗有七绝《过杨照庙有感》、《边思》(同题二首)、《出塞》,五律《送李善吉还朝》等。与盛唐诗人在边疆建功立业、保家卫国的尚武精神不同,他的诗更多表现边地苦寒、羁旅乡愁。如《过杨照庙有感》:

> 日暮云中火照山,单于已近鹿头关。将军独领千人去,夜渡芦河战未还。

---

① 李珥《栗谷全书拾遗》卷一《送崔嘉运出宰钟城》:"俊逸清新子庶几,穿杨又道似君稀。金銮不着词臣迹,玉帐还伸虎旅威。小白山高留腊雪,筹边楼迥对朝晖。冰霜素履令人服,殊俗何难力指挥。"(《韩国文集丛刊》第45册,首尔:民族文化推进会,1988,第486页)宋时烈《宋子大全》卷一三九《孤竹集序》:"栗谷尝以'冰霜素履'称公,盖其清苦之节,人有所不堪,而处之悠然。"(《韩国文集丛刊》第112册,首尔:民族文化推进会,1993,第570页)

② 崔岦:《简易集》卷九《稀年录·订玉峰孤竹二稿合刊之议不是小序》,《韩国文集丛刊》第49册,首尔:民族文化推进会,1990,第523页。

③ 如《镜城题咏送李善吉还朝》"书记从征几日归,年年空送还乡客";《留别田察访》"欲去踟蹰不能发,非君同病更谁怜"。

前实后虚，以云中、鹿头关、芦河等盛唐边塞诗常用地名，粗线条勾勒出雄浑气势。结句不说破，但大军逼近，敌众我寡，将军虽勇而生死未卜，留无限担心和绵长的悲意，抒情节制而有一唱三叹之余韵。又《边思》：

> 少小离家音信稀，秋来犹着战时衣。城头画角吹霜急，一夜黄榆叶尽飞。

写征戍之苦，前虚后实，缭乱的黄叶在夜色中上下纷飞，有很强的画面感，又融情入景，黄叶一似心绪，因故乡遥不可及而惆怅悲凉，兴象高远，含不尽之意于言外，诗意蕴藉。许筠《国朝诗删》卷三评其"峭丽"[①]，"丽"字恐未稳，诗境的重点不在"黄榆"，而在"叶尽飞"暗示的缭乱心绪。

宣祖九年（1576），崔庆昌以从事官身份出使明朝[②]，途中写有使行诗《发京城宿高峰馆次壁上韵》《临津》《闾阳驿》《马上口占》《七家岭立春》《三河途中》《哀杨总兵》《通州馆望朝阳门》《朝天宫》，七绝《旅夕》《天坛二首》《分水岭》《孤竹城》《发蓟城》《还到蓟城》等。除《哀杨总兵》《朝天宫》等政治主题外，他的诗绝大部分与思乡有关，无事无物不勾起乡愁："都门望渐近，犹似见乡闾"（《通州馆望朝阳门》），"孤竹城头望故乡"（《孤竹城》），甚至想象"到得归家花已残"（《还到蓟城》）。又《闾阳驿》：

> 马上时将换，西归道路赊。人烟隔河少，风雪近关多。故国书难达，他乡鬓易华。天涯意寥落，独立数栖鸦。

深衷浅貌，语短情长。一个人远行在外，节候、天气都极易引起情绪的波动，前途漫漫，人烟又和书信一样稀少。前三联无一句虚语，反复形容离家在外的境遇，最后"天涯意寥落"点明心绪，为"独立数栖鸦"笼罩上百无聊赖的幽深愁绪。

崔庆昌借以表达离思的常用意象为芳草和杨柳。芳草意象本出自淮南

---

① 〔韩〕赵钟业：《韩国诗话丛编》第4册，首尔：太学社，1996，第410页。
② 朴世采《南溪集》卷一二《孤竹诗集后叙》："万历丙子赞价朝京师。"《韩国文集丛刊》第141册，首尔：民族文化推进会，1995，第491页。

小山《招隐士》:"王孙游兮不归,春草生兮萋萋。"睹草色思离人,春草的生长蔓延,恰似离愁的潜滋暗长,无法排遣。如"天涯此别堪头白,惆怅王孙草又萋"(《赠别李益之》);"惆怅一年芳草色,江南无限碧迢迢"(《次玉峰寄李伯生韵》);"故关芳草绿,惆怅未言归"(《三河途中》)等。"白云随望在,芳草出关多"(《别秦上舍》)以芳草代离愁,尤为《国朝诗删》称道,认为"光芒闪闪逼人"[1]。出关远行,无端芳草触目而是,有"离恨恰如春草,更行更远还生"(李煜《清平乐·别来春半》)的意味。芳草还与其他意象并置,如"暮云衰草隔天涯"(《挽崔泰安》),"芳草雨昏寒食路,落花人断草堂扉"(《同汝守君受拟次苏彦谦林畔馆韵》),"离愁浩荡出天西,塞草连云落日低"(《连山道中》)等,云、雨更加重情绪的低气压。古人折杨柳送别,后以杨柳象征别离。其《咸兴题咏》:"咸兴自古大都会,日出喧喧车马尘。城外桥头杨柳树,往来多是别离人。"属于典型的投射心理,自己离别亲友,见他人亦多别离。热闹的大都会,悲凉的离别,两者之间充满张力。杨柳又与芳草等意象并置,"芳草渐多杨柳老,夕阳空见水西流"(《无题》),愁思也增多一分。

孤寂寥落的心境,一方面与辗转边关,经历了太多的离别有关;另一方面也与诗人与世寡合的性情和自我封闭有关。崔庆昌与僧人接触较多。僧人掩关又称闭关、坐关,闭门静坐以求觉悟,是一种修行方式。崔庆昌诗中的僧人形象多以掩关代指隔绝尘世[2],如《送片云归五台》:"归去莫回首,千峰独掩扉";又《赠性真上人》:"去岁维舟萧寺雨,折花临水送行人。山僧不管伤离别,闭户无心又一春。"用山僧的无情无念,反衬出诗人的感伤。一超脱,一执着于情感系累,执着者反怨超脱者无情,更突出自己的孤独落寞。而诗人自己的掩门则是一种自我封闭,是孤寂悲愁心绪的具象化表达,是解读其诗心的关键符号。如:

> 旅馆寥寥独掩门,玉河人绝又黄昏。(《旅夕》)
> 拥褐怯早寒,幽户掩终朝。(《晨霜》)

---

[1] 许筠:《国朝诗删》卷四,〔韩〕赵钟业《韩国诗话丛编》第4册,首尔:太学社,1996,第498页。

[2] 其他象征僧人形象的如白云、磬,在题僧轴、赠僧等诗中反复出现,许筠《惺叟诗话》所谓"不耐雷同"。

　　　　烟雨萧萧独掩门，洛城寒食客销魂。(《寒食客中》)

相对于"那堪亲友音书绝"(《剑水驿次华使韵》)，"裁书远寄衡阳雁，借问何时北到燕"(《寄人》)，诗人已经放弃对人倾诉和向外求援的努力，关闭的正是心门。感情的抒发欲吐还咽，愁闷而沉郁。"圣代即今边警息，古书千卷闭门看"(《义州山城赠韩使君准》)，可见掩门已经成为日常生活状态。又《出塞》："少年身比李轻车，远赴沙场万里余。由来征战死无地，说与家人莫寄书。""李轻车"指李广从弟李蔡，勇武善战，曾为轻车将军。少年不再，身世中几多无奈，"倦游颇觉壮心销"(《剑水驿次华使韵》)，"天涯糊口身将老，客里逢秋肺不苏。万里功名违壮志，十年铅椠愧真儒"(《发京城宿高峰馆次壁上韵》)。壮志难酬，现实不尽人意，满腔的幻灭感和虚无感，读来倍觉沉痛。与掩门相似的心理符号是"背"，不再面对生活，转过身，自我放逐。"远树春城背，平芜暮雨连"(《奉恩寺僧轴》)，树与城相背。"舟中背指奉恩寺，蜀魄数声僧掩关"(《奉恩寺僧轴》)，离别时背对寺庙，与僧人联通的门已经关闭，只听得几声凄厉的杜鹃叫，凄凉入骨，《国朝诗删》卷三谓"降涉晚李"①。

　　离愁别恨的主题之外，崔庆昌还以清丽明净的意象构造意境，诗风清劲流丽。如《浿江楼船题咏》"红衣落尽秋风起，日暮芳洲生白波"；《赠性真上人》"折花临水送行人"；《映月楼》"玉槛秋来露气清，水晶帘冷桂花明。鸾骖不至银桥断，惆怅仙郎白发生"。白波、玉槛、水、露、水晶帘、银桥，语言清丽，意境澄澈而清幽。他善于就眼前景，说心中事，清而切。《旅怀二首》其二"驿吏驱车迎倦客，关童聚土污征衣"，细节鲜明、形象。"乡国渐遥人语异，不知何处问途迷"(《连山道中》)，对故乡的思恋从语言障碍和无法问路的担忧开始，尤其切实可感，易引人共鸣。此外，仙道主题类似游仙诗，侧重的仍是意境的营造。如《天坛二首》其一："午夜天坛扫白云，焚香遥礼玉宸君。月中拜影无人见，琪树千重锁殿门。"其二："三清露气湿珠宫，凤管徘徊月在空。苑路只今香辇绝，碧桃红杏自春风。"《国朝诗删》卷三评"二篇俱无愧游仙"②。又《朝天宫》："碧宇标真界，

① 〔韩〕赵钟业：《韩国诗话丛编》第4册，首尔：太学社，1996，第412页。
② 〔韩〕赵钟业：《韩国诗话丛编》第4册，首尔：太学社，1996，第408页。

玄坛降太清。鸾栖珠圃树，霞绕紫微城。宝箓三元秘，神丹九转成。芝车人不见，空外有箫声。"辞藻华丽，仙境清奇，而余音袅袅，《国朝诗删》卷四谓"仙家上乘"①。又《简蕊珠倅勿责萼绿华》《坡林君园赠笛妓》《次益之赠弹琴女韵》《早朝》等篇，使用"碧桃""凤箫""青鸾""祥云"等意象，有浓郁的浪漫色彩。

诗法方面，《骚坛秘语》卷上谓："绝句精要，第三句是。""绝句健决，第四句是。"② 崔庆昌往往第三句设问，既陡然一转，又逗出末句。而末句又往往意味深长，含蕴不尽。如《送郑绣衣季涵之北关》"客路重阳又何处，黄花冷落古城边"；《映月楼》"无端梦雨归何处，惆怅仙郎不复游"；《边思》"前军深入不逢虏，沙碛茫茫落日愁"。崔庆昌以乐府古风入绝句，如五绝《白苎辞》《重阳》。又《冬日书怀》："杨州冬不寒，腊月见青草。家在洛阳西，未归人欲老。"真气浑朴，语言平淡简古而情感沉厚深挚，"未归人欲老"沉至之极，掷地有声，几乎催人泪下。他如"才飞南北更东西""之秦之楚又之齐"（《柳絮》），"西流几日合东流"（《分水岭》），以及"南池北池荷花深，荷心有苦似人心。荷花未落秋风起，雨露几何霜霰侵"（《次景濂堂韵》）。或师法乐府以方位入诗；或用轮字的手法，以"之""流""荷"字作为节拍点反复敲击，古朴之风遂流贯于绝句中。

崔岦评其诗："若夫诗则得之天机也多，往往警绝流丽。"③ 李敏叙亦言："此乃天机之自动，正色之自美耳。"所以"发扬振厉，而不入于狂怪；隐约闲静，而不病于枯槁。霭然有一唱三叹之遗音。"④ 所谓"得之天机"就是抒发从性情胸襟中流露的真感情，不为文造情，语言亦浅切，不雕章琢句、堆砌典故。相对于明代复古派一些徒具形貌而无真精神的学唐诗作，崔庆昌的清劲流丽和兴象玲珑、意境澄澈是学唐的成功尝试。

白光勋（1537~1582），字彰卿，因二十四岁时卜居灵岩郡元敬山玉峰下，故号玉峰。本贯海美。有《玉峰集》今传。兄白光弘亦善文章，人称"文章

---

① 〔韩〕赵钟业：《韩国诗话丛编》第4册，首尔：太学社，1996，第497页。
② （明）周履靖编次《骚坛秘语》，《丛书集成初编》第2613册，商务印书馆，1936，第9、10页。
③ 崔岦：《简易集》卷九《稀年录·订玉峰孤竹二稿合刊之议不是小序》，《韩国文集丛刊》第49册，首尔：民族文化推进会，1990，第523页。
④ 李敏叙：《西河集》卷一二《崔孤竹集跋》，《韩国文集丛刊》第144册，首尔：民族文化推进会，1995，第216页。

兄，复有文章弟"①。他十三岁参加进士初试，二十八岁中进士之后遂废举业，无意仕进，好游名山大川。四十一岁始拜宣陵参奉，移拜全州影殿参奉，又移靖陵、礼宾寺、昭格署等参奉。四十六病卒于京邸。宣祖五年（1572）明神宗登基诏使韩世能、陈三谟来，远接使卢守慎以其能诗，辟为白衣制述官。白光勋律身严正，清修苦节，并屡以此教子②。拒绝攀附当时公论不佳的郑汝立、许筠。其人清，故诗清。身后与崔庆昌一同配享于李后白康津瑞峰书院。

白光勋能诗、善草书，"诗盛唐，而笔永和"③，人称"二绝"。其中书法方面，世称"笔法遒劲，逼于钟、王"④，以善书曾兼铸字都监监造官。他自幼有诗才，十三岁时以诗赠僧归枫岳，林亿龄批曰"谪仙复生"⑤，由此诗名大振。与崔庆昌并称"湖南崔白"。少时与崔庆昌同学于李后白、梁应鼎门下⑥，二十二岁就学卢守慎于珍岛谪中⑦。四十二岁时，在南原，与林悌、李达、梁大朴登广寒楼，以诗酬唱，为一时盛会⑧。除此，还与林亿

① 白光勋《玉峰集》附录李喜朝修正《年谱》，《韩国文集丛刊》第47册，首尔：民族文化推进会，1988，第159页。
② 教子书可参见《玉峰别集·书》。
③ 郑澔：《丈岩集》卷一七《玉峰白公墓碣铭》，《韩国文集丛刊》第157册，首尔：民族文化推进会，1995，第399页。
④ 柳根：《玉峰诗集序》，见《玉峰集》卷首，《韩国文集丛刊》第47册，首尔：民族文化推进会，1988，第90、91页。
⑤ 郑澔：《丈岩集》卷一七《玉峰白公墓碣铭》，《韩国文集丛刊》第157册，首尔：民族文化推进会，1995，第399页。
⑥ 白光勋《玉峰集》附录李喜朝修正《年谱》："庚戌，公十四岁。闻青莲李公以布衣讲学于金陵之博山，就而学焉。李公每以绝世奇宝称之。一时有崔孤竹庆昌、尹斯文箕、林斯文荟、金南溪胤，并有偲切熏陶之益。""癸丑，公十七岁，从伯氏评事公入洛。梁松川应鼎以内翰在邸，又受学焉。"（《韩国文集丛刊》第47册，首尔：民族文化推进会，1988，第159页）
⑦ 白光勋《玉峰集》附录李喜朝修正《年谱》："戊午，公二十二岁。……时卢苏斋谪居珍岛，公又往学焉。"（《韩国文集丛刊》第47册，首尔：民族文化推进会，1988，第160页）郑澔《玉峰白公墓碣铭》："南归，往拜卢苏斋于沃州谪中。卢公有'神交久名闻，义合可年忘'之句。"（《韩国文集丛刊》第157册，首尔：民族文化推进会，1995，第399页）
⑧ 白光勋《玉峰集》附录李喜朝修正《年谱》："戊寅，公四十二岁。春，上洛，路由南原，与林白湖悌、李苏谷达、梁松岩大朴邂逅相逢。共登广寒楼，以诗酬唱，绝句短律至于累牍。既下，梁撤去楼梯曰：'吾四人登此后，谁敢更登云？'"（《韩国文集丛刊》第47册，首尔：民族文化推进会，1988，第161页）梁庆遇《霁湖诗话》："白参奉玉峰（光勋），先执也。先君每言其才格之孤高。林白湖始登第也，节度公（白湖尊府君）牧济州，白湖越海荣觐，还时由海上至龙城，将向洛下。其时府使孙汝诚邀聚文人赋诗广寒楼上以饯之。玉峰、苏谷、白湖暨先君在席，一时之盛会也。其所唱酬合作一部，行于都中，遂成纸贵。"（《霁湖集》卷九，《韩国文集丛刊》第73册，首尔：民族文化推进会，1991，第499页）

龄、朴淳、宋寅、李珥、成浑、郑澈、李义健等交游①。尤其与李后白、朴淳、高敬命、李达、林悌等宗唐诗人多有唱和。

白光勋学习唐诗的凝练、含蓄，注重通过意象的构建抒情、摹景，追求意境的幽远。诗风清雅枯淡，申钦评其诗"其气完，其声清，其色淡而古，其旨雅而则"②。柳根谓："世之论诗者以公为学唐，而得其正派。"③白光勋大抵宗韦应物。他在宣祖十四年（1581）给儿子白振南的书信中提及："书册大小并二十五卷，而《诗》《书》大文、《近思录》《韦苏州》，在其中矣。"④《韦苏州诗集》与儒家经典并列为不得须臾离身之书。

白光勋诗风清淡，与他无意仕进的人生态度有关。崔岦谓其"韵格逼唐之外，恬淡酝藉，复如其人可爱也。要其雅情不复有所希慕事业，使其久于世，吟作秋虫到白头，非固自取之耶?"⑤ 不仅欲望浅，更接受了《庄子》无所用智、一片混沌的哲学，诗中多显露"无心""无思""无事""无语"（"无所言""忘言"）、"忘机""无为"等心迹，淡泊自然，与世无争。又如"却向春风看造化，乾坤元不费精神"（《复用前韵赠吴国彦》），"青山无语水无心"（《山寺口占》）等。究其原因，当与感觉到天命面前人的无力有关，所谓"万事那容力，天施只在行"（《丁二相夫人挽词》）。在古体中也有直接表达，如"人生穷达各在天"（《龙江词》），"富贵功名安足恃"（《金陵记怀赠栖霞主人》），"得之不得皆命耳，敢以外物为悲喜"（《赠崔孤竹关西之别》），顺遂世情，得失不介于心，保持心境的平和。

白光勋的五绝朴拙，不似崔庆昌流丽。动词、形容词往往使用最简单的词汇，仿佛无所用智，不经意间流出，但词语的组合、意象与意象之间的组合往往造成生新的效果，耐人寻味。如《弘庆寺》："秋草前朝寺，残

---

① 郑澔《玉峰白公墓碣铭》："当时与公好而公之所与好者，前辈则青莲、苏斋、石川、松川、朴思庵、宋颐庵；侪流则栗谷、成牛溪、松江、李峒隐义健诸贤也。"（《韩国文集丛刊》第 157 册，首尔：民族文化推进会，1995，第 400 页）
② 申钦：《象村稿》卷二一《白玉峰诗集序》，《韩国文集丛刊》第 72 册，首尔：民族文化推进会，1991，第 8 页。
③ 柳根：《玉峰诗集序》，见《玉峰集》卷首，《韩国文集丛刊》第 47 册，首尔：民族文化推进会，1988，第 91 页。
④ 白光勋：《玉峰别集·答振南书（辛巳）》，《韩国文集丛刊》第 47 册，首尔：民族文化推进会，1988，第 150 页。
⑤ 崔岦：《简易集》卷九《稀年录·订玉峰孤竹二稿合刊之议不是小序》，《韩国文集丛刊》第 49 册，首尔：民族文化推进会，1990，第 523 页。

碑学士文。千年有流水，落日见归云。"首联省略一切无关紧要的字，单凭意象的组合营造沧桑而落寞的历史感。下联流水、落日、孤云的意象组合悲壮而雄浑，于流水处下一"有"字，举重若轻，而有纵贯千年的深沉历史感。《小华诗评》卷上评此诗"雅绝逼古"①，《国朝诗删》卷一亦认为"绝唱"②，《东诗话》卷一评"炯然不俗"③。又如"客行知近远，处处有青山"（《寄友》）、"不嫌村路近，深树有啼鹃"（《自宝林下西溪》）的"有"，"山外是斜阳"（《题金季绥画八幅》其二）的"是"，介于有意义、无意义之间，通过动词的简化，使诗歌的重心让位于自然意象，从而达到凸显意象的艺术效果。又形容词"多"，如"山影夕阳多"（《过赵景元》），与"大漠孤烟直，长河落日圆"（王维《使至塞上》）的"直"和"圆"异曲同工，最简单的词汇，仔细思之，又最恰切不过。这种创新方式与刻意用生僻字不同，不会造成诗意的晦涩，又透过一层，使人思而得之，意味深长。

白光勋古体诗语淡情真，从容的笔致中自有绵绵深情，如《挽李士元》《寄杨应遇》《斋居感怀寄崔孤竹》。

白光勋认为诗歌功能主要在于个人情感的宣泄。由于无官职系累，他的诗歌与馆阁诗人和理学家的迥然不同。虽然赠答酬寄之作比崔庆昌遗稿中的同类作品多，但多与僧人、师友，属于个人抒情。"既与时不谐，凡无聊不平必于诗而发之"④；并且教育儿子读书，经、史、子三部之外，"间以古人诗歌，择其吟咏性情、开发神思者，日于食顷，长吟浩叹，以畅沉郁之胸"⑤。然而情感抒发的方式又非直截了当，大体以平淡语，婉转曲折出之。他的心理密码是梦与春。

梦是朦胧的，在诗中反复出现，介于隐藏自己与表现自己之间，少直露，与崔庆昌的直抒胸臆、直言悲愁孤寂的离思不同，某种程度上是一种对不如意现实的逃避，在迷离惝恍中寻求慰藉。如"欲说经行似梦魂"

---

① 蔡美花、赵季主编《韩国诗话全编校注》第 3 册，人民文学出版社，2012，第 2342 页。
② 〔韩〕赵钟业：《韩国诗话丛编》第 4 册，首尔：太学社，1996，第 321 页。
③ 蔡美花、赵季主编《韩国诗话全编校注》第 11 册，人民文学出版社，2012，第 9633 页。
④ 李廷龟：《月沙集》卷三九《玉峰集序》，《韩国文集丛刊》第 70 册，首尔：民族文化推进会，1991，第 143 页。
⑤ 见白光勋《玉峰别集·答亨南书》（《韩国文集丛刊》第 47 册，首尔：民族文化推进会，1988，第 153 页），此书作于宣祖十五年（1582），白光勋四十六岁时。

（《渡芦岭》），昨昔的经历，今日说起，仿佛梦一般与现实脱节；"梦中眉目胜相思"（《有怀》），"犹怜孤枕梦，不道海山遥"（《忆崔嘉运》），以梦超越现实的重重阻隔得以相见。又"今日却逢真面目，举头犹怕梦中行"（《到女院望月出山》），盼望了太久，乡山真境在眼前时反而不敢相信，诗意曲折。与"梦"相关的还有"魂""影"，比"梦"更加飘忽。

白诗中自然意象的构造也带有虚化、朦胧的特点，如山影、水气、烟树（烟木）等。"山影初移水气来"（《忆崔嘉运》其一），"沉沉烟雨林"（《汭上路醉后》）等，仿佛印象派画作以边界模糊、氤氲的色块构造体积，迷离如梦。这种虚化意象的手法，好处在于使意象的质实具体得到化解，变得清虚空灵，大历诗人常使用这种手法。此外诗中树（竹）与村（楼）的关系往往是树（竹）使村（楼）隐，如：

> 孤烟竹外村。（《题金季绥画八幅》其六）
> 疏篁翠蔓隔溪村。（《村居》）
> 忽见华构重林间。（《金沟奉赠崔上舍》）
> 却喜江南风土近，人家处处竹林村。（《渡芦岭》）
> 回首重林已隔楼。（《锦城途中回寄闵都事恕初》）
> 小径通林有别村。（《题洪君千璟锦北庄》）

村子不是直接呈现在读者眼前，而是掩映在竹林、重林间，若隐若现。一如作者的诗心，"犹抱琵琶半遮面"，在意象一层层的堆叠之后仍不明朗。

白光勋在汉诗中呈现的感情确实淡薄，情思也缥缈，无怪崔岦谓其"吟作秋虫到白头"[1]。无意仕进则宦海沉浮少，情绪波动不大，无大喜大悲，诗歌的情感深度也就不高。而且"黜聪明"、不以外物为悲喜的人生哲学也削弱了诗歌的情感力度，但是又未达观解脱，故而离愁、苦闷、失意化作秋虫一般的低吟，诗格略嫌卑弱、纤细。这种淡薄的情感类型还体现在与僧人的交游诗中。白光勋好游名山大川，又本有出世之思，于是来往奉恩寺、西林寺、宝林寺、莲台庵、头轮寺、白莲社、海林寺等佛寺间，

---

① 崔岦：《简易集》卷九《稀年录·订玉峰孤竹二稿合刊之议不是小序》，《韩国文集丛刊》第49册，首尔：民族文化推进会，1990，第523页。

与僧人交往多，赠僧、题寺壁、题僧轴等诗也多。他在这些诗中描写僧人闲适的生活，羡慕其远离俗世纷扰，寄托了自己的理想人生："世味忘来道味深"（《白莲社万景楼玩月之作》其三），"惭愧居僧事事幽"（《定惠寺次呈杞溪相公》），"青灯对香榻，无复世中纷"（《思峻持天冠山僧诗轴来求诗》）。这一题材的诗歌往往意境清幽。与崔庆昌的赠僧诗相比，其内容更丰富，不仅仅是应付求诗之请，更增加了朋友间的关切与惜别之情，如"秋雨闭门何处寺？一灯深夜照清羸"（《忆处敏上人》），又"一杯言别两依依，去入千峰旧路微"（《赠处英上人》）。对僧人生活的描述也不局限于白云、磬等单调刻板的意象。

白光勋到晚年始言事沉实，抒情沉着。如《夜坐》："妻病儿啼雨漏床，残灯耿耿夜长长。闲愁似与诗相约，每到吟时便断肠。"又："问我一生长恨事，奈何邹鲁莫容身。"（《赠日者李君遇》）"醉来云物浑如梦，老去情怀解惜时。莫怪夜深重起坐，别离何事不相思。"（《次松岩梁士真》）梦的意象仍然延续，但情思的表达更加顺畅。也有描写战乱的，如《达梁行》"迂儒揽（览）古泣书史，不意身亲见此日"，描写明宗十年（1555）诗人十九岁时全罗南道海南一带遭日本入侵（史称"乙卯倭乱"）惨不忍睹的战争场面和残忍杀戮的描写，远绍曹操《蒿里行》。

另一个能借以窥探诗人心理的常用意象是"春"。与崔庆昌多就"秋"着笔不同，白光勋对"春"情有独钟。春作为万物生长、象征希望的季节，反复出现在枯淡的诗歌里，不全是季节的写实，主要是隐喻平凡人生，甚至失意、沉居下僚时心中仍存的暖意、希望，向春而生。白光勋将《论语》奉为至重，要儿辈反复诵读，言"平生诵此一书，亦足无愧于冠儒冠而行"①。此外，他重视的《近思录》②也据《论语》讲孔颜乐处③，并载"颜子，春

---

① 白光勋：《玉峰别集·答亨南书（庚辰）》，《韩国文集丛刊》第47册，首尔：民族文化推进会，1988，第147页。

② 白光勋《玉峰别集·答振南书（辛巳）》："书册大小并二十五卷，而《诗》《书》大文、《近思录》《韦苏州》，在其中矣。"（《韩国文集丛刊》第47册，首尔：民族文化推进会，1988，第150页）

③ （宋）朱熹、吕祖谦编《近思录》卷二《为学大要》："昔受学于周茂叔，每令寻颜子、仲尼乐处，所乐何事。"（见查洪德注译《近思录》，中州古籍出版社，2017，第80页）又《论语·述而》："子曰：饭疏食，饮水，曲肱而枕之，乐亦在其中矣。不义而富且贵，于我如浮云。"《论语·雍也》："贤哉，回也！一箪食，一瓢饮，在陋巷。人不堪其忧，回也不改其乐。"

生也……有自然之和气，不言而化者也……和风庆云也"①。此二书当为白光勋春意积于中的思想来源。春的意象在愁思主题之外加入融融暖意，然而究竟不是夏的热烈，于是情感仍然属于温和恬淡。如：

> 百年多少意中人，开口相逢到底春。（《宝林寺次徐上舍》）
> 何年二老此寻真，烟月依然玉洞春。（《刚川寺忆讷斋冲庵》）
> 欲将春思题僧卷。（《题桂熙轴》）
> 一轩春醉荷情亲。（《锦官黉轩赠崔善林》）

而不如意的现实则往往置于春的反面，与春形成对比。如"又作天涯别，青山空复春"（《赠别》）。别离之苦，辜负一春美景，与春日之暖形成对比，因而怅惘之情更加深沉。"五百年间瞥眼春，繁华无处觅遗尘"（《松京有感次诏使韵》），感喟转瞬即逝的繁华如今荡然无存。

白光勋诗歌风格相较崔庆昌更为单一，诗中的同类意象存在系统化以形成意象群的倾向，常以明月、梅花、鹤为中心，并延伸至松、青山、白云，以及水、露、雨、霜等。这些意象都具有清净高洁而略带寒虚的特点，散缀在各诗中，形成白诗清雅的风格。意象群根源于屈原《离骚》的"香草美人"系统，具有比兴寄托的意义②。白光勋诗中的意象群更接近林逋的"梅妻鹤子"③，是清高自适的人格精神的投射和自我期许，"聊此托襟期"（《采菊东篱》）。

首先关于明月，"花满山时月满川"（《寄题魏士任家》），光明周遍、生意流动的意境呼之欲出。"时见天边月，如逢故国人"（《送李择可赴京》），明月分照两地，成为去国之人与故国人连接的纽带，比白居易"共

---

① （宋）朱熹、吕祖谦编《近思录》卷一四《圣贤气象》，见查洪德注译《近思录》，中州古籍出版社，2017，第429、430页。

② 汉王逸《离骚》序："《离骚》之文，依《诗》取兴，引类譬喻，故善鸟香草，以配忠贞；恶禽臭物，以比谗佞；灵修美人，以媲于君。"见（宋）洪兴祖《楚辞补注》，中华书局，1983，第2页。

③ 林逋《山园小梅》有咏梅名句："疏影横斜水清浅，暗香浮动月黄昏。"宋沈括《梦溪笔谈》卷一〇《人事》二："林逋隐居杭州孤山，常畜两鹤，纵之则飞入云霄，盘旋久之，复入笼中。通常泛小艇游西湖诸寺，有客至逋所居，则一童子出应门，延客坐，为开笼纵鹤。良久，逋必棹小船而归。盖尝以鹤飞为验也。"见《四部丛刊续编》第342册，上海商务印书馆，1919。

看明月应垂泪，一夜乡心五处同"(《望月有感》）多了几分亲切。鹤同样也
是孤洁的形象。白光勋构造意境时又往往与月搭配，月下之鹤，清虚近仙。
如"明月不逢骑鹤侣，夜深鸣笛下江南"(《寒川滩》）；"手持一卷蕊珠篇，
读罢松坛伴鹤眠。惊起中宵满身影，冷霞飞尽月流天"(《三叉松月》）。

梅花意象的内涵主要源自陆凯《赠范晔》："折花逢驿使，寄与陇头人。
江南无所有，聊寄一枝春。"梅花成为传达思乡、思念朋友之情的媒介，
"有梅传驿使，无雁到衡阳"(《赠别》）；并且因为身出江南梅开之地，又
以梅花为家乡的象征，"忆乡梅正熟"(《大平楼喜雨之作次竹堂松堂之韵》
其二）。其他诗人，如崔庆昌诗中也以梅花喻离思，如《忆故山梅花》："蓟
北烟尘无驿使，相思魂断夕阳楼。"又《旅夕》："梅花落尽不归去，故国春
风空断魂。"[1] 而白光勋对梅花意象的使用无疑是对梅花清幽淡雅品质的认
同，遂引之为精神契合的知己，"十年心事一樽酒，坐对梅花无所言"(《题
洪君千璟锦北庄》），"客行随处有梅花"(《沙岘路上题应遇扇》），"偶见
山人语新梦，野梅香里到西庵"(《即事书怀赠志文》），有梅花的陪伴就是
很惬意的事。

白诗中月、梅、鹤、云等意象往往交错组合，而不是单独出现，如：

　　一天晴雪夜迢迢，驾鹤人归碧玉箫。吟梦不知寒意重，也寻梅信
到南桥。(《清映亭四时词》其四）
　　新诗更向梅边读，雪满空阶月满天。(《潇洒园感吟示鼓岩》）
　　岸岸梅花步步诗，柴门有客鹤先知。(《西湖玩月图》）
　　天外仙人游不返，鹤鸣何处碧云深。(《寄山人》）

白光勋诗中很少有其他不同特色的意象出现，意象风格较为单一，因此有
雷同之感。

除清雅枯淡的风格外，白光勋诗集中也有绮错婉媚之作，有音响、有
色泽、有香气，但因少风骨而过于绮靡。如七绝《睡起》《用前韵效香奁
体》《魏叔宅次伯氏韵》等。

关于崔、白优劣论，南龙翼从诗体着眼，认为崔庆昌的七律写得不好，

---

① 语出温庭筠"杏花落尽不归去"(《长安春晚二首》其一）。

推崇白光勋的"红藕一池风满院，晚蝉千树雨归村"（《奉恩寺莲亭次李校理伯生见示之作》）①。实则此诗也有婉媚之嫌，但从全诗来看，情感通脱，语言自然圆融②。白光勋其他意境较为圆融的律诗，如《悬津夜泊》："旅泊依村口，重游属暮年。钟声隔岸寺，人语渡湖船。月上兼葭远，烟横岛屿连。夜深风更急，落雁不成联。"两人过世后，好友高敬命建议两人诗集合刊，邀崔岦作序，但崔岦认为二人诗歌风格不同，不宜合刊。白光勋诗"恬淡酝藉，复如其人可爱也"；崔庆昌"材隽风流"，"从容横槊赋诗逞气象"，"警绝流丽"③。《东诗话》卷一也指出崔、白二人"气象韵格之不同"④。

第三节　李达的由宋转唐与沉着雅丽诗风

李达（1539~1612），字益之，因居于原州苏谷，号苏谷，又号东里、西潭。本贯洪州。他是朝鲜初期汉诗大家李詹（1345~1405）的后人。文章书法出众，"能晋人书"⑤。著有《苏谷诗集》今传。

李达为庶孽出身，不能参加文科考试，因此译科出身，官至承文院汉吏学官，曾为傧使从事。⑥ 又因为其貌不扬，律身不严，仕途不达，一生落

---

① 南龙翼《壶谷诗话·诗评·东诗》："崔、白优劣，简易序已定。谓崔曰'炯然南国之孤照'，谓白曰'吟作秋间到白头'，意可知矣。绝句崔果优，而七律无可传者，至若'红藕一池风满院，乱蝉千树雨归村'一联，则崔让于白矣。"蔡美花、赵季主编《韩国诗话全编校注》第 3 册，人民文学出版社，2012，第 2203 页。

② 白光勋《奉恩寺莲亭次李校理伯生见示之作》全诗为："偶因休浣到云门，把酒题诗胜事存。红藕一池风满院，晚蝉千树雨归村。深惭皓首从羁宦，犹喜青山似故园。闻说锦湖烟景异，会容孤棹问真源。"《韩国文集丛刊》第 47 册，首尔：民族文化推进会，1988，第133 页。

③ 崔岦：《简易集》卷九《稀年录·订玉峰孤竹二稿合刊之议不是小序》，《韩国文集丛刊》第 49 册，首尔：民族文化推进会，1990，第 523 页。

④ 蔡美花、赵季主编《韩国诗话全编校注》第 11 册，人民文学出版社，2012，第 9632 页。

⑤ 许筠：《惺所覆瓿稿》卷八《文部五·苏谷山人传》，《韩国文集丛刊》第 74 册，首尔：民族文化推进会，1991，第 205 页。

⑥ 朴瀰成《纪年便考》卷一六："落拓不得志，以学官终。尝为傧使从事。"（据韩国学中央研究院藏稿本）许筠《惺所覆瓿稿》卷八《文部五·苏谷山人传》："为汉吏学官，有不合，弃去之。"（《韩国文集丛刊》第 74 册，首尔：民族文化推进会，1991，第 204 页）关于其生平记载，许筠《苏谷山人传》较详。

拓不得志，甚至流离四方，以求经济援助①。因此诗中的自我形象也多为落拓文人，以灞陵骑驴吟诗的孟浩然，或随身携带诗囊、作诗呕出心肝的李贺自比②，诗中多有身世之感③。

李达因庶孽出身受到来自家庭和社会的不平等待遇，对人生感慨遥深，"处世忌太洁"（《夜怀咏韵》）的玩世不恭是他对人生的自觉认识，跳出程朱理学对士人修身存养的限定。无进身之阶的一腔孤愤和对人生意义的怀疑发之于诗歌。其《扑枣谣》被李山海评为"模写虽工，语意峭刻，无厚重底意思，非达语也"④，他将对社会的埋怨化作儿童的戏语，是内心情绪曲折幽微的反映。这种埋怨确实不是两班贵族志得意满、雍容和平的意态，也不符合温柔敦厚的儒家传统美学。但李达终以诗歌艺术成就改变时人的看法⑤，为世推重，尊为"三唐"诗人之首。李达与崔庆昌、白光勋⑥、高敬

---

① 许筠：《惺所覆瓿稿》卷八《文部五·荪谷山人传》："其中空洞无封畛，不事产业，人或以此爱之。平生无着身地，流离乞食于四方，人多贱之，穷厄以老。"见《韩国文集丛刊》第74册，首尔：民族文化推进会，1991，第205页。

② 如《洛中有感》其二："城阙参差甲第连，五侯歌管沸云烟。灞陵桥上骑驴客，不独襄阳孟浩然。"《江行》："湖山莫道空来往，赢得新诗满锦囊。"见《荪谷诗集》卷六，《韩国文集丛刊》第61册，首尔：民族文化推进会，1991，第40、41页。

③ 许筠《鹤山樵谈》："益之尝赋《落花》曰：'惆怅深红更浅红，一时零落小庭中。不如留着青苔上，犹胜风吹西复东。'语意含蓄。又赋《感怀》二绝曰：'城阙参差甲第连，五侯歌管沸云烟。灞陵桥上骑驴客，不独襄阳孟浩然。'又曰：'好爵高官处处逢，车如流水马如龙。长安陌上空回首，咫尺君门隔九重。'《渡龙津》曰：'秋江水急下龙津，津吏停舟笑更嗔。京洛旅游成底事，十年来往布衣人。'意甚悲感，真不遇者之词。"（蔡美花、赵季主编《韩国诗话全编校注》第2册，人民文学出版社，2012，第1466页）

④ 洪万宗：《诗评补遗》卷上，蔡美花、赵季主编《韩国诗话全编校注》第3册，人民文学出版社，2012，第2427页。

⑤ 李睟光《芝峰类说》卷一四《文章部七·唱和》："柳参奉锡俊，余称婿也。尝薄游湖西，遇李达于逆旅中，有所佩刀甚善，达欲之。柳曰：'闻子能诗，若即席赋诗，则当以相与。'达辄成一句：'爱剑同徐子，能诗愧杜陵。'乃大喜，不待诗成，遽脱赠之，次其韵曰：'论文逢李白，解剑学延陵。'其豪爽如此。"（蔡美花、赵季主编《韩国诗话全编校注》第2册，人民文学出版社，2012，第1332页）又许筠《鹤山樵谈》："杨蓬莱莅溟州之日，待以宾师礼，娟嫉者又飞语于先大夫，先大夫移书劝谢绝之。蓬莱回札曰：''桐花夜雨落，海树春云空'之李达，设若疏待，则何异于陈王初袁应、刘之日乎？'其后亦颇不设醴，益之留诗以别曰：'行子去留际，主人眉睫间。今朝失黄气，旧宇忆青山。鲁国爰居飨，南征薏苡还。秋风苏季子，又出穆陵关。'蓬莱惊悔，待之如前。"（蔡美花、赵季主编《韩国诗话全编校注》第2册，人民文学出版社，2012，第1441页）

⑥ 许筠《荪谷山人传》："从崔孤竹庆昌、白玉峰光勋游，相得欢甚，结诗社。"（许筠《惺所覆瓿稿》卷八《文部五》，《韩国文集丛刊》第74册，首尔：民族文化推进会，1991，第204页）三人多有寄赠、唱酬诗作往来。

命、许篈等宗唐诗人交游，他的诗尤其为许篈推重①。他以诗折服颇有诗鉴的许筠，结为诗伴②，甚至以弟子相称，他的遗集也由许筠搜集、编印③，并作序，许筠还为其正名④。宣祖九年（1576）崔庆昌为灵光郡守时与之交游⑤；宣祖十一年（1578）在南原广寒楼，与林悌、梁大朴、白光勋以诗相会，结集《龙城唱酬录》⑥；宣祖十三年（1580）左右在平壤浮碧楼，与崔庆昌、徐益同题共咏⑦，高敬命、白光勋追和；宣祖十五年（1582）高敬命

---

① 任相元《恬轩集》卷三〇《苏谷集跋》："其时许端甫深所推服，以为不可及。"（《韩国文集丛刊》第 148 册，首尔：民族文化推进会，1995，第 470 页）许筠《鹤山樵谈》："仲氏（许篈——引者注）亟称曰：'可与随州比肩，亦不多让。'"（蔡美花、赵季主编《韩国诗话全编校注》第 2 册，人民文学出版社，2012，第 1436 页）许筠《惺叟诗话》："仲兄亦言：'李之诗，自新罗以来法唐者无出其右。'常称其'中天笙鹤下秋宵，千载孤云已寂廖。明月洞门流水在，不知何处武陵桥'之作，以为不可及也。"（《惺所覆瓿稿》卷二五《说部四》，《韩国文集丛刊》第 74 册，首尔：民族文化推进会，1991，第 365 页）
② 洪万宗《小华诗评》卷上："苏谷李达少与荷谷相善。一日往访雩，许筠适又来到，睥睨苏谷，略无礼容，谈诗自若。荷谷曰：'诗人在座，而君曾不闻之耶？请为君试之。'即呼韵，达应口而赋一绝，其落句云：'小院寒梅零落尽，春心移上杏花枝。'筠改容惊谢，遂结为诗伴。"（蔡美花、赵季主编《韩国诗话全编校注》第 3 册，人民文学出版社，2012，第 2343 页）
③ 许筠《惺所覆瓿稿》卷八《文部五·苏谷山人传》："所著殆失尽，不佞粹为四卷以传云。"（《韩国文集丛刊》第 74 册，首尔：民族文化推进会，1991，第 205 页）
④ 事见许筠《鹤山樵谈》。
⑤ 许筠《鹤山樵谈》："李达之从崔嘉运游灵光，有所昵妓，欲买紫锦而未得价布。益之乞以诗曰：'商胡卖锦江南市，朝日照之生紫烟。美人欲取为裙带，手探囊中无直钱。'嘉运曰：'苏谷之诗一字千金，敢惜其费乎？'乃逐字各直三匹以需其求，其爱才如此。"见蔡美花、赵季主编《韩国诗话全编校注》第 2 册，人民文学出版社，2012，第 1451 页。
⑥ 详见白光勋《玉峰集》附录李喜朝修正《年谱》。《苏谷诗集》卷三《龙成（城）酬唱》当作于此时。许筠《青溪集序》："不佞往在壬午岁，尚少矣，从荷谷坐，适苏谷李达袖所谓《龙城唱酬录》者一帙来质曰：'达顷岁客带方，与白彰卿、梁士真、林子顺同游处，是集乃其时赓和之什也。四人之作，孰为高为下耶？'荷谷吟讽久之，曰：'诸诗俱清新，但务胜，故颛于词，终不若梁公之圆转纯熟也。'苏谷深以为然。"（梁大朴《青溪集》卷首，《韩国文集丛刊》第 53 册，首尔：民族文化推进会，1990，第 514 页）
⑦ 梁庆遇《霁湖诗话》："余于己酉年，以制述官随柳爷西坰向龙湾，行至平壤，李苏谷年逾七十，客居城中。平壤之老官妓、老官奴颇能说少年时行乐，云在昔徐学士益为大同察访，崔学士庆昌为本府庶尹，馆李于浮碧楼，选妓中之最有名者及善歌者、善琴者凡十余人，令拥侍不离。崔庶尹每日向夕公务稍屏，与徐察访肩舆到浮碧楼，行酒赋诗，尽欢而罢。逮崔秩满还朝乃已。其不论贵贱，优爱才华至如此。"（《霁湖集》卷九，《韩国文集丛刊》第 73 册，首尔：民族文化推进会，1991，第 495、496 页）申钦《晴窗软谈》卷下："我国西京有江湖楼观之胜，士女弦管之娱。使华冠盖之到此者，必留连忘返，几至于沉溺荒乱者有之。丽朝学士郑知常诗曰：'雨歇长堤草色多，送君南浦动悲歌。大同江水何时尽，别泪年年添绿波。'一世争传，至今推为绝唱。万历庚辰年间，崔庆昌嘉运为大同察访，徐益君受为平壤庶尹，皆诗人也，步其韵为《采莲曲》。"（《象村稿》卷五二，《韩国文集丛刊》第 72 册，首尔：民族文化推进会，1991，第 341 页）按，关于崔庆昌、（转下页注）

为瑞山郡守时，李达寓居瑞山，两人常以诗唱和①。

李达早期跟随郑士龙学诗②，师法苏轼、黄庭坚、杜甫。许筠谓其"初学杜、苏于湖阴，其吟讽者既鸿缜纯熟矣"③。"达方法苏长公得其髓，一操笔辄写数百篇，皆秾赡可咏"④。后来受到朴淳的点拨，并受到崔庆昌、白光勋等诗人的影响，转而学唐⑤。取《文选》《唐音》及李白、盛唐十二家、刘长卿、韦应物等人诗集讽咏，五年后有所得，诗风由宋转唐。高敬命、许篈、许筠给予了很高评价，认为他的诗格高者有盛唐之音，低者不下刘长卿、钱起等大历诗人，甚至被许筠赞誉"自新罗以来法唐者无出其右"⑥。具体如下：

> 其诗本源供奉，而出入乎右丞、随州。……置在开、天、大历间，瑕不厕王、岑之列。而较诸国朝诸名家，其亦瞠乎退三舍矣。⑦
>
> 霁峰、荷谷一代名为诗者，皆推以为盛唐。其诗清新雅丽，高者出入王、孟、高、岑，而下不失刘、钱之韵。⑧
>
> 仲氏（许篈——引者注）亟称曰："可与随州比肩，亦不多让。"⑨

（接上页注⑦）徐益官职记录之异，申钦之说为是。据《朝鲜宣祖修正实录》卷一三，宣祖十二年（1579）六月一日（乙亥）条，以及朴世采《孤竹诗集后叙》，崔庆昌1579年仍为大同察访，1582年为钟城府使，则1580年平壤浮碧楼唱和时崔庆昌为大同察访，而非徐益。

① 尹根寿《月汀集》卷六《参议高公神道碑铭并序》："朝京师，（壬午春复）除瑞山郡守。"（《韩国文集丛刊》第47册，首尔：民族文化推进会，1988，第270页）洪万宗《小华诗评》卷上："（高敬命）昔守瑞山郡时，邀李于东阁，留连屡朔，与之唱和。"（蔡美花、赵季主编《韩国诗话全编校注》第3册，人民文学出版社，2012，第2339页）

② 许筠《惺叟诗话》："李益之少时学杜诗于湖阴。"见《惺所覆瓿稿》卷二五《说部四》，《韩国文集丛刊》第74册，首尔：民族文化推进会，1991，第362页。

③ 许筠：《荪谷诗集序》，见李达《荪谷诗集》卷首，见《韩国文集丛刊》第61册，首尔：民族文化推进会，1991，第3页。

④ 许筠：《惺所覆瓿稿》卷八《文部五·荪谷山人传》，《韩国文集丛刊》第74册，首尔：民族文化推进会，1991，第204页。

⑤ 许筠《荪谷诗集序》："及交崔、白，悟而汗下，尽弃其所学而学焉。"见李达《荪谷集》卷首，《韩国文集丛刊》第61册，首尔：民族文化推进会，1991，第3页。

⑥ 许筠《惺叟诗话》引，见《惺所覆瓿稿》卷二五《说部四》，《韩国文集丛刊》第74册，首尔：民族文化推进会，1991，第365页。

⑦ 许筠：《荪谷诗集序》，见李达《荪谷诗集》卷首，《韩国文集丛刊》第61册，首尔：民族文化推进会，1991，第3页。

⑧ 许筠：《惺所覆瓿稿》卷八《文部五·荪谷山人传》，《韩国文集丛刊》第74册，首尔：民族文化推进会，1991，第205页。

⑨ 许筠：《鹤山樵谈》，蔡美花、赵季主编《韩国诗话全编校注》第2册，人民文学出版社，2012，第1436页。

李达诗中叙事部分往往诗意明白醒豁，有纡徐之致；抒情则沉着，看似不动声色，而寄慨遥深；写景则大处着笔，意象疏朗，不堆叠，"兴寄清远，音节铿锵"①。如《题衍上人轴》：

> 东湖停棹暂经过，杨柳悠悠水岸斜。病客孤舟明月在，老僧深院落花多。归心黯黯连芳草，乡路迢迢隔远波。独坐计程云海外，不堪西日听啼鸦。

尤其颔联"病客孤舟明月在，老僧深院落花多"，"清爽警绝"②，意象具足，申钦《晴窗软谈》卷下谓"一脔可知其味"③，洪万宗《小华诗评》卷上认为"绝似唐人韵响"④。其律诗多用首联应题，中间两联写景，尾联以思致作结，应是早期受杜诗影响的结果⑤。其景语、情语常交叉布置，虚实相间，章法又富于变化。

李达汉诗的主导风格为沉着雅丽。许筠评其诗"清新雅丽"⑥，"气温趣逸，芒丽语淡"⑦。司空图《二十四诗品》有"沉着"："绿林野屋，落日气清。脱巾独步，时闻鸟声。鸿雁不来，之子远行。所思不远，若为平生。海风碧云，夜渚月明。如有佳语，大河前横。"清代杨廷芝释为"深沉确着"⑧。李达诗沉着者如《上龟城林明府》：

> 八月边霜近授衣，北风吹叶雁南飞。谁怜范叔寒如此，自笑苏秦

① 任相元：《恬轩集》卷三〇《苏谷集跋》，《韩国文集丛刊》第 148 册，首尔：民族文化推进会，1995，第 470 页。

② 河谦镇：《东诗话》卷一，见蔡美花、赵季主编《韩国诗话全编校注》第 11 册，人民文学出版社，2012，第 9632 页。

③ 见申钦《象村稿》卷五二，《韩国文集丛刊》第 72 册，首尔：民族文化推进会，1991，第 342 页。

④ 蔡美花、赵季主编《韩国诗话全编校注》第 3 册，人民文学出版社，2012，第 2343 页。

⑤ 又如五律《弘农城外别李佐郎子张》《扶余道中》等。

⑥ 许筠：《惺所覆瓿稿》卷八《文部五·苏谷山人传》，《韩国文集丛刊》第 74 册，首尔：民族文化推进会，1991，第 205 页。

⑦ 许筠：《苏谷诗集序》，见李达《苏谷诗集》卷首，《韩国文集丛刊》第 61 册，首尔：民族文化推进会，1991，第 3 页。

⑧ （清）杨廷芝：《二十四诗品浅解》，见《司空图〈诗品〉解说二种》，齐鲁书社，1980，第 91 页。

困不归。家在海西音信断，客来关外故人稀。灯前暂结思乡梦，秋水烟沉旧钓矶。

把客居异地的乡愁羁恨、困顿失意表达得如此蕴藉、节制，与崔庆昌的沉溺于悲愁而直抒胸臆不同，《国朝诗删》卷六评为"绝佳之作"①。中间两联夹叙夹议，首尾两联用白描手法布景，突破惯常的章法。以范雎和苏秦的处境自比，也不同于崔、白的几乎不用事典。许筠《鹤山樵谈》："李荪谷益之《寒食》诗'梨花风雨百五日，病客江湖三十年'，《赠林龟城》诗'频年作客衣还弊，数月离家带有余'，'谁怜范叔寒如此，自笑苏秦困不归'，《鲁山墓》诗'东风蜀魄苦，西日鲁陵寒'等句，对偶天成，沉着顿挫。"②清施补华《岘佣说诗》云："凡作清淡古诗，须有沉至之语，朴实之理，以为之骨，乃可不朽。非然，则山水清音，易流于薄，且白腹人可以袭取。"③李达将身世之感化为"沉至之语"，"流离困悴，备见于诗"④，增加了诗的情感厚度。此外，其雅丽者如《寻伽倻山》：

中天笙鹤下秋宵，千载孤云已寂寥。明月洞门流水在，不知何处武陵桥。

意境明丽，如镜花水月，许筠《国朝诗删》卷三评为"空中布景，览之泠然，故堕其烟雾中"⑤，许篈"以为不可及"⑥。又《别李礼长》："桐花夜烟落，海树春云空。芳草一杯别，相逢京洛中。"《国朝诗删》卷一言其"孤情绝照"⑦。

---

① 〔韩〕赵钟业：《韩国诗话丛编》第 4 册，首尔：太学社，1996，第 614 页。
② 蔡美花、赵季主编《韩国诗话全编校注》第 2 册，人民文学出版社，2012，第 1443 页。
③ 丁福保辑《清诗话》下册，上海古籍出版社，1982，第 977 页。
④ 任相元：《恬轩集》卷三〇《荪谷集跋》，《韩国文集丛刊》第 148 册，首尔：民族文化推进会，1995，第 470 页。
⑤ 〔韩〕赵钟业：《韩国诗话丛编》第 4 册，首尔：太学社，1996，第 421 页。
⑥ 许筠《惺叟诗话》引，见《惺所覆瓿稿》卷二五《说部四》，《韩国文集丛刊》第 74 册，首尔：民族文化推进会，1991，第 365 页。
⑦ 〔韩〕赵钟业：《韩国诗话丛编》第 4 册，首尔：太学社，1996，第 322 页。

　　"三唐"诗人中，崔诗清劲，白诗枯淡，而李达比崔庆昌、白光勋家数大①，律绝兼善②，风格多样③，故"苞崔孕白而自成大家"④。沉着雅丽之外，有清奇沉雄者，如《漫浪舞歌》；有沉着顿挫者，如《上龟城林明府》；有凄凉沉郁者，如《夜坐有怀》；有清爽流利者，如《佛日庵赠因云释》；有秾丽婉转者，如《宫词》；有清新平易者，如《采莲曲次大同楼船韵》。不同时期风格有所变化。早年风流豪逸，诗也富艳绮丽，晚年"敛其绮丽归于平实"⑤。如《夜坐有怀》："流落关西久，今春且未还。有愁来客枕，无梦到乡山。时事干戈里，生涯道路间。殷勤一窗月，夜夜照衰颜。"平淡语，写尽心事，凄凉而沉郁。

　　为何李达在学唐方面能取得如此成就，以至于"崔、白皆以为不可及，而霁峰、荷谷一代名为诗者，皆推以为盛唐"⑥？应该与他早年师法杜甫、苏轼有一定关系。学杜甫得其工，又得沉郁顿挫之致；学苏轼则得其"气韵豪迈，意深言富，用事恢博⑦。虽然李达自言"苏、黄之诗着肺腑中已久，故造句无盛唐气格"⑧，但正是转益多师，以苏、杜之大振起中晚唐诗的卑弱、纤细，所以其诗体格比崔白更大。

　　李达在学唐方面的艺术贡献，首先在于细节真实生动的拟乐府。李达的七言绝句多以谣、怨、曲、歌、词命名，作拟乐府，立意复古，摹拟的

①　许筠《鹤山樵谈》："崔、白、李三人诗皆法正音。崔之清劲，白之枯淡，皆可贵重，然气力不逮，稍失浑厚。李则富艳，比二氏家数颇大，皆不出郊、岛之藩篱。"见蔡美花、赵季主编《韩国诗话全编校注》第2册，人民文学出版社，2012，第1436页。

②　南龙翼《壶谷诗话·诗评·东诗》："律绝最优者，其苏谷乎！"见蔡美花、赵季主编《韩国诗话全编校注》第3册，人民文学出版社，2012，第2203页。

③　许筠《荪谷诗集序》："气温趣逸，芒丽语淡。其艳也，若南威、西子袨服而明妆；其和也，若春阳之被百卉；其清也，若霜流之洗巨壑；其响亮也，若九霄笙鹤俯像乎五云之表。"（《韩国文集丛刊》第61册，首尔：民族文化推进会，1991，第3页）

④　许筠：《惺叟诗话》，见《惺所覆瓿稿》卷二五《说部四》，《韩国文集丛刊》第74册，首尔：民族文化推进会，1991，第366页。

⑤　许筠：《鹤山樵谈》，见蔡美花、赵季主编《韩国诗话全编校注》第2册，人民文学出版社，2012，第1436页。

⑥　许筠：《惺所覆瓿稿》卷八《文部五·荪谷山人传》，《韩国文集丛刊》第74册，首尔：民族文化推进会，1991，第205页。

⑦　高丽崔滋《补闲集》卷中引李允甫言，蔡美花、赵季主编《韩国诗话全编校注》第1册，人民文学出版社，2012，第112页。

⑧　许筠：《鹤山樵谈》，蔡美花、赵季主编《韩国诗话全编校注》第2册，人民文学出版社，2012，第1447页。

诗风不是汉魏乐府的高古雄浑，而是唐乐府的轻浅清丽。不过李达这类诗歌有叙事性的情节设计，着意吸取汉乐府的叙事方式，即省略事件背景，仅截取生活中某一场景或事件发展过程中的一个情节或断面。并且在此基础上进一步浓缩、放大，从情节流程选取一个饱含意味的时刻作结，这个时刻又以空间的场景画面呈现，类似德国美学家莱辛（1729～1781）所谓"最富于孕育性的时刻"①，并且含有轻微的因果关系，之前的呈现作为原因，未尽的部分将是结果。也像电影中随着镜头的推移，最终聚焦在一个定格的画面上，向后的发展有多种可能性，意犹未尽，而戛然收束，饶有趣味。通过这种具体、传神而留有悬念的细节，增强情境的真实感，当然这种真实也只是一种艺术上的真实，是虚构而非实录。李达的乐府和其他叙事性题材的汉诗往往借用这种艺术手法，透过唐诗远承汉乐府的叙事性诗歌特色，非常有辨识性，也提供了一种可资借鉴的摹唐方法。艺术手法的提炼、抽象和放大，这是之前学唐的李胄、金净等人所未能做到的。

唐代诗人卢纶（739～799）已经运用此种诗法，如《和张仆射塞下曲》前三首："鹫翎金仆姑，燕尾绣蝥弧。独立扬新令，千营共一呼。""林暗草惊风，将军夜引弓。平明寻白羽，没在石棱中。""月黑雁飞高，单于夜遁逃。欲将轻骑逐，大雪满弓刀。"② 将大的战事归结至一个具体的特定的场景，甚至聚焦于射进石棱的箭、落满雪的弓刀。李达在边塞诗中直接摹拟这种手法。如《塞下曲赠柳总戎》其一："探骑潜窥虏帐边，汉兵深入过祈（祁）连。前军夜失阴山道，大雪须臾没马鞯。"其二："一夜繁霜碛草腓，护羌校尉战新归。金疮血迸逢秋气，哭望南云卧铁衣。""大雪须臾没马鞯"直接承袭"大雪满弓刀"之语意，场景经过简化和特定处理，在镜头前尤其突出。又《出塞曲》：

　　虏中传出左贤王，塞马如云杀气黄。已近居延山下猎，碛西烟火照天光。

① 〔德〕莱辛著，朱光潜译《拉奥孔》："绘画在它的同时并列的构图里，只能运用动作中的某一顷刻，所以就要选择最富于孕育性的那一顷刻，使得前前后后都可以从这一顷刻中得到最清楚的理解。""最能产生效果的只能是可以让想象自由活动的那一顷刻了。"（商务印书馆，2017，第91、20页）
② （清）彭定求等编《全唐诗》卷二七八，中华书局，1999，第5册，第3148页。

都尉分军夜斫营，汉家金鼓动边城。朝来更听降胡说，西下阴山有伏兵。

寒塞年年不见春，朔河飞雪压黄尘。单于新寇云中戍，夜凿城门召募频。

第一首不直接正面描写敌人的凶猛，而是通过塞马、火光反复渲染其气势，未见其人，先慑其声势，充满大敌当前的紧张感。第二首，军令已下，战鼓已鸣，而一句"西下阴山有伏兵"，又潜伏着隐隐的危机，如同"欲将轻骑逐，大雪满弓刀"，一冲动欲出，一呈遏阻之势，语言充满张力。第三首，画面由远及近，朔河、飞雪、黄尘，最后凝聚在一个空间焦点上，定格于城门。战前准备方方面面，而诗人进行过滤性的选择，简化为砸门招募军兵这一颇具暗示性和象征力的场景。

这种设计情节、以细节结尾的构思方式在林亨秀、崔庆昌、许筠等人的边塞诗中也偶见运用，如林亨秀《即事》其二："醉倚胡床引觥觫，佳人狎坐戛银筝。沙场战罢归来晚，驰到辽河剑戟鸣。"崔庆昌《过杨照庙有感》："日暮云中火照山，单于已近鹿头关。将军独领千人去，夜渡芦河战未还。"许筠《塞下曲》其二："水上胡来水下行，挂弓亭北唤人声。辕门半夜双吹角，簇马江头问姓名。"但是都远不如李达使用得如此频繁、自觉，而且崔庆昌其意不在场景细节的描绘和真实感的构建；许筠比李达小十二岁，激赏李达的诗才，不无模仿李达的可能。

李达另有一些拟乐府善写风俗和人情，饱含民歌单纯明快、不假思索的新鲜风格和天真自然的情韵，使用白描手法，语言平易清新，为朝鲜学唐在宫词、塞下曲、游仙诗等传统内容外引入新的题材。如《祭冢谣》："白犬前行黄犬随，野田草际冢累累。老翁祭罢田间道，日暮醉归扶小儿。"李睟光《芝峰类说》评其"逼唐可喜"。[①] 又《刈麦谣》："田家少妇无夜食，雨中刈麦林中归。生薪带湿烟不起，入门儿女啼牵衣。""儿女啼牵

---

① 蔡美花、赵季主编《韩国诗话全编校注》第 2 册，人民文学出版社，2012，第 1104 页。又安肯来《东诗丛话》卷一："海翁曰：'前诗起句之引用唐人鳞甲，后诗之叠用田字，是欠处。'"（蔡美花、赵季主编《韩国诗话全编校注》第 11 册，人民文学出版社，2012，第 9254 页）

衣"的场景可能脱胎于乐府古辞《东门行》"拔剑东门去，舍中儿母牵衣啼"①。但《东门行》仅作为中间烘托主人公的情节描写，李达诗则作为含有无限辛酸的结尾，对这一画面予以定格、突出。《扑枣谣》："邻家小儿来扑枣，老翁出门驱小儿。少（小）儿还向老翁道，不及明年枣熟时。"小孩子受委屈发狠报复的形象跃然纸上，虽语意峭刻，但难掩其鲜活生动，从纯艺术技巧的角度来讲还是可圈可点的。还有为人称道的《采莲曲次大同楼船韵》：

> 莲叶参差莲子多，莲花相间女郎歌。来时约伴横塘口，辛苦移舟逆上波。

在平壤大同江上浮碧楼，诗人李达与崔庆昌、徐益、高敬命同题共咏，而被推为第一②。崔庆昌诗妙在意境的营造，李达则以情节构造的趣味性、紧张感和细节的生动传神取胜，其他诗人则泛咏，缺少鲜明突出的中心形象。唐代诗人王建（767~约830）《采莲曲》有"秋江岸边莲子多，采莲女儿并船歌"，当为李达首句渊源所自。

---

① （宋）郭茂倩：《乐府诗集·相和歌辞·瑟调曲》，中华书局，1979，第2册，第550页。

② 梁庆遇《霁湖诗话》："浮碧楼板上，有郑知常绝句，即'雨歇长堤草色多，送君南浦动悲歌。大同江水何时尽，别后年年添绿波'之诗，古来传以为绝唱。一日崔庶尹谓座上曰：'吾三人每赋诗此楼之上，山川鱼鸟嘲咏殆尽，盍命题赋一绝句耶？'徐学士曰：'以《采莲曲》命之可也。'崔学士曰：'以板上诗为韵可也。'三人各把笔沉吟，务胜刻苦。崔、徐既书，李乃继就，竟推李作为绝唱，其诗曰：'莲叶参差莲子多，莲花相间女娘歌。归时约伴横塘口，辛苦移舟逆上波。'崔、徐之作未必让于此，而特以李作为第一，有阁笔之举，其崇奖布衣之意益可见。此则苏谷为余备言之。以愚见言之，第二句'相间'两字似未必矣。"（《霁湖集》卷九，《韩国文集丛刊》第73册，首尔：民族文化推进会，1991，第496页）又申钦《晴窗软谈》卷下："我国西京有江湖楼观之胜，士女管之娱。使华冠盖之到此者，必留连忘返，几至于沉溺荒乱者有之。丽朝学士郑知常诗曰：'雨歇长堤草色多，送君南浦动悲歌。大同江水何时尽，别泪年年添绿波。'一世争传，至今推为绝唱。万历庚辰年间，崔庆昌嘉运为大同察访，徐益君受为平壤庶尹，皆诗人也，步其韵为《采莲曲》。崔诗曰：'水岸悠悠杨柳多，小船遥唱采菱歌。红衣落尽西风起，日暮空江生夕波。'徐诗曰：'南湖士女采莲多，晓日靓妆相应歌。不到盈裳不回棹，有时遥渚阻风波。'其后高敬命而顺、李达益之追和。高诗曰：'桃花晴浪席边多，摇荡莲舟送棹歌。醉倚红妆应不忘，小风轻飐幞生波。'李诗曰：'莲叶参差莲子多，莲花相间女郎歌。来时约伴横塘浦，辛苦移舟逆上波。'俱是一代佳作，而论者以李为最优。"（《象村稿》卷五二，《韩国文集丛刊》第72册，首尔：民族文化推进会，1991，第341页）

王建的百首《宫词》也常采用细节作结,如"内人唱好龟兹急,天子鞘回过玉楼";"临上马时齐赐酒,男儿跪拜谢君王"等。李达《宫词》也采用这种艺术手法:

> 平明日出殿门开,凤扇双行引上来。遥听太仪宣诏语,罢朝新幸望春台。
>
> 宫墙处处落花飞,侍女烧香对夕晖。过尽春风人不见,院门金锁绿生衣。
>
> 中官清晓觅才人,合奏笙歌满殿春。别诏梨园吹玉笛,御袍新赐锦麒麟。

又《步虚词》其二"闲说紫阳宫里事,玉阶偷折碧桃花",其六"三清秘诀无传授,偷写天章半夜归";《拜新月》"深闺女儿年十五,拜月堂前人不知。风吹罗带默无语,下阶手折庭花枝"。

李睟光《西潭集跋》谓李达:"其诗清新婉丽,往往警策,五七言绝句尤近唐可诵。视崔、白两家,或过之。虽不能进于盛唐,然自有张、王风调,未可以小家而忽之也。其传于世,足以脍炙人之口矣。"[1] 所谓"张、王风调"即指张籍、王建最具代表性的乐府体,突出了李达拟乐府的艺术成就。朴淳为李达指示学唐路径时,"遂抽架上太白乐府歌吟、王孟近体以示之"[2],当时就有意让李达乐府歌吟与律绝兼攻,并分别选取师法典范,乐府歌吟学李白,近体学王孟。李达集中拟乐府的题目有的就取自李白集中乐府诗题,如《采莲曲》《关山月》《塞下曲》《襄阳曲》等。自命新题的也是在前人题目基础上加以变化,如王昌龄《长信宫词》作《长信宫四时词》,李白《清平调三首》作《平调四时词》;或从前人诗句中化出,如从崔颢《长干曲四首》其一"君家何处住?妾住在横塘"取"横塘"二

---

① 李睟光:《芝峰集》卷二一,《韩国文集丛刊》第 66 册,首尔:民族文化推进会,1991,第 200 页。

② 许筠:《惺所覆瓿稿》卷八《文部五·苏谷山人传》,《韩国文集丛刊》第 74 册,首尔:民族文化推进会,1991,第 204 页。

字，命名《横塘曲》，且首句及诗意都有化用痕迹①。

李达的另一艺术贡献是在"崔白"之外开拓新诗境、新题材，直接书写万历卫国战争和生民疾苦。崔庆昌有五绝《乙卯乱后》，写于明宗十年（1555）全罗南道乙卯倭乱时；白光勋有《达梁行》，直接描写战后惨烈场面。李达比崔白下世晚三十几年，遭遇万历卫国战争，日本侵扰七年间，颠沛流离，诗中对战争、乱离的描述也深入而沉痛。如"客来关外流离久，家在秦中丧乱余"（《箕城赠朴生》），"时事干戈里，生涯道路间"（《夜坐有怀》），写战争造成的漂泊和对家乡的破坏。《公山逢宋廷玉》："寇盗经年岁，兵戈满汉阳。所亲皆丧乱，不敢问存亡。西日瞻行殿，东风入故乡。时危对君酌，涕泪欲沾裳。"其中"所亲皆丧乱，不敢问存亡"化用杜诗，且全诗似杜诗之沉郁顿挫。又古风《忆昔行赠申正郎渫》：

> 忆昔乱离初，身在洪阳城。城边数百家，鸡犬亦不宁。夫君正年少，气爽金天精。清束作军号，募义来聚兵。兵粮未易办，慷慨泪沾缨。力微志犹坚，时危事不成。于时属遑遑，朝野闻哭声。焚烧及宗社，况问闾里氓。寇贼不知数，灰烬余两京。郊原血漂流，道路尸纵横。万姓如鸟散，窜伏各偷生。疠疫忽潜遘，死亡逾战争。嗟嗟天子圣，命将出东征。旌旗蔽长空，炮火雷电声。首事箕王都，破竹游刃迎。汉京贼先遁，大驾随公卿。草创朝仪在，庶见王都清。一旅复夏业，简策传诸经。无忘在莒心，日日望圣明。朝廷共协力，臣子尽忠诚。谁能更多事，从此致升平。

以正郎申渫（1560~1631）为中心，写实性地描述了壬辰战争整个过程，从敌人入侵，到申渫勤王事募兵、筹集粮草，再到收复失地、大驾还都、重整朝纲，有少陵"诗史"意味。虽属歌功颂德之作，但陈事切实，布词沉着，无阿谀之态。"谁能更多事，从此致升平"，而"致升平"对饱经乱离的人来讲本身便有莫大的意义，结尾包含对未来的期冀。

---

① 李达《横塘曲》全诗为："家住横塘南埭边，常随女伴采新莲。逢郎一笑成佳约，绣户雕窗杨柳烟。"见《苏谷诗集》卷六，《韩国文集丛刊》第61册，首尔：民族文化推进会，1991，第35页。

李达还有其他描写社会现实和生民疾苦的作品，如《刈麦谣》（又作《洞山驿》）、《拾穗谣》、《移家怨》（又作《岭南道中》）等①，写田家的辛苦和租税的征敛无度。也是截取生活中一个横断面作细节描绘，情节集中，形象突出。他对现实的关切态度，相较崔庆昌的以个人抒情为主②和白光勋的逃避现实有进步的社会意义。

此外，李达的艺术贡献还在于运用朝鲜本国的典故，不独限于汉诗使用中国经史典故的常规。崔滋《补闲集》卷中："文安公③常言：凡为国朝制作，引用古事，于文则'六经''三史'，诗则《文选》、李、杜、韩、柳，此外诸家文集不宜据引为用。"④不但限定了使用中国典故，更进一步限定了书籍的具体范围。在李达之前，尹祥（1373~1455）、徐居正、成侃（1427~1456）、南孝温、姜希孟（1424~1483）、金时习等人使用过"鸡林黄叶"或"操鸡搏鸭"等朝鲜典故，但不如李达使用得如此集中。

李达七绝《松京怀古》：

> 前朝台殿草烟深，落日牛羊下夕阴。同是等闲亡国地，笑看黄叶满鸡林。

"鸡林黄叶"典出崔致远。沈光世（1577~1624）谓："初，丽祖未贵，致远知其受命，遂上书，有'鸡林黄叶，鹄岭青松'之语。后人名其居为上书庄。"⑤鸡林为新罗古都，《新增东国舆地胜览》卷二一《庆尚道·庆州

---

① 许筠《鹤山樵谈》："益之诗世或以'花欠实'病之。然其《洞山驿》诗曰此：'邻家少妇无夜食，雨中刈麦草间归。青薪带湿烟不起，入门儿女啼牵衣。'田家食苦之态若亲睹之。《拾穗谣》曰：'田间拾穗村童语，尽日东西不满筐。今岁刈禾人亦巧，尽收遗穗上官仓。'凶岁村民之语若亲聆之。《岭南道中》诗曰：'老翁负鼎林间去，老妇携儿不得随。逢人却说移家苦，六载从军父子离。'其赋役烦重，民不聊生，流离辛苦之状备载于一篇中，使牧民者睹此而惕然惊悟，施行惠活疲癃，则其为补于风化者岂浅浅乎哉？为文不关于世教，则亦徒作而已。此等制作，岂不贤于瞽诵工谏乎？"见蔡美花、赵季主编《韩国诗话全编校注》第2册，人民文学出版社，2012，第1452、1453页。

② 崔庆昌五古有《田家》《雨雹》描写农家生活的艰难。

③ 俞升旦，谥文安。

④ 蔡美花、赵季主编《韩国诗话全编校注》第1册，人民文学出版社，2012，第112页。

⑤ 沈光世：《休翁集》卷三《海东乐府·崔进士》，《韩国文集丛刊》第84册，首尔：民族文化推进会，1996，第353页。

府》："高丽太祖十八年，敬顺王金溥来降，国除为庆州，后升为大都督府。"①
鹄岭又称松岳，《新增东国舆地胜览》卷四《京都·开城府上》："松岳，在
府北五里，镇山。初名扶苏，又称鹄岭。新罗监干八元善风水，到扶苏郡
见山形胜而童，告康忠曰：'若移郡山南，植松，使不露岩石，则统合三韩
者出矣。'康忠与郡人徙居山南，栽松遍岳，因称曰'松岳'。"②后高丽太
祖王建起于鹄岭脚下。"鸡林黄叶，鹄岭青松"隐喻新罗将灭，高丽将兴。
尹祥有"鸡林黄叶云俱变，鹄岭青松日又斜"③，与李达"同是等闲亡国地，
笑看黄叶满鸡林"异曲同工，寓指高丽王朝复为朝鲜王朝取代，高丽旧都
松京（即开城）与鸡林也是同样的命运。委曲深挚中别有顿挫，《国朝诗
删》卷三评为"好意"④。其七律《松京怀古》："操鸡搏鸭尽青丘，五百年
来王气收。天命有归难免数，人心思会岂无谋。宫前辇路生秋草，亭下毬
庭放夕牛。唯有御沟南畔水，至今呜咽送寒流。""操鸡搏鸭"用高丽太祖
典故："我太祖即位之后，金溥未宾，甄萱未虏，而屡幸西都，亲巡北鄙。
其意亦以东明旧壤为吾家青毡，必席卷而有之，岂止操鸡搏鸭而已哉？"⑤
"鸡"代鸡林（庆州），"鸭"代鸭绿江，"操鸡搏鸭"指高丽太祖统一朝鲜
半岛之功。

李达使用朝鲜本国典故，得当时风气之先。先是金宗直《东都乐府》，
后有沈光世《海东乐府》，专用朝鲜典故创作咏史乐府，取"上下数千年善
恶兴亡之事"可以"赞咏鉴戒"者，"以教儿辈"⑥。后来不断有效仿者，称
"海东乐府"体。柳得恭（1748~1807）有《二十一都怀古诗》，丁若镛
（1762~1836）则在理论上张目，其《寄渊儿》："我邦之人动用中国之事，亦
是陋品。须取《三国史》《高丽史》《国朝宝鉴》《舆地胜览》《惩毖录》《燃
藜述》（李道甫所辑）及他东方文字，采其事实，考其地方，入于诗用，然后

① 卢思慎等编《新增东国舆地胜览》，首尔：明文堂，1959，第346页。
② 卢思慎等编《新增东国舆地胜览》，首尔：明文堂，1959，第89页。
③ 尹祥：《别洞集》卷一《次庆州倚风楼韵》，《韩国文集丛刊》第8册，首尔：民族文化推进会，1988，第270页。
④ 〔韩〕赵钟业：《韩国诗话丛编》第4册，首尔：太学社，1996，第420页。
⑤ 李齐贤：《益斋乱稿》卷九下《史赞·太祖》（《韩国文集丛刊》第2册，首尔：民族文化推进会，1988，第591页），收入金宗瑞等撰《高丽史节要》太祖神圣大王二十六年。
⑥ 沈光世：《休翁集》卷三《海东乐府序》，《韩国文集丛刊》第84册，首尔：民族文化推进会，1996，第348页。

方可以名世而传后。柳惠风《十六国怀古诗》为中国人所刻,此可验也。"①

此外,李达的题画诗、咏画诗也很有特色。多五、七言绝句,以短小精致的体裁表现画的意境,清淡闲雅,读之有泠然之趣。如《题画》:

> 寒林烟暝鹭丝飞,江上渔家掩竹扉。斜日断桥人去尽,乱山空翠滴霏微。
>
> 绿杨闭户是谁家?半出红楼映断霞。无赖流莺啼尽日,晚晴门巷落花多。
>
> 霜落天南雁叫群,荻花风起雪纷纷。一行飞过潇湘岸,半落汀洲半入云。

第一首"斜日断桥人去尽,乱山空翠滴霏微",静谧中仿佛能听到"竹露滴清响"(孟浩然《夏日南亭怀辛大》)的泠然之音,有无限生意,一似王维秀雅空灵的诗境,但少禅意而已。柳梦寅《於于野谈》评为"清淡可尚"②,许筠评为"清劲拔俗"。第二首许筠评"秾艳称情"③。第三首咏"潇湘八景"之平沙落雁,以意趣胜。中国的题画诗约起于六朝,唐代杜甫、李白创作了一些著名作品。到宋代,文学、艺术全面发展的文人阶层出现,诗人多兼画家,题画诗创作比唐代兴盛。但带有宋诗的普遍特点,喜欢发议论,用诗的形式评画、赏画,涉及画技和其他艺术规律,如苏轼《书鄢陵王主簿所画折枝二首》。李达的题画诗选取画中的主要意象,作写意式描绘,再现画的意境,寄寓的个人感慨也多是与画境相关的平静、清淡的情思。

李达的古体诗,论气不似白光勋舒徐浑然,有近体诗的清婉峭拔,节奏更紧,属于古体而兼有律意,气格大体不纯。但《漫浪舞歌》和《斑竹怨》历来为人称道,认为有李白之风。其《漫浪舞歌》:

---

① 丁若镛:《与犹堂全书》第一集《诗文集》卷二一,《韩国文集丛刊》第 281 册,首尔:民族文化推进会,2002,第 453 页。

② 洪万宗《诗话丛林·秋》引《於于野谈》,见蔡美花、赵季主编《韩国诗话全编校注》第 4 册,人民文学出版社,2012,第 2723 页。"尚",《於于野谈》原作"想",见蔡美花、赵季主编《韩国诗话全编校注》第 2 册,人民文学出版社,2012,第 1032 页。

③ 许筠:《国朝诗删》卷三,〔韩〕赵钟业《韩国诗话丛编》第 4 册,首尔:太学社,1996,第 421 页。

奇乎哉，漫浪翁。海山中，栖霞弄月，神想云鸿。说剑白猿，学舞青童。蓬山谒金母，却下乘天风。琼筵宝幄敞画堂，绣衫钿带罗衣香。风吹箫兮鸾鼓簧，翁欲舞，神飘扬。一拍手始举，鹏搴两翼击海浪，远控扶摇势。再拍衫袖旋，惊雷急电飞青天。三拍四拍变转不可测，龙腾虎攫相奋搏。倏若箭离弦，疾如驹过隙。前倾后倒若不支，左盘右蹙如不持。神之出兮鬼之没，出没无时。霹雳挥斧，风雨声怒。东海上金刚，一万二千多少峰。丘峦腾踯，岩壑龍摐。最高毗庐峰插空，层崖倒挂藏九龙。悬流万尺洗玉壁，喷石三百曲。此翁得之，毫发尽移。胸中独夺造化妙，长袖蹁跹性所好。向来筵前万千状，会与此山争豪壮。奇乎哉，漫浪翁，浑脱何时穷！恨不与公孙大娘生同时，舞剑器，决雌雄。世上无张颠，谁能学奇字。纵使公孙大娘生同时，公孙大娘未必能胜此。

许筠记中国人评述，"浙人吴明济云酷似太白"①，"朱太史之蕃尝观达诗，读至《漫浪舞歌》，击节嗟尝曰：'斯作去太白亦何远乎？'"② 这首诗之所以与李白歌行近似，是因为作动态描写，有灵动奇峻的气势。清代冒春荣《葚原诗说》卷四："七言古要铺叙，有开合，有风度。要迢递险怪，雄俊铿锵，忌庸俗软弱。须波澜开阔，如江海之波，一波未平，一波复起；又如兵家之阵，方以为正，又复为奇，方以为奇，又复是正，出入变化，不可纪极。"③《漫浪舞歌》由舞姿想到高山、仙境，金母凤箫、琼筵华堂、丘峦海波、金刚毗庐，意象华丽，有李白《梦游天姥吟留别》描写仙境的意趣。视觉、听觉腾挪变化，夸张、比喻层出不穷，又似杜甫《观公孙大娘弟子舞剑器行》舞剑场面："㸌如羿射九日落，矫如群帝骖龙翔。来如雷霆收震怒，罢如江海凝清光。"④ 与朝鲜诗人之前的古体多作静态性描述、风格如庙堂泥塑不同。此外，其五古《斑竹怨》："二妃昔追帝，南奔湘水间。有泪寄湘竹，至今湘竹斑。云深九疑庙，日落苍梧山。余恨在江水，滔滔去不还。"

① 许筠：《国朝诗删》卷八，〔韩〕赵钟业《韩国诗话丛编》第 4 册，首尔：太学社，1996，第 696 页。

② 许筠：《惺所覆瓿稿》卷八《文部五·苏谷山人传》，《韩国文集丛刊》第 74 册，首尔：民族文化推进会，1991，第 205 页。

③ 郭绍虞编选《清诗话续编》第 4 册，上海古籍出版社，1983，第 1617 页。

④ （唐）杜甫著，（清）仇兆鳌注《杜诗详注》第 4 册，中华书局，1979，第 1816 页。

许筠记载:"权石洲铧见其《斑竹怨》曰:'置之青莲集中,具眼者不易辨也。'"①《国朝诗删》卷七谓"云深九疑庙,日落苍梧山"句"望美潇湘、洞庭之间,辄有骑气之思"②。

第四节 "三唐"诗人的文学史地位及其艺术局限

一 "三唐"诗人的艺术成就及其文学史意义

高丽末期以来,汉诗创作多宗苏轼、黄庭坚、陈师道、陈与义等宋代诗人,正如李睟光所言"我东诗人多尚苏黄,二百年间皆袭一套"③,"至于取法李唐者绝少"④,而崔庆昌、白光勋、李达达到了宗唐创作的高峰。

对诗人而言,学唐诗难,学宋、学杜容易上手,而且即使不能成一家,尚有形似、工整可言。"学杜不成,不失为工"⑤;"学老杜诗,所谓刻鹄不成犹类鹜也"⑥。江西诗派更是有一套系统的技法、原则,如"夺胎换骨""点铁成金",对诗人的才情要求不高,入门快。朝鲜诗人对自身师法典范的选择也有清醒的认识。柳根《玉峰诗集序》:"盖闻凡为诗以气为主,东方人生于偏壤,其气弱,若欲效唐诗音调,其诗茶然不可观。《三百篇》之后,诗莫盛于唐。学之而不类焉,则反归于浅近衰飒,终不若从事苏、黄、两陈之为愈。"⑦ 学唐限于气弱而不能尽善,学宋能以生新瘦硬补其气格,因此宗宋一直是诗坛主流,从这个意义来讲,逆流而上学唐的诗人更敢于挑战、追求诗道突破。而且黄陈师法熏习既久,社会风气使然,即使改学唐音也不容易纯正,所谓"后之人欲学唐者,以李杜为轨,则亦未免落于苏黄格律也耶"。

---

① 许筠:《惺所覆瓿稿》卷八《文部五·苏谷山人传》,《韩国文集丛刊》第74册,首尔:民族文化推进会,1991,第205页。
② 〔韩〕赵钟业:《韩国诗话丛编》第4册,首尔:太学社,1996,第663页。
③ 李睟光:《芝峰类说》卷九《文章部二·诗》,蔡美花、赵季主编《韩国诗话全编校注》第2册,人民文学出版社,2012,第1051页。
④ 申钦:《晴窗软谈》卷下,见《象村稿》卷五二,《韩国文集丛刊》第72册,首尔:民族文化推进会,1991,第342页。
⑤ (宋)陈师道:《后山诗话》,见(清)何文焕辑《历代诗话》上册,中华书局,1981,第304页。
⑥ 《黄庭坚全集》外集卷二一《与赵伯充》,四川大学出版社,2001,第3册,第1371页。
⑦ 白光勋:《玉峰诗集》卷首,《韩国文集丛刊》第47册,首尔:民族文化推进会,1988,第89、90页。

"此说之行久矣，宜学唐者之鲜，而学之而仿佛焉者为尤鲜也"①。更使后来诗人对学唐望而却步。于是更可见"三唐"诗人取得的学唐成就难能可贵。

"三唐"诗人代表了朝鲜时代中期学唐的最高成就。其汉诗创作的宗唐倾向主要表现在：语言平淡简洁、凝练含蓄，音韵流转，不求辞语生新，不以求新求奇为目标；放弃以才学为诗，少用典（尤其崔白），"划去繁缛，趋于切近"②；从黄廷彧等学宋追求技巧、法度，重新回归以自然为美的审美理想，追求意象、意境的经营，以兴象胜；扭转以意为主、多议论、以气格胜的审美趣味，转以丰神情韵，重抒情，追求诗意的含混与多义性。这些特点尤其体现在精致、小巧、玲珑的绝句中，其绝句达到空灵蕴藉的美学效果，是"三唐"诗人最擅长的诗体。如高敬命云："如七言律、排律等作，则吾不让李；至于短律若绝句，决不可及。'"③尤其白光勋部分诗作兴象"透彻玲珑，不可凑泊"④。虽然还未达到兴象高远，但对由物起情的"兴"和"诗情缘境发"⑤这一诗歌本质的理解，把握了唐诗创作过程中的基本观照方式。

另外，"三唐"诗人专门摹拟过《塞下曲》、宫词、香奁体、游仙诗等乐府、歌行题材。这一学唐方式是比之前摹拟唐风的朝鲜诗人更接近唐诗风貌的原因之一。这些诗体集中体现了唐诗不同于宋调的丰神情韵。宫词和香奁体发轫于六朝宫体诗，唐人去其淫靡，而保留艳丽的色彩，"三唐"诗人学自唐诗，辞意婉转，藻采华美；游仙诗也可以容纳华美的意象，形成清丽的诗境。乐府脱胎于民歌，活泼清新；歌行尚奇，有开阖、有风度，波澜开阔，抒情酣畅。但因为脱离朝鲜历史和风土人情的原因，"三唐"诗人的创作也难免有单纯追求审美形式之嫌。

---

① 柳根：《玉峰诗集序》，见白光勋《玉峰集》卷首，《韩国文集丛刊》第47册，首尔：民族文化推进会，1988，第90~92页。

② 刘克庄《后村先生大全集》卷九六《韩隐君诗序》："古诗出于情性，今诗出于记问，博而已，自杜子美未免此病。于是张籍、王建辈稍束起书袋，划去繁缛，趋于切近。世喜其简便，竞起效颦，遂为'晚唐体'。"（《四部丛刊初编》第1312册，上海书店，2015）

③ 洪万宗《小华诗评》卷上引，蔡美花、赵季主编《韩国诗话全编校注》第3册，人民文学出版社，2012，第2339页。

④ 出（宋）严羽《沧浪诗话·诗辨》，见（宋）严羽著，张健校笺《沧浪诗话校笺》上册，上海古籍出版社，2012，第157页。

⑤ （唐）皎然《秋日遥和卢使君游何山寺宿敏上人房论涅槃经义》，见（清）彭定求等编《全唐诗》卷八一五，中华书局，1999，第12册，第9257页。

"三唐"诗人在文学史上的意义,一方面体现在意象、意境的营构和语言、风格、音响方面与唐诗的全方位酷似,尤其在声韵方面,超越朝鲜前期的宗唐诗人,达到朝鲜时代中期宗唐创作的最高成就。"三唐"诗人之前的诗人大多学唐不彻底。如申钦《晴窗软谈》卷下:"冲庵、忘轩之后,崔庆昌、白光勋、李达数人最著。"① 而李晬光《芝峰类说》:"本朝诗人不脱宋元习者无几。如李胄、俞好仁、申从濩、申光汉号近唐,而似无深造之功。"② 李胄虽"始学唐诗"③,气势高迈,诗境老苍奇杰,但时露筋骨思理,"自是苏、杜中来,大体不纯"④。朴祥着重追求语言的生新,"不乐熟软,力去陈言"⑤;申光汉虽然在语言的明晰省净方面离唐诗更近一步,但就"务欲理胜而辞致分明"而言则是"祖少陵而效江西"⑥;高敬命自言"仓卒学唐,半真半假,诚可愧也"⑦;许筠"少学东坡,后喜《唐音》、李白,自言欲变前习而未能"⑧。"三唐"诗人之前或同时的诗人多在语言、理致、风格方面带有宋诗痕迹,尤其是对情景关系的把握,以思致运景,而不是以景含情,运用移情、烘托、象征等手法达到含蓄浑沦、不说破的艺术效果。诗人关注的重点不是意象和意境的经营,思致仍然胜过情韵,语言也比较生新瘦硬,音调不流畅。李后白、姜浑、罗湜、郑希良、奇遵、崔寿峸、金麟厚等,创作成就不高,影响也不大。而与同时代高敬命、许筠相比,"三唐"诗人的创作成就体现在宗唐格调的纯粹上。

但之前的诗人毕竟也进行了有益的尝试,并取得了一定成就。其中金

① 申钦:《象村稿》卷五二,《韩国文集丛刊》第72册,首尔:民族文化推进会,1991,第342页。
② 李晬光:《芝峰类说》卷九《文章部二·诗评》,见蔡美花、赵季主编《韩国诗话全编校注》第2册,人民文学出版社,2012,第1106页。
③ 许筠:《苏谷诗集序》,见李达《苏谷诗集》卷首,《韩国文集丛刊》第61册,首尔:民族文化推进会,1991,第3页。
④ 许筠:《鹤山樵谈》,见蔡美花、赵季主编《韩国诗话全编校注》第2册,人民文学出版社,2012,第1435页。
⑤ 尹衢:《讷斋先生行状》,见朴祥《讷斋集·附录》卷一,《韩国文集丛刊》第19册,首尔:民族文化推进会,1988,第95页。
⑥ 洪暹:《忍斋集》卷二《有明朝鲜国辅国崇禄大夫灵城府院君申公墓志铭》,《韩国文集丛刊》第32册,首尔:民族文化推进会,1988,第342页。
⑦ 梁庆遇:《霁湖集》卷九《诗话》,《韩国文集丛刊》第73册,首尔:民族文化推进会,1991,第495页。
⑧ 李晬光:《芝峰类说》卷一四《文章部七·诗艺》,见蔡美花、赵季主编《韩国诗话全编校注》第2册,人民文学出版社,2012,第1345页。

净学唐成就最高，诗风清壮奇丽，得刘长卿的清淡幽冷和李贺的恢诡奇谲，五律得杜甫之雄壮。申纬《东人论诗绝句三十五首》其十七："才擅三唐崔白李，溯源风调始冲庵。后来深院孤舟句，突过杏花微雨帘。"① 谓"三唐"诗人的宗唐倾向承自金净，但成就过之，李达"病客孤舟明月在，老僧深院落花多"（《题衍上人轴》），胜过金净"双燕来时春欲暮，杏花微雨下重帘"（《江南》）。金净外学唐而能得其仿佛的为林亿龄，诗风雄肆豪逸，俊逸清新，有李白之风，相较李胄诗，在含蓄浑沦方面更近唐诗。但诗才不富赡，造语窘迫，对于唐人诗句的化用痕迹很明显。其他学唐诗人，朴淳有开导之功，"模楷虽不足，而鼓舞攸赖"②；与"三唐"诗人同时的高敬命已经在格律音响方面有成功的尝试，声韵流利圆转；郑澈则贵在意象的提纯和语言的省净凝练。"三唐"诗人在借鉴前人学唐艺术经验、规避其不足的基础上，对唐诗艺术特点的把握更加全面，摹拟也就更成功。

　　另一方面，"三唐"诗人在诗学史上的意义还体现在对朝鲜诗人学唐信心的建构上。燕山君至明宗时的四大士祸和良才驿壁书事件，几乎将主流宗唐诗人李胄、姜浑、金净、林亨秀等打压殆尽，抑制了宗唐风气的扩展。明宗末、宣祖初政治较为平稳，诗风较为自由，宗唐诗风得以继续发展。在湖南诗坛和文衡朴淳的提倡之下，"三唐"诗人找到了恰切便捷的学唐路径，并且以创作实绩做出了典范，解决了柳根提出的朝鲜人"学唐难工"的疑问："后之人欲学唐者，以李杜为轨，则亦未免落于苏黄格律也耶？"③李杜才高，难以企及，尤其杜诗胎息宋人，注重章法、句法、字法，比兴少而赋法多。"三唐"诗人并非直接师法李杜，而是主要以韦应物等中晚唐诗人为师法对象。李植道出此中原因："李、杜歌行雄放驰骋，必须健笔博才可以追蹑。然初学之士学之，易于韦、柳诸作，以其词语平近故也。"④韦柳代表的中晚唐诗既词语平近，又有鲜明的清丽特色。并且

① 申纬：《警修堂全稿》册一七《北禅院续稿二》，《韩国文集丛刊》第 291 册，首尔：民族文化推进会，2002，第 373 页。

② 许筠：《苏谷诗集序》，见李达《苏谷诗集》卷首，《韩国文集丛刊》第 61 册，首尔：民族文化推进会，1991，第 3 页。

③ 柳根：《玉峰诗集序》，见白光勋《玉峰集》卷首，《韩国文集丛刊》第 47 册，首尔：民族文化推进会，1988，第 91、92 页。

④ 李植：《泽堂别集》卷一四《学诗准的》，《韩国文集丛刊》第 88 册，首尔：民族文化推进会，1992，第 518 页。

"三唐"诗人主攻绝句、乐府体,即便才学有限,也能宗唐得似、格调纯粹。"由是学者知有唐风,则三人之功亦不可掩矣"①。在他们周围聚集了一批学唐诗人,如高敬命、林悌、许篈、许筠等,委巷诗人刘希庆、白大鹏,女性诗人许兰雪轩、李玉峰也宗唐,共同形成宣祖时宗唐高峰。之后李睟光、李明汉(1595~1645)、姜柏年(1603~1681)等嗣其响,李睟光、许筠、申钦更是在诗学理论上予以总结、张目,对唐宋诗的美学特征进行理论阐释。

并且在与明朝的文化交流中,三人的汉诗闻名于中国。崔庆昌、白光勋的诗得到明使朱之蕃的称赞认可②。朱之蕃官至吏部右侍郎,善书画,著有《使朝鲜稿》《纪胜诗》《南还杂著》等。明代黄虞稷《千顷堂书目》卷三一著录其所辑的《中唐十二家诗》十二卷、《晚唐十二家诗》十二卷、《唐科试诗》四卷,《四库全书总目》卷一七九著录其所编的《明百家诗选》三十四卷,此外还著有《诗法要标》。可见朱之蕃有较深厚的诗学素养,对诗歌评选具有鉴赏力,可谓方家。此外,通过椵岛帅毛文龙的推荐,李达诗人选钱谦益《列朝诗集》、朱彝尊《明诗综》等选本中。在朝鲜"以文华国"的观念下,受到中国文人称赞或由中国文人作序跋的诗人,在朝鲜的地位也会随之提升,因此"三唐"诗人能有更大的辐射影响力。

二 "三唐"诗人的艺术局限

学界多将唐诗的发展分为初唐、盛唐、中唐、晚唐四期予以观照。严羽《沧浪诗话》和杨士弘《唐音》绍其先,只是没有"中唐"的概念,严

---

① 许筠:《鹤山樵谈》,见蔡美花、赵季主编《韩国诗话全编校注》第2册,人民文学出版社,2012,第1435页。

② 朴世采《南溪集》卷一二《孤竹诗集后叙》:"其后皇朝学士兰嵎朱公奉诏东来,得公诗亟加歆叹曰:'当归布江南,以彰贵国文物之盛。'今见于《列朝诗选》者是已。"(《韩国文集丛刊》第141册,首尔:民族文化推进会,1995,第492页)李睟光《芝峰类说》卷一四《文章部七·诗艺》:"中朝杨经理镐出来时要见东人诗,示以前朝人诗选,经理以为文气太弱,不好云。又朱天使之蕃求见东诗,以崔庆昌、白光勋集示之,天使叹曰'当归梓江南,以夸贵邦文物之盛',岂以二诗近唐故喜之欤?"(蔡美花、赵季主编《韩国诗话全编校注》第2册,人民文学出版社,2012,第1345页)又李好闵《呈诏使朱杏村小帖》:"宣庙朝丙午,天使朱之蕃,号杏村,求见海东名家。及得玉峰与孤竹诗稿,击节叹曰:'当归梓江南,以夸贵邦文物之盛。'"(见白光勋《玉峰别集·附录》,《韩国文集丛刊》第47册,首尔:民族文化推进会,1988,第158页)

羽代之以"大历体""元和体"。方回《瀛奎律髓》分盛唐、中唐、晚唐，有初唐意识而无初唐概念，并辨析盛唐诗和晚唐诗风格气象的差异，如："盛唐人诗气魄广大，晚唐人诗功夫纤细。"[1] "盛唐律，诗体浑大，格高语壮。晚唐下细功夫，作小结裹，所以异也。"[2] 到明代高棅《唐诗品汇》依据"声律、兴象、文词、理致各有品格高下之不同"[3]，分为初、盛、中、晚，四唐说至此定型。胡应麟《诗薮》："盛唐绝句，兴象玲珑，句意深婉，无工可见，无迹可寻。中唐遽减风神，晚唐大露筋骨，可并论乎?"[4] 开启以兴象风神区别盛、中、晚的诗论。并且各家诗论呈现出大体一致的价值判断，都认为盛唐诗的艺术成就最高，中唐、晚唐诗随世道变化，评价逐渐递减。

朝鲜也接受了这一诗学观念，学唐者把盛唐诗作为最高准的，"三唐"诗人同时代的诗论家对他们的评价也是以盛唐作为标准。或誉之以"盛唐"，如许兰雪轩谓："近者崔白辈，攻诗轨盛唐。"[5] 权韠："中间崔白辈，稍稍归盛唐。"[6] 许筠："置在开、天、大历间，瑕不厕王、岑之列。"[7] 或认为三人的诗格徘徊于盛唐、中唐之间。如许筠评李达："其诗清新雅丽，高者出入王、孟、高、岑，而下不失刘、钱之韵。"[8] 洪万宗《小华诗评》卷上："其高者出入武德、开元，下者亦不道长庆以下语。"[9] 但客观来讲，三人的汉诗艺术并没有盛唐诗高华绵邈的风神与雄浑悲壮的风骨。如许筠《鹤山樵谈》："黾勉精华，欲逮古人，然骨格不完，绮靡太甚。置诸许、李

① 《瀛奎律髓》卷四二评李白《赠升州王使君忠臣》，见（元）方回选评，李庆甲集校《瀛奎律髓汇评》下册，上海古籍出版社，2005，第1485页。
② 《瀛奎律髓》卷一五评陈子昂《晚次乐乡县》，见（元）方回选评，李庆甲集校《瀛奎律髓汇评》上册，上海古籍出版社，2005，第529页。
③ （明）高棅：《唐诗品汇总叙》，见《唐诗品汇》卷首，上海古籍出版社，1988，第8页。
④ （明）胡应麟：《诗薮》内编卷六，上海古籍出版社，1979，第114页。
⑤ 出许兰雪轩《兰雪轩诗集·遣兴》，《韩国文集丛刊》第67册，首尔：民族文化推进会，1991，第6页。
⑥ 权韠：《石洲集》卷一《任宽甫挽词》，《韩国文集丛刊》第75册，首尔：民族文化推进会，1991，第17页。
⑦ 许筠：《苏谷诗集序》，见李达《苏谷诗集》卷首，《韩国文集丛刊》第61册，首尔：民族文化推进会，1991，第3页。
⑧ 许筠：《惺所覆瓿稿》卷八《文部五·苏谷山人传》，《韩国文集丛刊》第74册，首尔：民族文化推进会，1991，第205页。
⑨ 蔡美花、赵季主编《韩国诗话全编校注》第3册，人民文学出版社，2012，第2342页。

间便觉伧夫面目,乃欲使之夺李白、摩诘位邪?"① 尚不及许浑、李商隐,自然无法比拟盛唐的李白、王维。比较苛刻的诗论评其风格气象仅达到晚唐诗。如李晬光《芝峰类说》:"然其所尚者晚唐耳,不能进于盛唐,岂才有所局耶?"② 金万重《西浦漫笔》:"崔白之于唐五律、七绝,仅窥晚季藩篱,一脔不足以果腹,其可及人乎?"③ 又梁庆遇《霁湖诗话》:"近世学唐者出于晚唐,盛唐与晚唐迥然不侔,取盛唐诸诗熟玩则可知已。""苏谷诗出于晚唐。"④

实则"三唐"诗人之作大体仅出入于中、晚唐之间,三人并不是像南宋永嘉四灵、江湖诗派以晚唐贾岛、姚合为法,而是学习盛唐、中唐、晚唐各家,得其气质相近者。李达,拟乐府学王昌龄、王建外,清丽的诗风得自盛唐王维、刘长卿和中唐韦应物、柳宗元等⑤。许筠谓李达"可与随州比肩,亦不多让"⑥。如《题金醉眠山水障子面》其四:"古涧水泠泠,山风松子落。中有隐世人,援琴坐苔石。""山风松子落"化用韦应物"空山松子落"(《秋夜寄邱员外》),整个诗境则融合了王维的两首诗,一为《山居秋暝》"空山新雨后,天气晚来秋。明月松间照,清泉石上流";二为《竹里馆》"独坐幽篁里,弹琴复长啸"。但结句意尽,较王维少幽远之味。洪万宗《小华诗评》卷上摘取不同的诗句分别评判,更为公允:

> 余尝闻诸先辈,我东之诗惟崔孤竹终始学唐,不落宋格,信哉!
> 其高者出入武德、开元,下者亦不道长庆以下语。如"春流绕古郭,

---

① 蔡美花、赵季主编《韩国诗话全编校注》第 2 册,人民文学出版社,2012,第 1435 页。
② 李晬光:《芝峰类说》卷九《文章部二·诗》,见蔡美花、赵季主编《韩国诗话全编校注》第 2 册,人民文学出版社,2012,第 1051 页。
③ 蔡美花、赵季主编《韩国诗话全编校注》第 3 册,人民文学出版社,2012,第 2348、2249 页。
④ 梁庆遇:《霁湖集》卷九,《韩国文集丛刊》第 73 册,首尔:民族文化推进会,1991,第 493、495 页。
⑤ 许筠《惺所覆瓿稿》卷八《文部五·苏谷山人传》:"达翛然知正法之在是,遂尽捐故学,归旧所隐苏谷之庄,取《文选》、太白及盛唐十二家、刘随州、韦左史暨伯谦《唐音》伏而诵之。"(《韩国文集丛刊》第 74 册,首尔:民族文化推进会,1991,第 204 页)刘长卿的《刘随州文集》于明宗年间有刊刻,韦应物的《须溪校本韦苏州集》和柳宗元的《诸家注柳先生集》于宣祖时万历卫国战争前刊刻,李达有可能阅读。
⑥ 许筠《鹤山樵谈》引许篈语,蔡美花、赵季主编《韩国诗话全编校注》第 2 册,人民文学出版社,2012,第 1436 页。

野火上高山"，则中唐似之；"人烟隔河少，风雪近关多"，则似盛唐；"山余太古雪，树老太平烟"，则似初唐。不知今世复有此等调响耶？①

"三唐"诗人创作虽以盛唐为准的，但落于中晚唐，其艺术局限主要表现在以下几方面。

首先，风格单一，家数小。

诗风方面，三人共同的风格倾向在于"清"，崔庆昌之清劲，白光勋之清淡，李达之清丽，都以"清"为主。许筠《鹤山樵谈》："李则富艳，比二氏家数颇大，皆不出郊、岛之藩篱。崔白早世，李晚年文章大进，自成一家，敛其绮丽归于平实。"② 相对于崔白，李达的诗风还更丰富一些。他早年学苏轼、杜甫，师法对象的多元化也有利于风格的拓展。

许筠《惺叟诗话》："（崔白）二家诗，余选入于《诗删》者各数十篇，音节可入《正音》，而其外不耐雷同也。"③ 指出不仅诗风少变化，诗句、意象也多重复。李纯仁也说崔庆昌"嘉运之诗千篇一律，所以不及古也"④。崔庆昌多描写僧人生活，白云、磬、掩关这三种意象反复出现，很少有新的突破。白光勋诗的意象类型比较单一，以明月、梅花、松、鹤、青山、白云、水、露、雨、霜等清冷明净的意象为主。此外，李达不避讳同一语句在不同诗中出现，如"西风弊裘在"分别见《扶余道中》《次思庵韵》，"辞家今几日"见于《夜泊大滩》《书李有为壁》，"如逢绿发叟，再拜问长生"见《送北渚金学士游妙香之行》《青鹤洞》等。这种自我袭用显出造语的窘迫。

诗体方面，三人只擅长绝句和五律，七律及长篇古体的艺术成就不高。如柳梦寅《於于野谈》："但此人等只事小诗，元学不裕，终不大鸣如古人。可惜。"⑤ 李睟光《芝峰类说》："止于绝句或五言律，而七言律以

---

① 蔡美花、赵季主编《韩国诗话全编校注》第 3 册，人民文学出版社，2012，第 2342 页。
② 蔡美花、赵季主编《韩国诗话全编校注》第 2 册，人民文学出版社，2012，第 1436 页。
③ 见许筠《惺所覆瓿稿》卷二五《说部四》，《韩国文集丛刊》第 74 册，首尔：民族文化推进会，1991，第 366 页。
④ 李睟光：《芝峰类说》卷一三《文章部六·东诗》，见蔡美花、赵季主编《韩国诗话全编校注》第 2 册，人民文学出版社，2012，第 1292 页。
⑤ 蔡美花、赵季主编《韩国诗话全编校注》第 2 册，人民文学出版社，2012，第 1032 页。

上则不能佳。"① 崔庆昌仅绝句佳,"七律无可传者";李达律、绝兼善②,七古仅《漫浪舞歌》雄奇可诵。其实这也与诗风的选择有关。"三唐"诗人与唐代王维、孟浩然、韦应物、柳宗元属于同一风格类型。明胡应麟《诗薮》:"有以高闲、旷逸、清远、玄妙为宗者,六朝则陶,唐则王、孟、常、储、韦、柳。但其格本一偏,体靡兼备,宜短章,不宜巨什;宜古《选》,不宜歌行;宜五言律,不宜七言律。历考前人遗集,靡不然者。"③ 指出相对于《诗经》和汉魏古诗的高古浑厚,"清淡"本为偏格,适应的诗体也有限,宜小不宜大,不是无施不可。三人摹唐成功的作品确实主要为绝句,其诗风限制了诗体的兼善。

其次,诗境狭窄,缺乏阔大的情思。

任相元《苏谷集跋》:"骤而读之,蒨丽可爱,若夺唐人之髓。徐而味之,色泽似矣,风神则未也,其失也格踬而思窄。"④ 崔庆昌诗多写客居异乡的羁愁别恨,内容不开阔,具有很强的内倾性,情感基调悲愁孤寂,反复形容一己之悲。白光勋诗间有咏史怀古,而风格纤细,人讥为"钓龙台"⑤。相对来讲,李达诗的题材、境界更为开阔。经历了万历卫国战争,李达在诗中描写战争状态下的人和事,并以乐府民歌反映生民疾苦,表达对社会现实的关切,他还创作有题画诗、咏史诗等。

并且,三人为晚唐清苦之词的代表。李晬光云:"至近世,崔庆昌、白光勋始学唐,务为清苦之词。"⑥ 当然也包括李达。

---

① 李晬光:《芝峰类说》卷九《文章部二·诗》,见蔡美花、赵季主编《韩国诗话全编校注》第 2 册,人民文学出版社,2012,第 1106 页。

② 南龙翼《壶谷诗话·诗评·东诗》:"绝句崔果优,而七律无可传者,至若'红藕一池风满院,乱蝉千树雨归村'一联,则崔让于白矣。律、绝最优者,其苏谷乎!"(蔡美花、赵季主编《韩国诗话全编校注》第 3 册,人民文学出版社,2012,第 2203 页)

③ (明)胡应麟:《诗薮》内编卷二,上海古籍出版社,1979,第 23、24 页。

④ 任相元:《恬轩集》卷三〇,《韩国文集丛刊》第 148 册,首尔:民族文化推进会,1995,第 470 页。

⑤ 洪万宗《诗话丛林·秋》引柳梦寅《於于野谈》:"白光勋以能诗、善草书鸣于湖南,为第一。其过扶余县,县监方船载酒,借公州妓乐以要之。至则布衣一儒生,貌寝少风采。妓中有一人名将本善俳谐,曰:'曾闻白光勋之名大于山,及得见之,钓龙台耳。'扶余白马江有钓龙台,名为苏定邦白马饵龙之地,而不过块然一小岩而已。当时以妓言为善形容。光勋有一小诗亦鸣于时:'青山重迭水空流,不是金宫即玉楼。全盛至今无处问,月明潮落倚孤舟。'以余观之,诗亦钓龙台也。"(蔡美花、赵季主编《韩国诗话全编校注》第 4 册,人民文学出版社,2012,第 2723 页)

⑥ 李晬光:《芝峰类说》卷九《文章部二·诗》,蔡美花、赵季主编《韩国诗话全编校注》第 2 册,人民文学出版社,2012,第 1051 页。

一方面，"清苦之词"首先表现为诗中的情感凄苦，神情落寞，情思枯寂。三人抒发悲情时，不像具有盛唐热情浪漫精神的李白悲而能壮。崔庆昌诗沉溺于离愁，日日思乡，夜夜梦归。意象清明，诗境清寒，辞气舒徐。境非不阔，而情思不壮，故终不入盛唐阃域。如"落木寒流万壑同"（《武陵溪》其二）、"水阔天长行路难"（《题宝云轴》），境界不可不谓阔大旷远，但全诗则寒意逼人，萧索落寞[1]。散布全集的夕阳和秋的意象，显现出悲观的内心世界，气骨已衰；对云、雨、霜、雪的偏爱，也使诗歌寒意浓重。如《奉恩寺僧轴》结句"舟中背指奉恩寺，蜀魄数声僧掩关"，凄厉萧飒，《国朝诗删》卷三评为"降涉晚李"[2]。白光勋敏感细腻、多愁善感的诗心出之于诗，则为枯寂的情思、纤细的哀伤，"苦吟长是被秋催"（《谨用林塘韵赠雪淳上人》），被崔岦评为"吟作秋虫到白头"[3]。李达多赠别之作，往往自称"离人"，因为客居、多病，对分别也格外敏感，没有盛唐的雄浑悲壮。

另一方面，三人的"清苦之词"体现在创作过程艰苦，以语言刻炼为工。张维谓："彼寒苦之士，摇撼胃肾，日锻月炼，毕精句字之间，工则有之，要之非达器也。"[4] 可见对字句的过度锤炼、苛求工整，也被视为一种病。许筠谓崔庆昌"必炼琢之，无歉于意，然后乃出故耳"[5]，谓李达"即仿诸家体而作长短篇及律绝，句锻字炼，声揣律摩，有不当于度，则月窜而岁改之"[6]。柳根谓白光勋"一字一句有不称于意，不欲出以示人"[7]。高敬命《赠白彰卿》："问渠攻苦作诗臞，曾向苏斋印可无。钩棘已惊凋胃肾，

① 崔庆昌《武陵溪》其二："危石才教一径通，白云千古秘仙踪。桥南桥北无人问，落木寒流万壑同。"《题宝云轴》："乞米时时到汉关，广陵秋雨旅衣单。中宵频作故乡梦，水阔天长行路难。"见《韩国文集丛刊》第 50 册，首尔：民族文化推进会，1990，第 8、14 页。
② 〔韩〕赵钟业：《韩国诗话丛编》第 4 册，首尔：太学社，1996，第 412 页。
③ 崔岦：《简易集》卷九《稀年录·订玉峰孤竹二稿合刊之议不是小序》，《韩国文集丛刊》第 49 册，首尔：民族文化推进会，1990，第 523 页。
④ 张维：《溪谷集》卷六《八谷集序》，《韩国文集丛刊》第 92 册，首尔：民族文化推进会，1992，第 112 页。
⑤ 许筠：《惺叟诗话》，见《惺所覆瓿稿》卷二五《说部四》，《韩国文集丛刊》第 74 册，首尔：民族文化推进会，1991，第 366 页。
⑥ 许筠：《惺所覆瓿稿》卷八《文部五·苏谷山人传》，《韩国文集丛刊》第 74 册，首尔：民族文化推进会，1991，第 205 页。
⑦ 柳根：《玉峰诗集序》，见白光勋《玉峰集》卷首，《韩国文集丛刊》第 47 册，首尔：民族文化推进会，1988，第 90 页。

敲推应费捻髭须。胸中自觉无闲气，眼底方知有坦途。老滕他年为君屈，一言珍重恕迂愚。"① 连用韩愈评孟郊诗"钩章棘句，掐擢胃肾"② 和贾岛"推敲"、卢延让《苦吟》数个典故，指出白光勋的苦吟非坦途，更非作诗正途。胸中无闲逸之气，才雕肝琢肾，字锻句炼。

再次，气力不足，缺少风骨。

"三唐"诗人共同推崇的风格是"清"。申钦《晴窗软谈》卷上："古人云'乾坤有清气，散入诗人脾'。清是诗之本色。若奇若健，犹是第二义也。至于险也、怪也、沉着也、质实也，去诗道愈远。"③ 申钦也持同样议论，可见当时诗坛审美趣味以清为第一位，宣祖初年黄廷彧、卢守慎代表的奇健诗风已经退居第二位。不过这带来了新的问题。"清"诗风渊源于陶、孟、韦、柳。胡应麟《诗薮》："陶、孟、韦、柳之为古诗也，其源浅，其流狭，其调弱，其格偏。"④ 他以源流正变的诗学观念，上溯至诗歌发展源头，重视源远流长的"正格"。而陶、孟、韦、柳诗以韵味胜，"其调弱"，即情感冲击力量小。何景明《与李空同论诗书》也持此论，认为"诗弱于陶"⑤。"三唐"诗人以清为尚，也容易流于淡薄浮弱。除"清"诗风的天然局限外，他们的诗也涉及对盛唐和中晚唐时代主导风格的认识。盛唐诗"声律、风骨始备"⑥，诗至大历"气骨顿衰"⑦，已经有风骨气势的弱化。盛唐诗的主导风格在"雄"，中晚唐诗的主导风格在"清"。这也是诗论家认为"三唐"诗人"仅窥晚季藩篱"⑧ 的重要原因之一。

---

① 高敬命：《霁峰集》卷三，《韩国文集丛刊》第 42 册，首尔：民族文化推进会，1988，第 64 页。
② （唐）韩愈：《贞曜先生墓志铭》，见马其昶校注《韩昌黎文集校注》卷六，上海古籍出版社，1986，第 445 页。
③ 申钦：《象村稿》卷五〇，《韩国文集丛刊》第 72 册，首尔：民族文化推进会，1991，第 333、334 页。
④ （明）胡应麟：《诗薮》内编卷二，上海古籍出版社，1979，第 28 页。
⑤ （明）何景明：《大复集》卷三二，台湾商务印书馆影印文渊阁《四库全书》本。
⑥ （唐）殷璠：《河岳英灵集序》，（唐）元结、殷璠等选《唐人选唐诗十种》，上海古籍出版社，1958，第 40 页。
⑦ （明）胡震亨《唐音癸签》卷九《评汇五》："降而钱、刘，神情未远，气骨顿衰。"（古典文学出版社，1957，第 74 页）
⑧ 金万重：《西浦漫笔》，蔡美花、赵季主编《韩国诗话全编校注》第 3 册，人民文学出版社，2012，第 2248、2249 页。

　　权鞸评三人诗："虽然喜清丽，古气颇凋伤。"① 认为清丽有余，则易浑厚不足。许筠《鹤山樵谈》："崔、白、李三人诗皆法正音。崔之清劲，白之枯淡，皆可贵重，然气力不逮，稍失浑厚。"② 又谓："余尝聚孤竹五言古诗，……苏谷、玉峰及亡姊七言绝句，为一帙看之。其音节格律悉逼古人，而所恨气不及焉。呜呼！孰返其元声耶？"③ 其《国朝诗删》卷七评崔庆昌《大慈川上》④："诸篇出《选》入唐，可贵，而较弱，气不逮。"⑤ "气不及""气不逮"，缺少浑厚之气和情感冲击力度，正如柳根所谓学唐气弱，则浅近衰飒。崔岦评白光勋"吟作秋虫到白头"⑥，也是指其格调卑弱，气衰骨弱。并且白光勋诗婉媚之作迭见，容易落入甜俗无骨的窠臼，如仿效宫体、香奁体的《睡起》《用前韵效香奁体》《魏叔宅次伯氏韵》等作。崔庆昌、李达也有秾丽香软之作。许筠《鹤山樵谈》谓："黾勉精华，欲逮古人，然骨格不完，绮靡太甚。置诸许、李间便觉伧夫面目，乃欲使之夺李白、摩诘位邪？"⑦

　　"三唐"诗人学唐而实际艺术成就不能入盛唐之域的原因，首先在于个人才情、学识的不足。李睟光《芝峰类说》："然其所尚者晚唐耳，不能进于盛唐，岂才有所局耶？"⑧ 诗境狭窄，体裁受限，都是由于才情不能周遍，所以艺术构思受阻，不能左右逢源，诗中不能有纵横开阖的变化。李睟光又云："是其才学渊源本小而然，不知者以为学唐之咎，可笑。今世亦岂无

①　权鞸：《石洲集》卷一《任宽甫挽词》，《韩国文集丛刊》第75册，首尔：民族文化推进会，1991，第17页。

②　蔡美花、赵季主编《韩国诗话全编校注》第2册，人民文学出版社，2012，第1436页。

③　许筠：《惺叟诗话》，见《惺所覆瓿稿》卷二五《说部四》，《韩国文集丛刊》第74册，首尔：民族文化推进会，1991，第366页。

④　崔庆昌《大慈川上》全诗如下："午及高阳口，秣马大慈川。川水自东注，湾回小山前。侧峭岩石古，屈曲抱重渊。倒影杂枫栝，其下可方船。神物蟠深黑，弱鳞游清涟。临岸藉晴莎，披襟散幽悄。栖迟宜结庐，奈此官道边。欲去屡回首，留思忽纷然。"见崔庆昌《孤竹遗稿》，《韩国文集丛刊》第50册，首尔：民族文化推进会，1990，第25、26页。

⑤　〔韩〕赵钟业：《韩国诗话丛编》第4册，首尔：太学社，1996，第659页。

⑥　崔岦：《简易集》卷九《稀年录·订玉峰孤竹二稿合刊之议不是小序》，《韩国文集丛刊》第49册，首尔：民族文化推进会，1990，第523页。

⑦　蔡美花、赵季主编《韩国诗话全编校注》第2册，人民文学出版社，2012，第1435页。

⑧　李睟光：《芝峰类说》卷九《文章部二·诗》，见蔡美花、赵季主编《韩国诗话全编校注》第2册，人民文学出版社，2012，第1051页。

一二用力于斯，而优入始、盛唐之域者乎？具眼者能卞之。"① 他可能针对柳根发论，柳根《玉峰诗集序》："盖闻凡为诗以气为主，东方人生于偏壤，其气弱，若欲效唐诗音调，其诗荼然不可观。"② 柳根认为气弱是普遍的，李晬光则仅归咎于"三唐"诗人自身的才学不足，有所局限。任相元亦言："由学不足以起其材也。"③ 他重视学问对才情发挥的作用。崔白几乎不用经史典故，一方面是有意矫正宋诗以学问为诗的弊端，另一方面也是因为学养不深，只能选择平浅的风格。柳梦寅《於于野谈》："但此人等只事小诗，元学不裕，终不大鸣如古人。"④ 所谓"元学"指经史典籍的阅读。绝句体裁短小，主要依靠瞬间的灵悟和巧思；而古体长篇则需要经史典故的积累，并借鉴前人诗句，否则不足以铺叙篇幅。三人不善长篇也与学识有限不无关系。

其次，个人身世境遇的原因。《经国大典》卷三《礼典诸科》规定："庶孽子孙勿许赴文科、生员进士试。"⑤ 李达因为庶孽出身，科举受限制，不能由文科步入仕途，只能参加杂科，从事技术性职务，成为下层官吏，一生沉沦下僚，落拓不得志。因此李达产生强烈的压抑感，常常放浪形骸，玩世不恭。李达的寄身花柳与"处世忌太洁"（《夜怀咏韵》）的人生感慨即源于此。出之于诗，也就不会有盛唐昂扬积极的精神和雄浑的气骨。崔庆昌、白光勋虽然进士及第，但崔庆昌因性情忤时，多补外官；白光勋无意仕进，四十一岁才拜参奉，也终身不显。三人社会地位低，因此汉诗风格不像李山海、李恒福等台阁诗人雍容清裕，对社会现实的关注也较少，他们注重诗歌艺术技巧的锤炼，主情而不主理。

具体来讲，一方面，身世境遇影响学诗典范的选择。李植《村隐刘希庆诗集小引》："况当翁盛壮时，国朝诗教洋洽，轶轨三唐。无论馆阁巨公，方骛燕、许；乃若下僚、外朝雄鸣高蠹，无非员外、协律、随、苏、溧阳

---

① 李晬光：《芝峰类说》卷九《文章部二·诗评》，见蔡美花、赵季主编《韩国诗话全编校注》第 2 册，人民文学出版社，2012，第 1106、1107 页。
② 白光勋：《玉峰诗集》卷首，《韩国文集丛刊》第 47 册，首尔：民族文化推进会，1988，第 89、90 页。
③ 任相元：《恬轩集》卷三〇《苏谷集跋》，《韩国文集丛刊》第 148 册，首尔：民族文化推进会，1995，第 470 页。
④ 蔡美花、赵季主编《韩国诗话全编校注》第 2 册，人民文学出版社，2012，第 1032 页。
⑤ 《经国大典》，东京：日本学习院东洋文化研究所，1971，第 208 页。

之伦；下至齐民小胥，野鹊之吟、沙鹤之句，举皆铿锵不失声韵。"① 认为馆阁诸公模仿燕国公张说、许国公苏颋气象雍容的"大手笔"；下层京官或京外官则以水部员外郎张籍、协律郎李贺、随州刺史刘长卿、苏州刺史韦应物、溧阳县尉孟郊为典范，或浅易，或怪奇，或清淡，或苦吟；至于普通民众胸襟更狭隘，只着眼于闲吟体物的小诗。总之，诗学典范作为诗人诗歌题材、语言、艺术风格的来源，要与自身气质相符，因此出身、遭际相似的古人更容易引起共鸣，从而找到自己的性情流之于诗歌的出口，引之为典范摹拟创作。从这个意义上讲"三唐"诗人不会选择久居馆阁的张说、苏颋、沈佺期、宋之问，而是倾向于刘长卿、韦应物等人的清新诗风。

另一方面，诗人身世影响到诗作风貌。徐居正《东人诗话》卷下："自古穷人之语皆枯寒瘦淡。""古之诗人类皆穷苦，如孟郊、贾岛以寒瘦枯淡之词为奇警。"② 许筠《鹤山樵谈》谓"三唐"诗人"皆不出郊、岛之藩篱"③。孟郊诗风寒瘦，贾岛清奇僻苦，实则就诗中显露的气象而言。达士诗有富贵气象，穷苦人务为清苦之词，其诗则寒瘦枯淡。如崔庆昌《寄性真上座僧》："茅庵寄在白云间，丈老西游久未还。黄叶飞时疏雨过，独敲寒磬宿秋山。"许筠评其寒俭④。

此外，三人不能优入盛唐，也与所处时代有关。文风与世运共振，世道升降通过改变士人心态而间接影响诗歌风貌。"三唐"诗人基本生活在穆陵盛世，李达下世晚，经历了万历卫国战争以来朝鲜王朝由盛转衰的历史过程。但穆陵盛世也并非全然一片繁荣景象。宣祖逐渐怠于政务，沉溺女色。宣祖八年（1575）以沈义谦、金孝元围绕拟铨郎事件的反目为导火索，东人党和西人党分裂。因立世子问题罢免当时士林领袖郑澈，牵连大批士人。党争愈演愈烈，士人除特立独行或碌碌无名者，都入党籍，党同伐异，使注重道德修养的士人群体无法自处。并且经济发展不如十五世纪，土地

① 李植：《泽堂集》卷九，《韩国文集丛刊》第 88 册，首尔：民族文化推进会，1992，第 155、156 页。
② 蔡美花、赵季主编《韩国诗话全编校注》第 1 册，人民文学出版社，2012，第 201、205 页。
③ 蔡美花、赵季主编《韩国诗话全编校注》第 2 册，人民文学出版社，2012，第 1436 页。
④ 许筠：《国朝诗删》卷三，〔韩〕赵钟业《韩国诗话丛编》第 4 册，首尔：太学社，1996，第 412 页。

兼并严重,农村凋敝。各种社会问题潜滋暗长,到崔庆昌、白光勋下世前后一触即发。因此士人心态不是盛世情怀,而是暗含"山雨欲来风满楼"的危机感,与盛唐的乐观、昂扬精神迥然不同。周边军事方面,"三唐"诗人青年时期,北方边境女真间有个别侵扰事件;日本时时侵扰南方边境,明宗十年(1555)"乙卯倭变"尚发生在局部,宣祖二十五年(1592)"万历卫国战争"则影响全国,七年国难,士人奔波逃亡。许筠《鹤山樵谈》在评价"三唐"诗人时说:"文章与世升降,宋不及唐,元不及宋,势使然也。安有度越二代与作家争衡之理乎?"① 盛唐不再,盛唐气象也难复见,何况还有国家之别。

此外,从诗学渊源的意义上讲,三人中晚唐的诗风也与当时流行的唐诗选本和诗人别集有关。当时的学习范本,除明张逊业《盛唐十二家诗》、高棅《唐诗品汇》外,杨士弘《唐音》、王安石《唐百家诗选》和赵蕃、韩淲《唐诗绝句》② 选诗都以中晚唐为主。而张逊业《盛唐十二家诗》不著名,高棅《唐诗品汇》在当时流传还不广,最普及的是《唐音》和《唐百家诗选》。杨士弘《唐音》虽然理论上重盛唐、黜晚唐,但是因为不选李白、杜甫、韩愈诗,实际仍以中晚唐诗居多。王安石《唐百家诗选》共收一百零四位诗人、一千二百余首诗。多以中小诗人为主,不选唐代著名诗人,于盛唐少杜甫、李白、王维、韦应物,因此金锡胄谓"荆公《百家》,缺略初盛"③。赵蕃、韩淲《唐诗绝句》也以中晚唐为主,"惟取中正温厚,闲雅平易;若夫雄浑悲壮,奇特沉郁,皆不之取"④。金锡胄谓:"章泉(赵

---

① 蔡美花、赵季主编《韩国诗话全编校注》第 2 册,人民文学出版社,2012,第 1436 页。
② 〔韩〕金学主:《朝鲜时代刊行中国文学关联书研究》,首尔:首尔大学校出版部,2000,第 8、9 页。明宗十年(1555)以活字刊印明代《唐诗正音抄》,明宗十一年(1556)以活字刊印《唐诗正音辑注》(元杨士弘编、明张震辑注)。宣祖三年(1570)颁赐王安石编《唐百家诗选》,此外还有宋赵蕃、韩淲编《唐诗绝句》。宋于济、蔡正孙编《精选唐宋千家联珠诗格》在中宗、明宗年间也有覆刻,高棅《唐诗品汇》和《唐百家诗吕温集》的刊刻也在明宗、宣祖间。
③ 金锡胄:《息庵遗稿》卷八《唐百家诗删序》,《韩国文集丛刊》第 145 册,首尔:民族文化推进会,1995,第 244 页。
④ (明)谢榛著,宛平校点《四溟诗话》卷二,见《四溟诗话 姜斋诗话》,人民文学出版社,1961,第 41 页。

蕃号——引者注)《唐纪》,仅取中晚。"①

李达学诗时,"取《文选》、太白及盛唐十二家、刘随州、韦左史暨伯谦《唐音》伏而诵之"②,说明学诗范本还包括诗人别集。明宗、宣祖年间刊刻的诗人别集包括刘长卿的《刘随州文集》、韦应物的《须溪校本韦苏州集》、柳宗元的《诸家注柳先生集》、李白的《分类补注李太白诗》和韩愈的《朱文公校昌黎先生集》等③,其中刘长卿、柳宗元、韩愈均为中唐诗人,也可见当时风气。

此外,"三唐"诗人还存在规模太切,有时落入剽窃摹拟,少新意和创造的弊端。由于三人注重艺术形式的借鉴,他们在内容、题材上脱离朝鲜社会的实际情况,这也是朝鲜摹拟中国诗歌普遍存在的问题。

明代前后"七子"在摹拟唐诗的过程中对摹拟与新创的分寸有过很多讨论。李梦阳主张"拟议以成其变化"(《易·系辞》),"以我之情,述今之事,尺寸古法,罔袭其辞"④,认为遵守法度即可,辞语需自创。谢榛认为"摹拟太甚,殊非性情之真"⑤。而"三唐"诗人并没有理论上的自觉,只是以学诗者的身份,刻意追求与唐诗的相似度,以酷似唐诗为成功标准。

唐皎然《诗式》把借鉴前人诗句分为"偷语""偷意""偷势"三种方法。其中"偷语"直接袭用前人语句,"偷意"借用前人诗意、构思而用自

---

① 金锡胄:《息庵遗稿》卷八《唐百家诗删序》,《韩国文集丛刊》第 145 册,首尔:民族文化推进会,1995,第 244 页。金锡胄所言书名有误。《唐纪》当为《唐诗纪》省称,为明代后期黄德水、吴琯编。《四库全书总目》卷一九二集部四五总集类存目二:"《唐诗纪》一百七十卷,明吴琯编。琯,漳浦人,隆庆辛未进士,尝校刊冯惟讷《古诗纪》,因准其例辑此书。甫成初唐、盛唐诗,即先刊行,故止一百七十卷,非完书也。"(中华书局,1965,第 4 册,第 1753 页)朝鲜李宜显《陶谷集》卷二八《陶峡丛说》:"又有吴琦者,辑《全唐诗纪》,诗并累千万首,以仙佛神鬼诗为外集。而先刻初盛唐诗百七十卷,俱在余书厨中。"(《韩国文集丛刊》第 181 册,首尔:民族文化推进会,1997,第 448 页)李宜显所记选本的内容与《唐诗纪》合,都为"初盛唐诗",但编者"吴琦"当为"吴琯"之误。金锡胄此处指南宋赵蕃与韩淲编《唐诗绝句》"仅取中晚"。
② 许筠:《苏谷山人传》,《惺所覆瓿稿》卷八《文部五》,《韩国文集丛刊》第 74 册,首尔:民族文化推进会,1991,第 204 页。
③ 据〔韩〕金学主《朝鲜时代刊行中国文学关联书研究》,首尔:首尔大学校出版部,2000,第 2~4 页。
④ (明)李梦阳:《空同集》卷六二《驳何氏论文书》,据台湾商务印书馆影印《四库全书》本。
⑤ (明)谢榛著,宛平点校《四溟诗话》卷二,见《四溟诗话 姜斋诗话》,人民文学出版社,1961,第 47 页。

己的语言表达出来,"偷势"则"才巧意精,若无朕迹"①。三者的差别在于借用前人成句融化为己的程度,以自然无迹为高。但"三唐"诗人的摹拟多表现在"偷语"的层面上,尤其是崔庆昌和李达。如李晬光《芝峰类说》:"崔庆昌、李达,一时能诗者也,其诗最近唐。而但作句多袭唐人文字,或截取全句而用之。令人读之,有若读唐人诗者,故骤以为唐而喜之,然其得于天机,自运造化之功似少,若谓'夺胎换骨'则恐未也。"② 惠洪《冷斋夜话》卷一引黄庭坚语:"不易其意而造其语,谓之换骨法;窥入其意而形容之,谓之夺胎法。"③ "夺胎换骨"与皎然所谓"偷意"相当。李晬光认为崔庆昌、李达宗唐只是文字上的袭用,自我创造少,甚至不能算是"换骨""偷意"。李达诗风转变之初逐篇摹拟唐诗的学唐方法,很容易造成这一弊病,尤其体现在对唐宫词和《塞下曲》的创作中。如《宫词》其二:"宫墙处处落花飞,侍女烧香对夕晖。过尽春风人不见,院门金锁绿生衣。"首尾两句分别化自王建《宫词》"春风院院落花堆,金锁生衣掣不开","侍女烧香对夕晖"则袭用王建"紫微宫女夜焚香"。《出塞曲》其一"已近居延山下猎",化用王维《出塞作》"居延城外猎天骄"。又《塞下曲赠柳总戎》"前军夜失阴山道",脱胎于刘长卿《从军行》"将军追虏骑,夜失阴山道"。梁庆遇《霁湖诗话》谓:"至如苏谷,全誉古句,略加数字,要以一时惊人而止。非公取、窃取,盖发冢手也。"④ 指出李达部分诗作剽窃之甚。

李晬光提及的"天机"在朝鲜时代后期成为诗论主流。丁若镛"我是朝鲜人,甘作朝鲜诗"⑤ 典型代表了朝鲜诗风自觉的诉求。此时诗坛树立"真"大于"雅"的价值标准,以"真诗"与"天机"作为具有更高价值的诗学范畴,反对蹈袭摹拟中国诗歌,在价值判断标准与取法对象方面从

① (唐)皎然:《诗式·三不同语意势》,见(清)何文焕辑《历代诗话》上册,中华书局,1981,第34页。

② 李晬光:《芝峰类说》卷九《文章部二·诗评》,见蔡美花、赵季主编《韩国诗话全编校注》第2册,人民文学出版社,2012,第1106页。

③ (宋)惠洪:《冷斋夜话》卷一《换骨夺胎法》,《丛书集成初编》第2549册,商务印书馆,1936,第5页。

④ 梁庆遇:《霁湖集》卷九,《韩国文集丛刊》第73册,首尔:民族文化推进会,1991,第497页。

⑤ 丁若镛:《与犹堂全书·诗集》卷六《老人一快事六首效香山体》(其五),《韩国文集丛刊》第281册,首尔:民族文化推进会,2002,第124页。

绝对效仿中国诗歌中解放出来，从而构建本土诗学。① 在此理论前提下，诗坛反思宣祖时期以"三唐"诗人为代表的复古摹拟之风。如金昌协《农岩杂识外篇》：

> 世称本朝诗莫盛于穆庙之世，余谓诗道之衰实自此始。盖穆庙以前，为诗者大抵皆学宋，故格调多不雅驯，音律或未谐适，而要亦疏卤质实，沈厚老健。不为涂泽艳冶，而各自成其为一家言。至穆庙之世，文士蔚兴，学唐者寝多，中朝王、李之诗又稍稍东来，人始希慕仿效，锻炼精工。自是以后，轨辙如一，音调相似，而天质不复存矣。是以读穆庙以前诗，则其人犹可见。而读穆庙以后诗，其人殆不可见。此诗道盛衰之辨也。②

金昌协认为"诗者，性情之发而天机之动也"，最重要的是表现个人性情，得之自然，而宣祖时宗唐诗人众口一声，千人一面，失却性情之真。他对宗唐得似的诗学追求进行纠偏：

> 诗固当学唐，亦不必似唐。唐人之诗，主于性情兴寄，而不事故实议论，此其可法也。然唐人自唐人，今人自今人。相去千百载之间，而欲其声音气调无一不同，此理势之所必无也。强而欲似之，则亦木偶泥塑之象人而已。其形虽俨然，其天者固不在也，又何足贵哉？③

他认为学唐而不必模仿其因人而异的声韵、格调，提出要学习唐诗的真精神，即在诗中寄托性情和兴发感动，不以才学为诗、以议论为诗。

"三唐"诗人虽然代表了朝鲜时代宗唐创作的高峰，但对唐诗的摹拟偏重艺术形式和题材，对中国诗歌亦步亦趋，摹拟之作中虽有自由抒发个人

---

① 参见拙文《文学、历史与民族：古代朝鲜咏史乐府的文化属性》，《乐府学》第 20 辑，社会科学文献出版社，2019。
② 见金昌协《农岩集》卷三四，《韩国文集丛刊》第 162 册，首尔：民族文化推进会，1996，第 377、378 页。
③ 金昌协：《农岩杂识外篇》，见《农岩集》卷三四，《韩国文集丛刊》第 162 册，首尔：民族文化推进会，1996，第 375 页。

和民族情感的作品，但终究不是主体。而稍后沈光世创作的《海东乐府》，以更为自由的古体形式承载朝鲜本国历史故实，则预示了朝鲜民族意识的觉醒和朝鲜汉诗的自觉，提供了汉诗发展进入新阶段的讯息。朝鲜汉诗发展由学唐入，亦由学唐出，博大精深的唐诗经典参与构建朝鲜民族诗学，对唐诗的不同态度也构成了朝鲜的民族心灵史。

第三章 "三唐"诗人遗响与全社会宗唐

"三唐"诗人崔庆昌、白光勋、李达在前人的基础上将学唐推向极致，引发了宣祖时全社会宗唐风尚。如李植《村隐刘希庆诗集小引》云："况当翁盛壮时，国朝诗教洋洽，轶轨三唐。无论馆阁巨公，方骛燕许，乃若下僚、外朝雄鸣高蠹，无非员外、协律、随、苏、溧阳之伦。下至齐民小胥，野鹊之吟、沙鹤之句，举皆铿锵不失声韵。"① 这则材料提示了当时诗坛的多重信息。其一，朝鲜当时师法的中国诗人主要包括燕国公张说、许国公苏颋、水部员外郎张籍、协律郎李贺、随州刺史刘长卿、苏州刺史韦应物与溧阳县尉孟郊。其二，揭示出宗唐群体的多样化，以阶层分，则从馆阁、下层官吏到平民；以身份论，则包含馆阁文臣、理学家、女性诗人、诗僧与委巷诗人等。其三，学唐重声韵。

第一节 林悌的转益多师与许筠乐府的由唐入汉魏

林悌（1549~1587），字子顺，号白湖、枫江、碧山、啸痴，晚号谦斋。本贯罗州。宣祖元年（1568）二十岁时，入俗离山，师从成运。宣祖九年（1576）二十八岁，中生员试、进士试。第二年谒圣试，以《荡阴赋》、《留犊》诗登乙科第一。三十一岁以高山道察访的身份出使北关，三十二岁为北道兵马评事。三十四岁为海南县监，第二年秋为兴阳县监。官止礼曹正郎。三十九岁英年早逝。林悌文名极高，还创作有寓言小说、拟传体②、梦游录等文体，如《愁城志》《元生梦游录》《南溟小乘》《管城旅史》《花

---

① 李植：《泽堂集》卷九，《韩国文集丛刊》第 88 册，首尔：民族文化推进会，1992，第 155、156 页。

② 拟传体文学，即拟人传记体文学，又称假传体文学。代表作有林椿《麴醇传》《孔方传》，李奎报《麴先生传》《清江使者玄夫传》与李穀《竹夫人传》等。

史》等。今传《林白湖集》《白湖续集》①。

关于其交游，宣祖十一年（1578）林悌在南原广寒楼，与白光勋、李达、梁大朴唱和，结集《龙城唱酬录》②。宣祖十二年（1579）以高山道察访出使北关时，在驾鹤楼与杨士彦（1517～1584）、许篈、车天辂酬唱③。宣祖十三年（1580）于妙香山成佛庵与休静谈话。

林悌个性倜傥不羁，生于东、西党议兴起之际，落落寡合，不愿参与党派④，因此仕途不畅，多居外职。他"好武任侠，以豪杰自处"⑤，对自我形象的期许是文武双全，身为文人，有仗剑远游的幻想和气概："非僧非俗啸痴汉，一琴一剑为生涯"（《遣兴》其二）；"自笑雄心盖八垠，早将书剑学从军"（《金河咏秋虹》）；"壮志拟披金锁甲"（《次许御史送我别害韵》）。李珥、许篈、杨士彦等"许其奇气"⑥，成运因诗愿见其面而成师徒之谊，成浑也赞赏"有拔俗气像"⑦。林悌正是因为胸襟豪逸，其胸中的奇气、侠气、豪气促成了个性诗风的形成。申钦《晴窗软谈》卷下："林悌子顺有豪气，能诗。"⑧许筠《惺叟诗话》："仲兄亦称其'胡虏曾窥二十州，将军跃马取封侯。如今绝塞无征战，壮士闲眠古驿楼'，以为

---

① 参见〔韩〕辛镐烈、林荧泽译《白湖全集》，首尔：创作和批评社，1997。

② 见白光勋《玉峰集》附录李喜朝修正《年谱》、梁大朴《青溪集》卷首许筠《青溪集序》。

③ 许穆《记言》卷四五《外家墓文遗事·林正郎墓碣文》："尝以高山道察访出北关，与杨使君、许学士、车太常天辂同登驾鹤楼，有酬唱作一卷。"见《韩国文集丛刊》第98册，首尔：民族文化推进会，1992，第314页。

④ 林悌小说《花史》以陶、夏、唐三代的梅花、牡丹、白莲影射现实，《夏记》表达了关于治理党争的激进情绪："史臣曰：红白党比之弊，无异于唐之牛李、宋之川洛。……又曰：唐文宗尝曰：'去河北贼易，去朝廷朋党难。'读史至此，未尝（不）掩卷叹曰。谓之党祸酷于逆乱则可；谓之破党难于制贼，岂其可也？"据韩国国立中央图书馆藏抄本。

⑤ 《朝鲜宣祖修正实录》卷二四，宣祖二十三年（1590）四月一日（壬申），据太白山史库本。

⑥ 许穆《记言》卷四五《外家墓文遗事·林正郎墓碣文》："李赞成珥、许学士篈、杨使君士彦数人许其奇气云。"见《韩国文集丛刊》第98册，首尔：民族文化推进会，1992，第314页。

⑦ 梁庆遇《霁湖诗话》："白湖年少时自湖西向洛，政当穷冬，风雪满天，道上成一律曰：'大风大雪高唐路，一剑一琴千里人。鸟啼乔木暮烟冷，犬吠孤村民户贫。僵寒马病苦无赖，啸志歌怀如有神。悠悠忽起故园思，锦水梅花南国春。'高唐，所过地名也。成大谷先生见此诗，愿见其面，白湖遂造拜，甚欢。癸未、甲申年间，成先生牛溪为铨曹亚判，怜其抱才沉滞，欲遂吹嘘，邀而与之语……谓其有拔俗气像，将置清班。"（《霁湖集》卷九，《韩国文集丛刊》第73册，首尔：民族文化推进会，1991，第497页）

⑧ 申钦：《象村稿》卷五二，《韩国文集丛刊》第72册，首尔：民族文化推进会，1991，第345页。

翩翩侠气。"① 李恒福《林白湖集序》谓："是岂非韩子所谓水大而物之浮者大小毕浮者乎?"② 论以韩愈"气盛言宜"的诗学观念，揭示其个性、气质流露于诗中的情感气势和力度。南龙翼评林悌诗"爽快"③，也是言其以气为主，意无所隐的诗风。林悌诗有清峭古淡者，有豪逸艳丽者，都贯穿着豪健的气质。

林悌作诗宗唐，文集中除《纪行》《狎鸥亭》《赠玄武》《柳絮》《车辇馆蟠松》等少量作品有宋调者，都摹拟唐风。他有系统学习、模仿唐诗的痕迹，尤其对孟浩然、杜牧推崇备至，以为"唐之诗人，孟浩（然）、杜牧为第一流"④。

林悌诗的清峭古淡，一方面得自对孟浩然语言风格的体认与学习。孟浩然诗冲淡，体现在语言方面，朴素自然，如话家常，甚至淡得看不见诗。闻一多《孟浩然》谓："真孟浩然不是将诗紧紧的筑在一联或一句里，而是将它冲淡了，平均的分散在全篇中。"⑤ 林悌诗不像高敬命铺排华丽的辞藻，又不同郑澈的遒紧。他的诗中警句不多，同孟浩然一样将诗味分散在全篇中。如《江南行》："江南冬不冰，水草绿如发。时有打鱼人，沙行足无袜。"《咏溪》："溪响夜来多，萧萧枕边到。幽人和睡闻，梦作千山雨。"不可句摘，平淡而有旷远之味。

另一方面，诗风清峭则源自他不随波逐流的性格。其《留别成而显》："出言世谓狂，缄口世云痴。所以掉头去，岂无知者知。"《有人》："宇宙昂藏六尺身，醉歌醒谑世争嗔。心痴难免陆云病，计拙不辞原宪贫。乌帽风尘聊暂屈，白鸥江海竟谁驯。客窗夜夜乡园梦，茶户渔村访旧邻。"宣祖十年（1577）林悌二十九岁文科及第时，许晔、朴淳所代表的东人、西人已经分立。对士人非"东"即"西"的党同伐异、标榜名誉，他报以不驯服

---

① 见许筠《惺所覆瓿稿》卷二五《说部四》，《韩国文集丛刊》第 74 册，首尔：民族文化推进会，1991，第 367 页。

② 见林悌《林白湖集》卷首，《韩国文集丛刊》第 58 册，首尔：民族文化推进会，1990，第 251 页。

③ 南龙翼：《壶谷诗话·诗评·东诗》，蔡美花、赵季主编《韩国诗话全编校注》第 3 册，人民文学出版社，2012，第 2199 页。

④ 林㦿：《林白湖集跋》，见林悌《林白湖集》卷尾，《韩国文集丛刊》第 58 册，首尔：民族文化推进会，1990，第 324 页。

⑤ 闻一多：《唐诗杂论》，中华书局，2003，第 34 页。

的独立个性，性傲而骨峭。表现在诗中，境界寂、温度冷，同时故意制造拗折的艺术效果。如《呈灌园》其二："京国栖迟感岁华，故园佳节负黄花。浮云蔽日悲游子，小雨催寒湿暮鸦。玉轸有时弹古调，金刀无计出边沙。汉阴诗老音书少，客路清愁听塞笛。"这首写给朴启贤（1524～1580）的诗古淡中透露着凄清，孤寂而冷峭。

而豪逸艳丽的诗歌，论其诗学渊源，主要得自杜牧的"豪而艳，宕而丽"①。梁庆遇《霁湖诗话》："林正郎白湖（悌）为诗学樊川，名重于世。"② 林悌的经历和思想与杜牧相似，容易形成相近的诗风。少年狭邪青楼，豪荡不羁。后来以布衣出入朴启贤幕府③，以高山道察访出使北关，又曾为北道兵马评事，经历过现实的边塞戎马生活。却迫于国内的政治大环境，不受知遇。李恒福《林白湖集序》："少尝轩轾其才，慨然慕燕、代之风。时于香奁、酒肆漫浪以自适，或悲歌慷慨，人莫测其端。而常自谓功名可徒手取，乐弛置自放，纵谑不羁，不屑屑操觚以黔其口吻。世以是疑之，而亦以是奇之。"④ 漫浪中又颇自负，正是林悌诗中所谓"书生早有吞胡计，钟鼎功名本不求"（《次受降亭韵》）。又"马卿犹抱三年病，庞统元非百里材"（《县斋书事寄许美叔》），《国朝诗删》卷六评其"自负"。⑤李恒福接下来说："中忽自悟，稍讳言侠。遂屈首书史，因遍游名山，以佐其奔放豪逸。而泄之以诗，往往若晴虹之舒卷于空明，而不可得以摹也者，虽由天造，而至于丹青彩缋，得之樊川而弁髦之者多矣。"⑥ "屈首书史"当

---

① （明）杨慎《升庵诗话》卷五《杜牧之》："律诗至晚唐，李义山而下，惟杜牧之为最。宋人评其诗豪而艳，宕而丽，于律诗中特寓拗峭，以矫时弊，信然。"丁福保辑《历代诗话续编》上册，中华书局，1983，第738页。

② 梁庆遇：《霁湖集》卷九，《韩国文集丛刊》第73册，首尔：民族文化推进会，1991，第497页。

③ 林悌《呈灌园》其一："征南幕府布衣人，扪虱频时坐绮筵。借箸每容谈壮略，引杯常许和清篇。边氓乐业思高枕，烈士怀恩要着鞭。五载明公官八座，宦游关塞独凄然。""灌园"为朴启贤号。诗尾注："往在乙亥，有倭寇之警，公时出镇湖南，余以布衣出入幕府故云。"见林悌《林白湖集》卷三，《韩国文集丛刊》第58册，首尔：民族文化推进会，1990，第297页。

④ 林悌：《林白湖集》卷首，《韩国文集丛刊》第58册，首尔：民族文化推进会，1990，第251页。

⑤ 〔韩〕赵钟业：《韩国诗话丛编》第4册，首尔：太学社，1996，第618页。

⑥ 林悌：《林白湖集》卷首，《韩国文集丛刊》第58册，首尔：民族文化推进会，1990，第251页。

指林悌二十岁入俗离山至二十八岁参加进士试、生员试期间的读书生活。林憒《林白湖集跋》谓他"寻大谷成先生于钟山之下受《中庸》"①。李睟光云："林悌入俗离山，读《中庸》八百遍，得句曰：'道不远人人远道，山非离俗俗离山。'用《中庸》语也。"② 可见林悌学习儒家经典用功之勤。林悌《答季容》其二云："十载飘然杜牧之，酒楼歌鼓万人知。伊今浪迹还如梦，除却鸣琴总不为。"天生豪纵风流的气质有所收敛，增加了书史的浸染，遍游名山得江山之助，尤其是对杜牧等诗人作品的涵咏，共同促进了林悌诗风的定型。

林悌创作了二十多首边塞题材的诗歌，诗风凌厉豪逸。如《驿楼》：

> 胡虏曾窥二十州，当时跃马取封侯。如今绝塞烟尘静，壮士闲眠古驿楼。

这首诗作于出任高山道察访期间③。《国朝诗删》卷三评为"豪气"④，《惺叟诗话》载许筠"以为翩翩侠气"⑤。又《遣兴》其一："南边壮士剑生尘，手阅阴符三十春。卧睡蒲团起索酒，野僧只道寻常人。"两诗都用白描手法，含有战争与和平时节壮士形象的对比，既有一飞冲天的豪健，也有闲眠、索酒的翩然不羁，由此一张一弛的节奏变化便形成英雄的豪逸，也形成诗风的豪逸。

林悌还有一些风格纤秾艳丽的艳情诗。既有自拟新题的乐府，也有七首效仿李商隐《无题》写相思恋慕之情以及四首香奁体。这类诗多采用

---

① 林憒：《林白湖集跋》，见林悌《林白湖集》卷尾，《韩国文集丛刊》第 58 册，首尔：民族文化推进会，1990，第 324 页。

② 李睟光：《芝峰类说》卷一四《文章部七·诗艺》，见蔡美花、赵季主编《韩国诗话全编校注》第 2 册，人民文学出版社，2012，第 1346 页。

③ 车天辂《五山说林草稿》："杨沧海倅安边也，林悌为高山察访。林悌谩谓沧海曰：'德山驿壁上见有七言绝句一首，以拙笔书之，疑是北道边将之所作也。'为沧海诵之曰：'胡虏曾窥数十州，将军跃马取封侯。如今绝塞烟尘静，将士闲眠古驿楼。'沧海笑曰：'此非出武夫口中，必高山手也。'其后崔公庆昌以'将军跃马取封侯'改为'当时跃马取封侯'。"见蔡美花、赵季主编《韩国诗话全编校注》第 2 册，人民文学出版社，2012，第 963、964 页。

④ 〔韩〕赵钟业：《韩国诗话丛编》第 4 册，首尔：太学社，1996，第 425 页。

⑤ 见许筠《惺所覆瓿稿》卷二五《说部四》，《韩国文集丛刊》第 74 册，首尔：民族文化推进会，1991，第 367 页。

"男子作闺音"的形式。清代毛先舒曾指出词体中"男子多作闺人语"①，田同之进一步引申，其《西圃词说·诗词之辨》："若词则男子而作闺音，其写景也，忽发离别之悲。咏物也，全寓弃捐之恨。无其事，有其情，令读者魂绝色飞，所谓情生于文也。"并以此作为"诗词之辨"。② 不唯词，诗中也多有男子作闺音的现象，尤其"乐府是产生角色诗的沃土"③，唐乐府中这种现象很普遍。

如林悌《无语别》：

> 十五越溪女，羞人无语别。归来掩重门，泣向梨花月。

李睟光《芝峰类说》、南龙翼《箕雅》都将其题作《香奁》。全诗语言简净自然，与香奁体的秾丽还不完全相同，描写了一个性格内敛的女子无法直接表露自己的感情，诗歌塑造的艺术形象生动而鲜明。以洁白的梨花和皎洁的月光烘托女子之美貌与纯洁，这种写法脱胎于白居易《长恨歌》"玉容寂寞泪阑干，梨花一枝春带雨"，暗含怜爱之情，《国朝诗删》卷一评其"有情"④。另一首《秋千曲》："误落云鬟金凤钗，游郎拾取笑相夸。含羞借问郎居住，绿柳珠帘第几家？"诗中女子主动中透着娇羞。

他还创作有十首《浿江歌》，写朝鲜浿江的历史、风情和人物，多涉及儿女之情。如其六："浿江儿女踏春阳，江上垂杨政断肠。无限烟丝若可织，为君裁作舞衣裳。"申钦《晴窗软谈》卷下："语甚艳丽，盖学樊川者也。"⑤ 谓其艳丽处与杜牧诗风相似。而诗意则袭自唐代段成式《酉阳杂俎》卷一四："长安女儿踏春阳，无处春阳不断肠。舞袖弓腰浑忘却，蛾眉空带

---

① （清）毛先舒：《诗辩坻》卷四，郭绍虞编选《清诗话续编》第 1 册，上海古籍出版社，1983，第 90 页。

② 唐圭璋：《词话丛编》第 2 册，中华书局，1986，第 1449 页。

③ 蒋寅：《古典诗学的现代诠释》（增订本），中华书局，2009，第 216 页。

④ 〔韩〕赵钟业：《韩国诗话丛编》第 4 册，首尔：太学社，1996，第 323 页。此外，李夏坤《头陀草》册一一《余尝爱林子顺"十五越溪女"一绝，语意超绝。但恨其太爽朗，乏幽远之致。试演其意作此，未知见者以为何如也》："美人含娇羞，不肯垂别泪。归拜西厢月，却诉心内事。"（《韩国文集丛刊》第 191 册，首尔：民族文化推进会，1997，第 402 页）"太爽朗，乏幽远之致"的点评是符合林悌性情的，唯爽朗而有乐府清新明快之致。

⑤ 申钦：《象村稿》卷五二，《韩国文集丛刊》第 72 册，首尔：民族文化推进会，1991，第 345 页。

九秋霜。"① 洪万宗《诗评补遗》卷上指出其诗意出处："余见《诗学大成》，其中一诗与林作略无异同，而'长安'二字改以'浿江'。"② 大抵元人毛直方编《诗学大成》引自《酉阳杂俎》，而《诗学大成》在成宗二十年（1489）和燕山君二年（1496）曾在朝鲜刊刻过，流传较广，林悌由此取径。林悌《浿江歌》其七："妾貌似花红易减，郎心如絮去何轻。愿移百尺清流壁，遮却兰舟不放行。"逼真地模拟女子的身份和娇嗔的口吻，生动地写出闺中之怨。又其十："离人日日折杨柳，折尽千枝人莫留。红袖翠娥多少泪，烟波落日古今愁。"则拉远距离，以第三人称的视角客观地叙述别离，结尾写景苍茫悲壮。

林悌的另一类艳情诗以冷语出之，因清冷而少俗艳之态。如《落叶》："夜玉屏深富贵家，美人犹自著轻罗。秋风莫道无私意，才到山门落叶多。"写女子的娇嗔和纤细的情思。又如《浿江泛碧》清雅温婉，《伏岩寺偶成叏体》诗境清奇幽冷。他对青楼女子不是像南朝宫体诗一样作为赏玩的客观对象来描写，而是出之以真情，在诗中悼惜她们的香消玉殒。如《妓挽》："世事余妆镜，流尘暗舞衣。春魂托何处，江柳燕初归。"后两句利用上下句的并置关系，给人以魂化江燕之感，实是出于诗人不忍之心，想象生命消逝之后以另一种形式继续存在，以温婉的情思化解死亡带来的悲痛，表达对逝者的哀怜。

林悌诗有的偏于豪宕，有的偏于艳丽，而总的来说，豪宕和艳丽往往是交织在一起的。同杜牧一样，边塞与佳人，英雄的豪纵与柔情重叠交织。如《送黄景润为镜城判官》：

> 元帅台前海接天，曾将书剑醉戎毡。阴山八月恒飞雪，时逐长风落舞筵。

海天一线，八月飞雪，景物豪壮；结句"时逐长风落舞筵"则含情绵邈，引出舞筵的风流雅兴，全诗"豪而艳，宕而丽"。这是林悌的绝笔诗，写完

① 《丛书集成新编》第 11 册，台北：新文丰出版公司，2008，第 150 页。
② 蔡美花、赵季主编《韩国诗话全编校注》第 3 册，人民文学出版社，2012，第 2424 页。

不久去世。《国朝诗删》卷三评曰"气概洋洋"①。李宜显谓:"临死之作凌厉豪逸犹如此,平日之气象可见矣。"②《东诗奇谈》亦评:"临绝口号之诗豪健如此。"③ 又《戏题生阳馆》:"羸骖载倦客,日晚发黄州。堪恨踏青节,未登浮碧楼。佳人《金缕曲》,江水木兰舟。寂寂生阳馆,相思夜似秋。"缱绻的羁愁中有佳人《金缕曲》为伴,情思旖旎。

林悌共摹拟李商隐《无题》的内容、风格创作了九首《无题》诗,其中五首为七绝,四首为七律。七绝如:"蓬海茫茫碧落宽,玉娘消息楚云寒。秋风一合相思泪,月照琼楼十二阑。"七律如:"南国曾逢萼绿华,众床瑶瑟醉流霞。江中解佩红芳歇,洛浦骖鸾碧落赊。虚说异香生海窟,不堪孤泪洒天涯。忆凭摩勒传缄札,怨入蛮笺字字斜。"其绮错婉媚、细密纤秾已经超过李商隐,接近温庭筠了,但情思的深隐和用典的险僻不及李商隐。

此外林悌还有组诗《读杜陵诗史和诸将》,有意模仿杜甫沉郁雄壮的风格。林悌阅读的所谓"诗史"当指世宗时刊印过的《黄氏集千家注杜工部诗史补遗》④,为蔡梦弼《杜工部草堂诗笺》的一部分。《杜工部草堂诗笺》原本五十卷,后散乱为四十卷通行,十卷《黄氏集千家注杜工部诗史补遗》正是四十卷本之补遗。⑤ 林诗其三曰:

> 金瓯天堑界分标,蹙国年来胆欲消。江边胡骑犹骄横,塞外王师漫寂寥。征妇闺中梦枯骨,将军头上插丰貂。和戎伐谷皆非计,谁把奇图补圣朝。

"塞外王师漫寂寥"承自杜甫《阁夜》"人事音书漫寂寥"。"和戎"典出《左传·襄公四年》,晋侯听从魏绛和戎五利的分析,使魏绛与诸戎订盟;

① 〔韩〕赵钟业:《韩国诗话丛编》第4册,首尔:太学社,1996,第425页。
② 李宜显:《陶谷集》卷二七《云阳漫录》,《韩国文集丛刊》第181册,首尔:民族文化推进会,1997,第427页。
③ 蔡美花、赵季主编《韩国诗话全编校注》第12册,人民文学出版社,2012,第10353页。
④ 据〔韩〕金学主《朝鲜时代刊行中国文学关联书研究》,首尔:首尔大学校出版部,2000,第3页。
⑤ 据王欣悦《宋代杜诗"集千家注"三种考》(《杜甫研究学刊》2013年第1期),该书与宋代黄希、黄鹤《黄氏补千家集注杜工部史》无关。

"伐谷"指《管子》卷七载吴人伐谷,齐桓公以车千乘会诸侯于竟都,诸侯之师未至,吴人即撤军。林诗意为和盟与军事震慑都不可行,何人复有奇谋?表达了对国事的深沉忧患。其他如"金河放马龙旗偃,玉帐飞觞凤管清"(其二);"家国升平一百载,岂无屠钓老英才"(其四),雄壮威武,语句严整,得杜甫之风。

又五排《送李评事》:

> 朔雪龙荒道,阴风渤海涯。元戎掌书记,一代美男儿。匣有干星剑,囊留泣鬼诗。边沙暗金甲,关月照红旗。玉塞行应遍,云台画未迟。相看竖壮发,不作远游悲。

许筠和许篈非常推崇这首诗,《国朝诗删》卷四评"气豪语俊"①,《惺叟诗话》谓"可肩盛唐"②,《鹤山樵谈》谓"绝似杨盈川"③,确有杨炯"宁为百夫长,胜作一书生"(《从军行》)的豪壮与自信。可见林悌多方取径,有意模仿孟浩然、杜牧、李商隐、杜甫、杨炯等唐代诗人,和当时其他朝鲜诗人一样转益多师。

许篈(1551~1588),字美叔,号荷谷。本贯阳川。宣祖元年(1568)十八岁,中生员试壮元。宣祖五年(1572)二十二岁,中春塘台试。为柳希春(1513~1577)门人。第二年与金孝元、金宇颙等一起入选读书堂。"由翰苑发轫,长在经幄"④,多供职于承文院、艺文馆、弘文馆等。宣祖五年(1572)明神宗登极诏使韩世能、陈三谟来,为记事官;宣祖七年(1574)二十四岁,自请为圣节使朴希立书状官如明;宣祖十五年(1582)皇子诞生诏诏使黄洪宪、王敬民来,为远接使李珥从事官,随行到义州,黄洪宪称赞"使此子生于中华,玉署、金马当让一头"⑤。官止承文院典翰。有《荷谷集》《海东野

---

① 〔韩〕赵钟业:《韩国诗话丛编》第4册,首尔:太学社,1996,第511页。

② 见许筠《惺所覆瓿稿》卷二五《说部四》,《韩国文集丛刊》第74册,首尔:民族文化推进会,1991,第367页。

③ 蔡美花、赵季主编《韩国诗话全编校注》第2册,人民文学出版社,2012,第1438页。

④ 尹国馨:《闻韶漫录》卷下,见蔡美花、赵季主编《韩国诗话全编校注》第1册,人民文学出版社,2012,第736页。

⑤ 许篈:《荷谷集》卷尾《荷谷先生年谱》,《韩国文集丛刊》第58册,首尔:民族文化推进会,1990,第485页。

言》今传。

许篈为宣祖八年（1575）"乙亥党论"中东人党首许晔次子。宣祖十六年（1583）尼胡叛乱中，许篈任承文院典翰，上札呼应司宪府大司宪李墍、司谏院大司谏宋应溉等弹劾兵部判书李珥，后来西人党首朴淳也受到两司弹劾。宣祖命远窜朴应溉、许篈、朴谨元，李墍、朴承任、洪汝谆等黜补外邑。许篈先除昌原府使，才下车，再谪甲山。宣祖十八年（1585）赐还，但无意仕进，"疏放自便，入白云山读书，或住仁川，或往春川，放浪山水间以自适"①。宣祖二十一年（1588）秋入金刚山，赏九龙渊、毗卢峰，住大明庵。同年九月十七日，病逝于金化县生昌驿，仅三十八岁。

许篈生前与林悌结为诗友，文集中多有诗歌唱和，互相激赏诗才，林悌称赞其《压胡亭》"白屋经年病，青苗一夜霜"纪实，誉为"白屋青苗十字史"②。许篈少时即与李达交游，推赏其诗。李达有《放赦后寄荷谷》《东郊访许美叔》等，对许篈的汉诗也极为推许③。

梁庆遇《霁湖诗话》："荷谷许典翰（篈）以能诗大有名，不幸而夭，其诗播在人口者绝少。"④ 并且经壬辰兵火，许篈的诗集是三弟许筠凭借诵念的记忆⑤整理的，诗歌流传下来的不多，但在当时已经得到了很多认可。如张维谓："迩来文人才子中，荷谷之诗为最。"⑥ 李达认为其诗胜过

---

① 许篈：《荷谷集》卷尾《荷谷先生年谱》，《韩国文集丛刊》第 58 册，首尔：民族文化推进会，1990，第 485 页。

② 许筠：《惺叟诗话》，见《惺所覆瓿稿》卷二五《说部四》，《韩国文集丛刊》第 74 册，首尔：民族文化推进会，1991，第 367 页。

③ 许篈《荷谷集》卷尾《荷谷先生年谱》："苏谷李达知诗，曰：'公诗长篇短韵，清壮动荡，深得青莲遗法。而五言亦清邵逼唐。独七言近体，差未免苏眉山口气，若出二人手然。'"（《韩国文集丛刊》第 58 册，首尔：民族文化推进会，1990，第 486 页）许筠《鹤山樵谈》："仲氏评近来诗人：苏斋相公为大家，高霁峰敬命次之。李益之以仲氏诗文俱优于高公。""李益之尝曰：'读美叔学士诗，若见空中散花。'"（蔡美花、赵季主编《韩国诗话全编校注》第 2 册，人民文学出版社，2012，第 1436 页）

④ 梁庆遇：《霁湖集》卷九，《韩国文集丛刊》第 73 册，首尔：民族文化推进会，1991，第 502 页。

⑤ 许筠《鹤山樵谈》："仲氏不幸早世，未施长辔，遗文散落不能收拾。及壬辰之变，无暇搜出，并付之兵火。终天之恸，曷有其极！余卜居镜湖，惊悸初定，试忆所尝诵念，则仅五百余篇。欲写以传世，以期不朽。然亦泰山之一毫芒尔。"见蔡美花、赵季主编《韩国诗话全编校注》第 2 册，人民文学出版社，2012，第 1436 页。

⑥ 梁庆遇《霁湖集》卷九《诗话》引，《韩国文集丛刊》第 73 册，首尔：民族文化推进会，1991，第 502 页。

高敬命①。宣祖称其"千年折戟沉沙短，十里平芜过雨腥"（《居山驿》）②。

许筲诗俊逸豪畅③。如《压胡亭》：

> 塞国悲寒望，人烟接鬼方。山围孤障外，水入坏陵傍。白屋经年
> 病，青苗一夜霜。登临最萧瑟，衰槾叶俱黄。

首联交代压胡亭的地理位置，为全诗奠定悲壮辽阔的基调。领联描摹周围
环境，对仗精工而流利。颈联纪实，为李达所称道。尾联移情思入景物，
抒发景象、人事的萧瑟之感。又《吉城秋怀》其五：

> 金门踪迹转依依，落尽黄榆尚未归。塞角暗吹仙仗梦，岭云低湿
> 侍臣衣。功名误许麒麟画，岁月空惊熠耀飞。忆得去年三署直，锦城
> 银烛夜钟微。

吉城为咸镜北道吉州旧称。宣祖十三年（1580）许筲为咸镜道巡抚御史④。
"忆得去年三署直"指宣祖十二年（1579）除议政府舍人、司宪府掌令、弘
文馆应教兼艺文馆应教⑤。诗以"落尽黄榆"暗示节候已至深秋，抒发淹滞
既久、兀自不归的怅惘。

许筲同李达、高敬命一样，由宗宋转到宗唐。关于其学唐过程，许筠《鹤
山樵谈》记载："仲氏诗初学东坡，故典实稳熟。及选湖堂，熟读《唐诗品汇》，
诗始清健。晚年谪甲山，持李白诗一部以自随，故谪还之诗深得天仙之语。"⑥

---

① 许筠：《鹤山樵谈》，见蔡美花、赵季主编《韩国诗话全编校注》第 2 册，人民文学出版
　社，2012，第 1440 页。
② 许筠：《惺所覆瓿稿》卷二四《说部三·惺翁识小录下》，《韩国文集丛刊》第 74 册，首
　尔：民族文化推进会，1991，第 344 页。
③ 许筲：《荷谷集》卷尾《荷谷先生年谱》，《韩国文集丛刊》第 58 册，首尔：民族文化推进
　会，1990，第 486 页。
④ 许筲《荷谷集》卷尾《荷谷先生年谱》："戊寅，以御史巡抚咸镜道。"《韩国文集丛刊》
　第 58 册，首尔：民族文化推进会，1990，第 485 页。
⑤ 许筲《荷谷集》卷尾《荷谷先生年谱》："丁丑秋，荐除议政府检详，升舍人，再转司宪府
　掌令，再去为舍人。移弘文馆应教，兼艺文馆应教。"《韩国文集丛刊》第 58 册，首尔：
　民族文化推进会，1990，第 485 页。
⑥ 蔡美花、赵季主编《韩国诗话全编校注》第 2 册，人民文学出版社，2012，第 1436 页。

推荐后学"为诗则先读《唐音》,次读李白,苏、杜则取才而已"①。《荷谷先生年谱》也记载许筠曾自言"在谪日,读《骚》、李百遍"②。许筠初学苏轼,在典实稳熟的基础上,熟读明高棅《唐诗品汇》、元杨士弘《唐音》以及唐代诗人别集,代表了宣祖时宗唐诗人学习汉诗的一般路径。转宗唐诗之后,许筠始涤除宋诗夹叙夹议的倾向和音节的黯哑,诗风转为清健。明代胡应麟《诗薮》外编卷四:"诗最可贵者清,然有格清,有调清,有思清,有才清……若格不清则凡,调不清则冗,思不清则俗。"③ 许筠着力处主要在声调与构思,构思则重意象安排。转变诗学宗尚之后,他认为读苏轼或杜甫诗的意义仅在于语句、典故的借鉴,"取才(材)而已",主体风格的构建还需依靠熟读以《唐音》为代表的唐诗。除了诗学宗尚的改变,谪居中对功名利禄之心的放弃,对人生价值等问题的沉潜反思也促进了许筠诗风的转变。尹国馨(1543~1611)《闻韶漫录》卷下载:"子瞻尝戏美叔曰:'君诗虽佳而不清,必经谪居之苦可免俗态。'"④ 并且徜徉名山之间,寄居山寺,与僧人交往⑤,都有助于胸襟的净化和清兴的形成。

李达认为许筠"诗长篇短韵清壮动荡,深得青莲遗法。而五言亦清邵逼唐。独七言近体,差未免苏眉山口气,若出二人手然。"⑥ 许筠的七律仍然保留着学苏轼"气韵豪迈,意深言富,用事恢博"⑦ 的痕迹,而绝句、五律、长篇古体则宗唐得古,有绝似唐人处。许筠《鹤山樵谈》:"仲氏诗有'斗柄垂寒野,滩沙阁败船'之句,苏斋相公甚称赏之,以为不减唐人。"⑧ 又如《滦河》:

---

① 许筠:《鹤山樵谈》,蔡美花、赵季主编《韩国诗话全编校注》第 2 册,人民文学出版社,2012,第 1447 页。
② 许筠:《荷谷集》卷尾,《韩国文集丛刊》第 58 册,首尔:民族文化推进会,1990,第 486 页。
③ (明)胡应麟:《诗薮》,上海古籍出版社,1979,第 185 页。
④ 蔡美花、赵季主编《韩国诗话全编校注》第 1 册,人民文学出版社,2012,第 737 页。
⑤ 许筠《荷谷集》多赠僧诗或题僧轴。
⑥ 许筠:《荷谷集》卷尾《荷谷先生年谱》,《韩国文集丛刊》第 58 册,首尔:民族文化推进会,1990,第 486 页。
⑦ 崔滋《补闲集》卷中引李允甫言,蔡美花、赵季主编《韩国诗话全编校注》第 1 册,人民文学出版社,2012,第 112 页。
⑧ 蔡美花、赵季主编《韩国诗话全编校注》第 2 册,人民文学出版社,2012,第 1449 页。

孤竹城头月欲生，滦河西畔听钟声。扁舟未渡寻沙岸，烟霭苍苍古北平。

全诗温厚古淡中不乏"月欲生"的动感和钟声的浑厚渺茫，下联转、合无迹，意兴悠远，洪万宗《小华诗评》卷下评为"唐人绝调"①。许筠谪居时，熟读《离骚》、李白诗，大概因为境遇与屈原相类，气质与李白相似。作诗也就有李白之风，即李达所谓"长篇短韵清壮动荡，深得青莲遗法"②。许筠《鹤山樵谈》载："谪还之诗，深得天仙之语。"③ 苏轼与李白，正是许筠诗学渊源的大宗。许筠多学李白乐府、歌行体。

许筠文集中保存了一些"歌""行""曲""引""吟""词"等歌辞性题目诗歌，多创作于谪居期间，包括乐府、歌行等不同体式④。

许筠的乐府诗虽用唐代乐府诗的题目和部分意象，但是诗体和风格却上溯汉魏，多为长歌，常用三、五、七杂言的形式。并且恢复汉魏六朝乐府顶针、同字对偶、重复字法等艺术手法，还采用汉乐府顺叙的叙述方式。这样就扭转了盛唐乐府律化、绝句化的趋势，变盛唐乐府的清紧之风为声情流转。学唐而不拘泥于唐，能够追源溯流。南龙翼《壶谷诗话·诗评·东诗》所谓："诗则绝佳，且知古法，格高于筠。"⑤ 他能在摹拟中融入自己

① 蔡美花、赵季主编《韩国诗话全编校注》第 3 册，人民文学出版社，2012，第 2348 页。
② 许筠《荷谷集》卷尾《荷谷先生年谱》引，《韩国文集丛刊》第 58 册，首尔：民族文化推进会，1990，第 486 页。
③ 蔡美花、赵季主编《韩国诗话全编校注》第 2 册，人民文学出版社，2012，第 1436 页。
④ 关于许筠乐府、歌行与古体的区分，《荷谷集》中未明确标示。且歌行本源自乐府，又采用古体的形式，因此乐府与歌行、歌行与古体本不易区分。为论述方便，本文作如下区分。首先，将沿用中国诗人乐府题目的归入乐府诗，如《庐江主人妇》《寄衣曲》《捣衣曲》。其次，郁贤皓《李白乐府与歌吟异同论》（《中国李白研究》1994 年集，安徽文艺出版社）认为，乐府与歌行表现思想和生活的方式不同，乐府将当时独特的现实生活和自己的个别感受转化为一般的、传统的形象客观地表现出来，歌行则具体表现特定时间和空间的独特个体的思想和情绪；乐府用比兴手法，歌行则将意图明确表现出来。据此，许筠未沿用乐府旧题的《玉童谣》《牵情引调金仁伯》《龙兴江词》《镜囊词》《紫桃吟》《荡桨词》《狼川艳曲》等也归入乐府。另据葛晓音《初盛唐七言歌行的发展——兼论歌行的形成及其与七古的分野》（《文学遗产》1997 年第 5 期），将非乐府题、带有歌辞性题目的七言古诗归入歌行，如《白云山歌送边兄》《卢书房歌》《醉歌行赠安伯共》《明礼坊引》《清平山迎送神曲》等。此外，《山鹧鸪词》，因清代王琦注本《李太白全集》收入歌吟类，也被归为歌行体。最后，将非歌辞性题目的古体诗归入古体，如《赠诸生》《赠熙上人》《上元夫人》《江楼晓思》《别金生》《夜坐即事》等。
⑤ 蔡美花、赵季主编《韩国诗话全编校注》第 3 册，人民文学出版社，2012，第 2203 页。

的诗学主张，不同于李达摹拟唐乐府完全沿袭其绝句化的倾向。在学唐而一味追求相似度、以酷似为成功标准的风气下，许篈的乐府创作尤其难能可贵。

如《庐江主人妇》，李白原作为七绝："孔雀东飞何处栖，庐江小吏仲卿妻。为客裁缝君自见，城乌独宿夜空啼。"① 但许篈所作为五七杂言乐府："城乌啼哑哑，城角吹夜半。庐江主人妇，出门望星汉。星汉微茫北斗斜，裁缝白苎寄天涯。人生莫作长离别，君在天涯妾在家。"只是袭用李白"城乌"和"裁缝"的意象。首句使用兴的艺术手法和同字对偶的句法，结句由第三人称的客观叙述转为第一人称的呼告。且全诗口语化，语言自然流畅，乐府意味更浓。李白诗用《古诗为焦仲卿妻作》的本事，许篈并不袭用本事，而是把情境和抒情对象泛化，表现一个女子夜半裁衣、思念出行在外的丈夫的哀怨。又《捣衣曲》，王建有七古同题之作，刘禹锡作五绝组诗，许篈则采用三五七杂言："尔捣衣，我在家，杳杳铁关北。铁关之北一千里，秋来三月无消息。"张籍《寄衣曲》原为整齐的七言，许篈《寄衣曲调安伯共》变为五七杂言，并且恢复汉乐府常用的同字对偶、重复字法和顶针的手法，如"君身宜不宜，君心真不真"；"良人远在北山北，北山绿萝深"等。

其他乐府诗，如《牵情引调金仁伯》《龙兴江词》《玉童谣》《镜囊词》《紫桃吟》《荡桨词》《狼川艳曲》等，自作新题，但仍与古事、古辞有密切关系。如《镜囊词》："江南女儿当窗织，染作春潭千丈黑。十袭珍包入尚方，五丁输取归东国。几年箱箧有余香，今日裁缝为镜囊。囊里青铜明似月，镜中白发冷于霜。青铜可磨石可转，唯有此心终不变。欲识此心长忆君，日日揭囊看镜面。"女子织布的意象和代女子作辞的手法都为乐府常用。这首诗还沿用《诗经·邶风·柏舟》"我心匪石，不可转也"和北朝乐府《木兰歌》"木兰当户织"等语素。

许篈在乐府五七言中杂用三三句式，加快了诗歌的节奏，使声情相称。如《玉童谣》："巧笑倩，美目盼。高高青林中，五月摇大扇。荇叶长，蒲叶短。东飞凫，不可逢。阳台暮雨孤帆远，梦入双鬟白玉童。"穿插三言，形成轻快跳跃的节奏感，突出玉童的灵巧轻盈。又《龙兴江词》："龙兴江，

① （清）王琦注《李太白全集》卷二二，中华书局，1977，中册，第 1043 页。

西北流。西北流，不复回，万里行人已白头。烟雨空蒙圣历山，行人徙倚望京楼。风飒飒，木萧萧，岁云暮矣增离忧。"三三句式加上顶针手法，使诗歌的节奏更促迫，突出龙兴江流动和时间迁转之快，给人紧迫感，与"岁云暮矣增离忧"相应，达到声情相称的效果。

许篈的歌行体，在借鉴李白、杜甫等唐代诗人的基础上也有新创，风格较乐府更为自由奔放。如《山鹧鸪词》，模仿李白同题之作，借用"苦竹岭""雁门""南禽""北禽""苍梧"等意象，但以三五七杂言的形式重构。《醉歌行赠安伯共》，借用杜甫诗题，但形式不同。杜诗为整齐的七言，八句一转韵，气势劲健跌宕；许诗则采用五七言为主的杂言体，四句一转韵，形式更加灵活，声情婉转，姿态摇曳。"安能郁郁久居此，紫阳之仙招我云深处"，显然承自李白的豪逸情怀。《白云山歌送边兄》开篇借鉴杜甫散文化的句法："白云山，白云寺，其中最好者禅堂。又其中大于维摩之丈室，礼佛朝暮焚异香。寂寂天花满虚院，泠泠松籁绕回廊。此山真福地，逸民之所藏。时维万历十三年，正当冬至初一日。"此段连用虚词"其中""又""此""正"等勾连句意，且使用助词"之"表意。句式长短更加参差，与下文的五七言交错形成对比，前松后紧，张弛有致。

许篈的歌行与乐府一样追求声情的悠扬婉转。通常四句一转韵，少数如《青阳亭子》一韵到底。盛唐歌行往往通体使用散句的形式，许篈则间用对偶，两两对举，如"朝发昭阳江，晚登欢喜岭"（《醉歌行赠安伯共》）；"苦竹岭上秋声起，苦竹岭下行人稀"（《山鹧鸪词》）等。其《清平山迎送神曲》：

> 清平山中鼓阗阗，欢喜岭外云冥冥。冥冥漠漠迷处所，神之未来长天青。长天青，晚霞赤，婆娑乱舞日将夕。琼筵竽瑟陈浩倡，神之来兮月华白。丛桂萧萧寒露零，长河渺渺层冰横。层冰横，路断绝，神之去兮何劳苦。飘飘六铢衣，寂历三珠树。愿神留此千年万年寿，清平山中长作主。

诗为杂言体，且换韵也较自由。用"兮"字拖长音节，起端连用"阗阗""冥冥""冥冥漠漠"等叠字和顶针手法，音调回环婉转。下文分述"神之未来""神之来""神之去"，突出了仪式的阶段性，章法整饬，与用韵的自由形成互补。《国朝诗删》卷九:"苏谷云:'此篇曲折宛转,深得盛唐歌行法,荷谷歌行中最是第一。'"① 李达《漫浪舞歌》得李白的雄奇,而增加意象密度以至应接不暇;许筠的歌行与之不同,气韵舒缓,声情流畅,得李白的豪逸之气,又如"谁氏子,前致辞,我有青铜三百万"(《明礼坊引》),极度夸张而气韵放逸。在许筠眼中:"亡兄七言歌行最妙。"②

此外,许筠还作有数首词,如《女冠子》《浣溪沙赠老琴妓》《罗唝曲》等,词牌名都源于唐代,故仍可归属于学唐范围内。

总之,林悌、许筠宗法杜牧、孟浩然、李商隐、李白、杜甫等唐代诗人,在边塞诗、艳情诗或乐府、歌行的创作领域摹拟《唐音》。而许筠由宋转唐,又上溯汉魏,可谓学唐而能自出机杼。

第二节 理学诗人李珥的《精言妙选》及其唐诗观

虽然成宗时进入权力核心的金宗直及其弟子等士林派遭到勋旧派的清洗,但这并未遏制性理学发展的趋势。中宗至宣祖年间性理学获得了高度发展,出现了徐敬德、曹植、李彦迪、李滉、李珥等性理学大家。李肯翊(1736~1806)《燃藜室记述》中编卷一八《宣祖朝儒贤》,列有李滉、李珥、成浑、李之菡(1517~1578)、金谨恭(1526~1568)、赵穆(1524~1606)、奇大升(1527~1572)、闵纯(1519~1591)、郑逑(1543~1620)、权春兰(1539~1617)、李至男(1529~1577)、李基卨(1556~1622)。③ 此外宣祖时期活跃的理学家还有成运(1497~1579)、宋翼弼(1534~1599)、李纯仁、辛应时(1532~1585)、赵宪(1544~1592)等。在地方,士林以私学书斋和书院为据点。朝鲜书院兼具讲学和供奉先贤的功能,宣祖时代全国书院已经超过一百所,由国王赐匾额的赐额书院拥有大量土地、奴婢,享有免役特权。李滉、李珥等在各地推行乡约,从称为"乡案"的士林中选任负责人,监督乡民遵守《吕氏乡约》的基本纲领——德业相劝、过失相规、礼俗相交、患难相恤,在留乡所(或乡厅)、书院集会处理日常事

---

① 〔韩〕赵钟业:《韩国诗话丛编》第4册,首尔:太学社,1996,第725页。
② 许筠:《惺所覆瓿稿》卷二〇《上柳西坰(乙巳九月)》,《韩国文集丛刊》第74册,首尔:民族文化推进会,1991,第304页。
③ 据李范世藏本,首尔:景文社,1976,第681~708页。

务。因此士林掌握着地方自治权，地方守令也不能过于干涉。并且中央统治者为扩大政治基础，进一步强化以儒治国的方略。明宗末年重新起用士林。宣祖登用李滉、李珥、成浑等士人，命柳希春撰进《儒先录》，纂集金宏弼、郑汝昌、赵光祖、李彦迪言行。士林在中央的稳定以及性理学统治地位的巩固，更促进了理学在思想领域的普及和深入发展。此外，科举试四书①，以朱熹注释为依据。即使不是"术业有专攻"的理学家，作为晋身的必需，理学素养也成为士人具备的普遍知识结构之一。

明宗、宣祖重视性理学书籍的刊印，除刊印与朱熹相关的《朱子大全》、《朱子语类》、《大学章句》、《中庸章句》、《论语集注》以及《性理大全》等经传、语录之外，理学家编纂或创作的文集也受到重视。中宗时即以活字刊印元代刘履编《风雅翼》②，且已经呈现出这一趋势。明宗四年（1549）刊印朱熹《训蒙诗》；明宗九年（1554）清州刊印朱熹《斋居感兴二十首》；明宗十一年（1556）颁赐真德秀编《文章正宗》，以活字刊印《续文章正宗》；明宗二十年（1565）顺天刊印宋末元初金履祥编《濂洛风雅》。宣祖时又刊印《朱文公校昌黎先生集》③。

由此，理学在个人修养、社会伦理规范、治国理念、文学思想等各维度的意义得到了充分发挥，正是宣祖时理学诗人创作汉诗的文化语境之一。

朝鲜时代初期士林派与勋旧派在政治上对立，道统出于在政统之外标示自身独立性的需要，也树立了独立的文学观念，于是在文学上形成道学派与辞章派的不同。辞章派重视诗文在朝廷事务和外交中的作用，重视华丽的辞藻，讲究修辞技巧。代表人物有徐居正、朴訚、李荇、卢守慎等。道学派承袭中国理学家"诗其余事"、"有德者必有言"以及"吟咏性情之正"的诗歌观念，强调诗对涵养德性的辅助作用，认为理想的诗是中正性情的自然流露，与辞章派相比，淡化对诗歌技巧的追求，诗歌风格以冲淡为贵。代表人物有金宗直、郑汝昌、金宏弼、李彦迪、李滉等。

---

① 生员试考四书疑、五经义各一篇。

② 《四库全书总目》卷一八八集部四一总集类三《风雅翼》："其去取大旨本于真德秀《文章正宗》，其诠释体例则悉以朱子《诗集传》为准。"（中华书局，1965，第4册，第1711页）可见其理学思想指向。

③ 〔韩〕金学主：《朝鲜时代刊行中国文学关联书研究》，首尔：首尔大学校出版部，2000，第7~9页；以及尹炳泰编《韩国古书年表资料》，首尔：大韩民国国会图书馆，1969，第11~27页。

但程朱理学作为全社会共同推尊的官方意识形态，两派在汉诗创作中的差别并不是泾渭分明的，诗歌理念互相影响，互有渗透。如馆阁文人郑道传也强调文以载道，卢守慎在诗中谈论格物等理学命题；道学派诗人金宗直甚至被李滉评为只有词华，没有明理文字，其汉诗艺术成就超过其理学造诣。

并且道学派内部对诗歌创作也存在不同态度。南孝温《秋江冷话》体现出道学派内部的分化：

> 郑伯[①]勖有周、程、张、朱之见，穷通五经，独不取攻诗之士，曰："诗，性情之发，何屑屑强下工夫为？"其意虽不为诗，德备而经通，则亦何为病？总如此，与腐儒之见无异。如古之十二律、八音、五声，消融渣滓，动荡血脉，故圣贤人无不知之习之。然不可生知，故孔子从苌弘学之。诗功于人亦然，使人清其心，使人虚其怀，使人无邪心，使人养浩然。牢笼百态，弥漫乎天地之间。不得如古人自然，而诗则必若勉思积功，然后庶几乎万一。是故，邵子、周子亦未免于好诗。而朱文公晚年，好读杜诗、后山，而注楚骚，或与释相酬唱。衡山之诗，五日之内百余篇。伯勖以诗为异端，则亦异端周、邵乎？晦庵乎？佔毕斋金先生曰诗陶冶性情，吾从师说。[②]

郑汝昌（1450~1504），字伯勖，金宗直门人，为性理学大家，著有《庸学注疏》《主客问答说》《进修杂著》等。他严守理学家对作诗的限制，认为诗本性情，无须用功，只待德备经通自然高妙，轻视诗歌的艺术技巧和形式因素。同为金宗直门人的金宏弼也持大致相同的观念。但金宗直认为："理性情，达风教，鸣于当世，而传之无穷，诗赋实有赖焉。苟非豪杰之才，其孰能与于此？"[③] 他承袭宋儒文道合一的理念，提出经术、文章无二致：

---

① "伯"，原文作"自"，据权鳖《海东杂录》卷九《郑汝昌》改，见蔡美花、赵季主编《韩国诗话全编校注》第3册，人民文学出版社，2012，第1625页。下文同。

② 南孝温：《秋江集》卷七，《韩国文集丛刊》第16册，首尔：民族文化推进会，1988，第136、137页。

③ 金宗直：《佔毕斋文集》卷一《永嘉连魁集序》，《韩国文集丛刊》第12册，首尔：民族文化推进会，1988，第409页。

经术之士劣于文章，文章之士诎于经术，世之人有是言也。以余观之，不然。文章者，出于经术，经术乃文章之根柢也。譬之草木焉，安有无根柢而柯叶之条畅，华实之秾秀者乎？《诗》、《书》、六艺，皆经术也。《诗》、《书》、六艺之文，即其文章也。苟能因其文而究其理，精以察之，优而游之。理之与文融会于吾之胸中，则其发而为言语词赋，自不期于工而工矣。自古以文章鸣于时而传后者，如斯而已。人徒见夫今之所谓经术者，不过句读训诂（诂）之习耳；今之所谓文章者，不过雕篆组织之巧耳。句读训诂（诂），奚以议夫黼黻经纬之文？雕篆组织，岂能与乎性理道德之学？于是乎遂歧经术、文章为二致，而疑其不相为用。呜呼！其见亦浅矣。①

金宗直本人善词华，师法苏黄，而许筠评其"'鹤鸣清露下，月出大鱼跳'，何减盛唐乎"②。宗唐诗人姜浑、李胄、郑希良、南孝温等都出于其门下。他乐见朝鲜汉文学的发展，成宗三年（1472）为晋州刊刻的《古文真宝》作跋曰："将见是书之流布三韩，如菽粟布帛焉。家储而人诵，竞为之则，盛朝之文章法度可以凌晋、唐、宋而媲美周、汉矣。"③ 其他注重诗歌艺术的理学家还有李滉和金麟厚。李滉喜作诗④，认为："夫诗虽末技，本于性情，有体有格，诚不可易而为之。"⑤ 曾作《陶山十二曲》，"其一言志，其二言学。欲使儿辈朝夕习而歌之，凭几而听之，亦令儿辈自歌而自舞蹈之。庶几可以荡涤鄙吝，感发融通。而歌者与听者，不能无交有益焉"⑥。金麟

---

① 金宗直：《占毕斋文集》卷一《尹先生祥诗集序》，《韩国文集丛刊》第 12 册，首尔：民族文化推进会，1988，第 413 页。
② 许筠：《惺叟诗话》，见《惺所覆瓿稿》卷二五《说部四》，《韩国文集丛刊》第 74 册，首尔：民族文化推进会，1991，第 360 页。
③ 金宗直：《详说古文真宝大全跋》，见田绿生《樗隐逸稿》卷四《附录·遗事》，《韩国文集丛刊》第 3 册，首尔：民族文化推进会，1988，第 408 页。
④ 李瀷《星湖僿说》三〇《诗文门·退溪先生诗》："退溪喜作诗。"据韩国国立中央图书馆藏英祖三十六年（1760）抄本。
⑤ 李滉：《退溪集》卷三五《与郑子精》，《韩国文集丛刊》第 30 册，首尔：民族文化推进会，1988，第 290 页。
⑥ 李滉：《退溪集》卷四三《陶山十二曲跋》，《韩国文集丛刊》第 30 册，首尔：民族文化推进会，1988，第 468 页。

厚为性情中人,以诗歌寄寓满腔悲愤①。

　　究其大体,朝鲜时代理学家对诗歌创作的态度比较融通,像程颢认为"作文害道"、割裂文(诗)与道关系的毕竟属于少数②。这可能与朝鲜接受性理学推尊朱子的正统地位有关。朱熹为"道学中之最活泼者"③,认为文道合一,并非二物,"这文皆是从道中流出"④,也就肯定了诗文创作的意义。"作诗间以数句适怀亦不妨,但不用多作,盖便是陷溺尔。"⑤ 朝鲜洪翰周谓:"我东诸贤,动法朱子,故退、栗、尤庵亦皆赋诗,如使考亭无诗一如程叔子,东贤亦必不作一句闲言语矣。"⑥ 朱熹校韩愈集,作《楚辞集注》,标举《选》体、陶渊明、韦应物、柳宗元、杜甫、陈师道、陆游等人诗。所作《斋居感兴二十首》以诗说理,朝鲜明宗时曾多次刊印,同时因被收入《濂洛风雅》而流传更广,朝鲜宋时烈、任圣周、李宗洙等作注,并多有次韵⑦。其《训蒙诗》《九曲棹歌》《南岳唱酬集》在朝鲜也有广泛传播,对朝鲜理学家具有典范意义。此外,朝鲜对邵雍的推崇也超过张载、

---

① 朴世采《南溪集》卷八一《弘文馆副修撰赠吏曹判书谥文靖河西先生金公行状》:"尝授门人李至男《楚辞》,因悲愤不自胜。及读《宋史·岳飞传》,便引大白痛饮,题一绝曰:'《楚辞》前日喟凭心,《宋史》今朝泪满襟。异代兴亡那系我,自然相感谩悲吟。'仍废卷饮泣,歔欷久之,其亦不能自掩矣。"(《韩国文集丛刊》第141册,首尔:民族文化推进会,1995,第109页)金麟厚《河西全集·附录》卷一梁子澄《家状》:"尝夜,赵希文、梁子澂戏折梅枝插小瓶中,侍先生饮其下,子澂曰:'先生于一草一木,无不穷格而吟咏之,无乃玩物耶?'希文曰:'尔非知先生者。'即口占曰:'玩物非天性,衔杯只寄怀。'先生曰:'赵郎知我乎!'"(《韩国文集丛刊》第33册,首尔:民族文化推进会,1988,第268页)河谦镇《东诗话》卷一:"仁宗为世子时,深知河西金先生道学之懿,诚心敬礼,召对频仍。……每值七月一日仁宗忌日,辄入山谷中,恸哭竟夕。郑松江澈诗曰:'东方无出处,独有湛斋翁。年年秋七月,痛哭万山中。'湛斋,河西之一号也。"(蔡美花、赵季主编《韩国诗话全编校注》第11册,人民文学出版社,2012,第9624页)
② 如成伣《慵斋丛话》卷一〇:"南先生季瑛生员、及第,俱擢壮元,有文名于一时。然其学惟究性理之学,精于句读训解,专恶文辞。尝读杜诗曰:'此书虚而不实,幻而不要。不知意之所在。'遂废不读。"(蔡美花、赵季主编《韩国诗话全编校注》第1册,人民文学出版社,2012,第303页)
③ (清)陈衍《宋诗精华录》卷三朱熹《淳熙甲辰仲春精舍闲居戏作武夷棹歌十首呈诸同游相与一笑》后评,上海商务印书馆,1937,第12页。
④ (宋)黎靖德编《朱子语类》卷一三九《论文上》,中华书局,1986,第8册,第3305页。
⑤ (宋)黎靖德编《朱子语类》卷一四〇《论文下》,中华书局,1986,第8册,第3333页。
⑥ 洪翰周:《智水拈笔》卷二《诗观》,见蔡美花、赵季主编《韩国诗话全编校注》第10册,人民文学出版社,2012,第8306页。
⑦ 参见卞东波编校《朱子〈感兴诗〉中日韩古注本集成》,上海古籍出版社,2019。

程颢和程颐等，而邵雍也好作诗，"理学诗倡自邵雍"①。理学家往往"吸取陶诗之平淡与白诗之浅易的表达方式，使深蕴的义理得以直率、畅达、随意地进涌出来"，邵雍的诗是"以这种形式达到这一极致的最先出现的最突出的代表"②，严羽《沧浪诗话·诗体》称之为"邵康节体"。朝鲜文人多步韵《击壤集》诗歌。

　　由于性理学的广泛接受，辞章派与道学派文学思想的融合渗透在宣祖时更为明显。并且宣祖时士人进入中央，缓和了道统与政统的矛盾。当时出现了理学学者、官僚、诗人三位一体的新的诗人群体。如洪万宗《小华诗评》卷上："文章、理学，造其闯域，则一体也。世人不知，便做看两件物，非也。以唐言之，昌黎因文悟道。《耻斋集》云占毕斋因文悟道，《石潭遗史》云退溪亦因文悟道。余观成牛溪《赠僧》诗曰：'一区耕凿水云中，万事无心白头翁。睡起数声山鸟语，仗藜徐步绕花丛。'极有词人体格。权石洲《湖亭》诗曰：'雨后浓云重复重，卷帘清晓看奇容。须臾日出无踪迹，始见东南三两峰。'极似悟道者之语。"③ 成浑、权韠都是宣祖时人物，一为道学先生，一为文章之士。道学之诗与诗人之诗在道统观念下弥合分裂，实现了哲理观照与审美判断的统一，"以诗人比兴之体，发圣贤理义之秘"④。理学向文学的渗透可以分为理语诗、理趣诗、性情诗三个层次，朝鲜诗人均有创作。当理学家"道本文末""诗其余事""吟咏性情之正"等诗学观念为全社会普遍接受，理学家纯粹的理语诗减少，此时理学家之诗与普通诗人之诗最大的区别则在于因心性修养成熟而得冲淡平易诗风。宣祖时理学家中擅诗者，如成运诗冲淡闲雅，奇大升诗典重和雅，辛应时诗豪健阔大，成浑诗质淡拙涩而富于理趣。并且一些理学家接受唐诗风，尤其被朱熹称为"气象近道"的韦应物多成为理学家宗法对

① 陈延杰：《宋诗之派别》，转引自许总《宋明理学与中国文学》下册，百花文艺出版社，2010，第 203 页。
② 许总：《宋明理学与中国文学》下册，百花文艺出版社，2010，第 212 页。其中"进"，疑作"进"。
③ 蔡美花、赵季主编《韩国诗话全编校注》第 3 册，人民文学出版社，2012，第 2340 页。
④ （宋）真德秀：《咏古诗序》，见《西山文集》卷二七，台湾商务印书馆影印文渊阁《四库全书》本。

象。宋翼弼"以击壤之理学,兼盛唐之风韵"①;李纯仁"专尚中晚唐,故词气颇有清致"②;李珥编选中国诗歌选本《精言妙选》,选诗重唐诗。

李珥(1536~1584)字叔献,号栗谷、石潭、愚斋,谥文成。本贯德水。母亲申师任堂(1504~1551)是朝鲜时代著名画家。明宗十九年(1564)二十九岁文科及第,因为监试两场、文科发解、生员试及文科覆试、殿试等都为魁首,人称"九度状元公"③。宣祖元年(1568)三十三岁选湖堂,以千秋使睦詹(1515~1593)书状官赴明。宣祖十五年(1582)四十七岁典文衡,任皇子诞生诏使黄洪宪、王敬民远接使。历任大司谏、吏曹判书、刑曹判书、议政府右参赞等要职。官至赞成,追赠领议政。李珥发现国势衰乱的征兆,积极改革弊政。宣祖七年(1574)上万言疏极陈时弊,宣祖十五年(1582)建议养兵十万以备不虞,宣祖十六年(1583)上六条封事,"以更弊政、救生民、增修武备为急务"④。宣祖八年(1575)乙亥党论之后,努力调和东西分党,欲统一朝廷,保合士类。但一生中政治理想屡屡受挫,在纷纭复杂的党派斗争中常被人误解。李廷龟这样概括他的尴尬处境:"党议相轧,欲行古道,则谓之迂阔;欲祛弊法,则谓之纷更;欲调剂士流,则谓之依违;欲担当世务,则谓之专擅。"⑤实际上李珥去世数年后日本大举入侵朝鲜与朝鲜二百余年党争内耗严重的历史,证明了他在养兵与调和东西党争等政治问题上的远见卓识。

李珥的道德亦为儒林之冠,金昌协推许"为本朝儒贤之最"⑥,从祀文庙,配享宣祖庙庭,奉享黄州白鹿洞书院等。他持家、祭祀严格遵守《朱子

---

① 南龙翼:《壶谷诗话·诗评·东诗》,蔡美花、赵季主编《韩国诗话全编校注》第3册,人民文学出版社,2012,第2205页。

② 李睟光:《芝峰类说》卷九《文章部二·诗评》,见蔡美花、赵季主编《韩国诗话全编校注》第2册,人民文学出版社,2012,第1102页。

③ 李珥:《栗谷全书》卷三三《附录一·年谱上》,《韩国文集丛刊》第45册,首尔:民族文化推进会,1988,第284页。

④ 李珥在朝主要政绩见金集《文成公栗谷李先生墓志铭》:"上命作《人心道心》《几善恶图》及《金时习传》、学校模范。又上万言疏。……时有北关之警,遂不敢辞,条上六事,且极陈根本之可忧。又请募兵粟,以复庶孽、贱贱隶之规,谨祀典,节浮费,以纾民力之万一。"(《慎独斋遗稿》卷九,《韩国文集丛刊》第82册,首尔:民族文化推进会,1996,第380页)

⑤ 李廷龟:《月沙集》卷五三《栗谷先生谥状》,《韩国文集丛刊》第70册,首尔:民族文化推进会,1991,第334页。

⑥ 金昌协:《农岩集》卷三二《杂识·内篇二》,《韩国文集丛刊》第162册,首尔:民族文化推进会,1996,第356页。

家礼》。在学术思想上，反对李滉"理气二元论"，主张"理通气局说"，以"气发理乘"为根本。弟子有金长生（1548～1631）、赵宪、郑晔（1560～1625）、黄慎（1560～1617）等，形成畿湖学派，与以李滉为宗的岭南学派分别成为西人、东人的学派根据①。李珥与李滉相比，分别侧重经邦济世与讲论学问。李滉"深究义理，以尽精微"②；李珥议论超诣，善论治体，格君正俗，以恢复三代的清明政治为理想。李珥著有《圣学辑要》《击蒙要诀》《小学集注改本》《经筵日记》等，参与编撰《明宗实录》，诗文收入《栗谷全书》。交游方面，他与李山海、崔庆昌、崔岦、宋翼弼、李纯仁等结"八文章禊"。又与李滉、成浑为道义之交，推荐成浑以遗逸入朝为吏曹参判。当时"以经济许李珥，道学推成浑"③。李珥过世后，成浑由朝廷返回家乡，标志着士林从中央退回地方。

李珥"十八岁而冠，为学专用力于内"④，因为禅宗顿悟的修炼方法"简便而高妙"⑤，入金刚山游访各佛寺⑥。自言"吾生赋性爱山水"（《枫岳

① 河谦镇《东儒学案》中编卷一五《潭坡学案》："吾东自宣庙乙亥东、西分党之后，学术随而亦歧，东人主退溪，西人主栗谷。退溪之时，未有所谓西也。故西人亦未尝不尊退溪，而其尊栗谷过于退溪。东人曰：'退溪，朱子后一人。'西人曰：'栗谷，朱子后一人。'此东、西学派之所以分也。"晋州：海东佛教译经院一鹏精舍，1970。

② 《朝鲜宣祖朝修正实录》卷四，宣祖三年（1570）十二月一日（甲午），据太白山史库本。

③ 郑澈：《松江别集》卷二《附录·年谱上》，《韩国文集丛刊》第46册，首尔：民族文化推进会，1988，第290页。

④ 金长生：《沙溪遗稿》卷七《崇政大夫议政府右赞成兼弘文馆大提学艺文馆大提学知经筵春秋馆成均馆事栗谷李先生家状》，《韩国文集丛刊》第57册，首尔：民族文化推进会，1990，第80页。

⑤ 金长生：《沙溪遗稿》卷七《崇政大夫议政府右赞成兼弘文馆大提学艺文馆大提学知经筵春秋馆成均馆事栗谷李先生家状》，《韩国文集丛刊》第57册，首尔：民族文化推进会，1990，第80页。

⑥ 关于李珥入金刚山的缘由有不同说法，如《朝鲜明宗实录》卷三〇，明宗十九年（1564）八月三十日（己亥）："少时为父妾所困而出归，流寓山寺。"（《李朝实录》第26册，东京：日本学习院东洋文化研究所，1960，第456页）《朝鲜宣祖修正实录》卷一八，宣祖十七年（1584）一月一日（己卯）："因丧母悲毁，误染禅学。"（据太白山史库本）金长生《崇政大夫议政府右赞成兼弘文馆大提学艺文馆大提学知经筵春秋馆成均馆事栗谷李先生家状》："十八岁而冠，为学专用力于内。时先生新免于丧，哀慕不自克，常日夜号泣。一日，入奉恩寺披览释氏书，深感死生之说，且悦其学简便而高妙，试欲谢去人事而求之。"（《沙溪遗稿》卷七，《韩国文集丛刊》第57册，首尔：民族文化推进会，1990，第80页）李珥《栗谷全书》中记录当时游金刚山情况的诗包括，卷一《枫岳赠小庵老僧》《万瀑洞》《枫岳记所见》《松萝庵》《枫岳登九井看日出》《与山人普应下山至丰岩李广文家宿草堂》，《拾遗》卷一《登毗卢峰》《余之游枫岳也，懒不作诗。登览既毕，乃撮所闻所见，成三千言。非敢为诗，只录所经历者耳。言或俚野，韵或再押，观者勿嗤》等。

记所见》),"每逢佳处便移情"(《次集胜亭韵》)。在徜徉山水中涤荡胸襟,适情任性,"风月养我情,烟霞盈我身","非探山水兴,聊以全吾真"(《偶吟》)。南宋罗大经《鹤林玉露》丙编卷三谓:"大抵登山临水,足以触发道机,开豁心志,为益不少。"① 钱锺书言:"以山水通于理道,自亦孔门心法。"② 李珥"收拾烟霞知几许,锦囊从此贮清新"(《送李可谦游头流山》),因此早期汉诗得江山之助,形成其清典的诗风,体物入微。如"何时最见催诗意,荷上明珠走两三"(《催诗雨》),细微的视角,细腻的情感,被自然生命所感发的正是活泼灵动的诗心。又"瓶含春意思,花挹雪精神"(《与诸公会》),写出造化的生生不息之意。"深林一鸟语,残月几人行"(《与汝受往李景鲁家咏怀》),也有空静的禅意。《送山人敬悦之香山》:"太白横西未了青,高标欲与雪山争。层云归鸟空神契,目断春鸿送尔行。"清通洒落。

李珥后来由佛返儒,笃定程朱理学③。后期诗延续了温醇典雅的诗风,但清新可喜的个性不再突出,转而骨格更加劲健,弥补早期"诗成苦乏词锋劲"(《赠山人智正》)的遗憾,时有豪放语。如"胸中一点尘埃绝,南北东西总故乡"(《赠安彦盛庆昌》);"男儿随处乐,莫赋《式微》篇"(《与思可次李公秋夜有怀韵》)等。又《去国舟下海州》:"四远云俱黑,中天日正明。孤臣一掬泪,洒向汉阳城。"本诗写于宣祖十六年(1583),因三司弹劾将回栗谷之时,可见蔼然恋君之意,词意中正和平。又《题金沙寺是日适见海市》:

> 松闲引步午风凉,手弄金沙到夕阳。千载阿郎无处觅,蜃楼消尽海天长 阿郎,古仙人号。

闲适淡雅,结句境界寥廓而有余味。《次韵别李达》:"钟鸣岩下寺,烟锁渚

---

① (南宋)罗大经:《鹤林玉露》,中华书局,1983,第282页。
② 钱锺书:《谈艺录》,生活·读书·新知三联书店,2001,第677页。
③ 金长生《沙溪遗稿》卷七《崇政大夫议政府右赞成兼弘文馆大提学艺文馆大提学知经筵春秋馆成均馆事栗谷李先生家状》:"尝语学者曰:'吾少时,妄意禅家顿悟法于入道甚捷而妙。以"万象归一,一归何处"为话头,数年思之,竟未得悟。反以求之,乃知其非真也。'"《韩国文集丛刊》第57册,首尔:民族文化推进会,1990,第81页。

边沙。孤棹客程远，乱山秋意多。树深喧鸟语，江迥断渔歌。珍重西潭子，高吟溯碧波。"诗意高古淡雅。

李珥重视诗文对道的呈现和涵养心性的作用，在确定诗歌为理学辅助的前提下看重诗歌的审美和艺术属性，认为"诗虽非学者能事，亦所以吟咏性情，宣畅清和，以涤胸中之滓秽，则亦存省之一助"①。认为"道之显者，谓之文。道者，文之本也；文者，道之末也。得其本而末在其中者，圣贤之文也；事其末而不业乎本者，俗儒之文也"②。因此作诗要先涵养德性，如果"以信道未笃而先事于文，和顺未积而先发英华，则其不几于重外而轻内乎，其不几于玩物而丧志乎"③。

宣祖六年（1573），李珥三十八岁时编成《精言妙选》。正文由元、亨、利、贞、仁、义、礼、智八个字集构成，分别对应八种风格：冲淡萧散、闲美清适、清新洒落、用意精深、情深意远、格词清健、精工妙丽与明道韵语。每个字集包括五古、七古、五律、七律、五绝、七绝六种诗体，各个诗体再按照创作时间先后分别收录诗人诗作。共收汉魏至宋127位诗人，402首诗。其文本来源，据学者考证，汉魏晋南北朝诗歌选自《风雅翼》，唐诗大部分选自《唐音》《唐诗品汇》《瀛奎律髓》《文苑英华》，宋诗大部分选自《宋艺圃集》，韦应物、李白、杜甫、韩愈、欧阳修、王安石、朱熹等人则选自其别集④。编成不久后即残缺，宋浚吉（1606~1672）孝宗三年（1652）言其"编帙多缺，无以备见始终"⑤，朴世采记载此书"后佚"⑥。韩国所存版本如韩国学中央研究院藏写本、首尔大学奎章阁藏木刻本均为

① 李珥：《栗谷全书》卷一三《精言妙选序》，《韩国文集丛刊》第44册，首尔：民族文化推进会，1988，第271页。

② 李珥：《栗谷全书》拾遗卷六《文策》，《韩国文集丛刊》第45册，首尔：民族文化推进会，1988，第577页。

③ 李珥：《栗谷全书拾遗》卷三《与宋颐庵》，《韩国文集丛刊》第45册，首尔：民族文化推进会，1988，第507页。

④ 〔韩〕晋永美：《中国诗选集〈精言妙选〉的内容与特征》，韩国《栗谷学研究》第31辑，2015。

⑤ 宋浚吉：《同春堂集》卷一〇《上慎独斋先生》，《韩国文集丛刊》第106册，首尔：民族文化推进会，1993，第509页。

⑥ 朴世采：《南溪集》卷八五《栗谷李先生年谱》，《韩国文集丛刊》第141册，首尔：民族文化推进会，1995，第188页。

残本，目前未发现全本①。《栗谷集》存有《精言妙选序》《精言妙选总叙》。其选诗思想不仅受到朱熹的影响，符合其理学家的身份，同时也受到宗唐诗学观念的影响，是理学与唐诗学思想融合的产物。

首先，该选本体现出鲜明的宗唐倾向。从入选诗歌数量看，汉魏晋南北朝选23人41篇，唐代选90人330篇，宋代仅14人31篇（见表一），唐诗占绝对优势，相差悬殊。并且宋代不选江西诗派的黄庭坚与陈师道。所选宋人中也偏于学唐者，数量最多的为王安石8篇，其次为朱熹7篇，欧阳修4篇，赵师秀2篇，均非美学类型意义上的典型宋诗。选朱熹出于推崇其理学权威，王安石晚年绝句学晚唐诗，赵师秀为"永嘉四灵"之一，学唐贾岛、姚合。

表一 《精言妙选》各时代入选诗人诗作②

时代	诗人	每人数量（篇）	总计
汉魏晋南北朝	陶渊明	10	23人41篇
	谢灵运	6	
	无名氏、谢惠连、陆机、曹植	2	
	江淹、郭璞、卢谌、班婕妤、苏武、阮籍、王粲、魏文帝、刘琨、刘桢、陆云、李陵、张协、张华、左思、蔡邕、卓文君	1	
唐代	韦应物	47	90人330篇
	李白	41	
	杜甫	31	
	孟浩然	20	
	柳宗元	17	
	王维	15	

① 参见〔韩〕晋永美《李珥中国诗选集〈精言妙选〉小考》，《文献》2008年第3期；晋永美《中国诗选集〈精言妙选〉的内容与特征》，韩国《栗谷学研究》第31辑，2015。另据〔韩〕金南馨《〈精言妙选〉文献研究》（《韩国汉文学研究》第23辑，韩国汉文学会，1998），金南馨所藏同春堂本保存元、亨、利、贞、仁、义、礼七集，目前保存文献最完整，不过还未向学界公布。韩国宝库社1999年出版的《精言妙选》整理本据大韩元年（1896）丁应泰抄本，部分诗作题目及其作者不详，且有错字、漏字。本文所据版本为延世大学图书馆藏木刻本，除封面破损外，其余部分可谓是现存版本中保存最好的。

② 据〔韩〕晋永美《中国诗选集〈精言妙选〉的内容与特征》，韩国《栗谷学研究》第31辑，2015。

续表

时代	诗人	每人数量（篇）	总计
	刘长卿	11	
	常建、李商隐	7	
	贾岛、戴叔伦、李端、张籍	5	
	韩愈	4	
	马戴、司空曙、温庭筠、王昌龄、刘禹锡、李颀、储光羲、钱起、皇甫曾	3	
	高适、骆宾王、卢纶、卢照邻、白居易、王勃、戎昱、李群玉、岑参、张九龄、张说、郑谷、赵嘏、韩翃、项斯、许浑	2	
	高骈、顾况、僧皎然、丘丹、君山父老、权德舆、郎士元、唐太宗、杜牧、杜审言、孟迟、僧无可、武元衡、孙革、宋之问、僧文兆、沈佺期、杨衡、吕岩、吴象之、雍陶、王建、王缙、于鹄、于濆、熊孺登、刘驾、刘方平、刘延之、柳谈、刘沧、李山甫、李涉、李益、李咸用、任藩、李归唐、长孙左辅、张祐、郑巢、朱放、秦系、陈羽、陈子昂、崔鲁、崔曙、崔颢、鲍溶、贺知章、韩偓、许宣平	1	
宋代	王安石	8	14 人 31 篇
	朱熹	7	
	欧阳修	4	
	赵师秀	2	
	姜夔、潘阆、苏轼、僧惠崇、王彦和、魏野、刘翰、曹极、曾巩、陈与义	1	

其次，《精言妙选》以风格分类，这种分类方式在中国选本中较为罕见，而风格排序含有价值判断，其风格价值序列与李珥作为理学家的诗学理念相关。为首的元字集收"冲淡萧散"，《精言妙选序》云："以冲淡者为首，使知源流之所自。以次渐降，至于美丽，则诗之络脉殆近于失真矣。"①

---

① 李珥：《栗谷全书》卷一三《精言妙选序》，《韩国文集丛刊》第 44 册，首尔：民族文化推进会，1988，第 271 页。

冲淡萧散以下分别为闲美清适、清新洒落、用意精深、情深意远、格词清健、精工妙丽。在冲淡萧散的基础上,"踵其事而增华,变其本而加厉"(梁萧统《〈文选〉序》),渐渐文胜于质,于是诗道渐下。其中"精工妙丽"即所谓"以次渐降,至于美丽":"虽有雕绘之饰,而不至于淫艳。读此集则情浓意秀,瘦瘠者可以增肌,枯槁者可以发华矣。"① "雕绘之饰",已经与冲淡萧散的"无雕琢之巧"相悖。最后列"明道韵语",以矫弊振起,剥落浮华见真淳,复归于冲淡。在诗歌选本中单列"明道韵语",起于真德秀《文章正宗》,《文章正宗》"始别为谈理之诗"②,但李珥的编选宗旨并不仅限于"明义理,切世用"(《文章正宗·纲目》),也是深于诗学者。李珥诗中,理学的渗透很克制,与好作诗的金宗直、金麟厚相近,像卢守慎、柳成龙一样直接谈理的理语诗极少。

风格的前三位冲淡萧散、闲美清适和清新洒落均与理学的心性存养功夫和主体襟怀有关。朱熹提出:"当其不应事时,平淡自摄,岂不胜如思量诗句。至其真味发溢,又却与寻常好吟者不同。"③ 周裕锴将"真味"解释为充实而淡泊的胸怀,具有古道真理的情味;"发溢"就是充盈后的自然流露,不费力气,不需雕琢。④ 诗既是"真味发溢",对创作者而言,冲淡萧散、闲适、洒落的襟怀最重要。钱穆《理学六家诗钞》自序提出:"理学者,所以学为人。为人之道,端在平常日用之间。而平常日用,则必以胸怀洒落、情意恬淡为能事。"⑤ 以这种审美心胸创作出的诗具有理学诗的特有意境。冲淡萧散兼指理学涵养下的主体创作心胸与创作过程。李珥释"冲淡萧散"曰:

> 不事绘饰,自然之中,深有妙趣。古调古意,知者鲜矣。唐、宋以下诸作,品格或不逮古,间有近体,而皆无雕琢之巧,自中声律,故并选焉。读此集则味其淡泊,乐其希音,而《三百》之遗意,端不

---

① 李珥:《栗谷全书》拾遗卷四《精言妙选总叙》,《韩国文集丛刊》第45册,首尔:民族文化推进会,1988,第534页。
② 《四库全书总目》卷一九一集部四四总集类存目一《濂洛风雅》,中华书局,1965,第4册,第1737页。
③ (宋)黎靖德编《朱子语类》卷一四〇,中华书局,1986,第8册,第3333页。
④ 周裕锴:《宋代诗学通论》,上海古籍出版社,2007,第26页。
⑤ 钱穆:《理学六家诗钞》,九州出版社,2011,第1页。

外此矣。①

文道合一，则文学的价值来自对道体的体认，至味淡泊，大音希声，"自然之中，深有妙趣"。元字集"冲淡萧散"选诗以陶渊明、韦应物最多，如陶渊明《归园田居》《饮酒六首》、谢灵运《石壁精舍还湖中作》、韦应物《拟古》等。李珥首推冲淡萧散的背后正是其崇尚自然、反对雕琢的理学美学思想。他认为四书五经等儒家经典作为文章，其艺术性均出于自然："古之人以道为文，以道为文，故不文而为文。噫！孰知夫不文之文，是乃天下之至文耶！以之为《语》《孟》，以之为六经，以之为《三百篇》。或奇或简，或劝或戒。旨趣之精，声律之协，咸出于自然耳。"② 诗歌也"以明道为务"，因此诗风质胜于文，"凡物之理，必先有本，而后有末；先有质，而后有文矣"③。认为"诗本性情，非矫伪而成。声音高下，出于自然"。正因为诗歌出于自然之诚，所以反对"或假文饰，务说人目"，"雕绘绣藻，移情荡心"。④ 这与朱熹的诗学思想一致，朱熹也提倡"自然"的诗学理念。

排在第二位的"闲美清适"也与理学追求的自然诗学思想接近。闲适安命首先作为一种人生哲学，与格物致知而形成的对人生、对物理的通透认知相连，如程颢"闲来无事不从容，睡觉东窗日已红"⑤；邵雍"劳多未有收功处，踏尽人间闲路歧"⑥。刘将孙谓："人间好语，无非悠然自得于幽闲之表。"⑦ 邵雍主张作诗不必苦吟，自言"平生无苦吟，书翰不求深"⑧。此集收录朱熹诗最多，孟浩然其次。如朱熹《武夷棹歌十首》，孟浩然《早

---

① 李珥：《栗谷全书》拾遗卷四《精言妙选总叙》，《韩国文集丛刊》第45册，首尔：民族文化推进会，1988，第533、534页。

② 李珥：《栗谷全书》拾遗卷三《与宋颐庵》，《韩国文集丛刊》第45册，首尔：民族文化推进会，1988，第506页。

③ 李珥：《栗谷全书》拾遗卷六《文策》，《韩国文集丛刊》第45册，首尔：民族文化推进会，1988，第578页。

④ 李珥：《栗谷全书》卷一三《精言妙选序》，《韩国文集丛刊》第44册，首尔：民族文化推进会，1988，第271页。

⑤ 《河南程氏文集》卷三《秋日偶成》其二，见《二程集》上册，中华书局，2004，第482页。

⑥ （宋）邵雍：《击壤集》卷七《闲行吟》其三，见《邵雍集》，中华书局，2010，第276页。

⑦ （元）刘将孙：《养吾斋集》卷九《本此诗序》，台湾商务印书馆影印文渊阁《四库全书》本。

⑧ （宋）邵雍：《击壤集》卷一七《无苦吟》，见《邵雍集》，中华书局，2010，第459页。

发渔浦潭》《夜归鹿门歌》，李白《春日游罗敷潭》《题元丹丘山居》《山中答俗人》（即《山中问答》），以及杜甫《西郊》等。

与理学诗人首推冲淡萧散不同，辞章派宗唐诗论家通常最推崇"清"的风格。如申钦《晴窗软谈》卷上："古人云：'乾坤有清气，散入诗人脾。'清是诗之本色。若奇若健，犹是第二义也。至于险也、怪也、沉着也、质实也，去诗道愈远。清则高，高则不可以声色求也。"[1] 李珥虽首推"冲淡萧散"诗风，但在自己的实际创作中也多表现出对"清"的偏爱。李珥诗中多用"清"字，如"清吟""清玩""清欢""清声""清疏""清新""清和""清绝"，"客怀何事转凄清"（《次思可送别进贺使先行韵》），"添却林泉分外清"（《将入内山遇雨》），"及此夜气清"（《至夜书怀》），"洒落魂梦清"（《游南台西台中台宿于上院》），"一轩佳致清难画"（《赠李景鲁次韵》）等。《精言妙选》中"清新洒落"居第三位，仅次于冲淡萧散、闲美清适。利字集序阐释"清新洒落"曰：

> 蝉蜕风露，似不出于烟火食之口。读此集则可以一洗肠胃荤血，而魂莹骨爽，人间臭腐不足以累吾灵台矣。[2]

"清新洒落"收李白诗最多，如《秋思》《月夜江行寄崔员外宗之》《天门山》《金陵城西楼月下吟》等。李白诗以豪放飘逸为主，此处所选偏于高古格调。实际上唐诗学中发端于中晚唐山水之音的风格"清"与理学诗学有会通之处。"清"作为一种诗歌境界，与诗人品格相关，因此也与理学家的心性存养相关[3]。朱熹谓："有是理而后有是气，有是气则必有是理。但禀气之清者，为圣为贤，如宝珠在清冷水中；禀气之浊者，为愚为不肖，如珠在浊水中。"[4] "或问：'人之气有清明时，有昏塞时，如何？'曰：'人当持其志。能持其

① 申钦：《象村稿》卷五〇，《韩国文集丛刊》第 72 册，首尔：民族文化推进会，1991，第 333、334 页。
② 李珥：《栗谷全书》拾遗卷四《精言妙选总叙》，《韩国文集丛刊》第 45 册，首尔：民族文化推进会，1988，第 533 页。
③ 王培友：《两宋理学家文道观念及其诗学实践研究》，南京大学出版社，2016，第 206、207 页。
④ （宋）黎靖德编，王星贤点校《朱子语类》卷四《性理一》，中华书局，1986，第 1 册，第 73 页。

志，则气当自清矣。'"① 孟子谓"我善养吾浩然之气"（《孟子·公孙丑》），清可以由性情持守而得，是主体"得道"气象或者德性的外观特征②。《精言妙选》所谓"一洗肠胃荤血，而魂莹骨爽"也是涤荡自身物欲，由情返性的表征。金昌协评李珥"清通洒落"③，与"清明和粹，坦易英果"④ 的评价相近。清通洒落的襟怀气象与李珥《精言妙选》所列的"清新洒落"诗风相通。

李珥对"冲淡萧散"风格的推崇在朝鲜诗学史上有重要意义。朝鲜受理学影响，在学术思想方面排挤作为异端的佛老；在文学方面同时受真德秀《文章正宗》、高棅《唐诗品汇》标举"正宗"等影响，提倡正宗的诗学观念。⑤ 其理论内涵为，以温厚和平的风格为正宗，以符合此风格的《诗经》、唐诗为正宗的取法典范。李珥首列"冲淡萧散"即是此种诗学观念的代表。注重诗歌的伦理价值而淡化其艺术形式，这种风格是襟怀洒落的主体存养功夫在诗中的显现，同时要求创作过程自然顺畅、最终表现形式无斧凿痕。李滉门人柳成龙也在理学视域下持相同观念："大概诗当以清远冲淡、寄意于言外为贵。"⑥ 朝鲜后期河谦镇（1870～1946）也有类似表述："诗以温厚有余味为贵，清新俊逸次之，而沉吟之余，或作诡辞拗字以逞其巧，是亦一体也。"⑦ 如果进一步精微辨析，"温厚"与"冲淡萧散"又有不同，大抵温厚更倾向于对待他人与外物的态度，更强调伦理价值；而冲淡萧散则更偏于淡泊闲适的自我襟怀，更具有"诗人之诗"的话语特色。申钦《晴窗软谈》、许筠《荪谷集序》《惺叟诗话》推举的李荇、申光汉、金时习等人的"和平淡雅"诗风，也与冲淡萧散、温厚和平在温柔敦厚的

---

① （宋）黎靖德编，王星贤点校《朱子语类》卷五二《孟子二》，中华书局，1986，第4册，第1239页。
② 王培友：《宋元理学基本范畴及其诗学表达研究》，南京大学出版社，2010，第212页。
③ 金昌协：《农岩集》卷三二《杂识·内篇二》，《韩国文集丛刊》第162册，首尔：民族文化推进会，1996，第351页。
④ 《朝鲜宣祖修正实录》卷一八，宣祖十七年（1584）一月一日（己卯），据太白山史库本。
⑤ 参见拙文《从崔岦诗看朝鲜王朝对苏轼、江西诗派诗风的接受》，《域外汉籍研究集刊》第17辑，中华书局，2018年8月。
⑥ 柳成龙：《西崖集》卷一五《诗意》，《韩国文集丛刊》第52册，首尔：民族文化推进会，1990，第299页。
⑦ 河谦镇：《东诗话》卷一，蔡美花、赵季主编《韩国诗话全编校注》第11册，人民文学出版社，2012，第9614页。

诗教和平淡风格的根底上会通。总之,李珥以冲淡萧散为首的风格取向代表理学家的风格价值序列,是朝鲜诗坛深受理学思想浸染的表现,虽然不是李珥首倡,却对朝鲜汉诗创作具有很大的形塑作用,朝鲜汉诗整体的平衍诗风可能与此有关。由于理学思想在朝鲜影响的深刻性、全面性,除朱熹之外,又少有不同理学派别的冲击,所以"正宗"这一理学诗学观念的表述比中国更明确,也比中国影响更深远。

诗是"真味发溢",首重创作主体的襟怀,具体的艺术技巧倒在其次。朱熹有言:"至于格律之精粗,用韵属对、比事遣词之善否,今以魏晋以前诸贤之作考之,盖未有用意于其间者,而况于古诗之流乎?近世作者乃始留情于此,故诗有工拙之论,而葩藻之词胜,言志之功隐矣。"① 所以李珥把"用意精深"排第四位,"用韵、属对、比事、遣词"等诗艺集大成的杜诗被安排于此。其释"用意精深"曰:

> 句语锻炼,格度严整,间有造妙之论,非常情所可企及者。读此集则可以探微见隐,而意思自不浅近矣。②

贞字集"用意精深"选诗包括杜甫《春望》《春夜喜雨》《九日蓝田崔氏庄》、李商隐《隋宫》《写意》等。与其他朝鲜诗人推重杜甫"一饭未尝忘君"的忠义、"诗史"等不同,李珥主要从诗歌艺术的集大成层面接受杜诗。

此外,朱熹在"自然"的主体诗学理念之下,论诗体则推崇古体,有"诗三变"说,认为"至律诗出,而后诗之与法,始皆大变。以至今日,益巧益密,而无复古人之风矣"③;论风格则推崇平淡,认为"诗须是平易不费力,句法浑成"④,不满"狂怪雕镂,神头鬼面"之伤"平","肥腻腥

---

① (宋)朱熹:《晦庵先生朱文公集》卷三九《答杨宋卿》,见朱杰人、严佐之、刘永翔主编《朱子全书》第22册,上海古籍出版社,2010,第1728页。

② 李珥:《栗谷全书》拾遗卷四《精言妙选总叙》,《韩国文集丛刊》第45册,首尔:民族文化推进会,1988,第534页。

③ (宋)朱熹:《晦庵先生朱文公集》卷六四《答巩仲至》第四书,见朱杰人、严佐之、刘永翔主编《朱子全书》第23册,上海古籍出版社,2010,第3095页。

④ (宋)黎靖德编,王星贤点校《朱子语类》卷九《论文下》,中华书局,1986,第8册,第3328页。

臊，酸咸苦涩"之伤"淡"①；论诗人则推尊陶渊明、韦应物、柳宗元等，尤其韦应物"其诗无一字做作，直是自在，其气象近道。……韦苏州诗高于王维、孟浩然诸人，以其无声色臭味也"②。李珥《精言妙选》在各方面均与朱熹思想桴鼓相应。从目前所见元、亨、利、贞、仁字集各种诗体中，古体 176 篇，律诗 115 篇，绝句 111 篇，古体最多，且已经占明显优势。在具体的诗人选择方面，选诗十篇以上的分别为韦应物诗 47 篇，李白 41 篇，杜甫 31 篇，孟浩然 20 篇，柳宗元 17 篇，王维 15 篇，刘长卿 11 篇，陶渊明 10 篇。李杜之外，陶渊明、王孟韦柳、刘长卿全部为清淡派诗人，属于平淡风格。朱熹推尊的陶渊明、韦应物、柳宗元全部选诗十篇以上。不过之所以韦应物选诗最多，而非清淡派渊源陶渊明，宋代又并未选朱熹论及的"宋调"陈师道，是因为宗唐的时代风气使然。韦诗语言平近，易于朝鲜诗人模仿。李植《学诗准的》谓："李、杜歌行雄放驰骋，必须健笔博才可以追蹑。然初学之士学之，易于韦、柳诸作，以其词语平近故也。"③ 宗唐诗人金净、白光勋都极为推崇韦诗。《精言妙选》五古、五律、五绝、七绝均选有韦诗（见表二）。

表二　《精言妙选》各风格所选诗人④

	五古	七古	五律	七律	五绝	七绝	总计
冲淡萧散（元字集）	64 篇（陶渊明 9，韦应物 8，谢灵运 6，王维 3，柳宗元 3，朱熹 3 等）	4 篇（韩愈 1 等）	11 篇（孟浩然 4，韦应物 3，白居易 2 等）	0 篇	7 篇（张籍 2 等）	5 篇（韦应物 2 等）	91 篇

---

① （宋）朱熹：《晦庵先生朱文公集》卷六四《答巩仲至书》第五书，见朱杰人、严佐之、刘永翔主编《朱子全书》第 23 册，上海古籍出版社，2010，第 3097 页。

② （宋）黎靖德编，王星贤点校《朱子语类》卷一四〇《论文下》，中华书局，1986，第 8 册，第 3327 页。

③ 李植：《泽堂别集》卷一四，《韩国文集丛刊》第 88 册，首尔：民族文化推进会，1992，第 518 页。

④ 据〔韩〕晋永美《中国诗选集〈精言妙选〉的内容与特征》，韩国《栗谷学研究》第 31 辑，2015。其中格词清健（义字集）、精工妙丽（礼字集）与明道韵语（智字集）缺。

续表

	五古	七古	五律	七律	五绝	七绝	总计
闲美清适（亨字集）	14篇（李白4，柳宗元3，孟浩然2，韦应物2等）	1篇	13篇（杜甫5，孟浩然2等）	2篇	4篇（孟浩然1，王维1等）	15篇（李白1，郎士元1等）	49篇
清新洒落（利字集）	35篇（李白11，常建5，孟浩然3，韦应物3，柳宗元3等）	2篇	38篇（李端3，戴叔伦3，刘禹锡3，卢照邻2，李颀2，李白2，刘长卿2，马戴2，贾岛2，赵师秀2等）	7篇（皇甫曾1，马戴1，贾岛1等）	15篇（韦应物3，李长卿2等）	21篇（李白2等）	118篇
用意精深（贞字集）	3篇	2篇	15篇（杜甫6等）	7篇（杜甫2，李商隐2等）	12篇（韦应物4等）	9篇（李商隐2，王安石2等）	48篇
情深意远（仁字集）	48篇（韦应物18，李白13，杜甫3，柳宗元3，张九龄2，王维2，王昌龄2等）	3篇	12篇（杜甫5，孟浩然3等）	10篇（杜甫2，刘长卿2等）	17篇（王维3，李白2，李群玉2等）	6篇（王维2等）	96篇
合计	164篇	12篇	89篇	26篇	55篇	56篇	402篇

综上所述，李珥诗或赠人咏怀，或模山范水，他以诗为寄，多数诗篇并没有特意加入理学的说教；而温淳典雅，清劲洗练，平淡而有味，细细体会，可见笃实的问道精神和闲适淡泊、通达跳脱的襟怀。其唐诗观也受理学影响，呈现出与朱熹诗学观念的高度一致性。其《精言妙选》论风格的方式与中国《唐音》《唐诗品汇》不同。《唐音》《唐诗品汇》依照审音知政的逻辑论时代风格，杨士弘自序谓"审其音律之正变"，"求之音律，

知其世道"①；林慈《唐诗品汇叙》谓"因其时世之后先，审其声律之正变"②，虽然高棅具体操作时不完全依照诗人时代，而是参照"声律、兴象、文词、理致"，不过大抵《唐音》《唐诗品汇》都以初、盛、中、晚标示褒贬，沿袭《毛诗序》的经典批评模式。《精言妙选》则以宋代理学思想为理论渊源，以"气象"论个人风格，重视创作主体冲淡萧散、闲适、洒落的襟怀气象在诗中的表现，因此首推"冲淡萧散"诗风，唐人中最重韦应物，韦诗甚至超过李杜的地位。李白居第三字集"清新洒落"选诗之最，又在"闲美清适""情深意远"等出现；杜甫居第四字集"用意精深"选诗之最，又见于"闲美清适""情深意远"等，似有李优于杜之意。此外，《精言妙选》重古体、平淡诗风。总体上李珥对诗人的评论较为通脱，对襟怀气象的重视胜过伦理道德，因此也更具审美意义。

第三节　台辅诗人李山海的诗风转变

首相宰辅③能诗，这一现象在宣祖时比较突出，尤其是万历卫国战争之前。从科举试诗、读书堂月课，再到皇华傧接、文臣庭试和不时的应制，即使位极人臣之后，汉诗创作也仍是文臣的重要技能和文人身份标识之一。李山海、柳成龙、李德馨等官至领相，事功卓著，同时有诗名，其中李山海的宗唐倾向较为明显。

李山海（1539~1609）字汝受，号鹅溪、终南睡翁，谥文忠。本贯韩山。韩山之李为朝鲜望族，李山海为著名诗人李谷（1298~1351）、李穑的后代。李山海五六岁即能作诗，人称神童。明宗十三年（1558）中生员试、进士试，明宗十六年（1561）文科登第。选湖堂，典文衡，官至

---

① 《唐音姓氏并序》，见（元）杨士弘编选，（明）张震辑注，（明）顾璘评点，陶文鹏、魏祖钦整理点校《唐音评注》上册，贵州人民出版社、河北大学出版社，2010，第26页。

② 见（明）高棅《唐诗品汇》卷首，上海古籍出版社，1988，第6页。

③ 李肯翊编《燃藜室记述》中编卷一九列《宣祖朝相臣》：闵箕、洪暹、吴谦、李铎、郑大年、朴淳、卢守慎、姜士尚、金贵荣、郑芝衍、郑惟吉、柳㙉、李山海、郑彦信、郑澈、沈守庆、柳成龙、李阳元、崔兴源、尹斗寿、俞泓、郑琢、金应南、李元翼、李德馨、李恒福、李宪国、金命元、尹承勋、柳永庆、奇自献、沈喜寿、许顼、韩应寅（首尔：朝鲜光文会，1912，第93页）。其中卢守慎、朴淳、郑澈已在前面章节中探讨过。李恒福的最后十年入于光海朝，为相也在光海朝，所以不在本书讨论范围内。其他人诗歌成就不高，权且不论。

领相，封鹅城府院君。明宗二十二年（1567）明穆宗即位诏使许国、魏时亮来，李山海为远接使朴忠元从事官。第二年明太子册立诏使成宪、王玺来，为远接使朴淳从事官。宣祖二十四年（1591）以建储事，设计陷害当时有清望的西人党党首郑澈。在如何处理郑澈的问题上表现强硬，由此东人党内部分裂为北人与南人，李山海为北人党首。宣祖二十五年（1592）万历卫国战争爆发后，因为首倡宣祖放弃都城、西幸避难，被司宪府、司谏院弹劾，贬江原道平海郡。宣祖三十二年（1599）还朝拜领议政，第二年又罢归。宣祖三十四年（1601）拜府院君。李山海文章、书法出众。早年与李珥、宋翼弼、崔岦、白光弘、尹卓然、崔庆昌、李纯仁等酬唱于南原都护府潭阳武夷洞，世号"八文章"。著有《鹅溪遗稿》今传。

他滴居之初的汉诗诗风与身居台辅时相同。语言平易浅俗，明白如话，大抵渊源于白居易，有诗"平生白居士，身与此心忘"（《漫成》）。而李山海发露太尽，又学殖不厚，所以诗味淡薄。宋张戒《岁寒堂诗话》卷上："元、白、张籍诗，皆自陶、阮中出，专以道得人心中事为工，本不应格卑。但其词伤于太烦，其意伤于太尽，遂成冗长卑陋尔。"② 李山海"憔悴真同见弃女"（《次东坡海州石室韵》），"白头唯恋主，魂梦在关河"（《移黄保村》）等，不留余意。这一时期他常常自称"孤臣"，自比去国怀乡的屈原③、身经乱离的杜甫④、穷途痛哭的阮籍⑤和遭贬谪的韩愈⑥，反复陈说恋君之意。此时他不甘心真的放弃仕途而出世，而是想待机而动，自言"习静非禅客，忘怀异漆翁"（《小潭》），反映在诗中的趣味自然不能免俗。

李山海虽身为台辅，位极人臣，而诗艺大进则是在晚年谪居闲废时。许筠《惺叟诗话》谓："近代馆阁，李鹅溪为最。其诗初年法唐，晚谪平海始造其极。"①

---

① 见许筠《惺所覆瓿稿》卷二五《说部四》，《韩国文集丛刊》第74册，首尔：民族文化推进会，1991，第366页。

② 丁福保辑《历代诗话续编》上册，中华书局，1983，第459页。

③ 如"饭筒何处酹三闾"（《五月五日》其一）。

④ 如"杜老狂怀常窃许"（《三次》）；"杜陵不是缘诗瘦"（《流落》）；"伤心杜陵子，诗句送生涯"（《越松主家》）。

⑤ 如"阮籍元非借酒狂"（《流落》）。

⑥ 如"韩老南迁日，云开望祝融"（《赠枫岳僧道庵》）。

随着宣祖久不征召、回归朝廷的希望日渐渺茫，尤其寄居的主家、有世谊的郭干①过世以及宣祖二十七年（1594）丧季子李庆愈②后，诗风转变的迹象才更为明显。其诗由浅白的浮响，变得含蓄深沉；由写给别人看的、向外的《自讼》，转向内心的深沉表达；抒情方式和情感特点也有变化，由套用柳宗元、苏轼等贬谪岭南时诗中惯写的"瘴疠"，虚写"毒雾蒸人便成瘘"（《三次》）的夸张，变成融情于景、时时流露的幽冷清愁。如"青山一片月，白露五更秋"（《秋夜》）；"西风吹断前山雨，野水寒禽夕照中"（《即事》），借景抒情，诗境清冷，情思凄楚。

他在诗中表达对人生更深刻冷静的认识，如"经乱方知性命轻"（《狂贼》），洗剥之前的虚浮，以朴实之语涵沉至之理。如果说初谪时作"乌巾白葛老居士，尽日风棂坦腹眠。共说此翁真放达，定应平地作神仙"（《戏吟》），还对复官存有侥幸，才会如此放达，不是真的乐天知命，而且有几分轻浮意；到《以今春看又过何日是归年为韵作古诗十首》则杂糅佛教、道家、玄学、理学思想以释怀，方显底蕴深厚。如其一：

> 浮生一梦忙，世缘千劫侵。达士贵放旷，至人本无心。何当挂帆去，一陟蓬莱岑。沧波与白鸟，无古亦无今。

一似形象与义理兼具的玄言诗。

此外，李山海在谪居期间还开辟了新的题材。

其一，因居住在越松村、黄保村田家，其诗既有清新可喜的田家生活图景，如"田翁引水春畦满，邻妇携筐早蕨馨。布谷啼时微雨歇，杏花开处小村明"（《春望》），"翁叱耕牛妪戴饭，平明皆向水田归"（《即事》其一）；也有描写田家生活的艰辛。如《次东坡海州石室韵》，用苏轼《和蔡

---

① 《箕城录》有诗题记两家世谊："嘉靖丙申间，先人谪来箕城。有郭上舍者，疏宕不俗，真可人。先人与之游，追逐云月，来往溪山，无不偕焉。一日，先人访上舍不遇，题诗窗纸。上舍恐其破污，取纸藏之，改书壁间以自玩，其爱好文墨如此。万历壬辰，余又俟罪于斯，赁寓上舍之孙郭生家。追惟往事，于今五十八年矣，感昔兴衰，情见乎诗。"（李山海《鹅溪遗稿》，《韩国文集丛刊》第47册，首尔：民族文化推进会，1988，第448页）"上舍之孙郭生"即为郭干。其殁后，李山海作《哭主人郭干》。

② 李山海《箕城录》有《哭子》《忆子》《哭儿子草殡》（前后同题二处四首）、《灯夕忆子》等，可见伤心之至。

景繁海州石室》韵,已经超越了苏轼的一己贬谪之悲,扩大到对国祚民彝
的忧虑。《三次》则从杜甫《石壕吏》而来,其中写道"官门印牒半夜忙,
糇粮一一征余户。吏胥叫呼鸡犬散,老翁逾墙泣儿女",并点出"农家水旱寻
常事,只畏官门印牒侵"(《田家杂咏三首》其二),有杜甫"三吏三别""哀
民生之多艰"意。其《田家杂咏三首》其三:

> 里胥当门缚老妪,三男前岁戍南州。尽倾釜鼎宁宽限,纵卖田牛
> 未塞求。官长咸棱何太峻,公庭鞭扑少无休。羡他路上流离子,朝乞
> 西邻暮死沟。

无家可归之人"朝乞西邻暮死沟",生命的无常和脆弱已经足以震撼人心。
诗意却透过一层,言三个儿子为服兵役已被带走,生死未卜;官长盘剥,
连老妇人也不放过,即使赔进赖以生活的资本也无以应付,其窘迫、绝望、
生不如死,还不如流离子。宣祖时遭过贬谪、寄居田家的诗人不少,但像
李山海一样将田家生活纳入汉诗抒写范围的却不多,尤其是站在农家的立
场写其切身之痛。

其二,李山海诗中还有对壬辰之乱的直接描绘。其《感怀》:"三京文
物污腥膻,龙御苍黄绝塞边。自是经营多失策,未应成败总关天。春深故
国花如海,日暮江城草似烟。恩谴旧臣余白发,每逢佳节独潸然。"对国家
防事在日军进攻面前为何如此不堪一击进行反思。又《痛哭》:"邑宰偷生
窜林莽,将军持重拥干戈。"实录乱中百态,文官不择手段地求生,显示出
人性的怯懦;武将拥兵自重,不能坚守保家卫国的使命。

李山海在宣祖十九年(1586)奉命作《梅月堂集序》,曾以"诗穷而后
工"论金时习:"自古文章之魁伟者,多出于羁旅草野。心之所存,既不能
和缓舒泰,则文辞之发,不期工而自工。信乎其'愁思之声要妙,而穷苦
之言易好'也。"[①] 他自己的诗也是在经历国家和个人的危难之后,增加了
反映人生、反映社会的深度和广度,诗中表达的情感也更为深刻。

李山海绝句的艺术风格以富丽软媚为主。南龙翼谓:"李鹅溪之诗过于

---

① 李山海:《鹅溪遗稿》卷六《梅月堂集序》,《韩国文集丛刊》第47册,首尔:民族文化推
进会,1988,第576页。

软媚，或以'死杨妃卧花下'为讥。"① 又评其诗"妍媚"②。这种风格除了性格因素外，还应该与其台辅身份有关。诗人过着养尊处优的生活，心境"和缓舒泰"③，事君不可刚烈激切，诗中也没有窘迫寒苦之态。金尚宪谓："窃概我朝文苑自卞春亭以下，率皆规唐藻宋，乐习软美，号为馆阁体。"④李山海贬谪初期又闲居无事，自言"共说此翁真可笑，一年忧乐在花枝"（《此翁》其一）；"时时把笔赓古人，满纸新篇多绮语"（《次东坡海州石室韵》）。所以这种风格的作品仍在延续。如《江潭杂咏四首》其三："木麦花开野草残，桥头流水咽鸣环。幽人倚杖忘归去，思在秋山锦绣间。"《越松侨舍二十咏》其三《北桥》："秋水无尘彻底清，长虹隐隐镜中明。幽人乘兴携琴过，桥下游鱼听履声。" 富丽软媚的诗虽有韵味，但不足处在于气弱。洪万宗《诗评补遗》卷上："崔简易以鹅溪诗为无骨，鹅溪以简易诗为拙。……李鹅溪《寒碧楼》诗：'红树白云曾驻马，乱峰残雪又登楼。'有韵而气弱。"⑤ 宋代提倡"气格"、以气为主，强调心性修养在诗中的体现，重视以浩然之气的充盈提高诗格。洪万宗接受这种思想，以此考量李山海诗，所以谓其"有韵而气弱"。李山海的绝句间有佳作，如《即事》：

> 晚潮初长没汀洲，岛屿微茫雾未收。白雨满船归棹急，数村门掩豆花秋。

南龙翼评为"诗中有画"⑥。

李山海的律诗平正婉转。其《谩成》："身似吴蚕尽吐丝，心如野鹿自难羁。衣因坐石多穿破，冠为看山每侧欹。松浦帆归晴浪阔，柳桥花发夕阳迟。无端一掬临风泪，独向天边有所思。"结句有余味，含蕴不尽。《邢

① 蔡美花、赵季主编《韩国诗话全编校注》第 3 册，人民文学出版社，2012，第 2203 页。
② 南龙翼：《壶谷诗话·诗评·东诗》，蔡美花、赵季主编《韩国诗话全编校注》第 3 册，人民文学出版社，2012，第 2199 页。
③ 李山海：《鹅溪遗稿》卷六《梅月堂集序》，《韩国文集丛刊》第 47 册，首尔：民族文化推进会，1988，第 576 页。
④ 金尚宪：《清阴集》卷三九《月汀先生集跋》，《韩国文集丛刊》第 77 册，首尔：民族文化推进会，1991，第 594 页。
⑤ 蔡美花、赵季主编《韩国诗话全编校注》第 3 册，人民文学出版社，2012，第 2419 页。
⑥ 南龙翼：《壶谷诗话·诗评·东诗》，蔡美花、赵季主编《韩国诗话全编校注》第 3 册，人民文学出版社，2012，第 2203 页。

军门别章》："九重东顾彩眉颦，文武全才仗老臣。世难独当天下事，功成还作画中人。百年疆域山河旧，千里桑麻雨露新。只为衮衣留不得，满城鬓白尽沾巾。"也是佳作。

李山海诗注重意象营构，多用比兴手法，可见其宗唐的审美趋向。贬谪之后，师法对象由白居易转向杜甫，也像宣祖时其他宗唐诗人一样曾拟作宫词。同时代的宗唐诗人崔庆昌、白光勋、李达等多沉居下僚或在野，而李山海在朝位高，一似宋初"晚唐体"代表诗人寇准之于魏野、林逋等，是难得的个例。

第四节　许兰雪轩的诗境

南龙翼《壶谷诗话·诗评·东诗》："宣庙朝诗运盛矣。有大家、名家外，闺秀则有兰雪许氏、玉峰、李媛，缁流则有休静、惟正诸僧，可谓千载一时。"[1] 张伯伟谓："文学兴盛的标志之一，就是作者的群体性特征。"[2] 除理学诗人、台辅诗人外，宣祖时宗唐诗人群体的多样性还体现在诗僧和女性诗人创作成就的突出。胡应麟《诗薮》外编卷二："大率才情之富，闺阁居多；趣致之幽，释梵为最。"[3] 女性诗人与诗僧一样，不属于诗坛主流群体，不具备开风气的魄力，更多地因袭主流诗风，不过因为涤荡了世俗功名的牵绊，在宗唐创作方面她们的诗呈现出更多的灵动、清幽之趣。相对于以议论为诗、以学问为诗、在诗中说理的宋调，她们天然地适合抒写性情、香色流动的唐诗风调。

古代朝鲜谨遵儒家女训，女子很少接受汉文教育，因此善作诗的女性诗人不多。中宗时黄真伊能诗，至宣祖时女性诗人数量增加，其中许兰雪轩、李媛和李桂生最为著名。沈守庆《遣闲杂录》："妇人能文者，古有曹大家、班姬、薛涛辈，不可殚记。在中朝非奇异之事，而我国则罕见，可谓奇异矣。有文士金诚立妻许氏，即许晔之女，许筬、筠之妹也。筬、筠以能诗名，而妹颇胜云。号景樊堂，有文集，时未行于世。如《白玉楼上

---

① 蔡美花、赵季主编《韩国诗话全编校注》第 3 册，人民文学出版社，2012，第 2215 页。

② 张伯伟：《论朝鲜时代女性文学典范之建立》，《中国文化》第 33 期，2010 年。

③ （明）胡应麟：《诗薮》外编卷二，上海古籍出版社，1979，第 161 页。

梁文》人多传诵，而诗亦绝妙。早死，可惜。文士赵瑗妾李氏、宰相郑澈妾柳氏，亦有名。"①

许楚姬（1563~1589），字景樊，号兰雪轩，世称景樊堂。本贯阳川。阳川许氏为文学世家，其父为大司谏许晔，兄许筬（1548~1612）、许篈与弟许筠俱有文名。嫁著作郎金诚立（1562~1593），琴瑟不谐，子女又相继夭折，年仅二十七岁抑郁而终。许兰雪轩善四六，其《广寒殿白玉楼上梁文》广为传诵。

她的诗文遗集《兰雪轩诗集》由许筠编辑整理，在她过世后第二年即宣祖二十三年（1590）仲冬，由柳成龙作跋②，后不幸亡于兵火，宣祖四十一年（1608）许筠再次整理、刊刻，是朝鲜最早编成的女性文集。许筠《兰雪轩诗集跋》："平生著述甚富，遗命茶毗之，所传至鲜，俱出于筠臆记。"③ 诗文被焚毁，文集的编纂出于许筠记忆。许筠不仅编纂了《兰雪轩诗集》，对其诗的广泛传播也起了关键作用。壬辰卫国战争期间，许筠协助明朝吴明济编《朝鲜诗选》，进许兰雪轩诗，最后入选 58 首，居女性诗人之最，并且同时的蓝芳威《朝鲜诗选全集》也选入了 150 首许兰雪轩诗。由于正遇上明末女性文化书写的社会文化洪流，二人归国后，兰雪轩诗在中国迅速得到了广泛传播，甚至超过了比她艺术成就高的其他朝鲜诗人，吴选、蓝选塑造了明末清初中国人对兰雪轩诗的印象。宣祖三十九年（1606）皇太孙诞生诏使朱之蕃、梁有年来，向制述官许筠询问兰雪轩诗，许筠即奉呈《兰雪轩诗集》求序④。朱之蕃作《兰雪斋诗集小引》，评其诗"飘飘乎尘埃之外，秀而不靡，冲而有骨"⑤。梁有年《兰雪轩集题辞》："其飒飒乎古先，飘飘乎物外，诚匪人间世所恒有者。"⑥ 他们

---

① 蔡美花、赵季主编《韩国诗话全编校注》第 1 册，人民文学出版社，2012，第 585 页。
② 见柳成龙《西崖别集》卷四《跋兰雪轩集》，《韩国文集丛刊》第 52 册，首尔：民族文化推进会，1990，第 483 页。
③ 许兰雪轩：《兰雪轩诗集》，《韩国文集丛刊》第 67 册，首尔：民族文化推进会，1991，第 22 页。
④ 事见许筠《惺所覆瓿稿》卷一八《丙午纪行》，《韩国文集丛刊》第 74 册，首尔：民族文化推进会，1991，第 292 页。
⑤ 许兰雪轩：《兰雪轩诗集》，《韩国文集丛刊》第 67 册，首尔：民族文化推进会，1991，第 3 页。
⑥ 许兰雪轩：《兰雪轩诗集》，《韩国文集丛刊》第 67 册，首尔：民族文化推进会，1991，第 4 页。

都给予兰雪轩诗很高的评价。此外，明朝沈德符之姊沈无非序刻《景樊集》，潘之恒刻其诗文为《聚沙元倡》，陈子龙《明诗选》、钟惺《名媛诗归》、郑文昂《名媛汇诗》、赵世杰《古今女史》、王端淑《名媛诗纬初编》、钱谦益《列朝诗集》与朱彝尊《明诗综》等都选录了她的诗歌①。李宜显《陶峡丛说》："明人绝喜我东之诗，尤奖许景樊诗，选诗者无不载景樊诗。……明万历中有蓝芳威者，随大司马东来。采东诗，裒成六编，名曰《朝鲜诗选全集》，起自箕子《麦秀歌》，止于景樊诗，凡六百首。《列朝诗集》选一百七十首，《明诗综》选一百三十六首，《明诗选》录三首，《诗归》录二首，景樊诗皆在其中。"②又洪万宗《小华诗评》卷下："中国以我东为偏邦，诸子诗无一见选者。近世蓟门贾司马、新都汪伯英选东方诗，独兰雪轩诗最多。"③贾维钥、汪世钟参与校对吴明济《朝鲜诗选》，受其影响，自编朝鲜诗选时选兰雪轩诗最多。中国刻本回流朝鲜后，更激发了许兰雪轩的影响。肃宗十八年（1692）东莱府重刻《兰雪轩诗集》，肃宗至英祖年间又有戊申字本，此外还有多种抄本，其集见录于金烋（1597~1638）《海东文献总录》、徐有榘（1764~1845）《镂板考》《各道册板目录》、朴周钟（1813~1887）《东国通志·艺文志》、李仁荣（1911~1950以后）《清芬室书目》以及《增补文献备考·艺文考》等书目。许筠《国朝诗删》首次选录朝鲜女性诗，以其姊居多，其后兰雪轩诗又入选《箕雅》《别本东文选》《大东诗选》等朝鲜选本。④

许兰雪轩在朝鲜有很高地位，被誉为海东第一女诗人。李睟光评"为

① 关于许兰雪轩诗歌刊刻以及传入中国的过程，参见俞士玲《明末清初中国典籍误题许兰雪轩诗考》（见《性别、身份和文本——朝鲜女性文学文献研究》，中华书局，2018）。中韩学者关于许兰雪轩研究成果颇多，其他关于其文献研究如〔韩〕朴现圭《聚沙元倡：许兰雪轩的另一中国版本》（《韩国汉文学研究》第26辑，韩国汉文学会，2000）、《明末清初文献所录朝鲜兰雪轩作品之实况》（见张宏生编《明清文学与性别研究》，江苏古籍出版社，2002），以及下文所提及张伯伟系列论文等。
② 李宜显：《陶谷集》卷二八，《韩国文集丛刊》第181册，首尔：民族文化推进会，1997，第455页。
③ 蔡美花、赵季主编《韩国诗话全编校注》第3册，人民文学出版社，2012，第2357页。
④ 参见张伯伟《论朝鲜时代女性文学典范之建立》（《中国文化》第33期，2010）、《明清时期女性诗文集在东亚的环流》（《复旦学报》2014年第3期）、《明清之际书籍环流与朝鲜女性诗文——以〈兰雪轩集〉的编辑出版为中心》（《汉字汉文研究》第10辑，高丽大学校汉字汉文研究所，2015）。

近代闺秀”之最①，尹国馨谓“近世闺秀，许氏（金诚立妻，许晔女）为
最”②，申纬也认为“为闺媛中第一”③。金镇（1766～1822）《思牖乐府
上》："东方名媛数十辈，词翰先称荷谷妹。"④ 黄玹（1855～1910）《读国朝
诸家诗》其十："三株宝树草堂门，第一仙才属景樊。"⑤

　　许兰雪轩宗唐，她的诗婉转清丽。柳成龙评价说："高处出汉魏，其余
步骤乎盛唐。"⑥ 许筠《惺叟诗话》谓："姊氏诗恰入盛唐。"⑦ 日本东洋文
库藏抄本将其诗集与李达《荪谷诗集》合订，可以从侧面看出两人诗风的
近似。许兰雪轩往往在广泛阅读的基础上，摹拟汉魏六朝、唐诗与明代复
古派，"无一字无来历，然全诗融化无痕"⑧，有的拟作能超越元诗。李晬
光、申钦、金时让、柳如是等批评其模拟、抄袭，或者认为许筠伪造，长
时间作为一段历史公案。如：

　　　　李晬光《芝峰类说》卷一四《文章部七·闺秀》："《兰雪轩集》
　　中《金凤花染指歌》，全取明人'拂镜火星流夜月，画眉红雨过春山'
　　之句而点化为之。《游仙词》中二篇，即唐曹唐诗。《送宫人入道》一
　　律，则乃明人唐震诗也。其他乐府、宫词等作，多窃取古诗。故洪参
　　议庆臣、许正郎禞乃其一家人，常言兰雪轩诗二三篇外，皆是伪作，
　　而其《白玉楼上梁文》亦许筠与李再荣所撰云。"⑨

① 李晬光：《芝峰类说》卷一四《文章部七·闺秀》，见蔡美花、赵季主编《韩国诗话全编校
　　注》第 2 册，人民文学出版社，2012，第 1316 页。
② 尹国馨：《闻韶漫录》，见蔡美花、赵季主编《韩国诗话全编校注》第 1 册，人民文学出版
　　社，2012，第 739 页。
③ 申纬：《警修堂全稿》册一七《北禅院续稿二》《东人论诗绝句三十五首》其三十注，《韩
　　国文集丛刊》第 291 册，首尔：民族文化推进会，2002，第 375 页。
④ 金镇：《薄庭遗稿》卷五，《韩国文集丛刊》第 289 册，首尔：民族文化推进会，2002，第
　　449 页。
⑤ 黄玹：《梅泉集》卷四，《韩国文集丛刊》第 348 册，首尔：民族文化推进会，2005，第 485 页。
⑥ 柳成龙：《西崖别集》卷四《跋兰雪轩诗集》，《韩国文集丛刊》第 52 册，首尔：民族文化
　　推进会，1990，第 483 页。
⑦ 许筠：《惺所覆瓿稿》卷二五《说部四》，《韩国文集丛刊》第 74 册，首尔：民族文化推进
　　会，1991，第 362 页。
⑧ 俞士玲：《明末清初中国典籍误题许兰雪轩诗考》，《性别、身份和文本——朝鲜女性文学
　　文献研究》，中华书局，2018，第 80 页。
⑨ 蔡美花、赵季主编《韩国诗话全编校注》第 2 册，人民文学出版社，2012，第 1317 页。

李晬光《芝峰类说》卷一四《文章部七·旁流》："齐僧宝月作《估客词》曰：'郎作十里行，侬作九里送。拔侬头上钗，与郎资路用。'今《兰雪轩集》中窃取全文，可笑。"①

申钦《晴窗软谈》卷下："集中所载，如《游仙诗》，太半古人全篇。尝见其近体二句'新妆满面犹看镜，残梦关心懒下楼'，此乃古人诗。或言其男弟筠剽窃世间未见诗篇窜入，以扬其名云，近之矣。"②

金时让《涪溪记闻》卷上："或言其多剽窃他作，而余固不信也。及余谪钟城，求得《明诗鼓吹》于人，则许集中'瑶琴振雪春云暖，环佩鸣风夜月寒'一律八句载在《鼓吹》，乃永乐诗人吴世忠之作也。"③

钱谦益《列朝诗集》闰集卷六："柳如是曰：'妹许氏诗散华落藻，脍炙人口。然吾观其《游仙曲》"不过邀取小茅居，便是人间一万年"，曹唐之词也；《杨柳枝词》"不解迎人解送人"，裴说之词也；《宫词》"地衣廉额一时新"，全用王建之句；"当时曾笑他人到，岂识今朝自入来"，直抄王涯之语；"绛罗袱里建溪茶，侍女封缄结采花。斜押紫泥书敕字，内官分赐五侯家"，则撮合王仲初"黄金合里盛红雪"与王岐公"内库新函进御茶"两诗而错直出之；"问回翠首依帘立，闲对君王说陇西"，则又偷用仲初"数对君王忆陇山"之语也；《次孙内翰北里韵》"新妆满面频看镜，残梦关心懒下楼"，则元人张光弼《无题》警句也。'吴子鱼《朝鲜诗选》云：'《游仙曲》三百首，余得其手书八十一首。'今所传者多沿袭唐人旧句，而本朝马浩澜《游仙》词见《西湖志余》者亦窜入其中，凡《塞上》《杨柳枝》《竹枝》等旧题皆然。"④

---

① 蔡美花、赵季主编《韩国诗话全编校注》第2册，人民文学出版社，2012，第1308页。
② 申钦：《象村稿》卷五二，《韩国文集丛刊》第72册，首尔：民族文化推进会，1991，第345页。
③ 蔡美花、赵季主编《韩国诗话全编校注》第2册，人民文学出版社，2012，第1506页。
④ （清）钱谦益撰集《列朝诗集》第12册，中华书局，2007，第6856、6857页。

经学者考辨，朝鲜诗论家的批评或出于与许筠的政治对立①，或由于社会人事，而流入明朝的文献，从蓝芳威选本即开始有错乱，从而影响了判断。柳如是与钱谦益对许兰雪轩"沿袭唐人旧句"的严厉批评则与批判明七子蹈袭、反思明亡历史原因有关，并非许兰雪轩有意剽窃或作伪。② 李瀷说"东人之诗每多蹈袭古语"③，大抵出于慕华思想，与师法典范建构一种对话或出于向古人致意的情感立场，期待与奉为典范的摹拟对象同化，与中国诗人面对唐诗遗产的"影响的焦虑"和渴望超越的态度不同。许兰雪轩的创作方式代表了宣祖时的另一种学唐方式，与高敬命在诗题明确标示次韵、拟效、集句不同，她直接标明拟效的仅有《效李义山体》《效沈亚之体》《效崔国辅体》等。俞士玲总结说："她不是整体地诗（师）法某一家，也非某一诗体师法某一家，而多以诗题为单位，如《感遇》《遣兴》是阅读汉魏古诗，陈子昂、张九龄等同类经典之作而再创作的结果；《望仙谣》等是阅读李贺、温庭筠等同类之作后的产物；《四时词》师法李商隐《燕台诗》以及明秦简王朱诚泳《四时词》；《出塞曲》《入塞曲》师法唐人同类之作；《春日有怀》学许浑；《次仲氏高原望高台韵》近承其兄许篈、次承李攀龙、远接杜甫而成；《宫词》从王建、王涯、王珪等同题之作而来；《游仙词》来自曹唐、李九龄、马洪等。"④ 她的创作以乐府居多，多以行、谣、曲、词命名，有《宫词》《游仙词》《江南曲》《出塞曲》《入塞曲》《四时词》《竹枝词》《杨柳枝词》等，乐府本就是一种讲究传承的诗体。朝鲜时代中期俞好仁、林悌、"三唐"诗人、李睟光、车天辂、申钦等均有这类"以诗

---

① 如朝鲜高宗时安肯来《东诗丛话》卷一："东人之不赏其诗者自有由焉。自宣庙以后，朋党始起，异党之人嫉如仇雠。兰雪是许草堂晔之女也，岳麓篈、荷谷䇾、蛟庵筠之姊妹也，金瑚堂诚立之夫人也，一家文章岂止三苏可比也？其弟许筠以附奸被死，祸及草堂，而岳麓及荷谷皆谪死，兰雪亦早夭，所著诗文殆至充梁，而金诚立皆焚之。以此流传于世者，只是朱之蕃购去本而已。异党之人憎恶许门，讥以兰雪有荡调、有借才者是也。现在支那大家吴自蕙所谓'曹大家岂可以长于史，藐视千载之下者'，诚是伟论也。"（蔡美花、赵季主编《韩国诗话全编校注》第 11 册，人民文学出版社，2012，第 9268 页）

② 参见〔韩〕朴现圭《许兰雪轩作品的剽窃实体》（《韩国汉诗研究》第 8 辑，韩国汉诗学会，2000）、俞士玲《有关许兰雪轩诗歌批评的社会、政治、文化、性别因素分析》（见《性别、身份和文本——朝下女性文学文献研究》第三章，中华书局，2018）等。

③ 李瀷：《星湖僿说》卷二八《诗文门·东诗蹈袭》，据韩国国立中央图书馆藏英祖三十六（1760）抄本。

④ 俞士玲：《明末清初中国典籍误题许兰雪轩诗考》，见《性别、身份和文本——朝鲜女性文学文献研究》，中华书局，2018，第 65 页。

题为单位的拟作", 乐府则沿袭旧题或自命新题, 非乐府但使用具有书写传统、处于沿袭诗题和自作之间的《感遇》《遣兴》《无题》《闺怨》《古意》《拟古》《杂诗》等题目, 而许兰雪轩将其做到了极致。由于女子生活简单, 诗歌内容并不广阔, 她的诗写自己生活的仅有《哭子》《梦作》《送荷谷谪甲山》等十篇, 因此这类拟作题材在全部诗歌中占比很大, 更突出了这种创作倾向。

许兰雪轩的诗境往往既清且艳, 最突出的主题是对仙境的描写, 仙境描摹贯穿于五古、七古、七绝各诗体。钱谦益看重其七古,《列朝诗集》选录除《洞仙谣》外的全部四首《染指凤仙花歌》《望仙谣》《湘弦谣》《四时词》。其中《望仙谣》:

> 琼花风软飞青鸟, 王母麟车向蓬岛。兰旌蕊帔白凤驾, 笑倚红阑拾瑶草。天风吹擘翠霓裳, 玉环琼佩声丁当。素娥两两鼓瑶瑟, 三花珠树春云香。平明宴罢芙蓉阁, 碧海青童乘白鹤。紫箫吹彻彩霞飞, 露湿银河晓星落。

又《湘弦谣》:

> 蕉花泣露湘江曲, 九点秋烟天外绿。水府凉波龙夜吟, 蛮娘轻夏玲珑玉。离鸾别凤隔苍梧, 雨气侵江迷晓珠。闲拨神弦石壁上, 花鬟月鬓啼江姝。瑶空星汉高超忽, 羽盖金支五云没。门外渔郎唱竹枝, 银潭半挂相思月。

仙境书写最具代表性的当属七绝游仙诗。许篈、李达也摹拟唐诗作游仙诗, 这是当时朝鲜宗唐诗人偏爱的一种文体。许筠《鹤山樵谈》谓:"《游仙词》百篇, 皆郭景纯遗意, 而曹尧宾辈莫及焉。仲氏及李益之皆拟作, 而率不出其藩篱。"[①] 东晋郭璞较早创作游仙诗, 借游仙咏隐逸, 又入之以玄理, 实为坎壈自伤的咏怀组诗。唐代诗人曹唐淡化咏怀内涵, 对仙境的描绘愈发

---

① 蔡美花、赵季主编《韩国诗话全编校注》第 2 册, 人民文学出版社, 2012, 第 1467 页。

"奇艳可诵"①。许筠出于崇古心理，称许兰雪轩的游仙诗创作度越曹唐，直承郭璞传统。实则如许筠所谓"大都太白、长吉之遗音也"②，以寄意于仙境描写为主，间亦体现一己襟怀。如："云角青龙玉络头，紫皇骑出向丹丘。闲从璧户窥人世，一点秋烟辨九州。"描写奇丽曼妙的仙幻世界和雍容闲雅的仙人生活，充满新奇的意趣。《乐府诗集》引《乐府解题》曰："步虚词，道家曲也，备言众仙飘渺轻举之美。"③她的《步虚词》脱落步虚词原始的道教仪式属性，描写清丽的仙境。如："九霞裙幅六铢衣，鹤背泠风紫府归。瑶海月明星汉落，玉箫声里霭云飞。"许筠谓："效刘梦得，而清绝过之。"④总之，许兰雪轩以化用唐人李贺、李商隐、温庭筠诗为主，融入吴歌西曲的清新、明快，又兼用词境，以女性特有的细腻敏感弥缝诗境。许筠谓"姊氏可谓天仙之才"⑤，"诗语皆清冷，非烟火食之人可到也"⑥。

她的七律有学明诗处，大抵与许篈、许筠出使中国，得以较早接触明代复古派文集有关。如《次仲氏高原望高台韵》：

> 层台一柱压嵯峨，西北浮云接塞多。铁峡霸图龙已去，穆陵秋色雁初过。山回大陆吞三郡，水割平原纳九河。万里登临日将暮，醉凭长剑独悲歌。

清人毛先舒评："诸体略放（仿）温李，而七律独祖七子之风，'层台一柱'全学于鳞《登黄榆作》。"⑦指出这首诗学李攀龙《登黄榆马陵诸山是太行

---

① （清）厉鹗：《樊榭山房集外诗》卷七《游仙百咏序》，见《丛书集成续编》第 129 册，上海书店，1994，第 301 页。

② 许筠：《鹤山樵谈》，见蔡美花、赵季主编《韩国诗话全编校注》第 2 册，人民文学出版社，2012，第 1440 页。

③ （宋）郭茂倩：《乐府诗集》卷七八《杂曲歌辞》，中华书局，1979，第 4 册，第 1099 页。

④ 许筠：《鹤山樵谈》，见蔡美花、赵季主编《韩国诗话全编校注》第 2 册，人民文学出版社，2012，第 1467 页。

⑤ 许筠：《鹤山樵谈》，见蔡美花、赵季主编《韩国诗话全编校注》第 2 册，人民文学出版社，2012，第 1467、1468 页。

⑥ 许筠：《鹤山樵谈》，见蔡美花、赵季主编《韩国诗话全编校注》第 2 册，人民文学出版社，2012，第 1440 页。

⑦ （清）毛先舒：《诗辩坻》卷三，郭绍虞编选《清诗话续编》第 1 册，上海古籍出版社，1983，第 59 页。

绝顶处》其四①。陈子龙也说:"许氏学李氏而合作,有盛唐之风。"② 可见许兰雪轩的诗于婉转清丽之外,又能作豪语。柳成龙也指出了这一艺术特点:"立言造意,如空花水月,莹澈玲珑,不可把玩。铿锵则珩璜相触也,挺峭则嵩华竞秀也。秋蕖擢水也,春云霭空也。……至其感物兴怀,忧时闷俗,往往有烈士风,无一点世间荤血。《柏舟》《东征》,不得专美于前矣。"③

李媛(?~1592)号玉峰,本贯全州。为宗室李逢的庶女,赵瑗(1544~1595)妾。赵瑗、赵希逸(1575~1638)、赵锡馨(1598~1696)三代人的诗文集《嘉林世稿》卷末收录了她的《玉峰集》,共存诗三十二首。因故被出,作《自述》《别恨》以见意。万历卫国战争中死节。

李媛诗清健深婉。"得于天机而不事蹈袭,意致闲雅,调响清婉。蔼然有开元、天宝正始之音,实为闺秀中第一。"④ 其《宁越道中》:"五日长关三日越,哀词吟断鲁陵云。妾身亦是王孙女,此地鹃声不忍闻。"⑤ 赵瑗出宰三陟,李媛随往,此诗作于过宁城鲁山墓时。许筠《惺叟诗话》评:"含思凄怨,与李益之'东风蜀魄苦,西日鲁陵寒'之句同一苦调也。"⑥《国朝诗删》卷三评"悲愤忼慨"⑦。又"江涵鸥梦阔,天入雁愁长"(《即景》)⑧,诗意清壮,意象、意境的营构也可圈可点。

李桂生(1573~1610)原名香今,号梅窗、癸生、桂娘(一作癸娘)。是明宗时期扶安歌伎,擅歌词、汉诗、歌舞、玄琴等。与刘希庆、李元亨、

---

① 李攀龙《登黄榆马陵诸山是太行绝顶处》其四:"千峰郡阁望嵯峨,此日寨帷按塞过。落木悲风鸿雁下,白云秋色太行多。山连大陆蟠三晋,水划中原散九河。回首蓟门高杀气,羽林诸将在横戈。"见李攀龙著,包敬第点校《沧溟先生集》,上海古籍出版社,1992,第199页。

② (明)朱彝尊辑录《明诗综》卷九五(下),中华书局,2007,第8册,第4472页。

③ 柳成龙:《西崖别集》卷四《跋兰雪轩诗集》,《韩国文集丛刊》第52册,首尔:民族文化推进会,1990,第483页。

④ 赵正万:《寤斋集》卷三《李玉峰行迹》,《韩国文集丛刊续》第51册,首尔:韩国古典翻译院,2008,第505页。

⑤ 张伯伟:《朝鲜时代女性诗文集全编》上册李媛《玉峰集》,凤凰出版社,2011,第73页。

⑥ 见许筠《惺所覆瓿稿》卷二五《说部四》,《韩国文集丛刊》第74册,首尔:民族文化推进会,1991,第367页。

⑦ 〔韩〕赵钟业:《韩国诗话丛编》第4册,首尔:太学社,1996,第434页。

⑧ 见申钦《象村稿》卷五二《晴窗软谈》卷下,《韩国文集丛刊》第72册,首尔:民族文化推进会,1991,第345页。张伯伟《朝鲜时代女性诗文集全编》上册李媛《玉峰集补遗·失题断句》"涵"作"吞",凤凰出版社,2011,第78页。

许筠等有诗歌交流。有《梅窗集》。

其《赠醉客》:"醉客执罗衫,罗衫随手裂。不惜一罗衫,但恐恩情绝。"①为洪万宗称赏②。《游扶余白马江》:"水村来访小柴门,荷落寒塘菊老盆。鸦带夕阳啼古木,雁含秋气渡江云。休言洛下时多变,我愿人间事不闻。莫向樽前辞一醉,信陵豪贵草中坟。"③ 为任堕激赏④。

宣祖时其他有诗集流传至今的女性诗人还包括景慕许兰雪轩的许景兰以及光州金氏、金泠泠等⑤。零章琼句流传于世的还有郑文荣妻、申纯一妻李氏、杨士彦妾、郑澈妾柳氏、权鹏女奴琴哥等,均有唐韵。如许筠《鹤山樵谈》所记:

> 士人郑文荣妻《代良人赠人》诗曰:"风露瑶台十二层,步虚声断彩云棱。松间欲寄相思字,多病长卿卧茂陵。"生员申纯一之妻能文且工诗,人传一绝曰:"云险天如水,楼高望似飞。无端长夜雨,芳草十年思。"杨府使之妾亦能诗,《秋恨》诗曰:"秋风撼撼动梧枝,碧落冥冥雁去迟。斜倚绮窗人不见,一眉新月下西堮。"又传某姓人妻诗曰:"幽硐泠泠月未生,暗藤垂路少人行。村家知在前峰外,淡雾疏星一杵鸣。"松江郑相公妾《规良人好色》诗曰:"都宪官非下,忠诚圣主知。徒将经国手,日日对娥眉。"权斯文鹏之女奴名琴哥者亦解文,作诗曰:"长兴洞里初分手,乘鹤桥边暗断魂。芳草夕阳离别后,落花何处不思君。"如此佳作不可搂指,文风之盛,不愧唐人,亦国家之一盛事也。纯一,忠景公默之子,官郡守。妻李氏,郡守景润女。杨府使即士彦。郑松江澈,字季涵,延日人,官左相,谥文清。鹏,字景游,安东人,丁赞成应斗之婿,官大谏。⑥

① 张伯伟:《朝鲜时代女性诗文集全编》上册李桂生《梅窗集》,凤凰出版社,2011,第210页。
② 见洪万宗《诗评补遗后识》,蔡美花、赵季主编《韩国诗话全编校注》第3册,人民文学出版社,2012,第2477页。
③ 张伯伟:《朝鲜时代女性诗文集全编》上册李桂生《梅窗集》,凤凰出版社,2011,第218页。
④ 任堕:《水村漫录》,蔡美花、赵季主编《韩国诗话全编校注》第3册,人民文学出版社,2012,第2298页。
⑤ 许景兰《景兰集》、光州金氏《光州金氏逸稿》、金泠泠《琴仙诗》可参见张伯伟主编《朝鲜时代女性诗文集全编》上册,凤凰出版社,2011。
⑥ 蔡美花、赵季主编《韩国诗话全编校注》第2册,人民文学出版社,2012,第1456页。

第五节　诗僧与委巷诗人对唐诗的审美取向

一　诗僧

朝鲜时代太祖、世祖继续高丽时代以来的崇佛倾向，但太宗、世宗以及燕山君等主张排佛，以性理学作为治国理念。其中世宗对朝鲜的佛教宗派进行精简，将十一宗合并为七宗，又将七宗合为禅、教二宗，即曹溪、天台、总南三宗为"禅宗"，华严、慈恩、中神、始兴四宗为"教宗"。禅、教二宗每三年通过僧科考试选拔教务人才，授以僧阶。后来僧科一度废除，明宗末年才恢复。而万历卫国战争期间，休静等禅师率领僧兵共纾国难，在卫国战争中立有战功。宣祖授予休静僧职，任命为"禅教十六宗都总摄"，令其招募僧兵。继休静为都总摄的是他的弟子惟政。此外，党性（1575～1660）也在壬辰卫国战争中立有战功，任判禅教都总摄，后受任八道都总摄，负责修筑南汉山城。这一时期僧人地位有所提高，他们创作汉诗，还常与文人唱和，邀请著名诗人在自己的诗轴上题诗，很多诗人文集中保存有题僧轴或与僧人唱和的汉诗。这些诗或探究性理学与佛学之异，或寄托出世之思，或评论僧人求诗这种行为本身。如朴淳《赠坚上人》："久沐恩波役此心，晓鸡声里戴朝簪。江南野屋今芜没，却倩山僧护竹林。"宣祖时以能诗闻名的诗僧，有休静、惟政、冲徽、行思、参寥等。他们的诗往往有高情远韵。

休静（1520～1604）字玄应，号西山、清虚子、国一大师。俗姓崔氏，名汝信、云鹤。本贯完山。以成均馆儒生赴进士试落榜，二十一岁时出家为僧，三十岁僧科及第，从大选升至教宗判事、禅宗判事。三十七岁舍职入山教授弟子。己丑逆狱事件中受诬告入狱，后来宣祖将他释放，并赠御书唐绝句和墨竹[1]，声名日高。万历卫国战争时，宣祖任命他为八道十六宗都总摄，弟子义严为总摄，关东惟政、湖南处英为将领，募集数千僧兵，善警备、勤力役，与明军统帅李如松配合，在牡丹峰战役中表现英勇，在收复平壤、开城和汉城的战斗中也立有战功。著有《禅家龟鉴》《禅教释》

---

[1] 《朝鲜宣祖修正实录》卷二四，宣祖二十三年（1590）四月一日（壬申）："熙援引僧徒，多用嫌隙，香山僧统休静亦被逮就鞫。静有自著书，雅辞多祝厘君上，上即命放释，赐御书唐诗绝句及墨竹一纸，慰谕以还之。"据太白山史库本。

《云水坛》等，诗文集《清虚堂集》今传。休静有弟子千余人，嗣法弟子惟政与彦机、太能、一禅四人的法系各成一派。他的法系在战争结束后占据全国寺院的主流，影响至今。

休静诗意精警，无僧人的蔬笋气。李廷龟评其诗："言言皆活，句句飞动，有似古剑出匣，霜风飒然，往往酷似开元、大历，渠家惠休、道林不论也。"① 李植谓："清虚之诗宜著玄契，不拘声律，不杂排比，而意趋超迈，机锋迅利。"② 其《汉城途中》：

> 海树落秋霜，楚关鸿去早。钟山独鸟边，客子舟中老。

仿佛置身于寂寥而永恒的宇宙中，斗转星移，外物的悄然变化催老了舟中客子，意境深远。《登香炉峰》："万国都城如垤蚁，千家豪杰若醯鸡。一窗明月清虚枕，无限松风韵不齐。"③ "垤蚁"指蚂蚁做窝时堆在洞口的土，此处形容万国都城之小。"醯鸡"典出《庄子·田子方》："孔子出，以告颜回曰：'丘之于道也，其犹醯鸡与！微夫子之发吾覆也，吾不知天地之大全也。'"郭象注："醯鸡者，瓮中之蠛蠓。"④ 这里比喻千家豪杰的浅陋。柳成龙评此诗"有高蹈物外，俯视尘寰之意，亦一时意会作也"⑤。朴汉永（1870～1948）《石林随笔》评曰："魄力雄大，口气清逸。"⑥

惟政（1544～1610）字离幻，号泗溟山人，自号松云。俗姓任，丰川人。自幼攻读儒学和李白、杜甫诗，出家后在休静门下受禅法，为休静嗣法弟子。万历卫国战争期间带领僧兵起义勤王，曾前往日将清正营中交涉，

---

① 李廷龟：《月沙集》卷四五《有明朝鲜国赐国一都大禅师禅教都总摄扶宗树教普济登阶尊者西山清虚堂休静大师碑铭》，《韩国文集丛刊》第70册，首尔：民族文化推进会，1991，第239页。

② 金渐《西京诗话》二引，见蔡美花、赵季主编《韩国诗话全编校注》第5册，人民文学出版社，2012，第3474页。

③ 李廷龟：《月沙集》卷四五《有明朝鲜国赐国一都大禅师禅教都总摄扶宗树教普济登阶尊者西山清虚堂休静大师碑铭》，《韩国文集丛刊》第70册，首尔：民族文化推进会，1991，第238页。

④ （清）郭庆藩：《庄子集释》卷七，中华书局，1961，第3册，第716、717页。

⑤ 柳成龙：《西崖别集》卷四《僧人能诗》，《韩国文集丛刊》第52册，首尔：民族文化推进会，1990，第465页。

⑥ 蔡美花、赵季主编《韩国诗话全编校注》第11册，人民文学出版社，2012，第9586页。

战后奉使日本，带回被俘百姓三千五百人。出发之前缙绅赠诗，有"天下英雄争识面，海中盗贼亦知名"句①。著有《松云诗集》《泗溟堂大师集》行世。弟子应祥在其基础上形成曹溪宗的松云派。惟政"能清语韵句"②，他的诗学习宋初九僧的清苦之词。许筠《鹤山樵谈》云："近日，释子工诗者无多，惟政山人学唐九僧③之流，诗甚清苦。"④

冲徽（？～1613）号云谷，僧希安之师。著有《云谷集》。他与当时著名诗人李睟光、李安讷、张维交游，文集中存有往来唱和的诗。冲徽的诗清新流丽。张维评其"诗调清刻，颇有唐人风致"⑤。其《游安心寺》："夜雨朝来歇，青霞湿落花。山僧留野客，手自煮新茶。"写山寺偶遇，清简而朴茂。《南溪渔笛》："南溪秋水碧如罗，杨柳风丝拂岸斜。渔父一声烟里笛，渚禽惊起夕阳沙。"洪万宗《诗评补遗》卷下谓"语颇清丽"⑥。《皋兰寺》："僧敲疏磬起眠鸥，千点渔灯水国秋。明月挂帘天欲晓，橹声鸦轧下沧州。"又七律《赠陆净上人》："仙姿初见象王楼，屈指相离岁十秋。聚散无期飘地叶，光阴难系下滩舟。晴窗炼药经千卷，古殿悬灯夜五筹。多谢净公心郑重，一生明悟世虚浮。"风格清虚古淡。

二 委巷诗人

朝鲜时代属于身份制社会，社会阶层大体可分为两班、平民与贱民。其中两班属于特权阶层，子弟可参加通过门荫获得官职，也可参加科举的文科、武科，获得上层官职，参与国家政策的制定。十六世纪形成了从事译官、天文官、画员等杂职者的中人阶层，介于两班和平民之间，与科举只能参加医科、译科、律学等杂科的庶孽以及胥吏又合称中庶层。中庶层有的善作诗，以此自立于社会，形成委巷诗人这一特殊诗人群体，在朝鲜

---

① 朴而章：《龙潭集》卷四《松云大师诗集序》，《韩国文集丛刊》第56册，首尔：民族文化推进会，1990，第199页。

② 朴而章：《龙潭集》卷四《松云大师诗集序》，《韩国文集丛刊》第56册，首尔：民族文化推进会，1990，第199页。

③ 九僧实为宋人，宗唐。

④ 蔡美花、赵季主编《韩国诗话全编校注》第2册，人民文学出版社，2012，第1471页。

⑤ 张维：《溪谷集》卷六《云谷诗稿序》，《韩国文集丛刊》第92册，首尔：民族文化推进会，1992，第105页。

⑥ 蔡美花、赵季主编《韩国诗话全编校注》第3册，人民文学出版社，2012，第2469页。

时代后期被称为中人文学。"委巷"一词出《礼记·檀弓上》:"小功不为位也者,是委巷之礼也。"郑玄注:"委巷,犹街里,委曲所为也。"柳梦寅谓:

> 余观吾东方自箕子以来,分别贵贱殊甚,至季叶尤重科举。虽有宏才邃学奇俊之士,不幸出于贱孽,则不令齿仕路。如地位不当縣文、武科进者,于译,于医,于阴阳算数、监天相地皆有科,以应时用。下此则为胥徒、农、工、贾、仆、隶,各遂其生谋。设从事文字,亦皆自书其书。其书非《诗》《书》,有业之侪类目笑之以为迁。中世有鱼无迹、朴继姜、郑玉瑞以词章名,徐起、朴仁寿、权千同、许亿健以学行称,当时大夫士多假之颜色,不以贱隶视,毋论名实端衮,概是百年间寡闻者也。①

伴随着中人作为新阶层逐渐兴起,宣祖时期的委巷诗人比朝鲜时代早期偶然出现的鱼无迹、朴继姜、郑玉瑞等更有普遍性,也获得了更高的文化地位。宣祖时委巷诗人与士大夫交游、结诗社切磋诗艺的风气日渐兴盛,正是向朝鲜时代后期中人成为独立的诗人群体的过渡。宣祖时比较活跃的委巷诗人代表为白大鹏②。

白大鹏(?~1592)字万里,林川人。母亲地位卑贱,为典舰寺婢女,所以白大鹏为典舰司仆隶。与刘希庆、徐翊、洪迪等人交游。曾随通信使许箙赴日本,许筹赞赏其"秋天生薄阴,华岳影沉沉"诗③。万历卫国战争中随巡边使李镒战于尚州,殉节。尹行恁(1762~1801)《海东外史》言其人:"能诗善饮酒,俊逸横健,有烈侠之风。"④

---

① 柳梦寅:《於于集》卷六《刘希庆传》,《韩国文集丛刊》第 63 册,首尔:民族文化推进会,1991,第 440、441 页。

② 与白大鹏齐名的委巷诗人还有刘希庆(1545~1636),因其年寿高,且据《村隐集》中《枕流台录》,其闻名一时的枕流台唱和发生在光海君九年(1617)、仁祖二年(1624)左右,故不在宣祖时叙述。

③ 许筹:《鹤山樵谈》,见蔡美花、赵季主编《韩国诗话全编校注》第 2 册,人民文学出版社,2012,第 1471 页。

④ 尹行恁:《硕斋稿》卷九,《韩国文集丛刊》第 287 册,首尔:民族文化推进会,2002,第 150 页。

白大鹏诗学孟郊、贾岛，枯淡萎弱。许筠《惺叟诗话》："有白大鹏者亦能诗，尝为司钥，一时渠之侪类皆效之。其诗学郊、岛，枯淡而萎，故汝章每见人学晚唐者，必曰：'司钥体也。'盖嘲其弱焉。"① 不过白诗时有豪宕之语。如《醉吟》："醉插茱萸独自娱，满船明月枕空壶。傍人莫问何为者，白首风尘典舰奴。"尹行恁《海东外史》谓"其豪宕不肯屈如此"②。

高丽时代贵族垄断文化，高丽文学带有贵族性质。朝鲜时代委巷诗人的兴起一定程度上代表了文化阶层的下移。李植云："况当翁盛壮时，国朝诗教洋洽，轶轨三唐。无论馆阁巨公，方骛燕许，乃若下僚、外朝雄鸣高蠹，无非员外、协律、随、苏、溧阳之伦。下至齐民小肯，野鹊之吟、沙鹤之句，举皆铿锵不失声韵。"③ 委巷诗人也参与了宣祖时宗唐派的众声喧哗。万历卫国战争之后，社会阶层之间的流动加剧，委巷诗人将获得更长足的发展。

---

① 见许筠《惺所覆瓿稿》卷二五《说部四》，《韩国文集丛刊》第74册，首尔：民族文化推进会，1991，第368页。
② 尹行恁：《硕斋稿》卷九，《韩国文集丛刊》第287册，首尔：民族文化推进会，2002，第150页。
③ 李植：《泽堂集》卷九《村隐刘希庆诗集小引》，《韩国文集丛刊》第88册，首尔：民族文化推进会，1992，第155、156页。

第四章　万历卫国战争与中兴诗坛的唐宋兼宗

　　宣祖后期，即万历卫国战争（1592~1598）与中兴诗坛（1599~1608）时期的代表诗人是车天辂、权韠和李春英。三人比"三唐"诗人晚生二三十年，都在宣祖时期及第。金泽荣曰："吾邦之诗，以高丽李益斋为宗。而本朝宣、仁之间，继而作者最盛。有白玉峰、车五山、许夫人、权石洲、金清阴、郑东溟诸家，大抵皆主丰雄高华之趣。"① 其中金尚宪（号清阴）、郑斗卿（号东溟）主要活动于光海君、仁祖时期，宣祖时除许兰雪轩、白光勋之外，在穆陵盛世成长起来的车天辂、权韠是丰雄高华时代风格的典型代表。此外，李春英的诗歌平铺富赡，鸿笔俊逸，也不失丰雄高华。

　　这一时期，中朝诗歌交流取得了较大进展，尤其明朝派兵支持朝鲜、抵抗日本入侵期间，中国文士与朝鲜诗人有更多直接接触的机会，方便了诗歌交流。一方面，朝鲜汉诗传入中国，为更多文人了解。宣祖三十三年（1600）明人吴明济在许筠的帮助下编成《朝鲜诗选》，收录 112 位诗人的 340 首作品。蓝芳威编《朝鲜诗选全集》，汪世钟编《朝鲜诗》（今佚）。宣祖三十九年（1606）皇太孙诞生诏使朱之蕃、梁有年索看朝鲜诗文，宣祖派人抄送② 。许兰雪轩诗传入中国也在这一时期。另一方面，及时的信息交

---

① 金泽荣：《韶濩堂文集定本》卷二《申紫霞诗集序》，《韩国文集丛刊》第 347 册，首尔：民族文化推进会，2005，第 251 页。

② 《朝鲜宣祖实录》卷一九八，宣祖三十九年（1606）四月十九日（丁巳）："弘文馆启曰：'天使所求东人诗文，大提学柳根改抄，而往复议定之际，迟迎（延）日子。自十七日多聚能书之人始书草册，而所抄诗文倍多于前抄，故今日始为毕书，即送承文院，方书正本。而天使发行前势未及书呈云，极为可虑。令承文院一两日内急急毕书，追送于中路何如？'传曰：'允。'"见《李朝实录》第 30 册，东京：日本学习院东洋文化研究所，1961，第 573 页。

流也加快了中国诗歌思潮的东传，如通过明使朱之蕃了解王世贞晚年生活，朱之蕃《诗法要标》东传朝鲜等①。除权铧、许筠、赵纬韩（1567～1649）等直接与明使接触外，对明朝"再造藩邦之恩"的文化认同激发了朝鲜对中国文学的接受，加深了彼此紧密联系，中国文学东传朝鲜的时间差大大缩短，由此朝鲜对明代唐诗学的接受、认同和批评也更加深刻，标志着朝鲜时代中期唐诗接受即将开启下一个阶段。

第一节　车天辂的杜韩接受与《乐府新声》

车天辂（1556～1615），字复元，号五山、兰嵎、橘园、清妙居士。本贯延安。宣祖十年（1577）文科及第，宣祖三十年（1597）中重试乙科。历任奉常寺正、奉直郎、三陟按察使等。父亲车轼（1517～1575，号颐斋）、弟弟车云辂（1559～?，号沧州）都擅长诗文，时人比之中国的"三苏"②。他的诗与韩濩书法、崔岦文章并为"松都三绝"。宣祖二十二年（1589）车天辂以通信使黄允吉、金诚一从事官身份出使日本，并且多次参与傧接明使，因此与韩濩、权铧并称"书檄词翰"。车天辂为宣祖知遇，正祖十五年（1791）又钦命刊刻其文集③。著有《五山说林》《五山集》今传，作《江村别曲》。

车天辂在文学史上有很高的地位。李德洞《松都记异》："宣庙养畜人材，以诗鸣世者辈出，而雄浑富瞻皆不及天辂矣。"④ 李春英谓"五山文章，

---

① 参见廖肇亨《从"搜奇猎异"到"休明之化"——由朱之蕃看晚明中韩使节文化书写的世界图像》，《汉学研究》第 29 卷第 2 期，2011。

② 佚名《东诗奇谈》："世以颐斋、五山、沧州三父子，比眉山三'三苏'也。"见蔡美花、赵季主编《韩国诗话全编校注》第 12 册，人民文学出版社，2012，第 10343 页。

③ 《朝鲜正祖实录》卷二九，正祖十四年（1790）二月十二日（癸亥）："又闻车天辂墓在果川县，教曰：'文章之外，且有殊劳。年前已搜访遗集，令内阁入印。'"（见《李朝实录》第 48 册，东京：日本学习院东洋文化研究所，1966，第 313 页）正祖李祘《弘斋全书》卷一六二《日得录二·文学二》："车天辂以诗文鸣，大明使华之往来，辄傧接酬唱。如平壤胜战露布，令人累顾而不忍释手。其后承零替，巾衍之藏尚未入刊，可胜叹惜。访求其遗裔，征其稿，命词垣诸臣校雠，俟其卒业即当开板。"（《韩国文集丛刊》第 267 册，首尔：民族文化推进会，2001，第 178 页）《朝鲜正祖实录》卷三四，正祖十六年（1792）四月三日（辛丑）记载："命颁行车天辂《五山集》。"（见《李朝实录》第 48 册，东京：日本学习院东洋文化研究所，1966，第 508 页）

④ 《大东野乘》第 4 册，首尔：庆熙出版社，1969，第 581、582 页。

白云后一人"①，洪万宗也说"李奎报后一人"②。车天辂不仅有才情，有豪气，也有学问。他与林悌一同被宋时烈誉为"才士"③，流传很多关于他的传奇。洪良浩《五山集跋》："而惟五山子奇才俊气，特出流辈，压倒当世。"④ 金泽荣谓："车五山诗之敏富，固亦一代间气之才也。"⑤ 车天辂认为性情、才分与学力都是决定诗歌成就高低的因素，其《诗能穷人辩》："盖受之天者才分，成于人者学力。学力或可强，才分不可求。"⑥ 他博通古书，自言"平生读破五车书"⑦，熟悉诗歌使用的各种事典、语典。如柳梦寅《於于野谈》："读书者无书不读，乃可论古人之作。云辂兄天辂亦文章士也，博学古书，能注《益州夫子庙碑》及庾信《哀江南赋》。行于世，有译官得之，示中国儒生，是两文古人所不注者，儒生得而大异之，用文锦七端买之。译官归，盛具酒羞饷天辂以谢之。"⑧ 其《五山说林》杂论中国和朝鲜诗文，记载奇闻逸事，可见其闻见之富。其中有数则论唐代杜甫、韩愈、孟浩然、李商隐、杜牧诗，多解释用典、诗意或异文。如：

> 《枯鱼过河泣》："万乘慎出入，柏人以为戒。"柏人，当作"柏

---

① 李家源《玉溜山庄诗话·本论上》引，蔡美花、赵季主编《韩国诗话全编校注》第 12 册，人民文学出版社，2012，第 10710 页。

② 洪万宗：《小华诗评》卷下，见蔡美花、赵季主编《韩国诗话全编校注》第 3 册，人民文学出版社，2012，第 2351 页。

③ 崔慎《鹤庵集》卷二《华阳闻见录·语录》："先生尝论人才曰：我国人才，至宣庙朝最盛。道学则退溪、南冥、寒冈、栗谷、牛溪、重峰，文章则月沙、简易，才士则车天辂、林悌，善写韩濩，将才李舜臣、金德龄，并生一时。"见《韩国文集丛刊》第 151 册，首尔：民族文化推进会，1995，第 231 页。

④ 洪良浩：《耳溪集》卷一六，《韩国文集丛刊》第 241 册，首尔：民族文化推进会，2000，第 276 页。

⑤ 金泽荣：《韶濩堂文集定本》卷八《杂言六》，《韩国文集丛刊》第 347 册，首尔：民族文化推进会，2005，第 323 页。

⑥ 车天辂：《五山集》卷五，《韩国文集丛刊》第 61 册，首尔：民族文化推进会，1991，第 433 页。

⑦ 车天辂：《五山集》卷三《遣怀二首》其二，《韩国文集丛刊》第 61 册，首尔：民族文化推进会，1991，第 393 页。

⑧ 蔡美花、赵季主编《韩国诗话全编校注》第 2 册，人民文学出版社，2012，第 1014 页。此事又见于车天辂《五山续集》卷四《附录》李冕宙《行状》："《东国名贤录》曰：'公文章绝异。注《益州夫子庙碑铭》《哀江南赋》，中朝使以文锦七段买之。'"（《韩国文集丛刊》第 61 册，首尔：民族文化推进会，1991，第 548 页）

谷"。《史记·张耳传》："上从东垣还，过赵，贯高等乃壁人柏人，要之置（厕①）。"此高祖非微行也。潘岳《西征赋》："长傲宾于柏谷，妻睹貌而献餐。"注："汉武帝微行，夜至柏谷，亭长欲杀之云云。"②

邝健行《韩国诗话探珍录》录此条，以为有得。③ 今本《乐府诗集》《李太白集分类补注》《全唐诗》等均作"柏人"，车天辂首发此论。又：

《惠仪寺园送辛员外》："直到绵州始分手，江头树里共谁来。"一本"分手"作"分首"，是。崔豹《古今注》：汉郑弘于沈酿肆逢故人，明旦乃分首而去。骆宾王《序》："分首三秦。"④

《唐诗品汇》作"分手"，车天辂大概究此书之误。又释李商隐"前溪舞罢君回顾，并觉今朝粉态新"（《回中牡丹为雨所败二首》其二），云："《前溪舞》《后溪舞》乃曲名，见《乐府》。"⑤ 郭茂倩《乐府诗集》卷四五《清商曲辞·吴声歌曲》载《前溪歌》七首，解题曰："《宋书·乐志》曰：'《前溪歌》者，晋车骑将军沈玩所制。'郗昂《乐府解题》曰：'《前溪》，舞曲也。'"⑥

车天辂极富才气学问，由于性情所近，主张学韩杜诗。其本集中有二十一首次韵杜诗，包括五律《八月十七日晨坐用老杜秦州杂诗韵十五首》，七律《用老杜诸将五首韵赋三首》《用老杜韵三首》，抒发因万历卫国战争流离他乡的感慨或歌咏即将凯旋的卫国将士，而未见次韵其他中国诗人，可知其取径。柳根《挽车金正》："老庄马史偏多读，李杜韩诗最熟精。"⑦ 姜柏年《舍兄祭文》："读遍班马，诗耽韩杜。"⑧ 车天辂对韩愈的学习不仅

---

① "厕"，据《史记》卷八九补，中华书局，1963，第 8 册，第 2583 页。
② 蔡美花、赵季主编《韩国诗话全编校注》第 2 册，人民文学出版社，2012，第 950 页。
③ 见邝健行《韩国诗话探珍录》，学苑出版社，2013，第 36 页。
④ 蔡美花、赵季主编《韩国诗话全编校注》第 2 册，人民文学出版社，2012，第 953 页。
⑤ 蔡美花、赵季主编《韩国诗话全编校注》第 2 册，人民文学出版社，2012，第 1003 页。
⑥ （宋）郭茂倩：《乐府诗集》第 2 册，中华书局，1979，第 657、658 页。
⑦ 柳根：《西坰集》卷二，《韩国文集丛刊》第 57 册，首尔：民族文化推进会，1990，第 459 页。
⑧ 姜柏年：《雪峰遗稿》卷二四，《韩国文集丛刊》第 103 册，首尔：民族文化推进会，1993，第 260 页。

在于文章,如谓"昌黎碑铭文字甚奇,秦汉以来所未有也"①,而且主张效仿他的诗。李植谓:"近代学诗者,或以韩诗为基,杜诗为范。此五山、东岳所教也。"② 并进一步揭示学韩与学杜的关系。以韩诗为入门基础,以杜诗为最高典范,正是适合初学者的进学顺序。杜诗虽高,不易学,需要有进学阶梯,所以"以韩诗为基"。韩愈好以文为诗,句法简易,学起来更容易;又与杜诗一样笔势雄健,可以作为达到杜诗境界的过渡。之后李瀷又有进一步的阐述:"韩诗之美亦许大,而人或有不好者,至杜牧之诗曰:'杜诗韩集愁来读,似倩麻姑痒处搔。'此并与韩而深好之也。今据牧之而推韩,据退之而推杜,方知诗中有节节阶级,或据己见而妄议其浅深,奚啻蚍蜉撼大树也。"③ 也主张由学韩愈循序渐进到学杜甫。韩愈、杜甫都是唐宋转关的关键人物,车天辂也并非专意唐诗。他取径较宽,南龙翼谓其"合取唐宋"④。有唐风的诗如《江夜》:"夜静鱼登钓,波深月满舟。一声南去雁,啼送海山秋。"以景结尾,境界寥廓。而其他大部分诗歌以意为主,而不是着重于意象和意境的经营,呈现出宋调的特点。

车天辂最突出的特点在于诗才富赡,诗思敏捷,这也是带给他盛名的最重要因素。车天辂诗才富赡,堪称大手,所谓"富如武库,森列戈剑。大戟长枪,霜雪凛凛"⑤。他擅长五七言排律,能如杜韩作长篇,洪万宗《诗评补遗》卷下引赵纬韩点鬼簿体诗,有"长篇谁似五山子"⑥。申钦曰:"五山文词浩汗雄奇,滔滔不穷。"⑦ 李睟光谓:"雄建(健)奇壮,不事精

① 李睟光《芝峰类说》卷一〇《文章部三·古乐府》引,见蔡美花、赵季主编《韩国诗话全编校注》第 2 册,人民文学出版社,2012,第 1120 页。

② 李植:《泽堂别集》卷一四《学诗准的》,《韩国文集丛刊》第 88 册,民族文化推进会,1992,第 518 页。

③ 李瀷:《星湖僿说》卷二九《诗文门·杜韩诗》,据韩国国立中央图书馆藏英祖三十六年(1760)抄本。

④ 南龙翼:《壶谷诗话·诗评·东诗》,见蔡美花、赵季主编《韩国诗话全编校注》第 3 册,人民文学出版社,2012,第 2220 页。

⑤ 李睟光:《芝峰集》卷二一《祭车五山天辂文》,《韩国文集丛刊》第 66 册,首尔:民族文化推进会,1991,第 199 页。

⑥ 蔡美花、赵季主编《韩国诗话全编校注》第 3 册,人民文学出版社,2012,第 2436 页。

⑦ 车天辂《五山续集》卷四《附录》李冕宙《行状》引,《韩国文集丛刊》第 61 册,首尔:民族文化推进会,1991,第 548 页。

练，如长江巨海，愈泻而愈不穷。'"① 尝自言"贴纸于万里长城，使我走笔，则纸有尽而诗不穷"②。又构思捷速，"能倚马千言"③，"快如八骏，奔逸通衢。脱其羁辔，埃壒先驱"④。万历卫国战争中，明朝提督李如松将兵援助，车天辂受命作檄文，平壤之捷又作露布，兵乱动荡中更要求迅速。李冕宙《五山先生续集序》谓："龙蛇乱起，朝廷多事，呼吸之间，有雷有风。而至于辞命之仓卒酬应，倾刻立就，非公则莫可任也。"⑤ 同崔岦一样，车天辂也以其文学才能多次参与傧接或使行等外交任务。不同的是，崔岦胜于文，车天辂胜于诗。车天辂富赡的诗才和敏捷的诗思，在外交活动中具有不可替代的地位，充分体现了朝鲜诗人以诗华国的群体性追求和对汉诗社会实用功能的认识。李德泂《松都记异》："每于华使之来，以制述官随傧。相酬唱之际如遇强韵险制，则必用车诗，华使见之大加称叹。"⑥ 洪良浩《五山集跋》："凡有大辞命副急应卒者辄属之公。而诏使之傧接，皇华之唱酬，公未尝不与焉。"⑦

宣祖二十二年（1589）车天辂以通信使黄允吉、金诚一从事官的身份出使日本。南龙翼《壶谷诗话·诗话》："尝使日本，倭人例设白纹障蚊之帐，广可数间，而一宿之间制各体，挥洒遍帐。倭人易之，则又如之，至三而止。"⑧ 李睟光谓："尝随通信使往还日本，得诗四千余首。"⑨

① 李睟光：《芝峰类说》卷一四《文章部七·诗艺》，见蔡美花、赵季主编《韩国诗话全编校注》第 2 册，人民文学出版社，2012，第 1346 页。

② 车天辂：《五山续集》卷四《附录》李冕宙《行状》，《韩国文集丛刊》第 61 册，首尔：民族文化推进会，1991，第 548 页。

③ 《朝鲜正祖实录》卷三四，正祖十六年（1792）四月三日（辛丑），见《李朝实录》第 48 册，东京：日本学习院东洋文化研究所，1966，第 503 页。

④ 李睟光：《芝峰集》卷二一《祭车五山天辂文》，《韩国文集丛刊》第 66 册，首尔：民族文化推进会，1991，第 199 页。

⑤ 车天辂：《五山续集》卷首，《韩国文集丛刊》第 61 册，首尔：民族文化推进会，1991，第 470 页。

⑥ 《大东野乘》第 4 册，首尔：庆熙出版社，1969，第 581 页。

⑦ 洪良浩：《耳溪集》卷一六，《韩国文集丛刊》第 241 册，首尔：民族文化推进会，2000，第 276 页。

⑧ 蔡美花、赵季主编《韩国诗话全编校注》第 3 册，人民文学出版社，2012，第 2212 页。

⑨ 李睟光：《芝峰类说》卷一四《文章部七·诗艺》，见蔡美花、赵季主编《韩国诗话全编校注》第 2 册，人民文学出版社，2012，第 1346 页。

宣祖二十八年（1595）他为即将回国的明朝提督李如松作长律百韵①和七律百首②。沈守庆《遣闲杂录》记载："秋，都督还朝。临还，求别诗于诸文士。天辂作诗③及七言律诗一百首，七言排律一百韵。律诗则上下平声，各韵尽押，而二日作之。排律则押阳字韵，而半日作之。富赡敏捷，当代无双，真天才也，其诗世方传播焉。"④ 李廷宙《行状》："乙未，天将还，奉教作送李提督诗若序，长律百韵，四律一百首，一昼夜立草以进。"⑤

宣祖三十五年（1602）颁册立皇太子诏使顾天埈、崔廷健来，远接使李好闵、迎慰使李廷龟辟为制述官，当时擅长诗文的朴东说、李安讷等也作为从事官或制述官齐聚平壤，时称"文星聚关西"⑥。车天辂与其他诗人在崔岦的简易堂有诗歌酬唱⑦，众人诗作结集为《东槎集》⑧。

---

① 见车天辂《五山集》卷四《送李提督一百韵》、卷五《送李提督诗序（别简五人艺文馆，令制之，七律百首、七排百韵皆一昼夜所作）》、卷六《送李提督诗并引》。
② 车天辂：《五山集》卷二《送李提督百首》，《韩国文集丛刊》第61册，首尔：民族文化推进会，1991，第368页。
③ "诗"，疑当作"序"，即车天辂《五山集》卷五《送李提督诗序（别简五人艺文馆，令制之，七律百首、七排百韵皆一昼夜所作）》，《韩国文集丛刊》第61册，首尔：民族文化推进会，1991，第425页。
④ 蔡美花、赵季主编《韩国诗话全编校注》第1册，人民文学出版社，2012，第587页。
⑤ 车天辂：《五山续集》卷四《附录》，《韩国文集丛刊》第61册，首尔：民族文化推进会，1991，第547页。
⑥ 南龙翼《壶谷诗话·诗话》："壬寅顾天埈时，月沙为傧使，东岳、南郭朴东说、鹤谷为从事，石洲以白衣，车五山、梁霁湖庆遇以制述，金南窗玄成、韩石峰濩以笔从。各艺之盛，此行反复胜矣。五峰、西坰柳根为迎慰，简易适侨居于箕城，时人谓之'文星聚关西'云。"（蔡美花、赵季主编《韩国诗话全编校注》第3册，人民文学出版社，2012，第2211页）另李睟光《芝峰类说》卷四《官职部·使臣》："乱后辛丑，顾、崔两诏使出来，接待始依平时。李月沙廷龟为远接使，朴南郭东说、李东岳安讷、洪鹤谷瑞凤为从事官，车五山天辂、权石洲韠、金南窗玄成为制述官。韩石峰濩以写字亦在行，盖极一时之选也。余最不文，蒙差都司宣慰使。"据仁祖十二年（1634）木刻本
⑦ 车天辂《五山集》卷三叙此事《崔东皋（岦）寓居箕城，构草堂，扁以"简易"。万历辛丑，李月沙（廷龟）为华使顾（天俊）傧接，李芝峰（睟光）为延慰。朴南郭（东说）、李东岳（安讷）、洪鹤谷（瑞凤）为从事官，余与金南窗（玄成）、权石洲（韠）为制述官，来会箕城，皆一时文章巨公也。有〈简易堂酬唱诗〉》，见《韩国文集丛刊》第61册，首尔：民族文化推进会，1991，第402页。其中"俊"字当为"埈"
⑧ 车天辂《五山续集》卷三《五七言杂录（《东槎集》中抄出）》："万历辛丑，顾、崔两天使奉诏东来。自上特简傧伴诸臣，以迎于境。远接使月沙李公廷龟圣征，义州延慰使五峰李公好闵孝彦，都司迎慰使芝峰李公睟光润卿，从事官东岳李公安讷子敏、南郭朴公东说说之、鹤谷洪公瑞凤辉世，制述官五山车公天辂复元、南窗金公玄成余庆、石洲权公韠汝章，韩石峰濩景洪以名笔从行。使事之暇，相与唱酬，有《东槎集》二卷行世。"见《韩国文集丛刊》第61册，首尔：民族文化推进会，1991，第512页。

　　宣祖三十九年（1606）皇太孙诞生诏使朱之蕃、梁有年来，车天辂为远接使柳根制述官，作怀古诗一百韵。李冕宙《行状》载："天使朱之蕃入箕城，使制怀古诗百韵，未晓以进。方短夜，无可能者。李白沙公曰：'非五山无可当之。'公请旨酒一盆，大屏一座，韩石峰笔，痛饮数十钟，入屏内。石峰展纸濡笔临之。公即高声大唱，水涌风发，夜未半百韵已成，鸡未唱进呈。天使秉烛读未讫，所把之扇尽扣碎之。"① 傧接一行到安州百祥楼，又应柳根之请作五十韵排律五篇②。

　　当然车天辂富赡敏捷的诗风本身也存在固有的问题。富赡则"不事精练"③，"率多未精"④；敏捷则欠锤炼，"多平熟而少湛深"⑤，而且诗病也比较常见。其弟车云辂"尝自论诗曰：'吾则精米流脂五百石，家兄则皮杂谷并一万石耳。'"⑥ 车云辂诗遒紧清奇，少而精，与车天辂的平浅汗漫、多而杂形成对比。两人各有千秋，少而精利于流传后世，多而杂在当时以大手出名，尤其适合傧接等讲究敏赡的文战场合，但确实不利于传后。这也是为什么《五山集》作品皇皇，而南龙翼《箕雅》只选录其中五首诗的原因所在。南龙翼谓："但蛟螭少而蝼蚓多，传后则实难。如'愁来徙倚仲宣

① 车天辂：《五山续集》卷四《附录》，《韩国文集丛刊》第61册，首尔：民族文化推进会，1991，第548页。
② 郑泰齐《菊堂排语》："万历己酉诏使朱之蕃出来，以制述官在傧相柳西坰幕下。行到安州登百祥楼，时暮春中旬也。微雨乍晴，四望洞豁，妙香群峰，清川一带，历历指顾中。使相曰：'此壮观也，非五山健笔莫能形容之。'即浮三大白以觞五山，令促赋雄篇。食顷之间，遂走五言排律五十韵。西坰壮之，问曰：'可能再乎？'答曰：'安敢辞乎？'又用前韵即成一篇。西坰曰：'今日始见君大手，宜尽君才，以侈兹行。'五山又连赋五言二篇、七言一篇，皆用前韵。逾出逾奇，押韵尤工，略无窘涩之态。自午向夕，凡赋五十韵排律五篇。"（蔡美花、赵季主编《韩国诗话全编校注》第3册，人民文学出版社，2012，第2130页）诗见《五山集》卷四《百祥楼呈西坰使相》《再用韵》《三用韵》《四用韵》《百祥楼赠尹白沙定牧》。尹暄（号白沙）事见梁庆遇《霁湖诗话》。
③ 李晬光：《芝峰类说》卷一四《文章部七·诗艺》，见蔡美花、赵季主编《韩国诗话全编校注》第2册，人民文学出版社，2012，第1346页。
④ 洪万宗：《诗评补遗》卷上，蔡美花、赵季主编《韩国诗话全编校注》第3册，人民文学出版社，2012，第2425页。
⑤ 金泽荣：《韶濩堂文集定本》卷八《杂言六》，《韩国文集丛刊》第347册，首尔：民族文化推进会，2005，第323页。
⑥ 洪万宗：《小华诗评》卷下，蔡美花、赵季主编《韩国诗话全编校注》第3册，人民文学出版社，2012，第2359页。

楼'一篇，人所脍炙，而疵病亦多，瑕瑜不相掩，他皆类此。"① 郑弘溟进一步推测："而闻其乘快挥洒，殊欠点化，终以乱稿投在箱箧，未尝再阅，此必不以传后为意。"② 诗歌的艺术感染力并不直接取决于文字多少，所谓弄一车兵器，不如寸铁杀人。申昉《屯庵诗话》记载："李提督如松之归也，要我国公卿命士皆有诗为别，篇什甚盛。车天辂作百韵排律，极意驰骋，意可压诸公。最后崔简易诗成，寂寥数韵耳，车就读不觉失色，窅然丧其百韵，遂自取其诗裂去不出。简易诗云：'推毂端须盖世雄，鲸鲵出海帝忧东。将军黑稍元无敌，长子雕弓最有风。威起夏州辽自重，捷飞平壤汉仍空。轻裘缓带翻闲暇，已入邦人绘素中。'其沉健浑雄，宜有以服五山之浮夸。而五山服善之诚，亦可重也。"③

车天辂即便诗才富赡，而同一主题构思上百首诗的作诗模式，也难免有捉襟见肘的时候，诗意重复，只能依赖语言的翻新。李晬光云："余守洪阳时，车五山薄游湖西，赠余诗累百篇。有曰：'碧落鹤寒云五色，长风鲸动海层澜。''鹤天古月琴心净，鲸海层澜笔力驱。''鹤飞碧落青云阔，鲸戏层波巨海长。'又'鲸冲玉海千层浪，鹤透金天万迭云'，'鹤到碧天云万里，鲸翻沧海雪千层'，此等句皆一意，未知优劣如何。"④

与敏赡相应的是诗风雄浑奇健，文锋峻锐，轰浩豪雄。李德泂《松都记异》谓其"句法雄健"⑤，又偏爱鳌、鹏等体态巨大而气势雄浑的意象。李冕宙《五山先生续集序》："文锋峻锐，如秋原之下快鹘；笔势雄富，若长途之骋逸驾。"⑥ 李晬光以雄、豪、快、怪、富评价其诗。⑦ 洪良浩《五山集跋》云："雄辞健笔，如洪涛之赴壑，奔骥之下坂。触之者风靡，遇之

<hr />

① 洪万宗《诗话丛林·冬》引南龙翼《壶谷诗话》，蔡美花、赵季主编《韩国诗话全编校注》第4册，人民文学出版社，2012，第2780页。

② 郑弘溟《畸庵集》卷一二《漫述》，《韩国文集丛刊》第87册，民族文化推进会，1992，第195页。

③ 见申昉《屯庵集》卷八，《韩国文集丛刊续》第66册，首尔：韩国古典翻译院，2008，第566页。

④ 李晬光：《芝峰类说》卷一三《文章部六·东诗》，见蔡美花、赵季主编《韩国诗话全编校注》第2册，人民文学出版社，2012，第1302页。

⑤ 李德泂：《松都记异》，《大东野乘》第4册，首尔：庆熙出版社，1969，第581页。

⑥ 见车天辂《五山续集》卷首，《韩国文集丛刊》第61册，首尔：民族文化推进会，1991，第470页。

⑦ 李晬光：《芝峰集》卷二一《祭车五山天辂文》，《韩国文集丛刊》第66册，首尔：民族文化推进会，1991，第199页。

者气慑。矢口落笔，顷刻数千言。并时诸公，尸词盟而负盛名者，莫不逡巡却步。"① 如《奉赠海伯权（思省）二首》其二：

> 玉节金章按海西，戴星旌旆已鸡栖。长途积雪深牛目，旷野凝云衬马蹄。梦绕凤城心日月，手挥龙剑气虹霓。观风采俗应多暇，收取烟霞寄品题。

权悏（1553~1618）字思省，宣祖二十七年（1894）以户曹参议出为黄海道观察使。"玉节"本《周礼·地官·掌节》："守邦国者用玉节，守都鄙者用角节。"② "长途积雪深牛目"，本《战国策·魏策二》："雪甚及牛目，难以行。"③ 全诗突出权悏巡视一方的雄逸气势。又《凤凰台》：

> 千仞冈头石骨分，迥临无地出尘氛。江通碧海生潮汐，山近青天合雾云。不尽鸟飞平楚外，遥看日落大荒垠。蕴真协遇堪留眼，笑拨人寰几聚蚊。

凤凰台在平壤府西南十里，多景楼西。"聚蚊"本《汉书·中山靖王刘胜传》："夫众煦漂山，聚蚊成靁，朋党执虎，十夫楺椎。是以文王拘于牖里，孔子厄于陈、蔡。此乃烝庶之成风，增积之生害也。"颜师古注："蚊，古蚊字。靁，古雷字。言众蚊飞声有若雷也。"④ 此处有为民除害、举重若轻的英雄气概。全诗气势豪迈，笔锋峻利奇健。

此外，车天辂编《乐府新声》，收宣祖时宗唐诗人的乐府诗作，共五人169首诗。分别为崔庆昌12首，白光勋13首，林悌36首，李达50首，李睟光58首。李睟光诗止于《续朝天录》，其题注曰"起辛亥八月，止壬子五月"，则车天辂编成此选最早在光海君四年（1612），已至其晚年，约在1612年至1615年之间。《乐府新声》现存日本东洋文库藏木刻本，题为

---

① 洪良浩：《耳溪集》卷一六，《韩国文集丛刊》第 241 册，首尔：民族文化推进会，2000，第 276 页。
② （清）阮元校刻《十三经注疏》，中华书局，1980，第 739 页。
③ （汉）刘向集录，范祥雍笺证《战国策笺证》下册，上海古籍出版社，2006，第 1320 页。
④ （汉）班固：《汉书》第 8 册，中华书局，1962，第 2423 页。

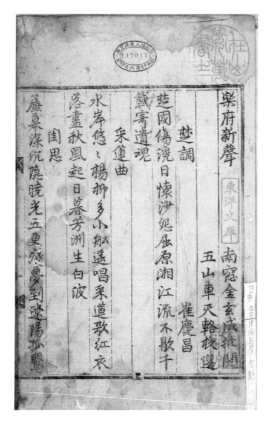

图一　日本东洋文库藏《乐府新声》

"南窗金玄成批阅，五山车天辂校选"①。四周双边，半叶高 21.2 厘米，宽 16.4 厘米，十行，行十六字，双对花鱼尾，混入黑鱼尾。

对比诗人本集，白光勋、林悌乐府诗全录，未录崔庆昌五绝《白苎辞》、七绝《出塞》，以及李晬光五绝《江南曲》《春怨》《闺情次古乐府》《拟子夜歌》《征妇词》《相逢词》，七绝《苦热行》《江南行》《游仙词十首》《游仙词三首》。此外，未录李达七绝《移家怨》《宫词·中官清晓觅

---

① 申钦《象村稿》卷二〇有《芝峰辑〈乐府新声〉，其中有〈宫词〉〈塞下曲〉〈游仙诗〉等体，余戏效之》（《韩国文集丛刊》第 71 册，首尔：民族文化推进会，1991，第 506 页），据申钦，《乐府新声》编者为李晬光。按，《乐府新声》选李晬光诗，若果为李晬光编，不当如是。车天辂与李晬光最相善，称其为"赏音千古一钟期"（《五山集》卷二《奉呈芝峰》，《韩国文集丛刊》第 61 册，首尔：民族文化推进会，1991，第 362 页），别集中往来唱和最多，车天辂必将此编与李晬光看。而李晬光与申钦都钟情于乐府创作，多有交流，抑或李晬光曾以此示申钦，申钦误认为李编。故本文据刻本题名。

才人》，但比本集增加了《乱离篇赠申御史》《塞下曲》《玉台体》三题五首。其《乱离篇赠申御史》：

> 壬辰四月釜山浦，海贼凭陵不知数。当时国家狃升平，士卒苍黄失行伍。孤城守将怯无言，束身就擒开城门。贼势堂堂不可制，虎视青丘期一吞。莱山为府壮城堞，瞬息移兵战相接。昏云炮火疾如雷，杀气崩腾山可压。城中守臣宋使君，忠胆轮囷激三军。临城血战箭如雨，仰天誓日气益怒。睢阳矢尽救兵绝，巡远忠诚无用武。贼将登城可奈何，不屈一死心靡他。天地无情日月死，鬼神有知山河嗟。自从莱山城陷后，所向无前城不守。中原一战胜败决，大将就戮离身首。积尸为陵血成海，助祸作虐天不悔。兵戈乱入汉阳城，痛哭君王何处在。龙湾西狩两京虚，宗社尽为灰烬余。春花无主上林苑，秋叶空飞闾井墟。天兵十万渡辽阳，正气凌空谁敢当。箕城贼窟扫荡尽，贼酋夜遁无犬羊。大驾南巡复旧都，行殿草草城之隅。八年兵粮政最难，绳桥转运此江湖。夫君承命出海西，绣衣白面骢马蹄。勤劳从事昼继夜，料理万端忧民黎。民黎辛苦此时极，米粟挽输何日足？米粟挽输何日足？思之不觉高声哭。

本诗堪为壬辰倭乱"诗史"，真实、深刻、全面地反映了李达亲历的这场持续七年的民族战争，字字崩泪，与许筠推举的《漫浪舞歌》属于不同风格，可见李睟光与许筠诗学倾向的不同。此外，《塞下曲》后三首也不在《荪谷诗集》内：

> 蕃帐新降更置营，一时齐放旧屯兵。将军击鼓成军乐，战士吹铙有笑声。
>
> 三城黠虏请求和，举部齐来款塞多。元帅谙兵难听信，更添新卒戍交河。
>
> 阴山北路接金微，汉卒经年久不归。强虏至今犹出没，远书时寄雁南飞。

李达文集《荪谷诗集》由许筠编纂，光海君十年（1618）李达去世当年，许筠作《荪谷诗集序》曰："不佞少日以仲兄命问诗于翁，赖识涂向。及其死也，惜其遗文泯没不传，为哀平日所臆记者诗二百余首，谋欲灾木。又从洪上舍有炯许，续得百三十余首。令李君再荣合而汇数，类之为六卷云。"① 据此可知《荪谷诗集》源于许筠"臆记"和洪有炯（1590~1650）续补。而车天辂很可能从其好友李晬光处获得了李达诗集的另一文本来源。据李晬光《西潭集跋》："今海西节帅柳公珩，以崔之表侄，少学于李，乃取其所为诗，目曰《西潭集》者，总一卷，将入梓，因便以示余，欲使余选且尾之。"② 按，柳珩（1566~1615）"癸丑，为黄海节度使，卒于任"③。黄海道号海西，即光海君五年（1613）至七年（1615），柳珩担任"海西节帅"期间，将收藏的李达诗集《西潭集》交给李晬光，准备刊行，李选其中若干篇并作跋。《西潭集》早于《荪谷诗集》，又正值车天辂编选《乐府新声》的数年内。然而《西潭集》最终是否刊行不得而知，至少李晬光归还时柳珩尚在世。无论是柳珩的全本《西潭集》，还是经李晬光选后的《西潭集》，今皆不存。可以明确的是，当时流行的李达诗集不只许筠序《荪谷诗集》一种，今可据《乐府新声》中的此五首补《荪谷诗集》之缺。

《乐府新声》卷末附车天辂跋，点明其宗唐指向：

> 唐人为诗多仿古乐府，如《宫词》《闺怨》《少年行》《塞下曲》《游仙词》等，题目尽好，此古人所谓望其题目，亦知为唐者也。宋以下至我东则鲜有此体，故今取数家汇为一帙，以俟夫继而有作者。若其格力之高下，声律之利病，具眼者能辨之。车天辂云。

"古人所谓望其题目，亦知为唐者"，即严羽《沧浪诗话·诗评》："唐人命题，言语亦自不同。杂古人之集而观之，不必见诗，望其题引，而知其为唐人、今人矣。"④ 李晬光也引此论："《稗史》曰：'唐无名人物画至多，

---

① 李达：《荪谷诗集》卷首，《韩国文集丛刊》第 61 册，首尔：民族文化推进会，1991，第 3、4 页。

② 李晬光：《芝峰集》卷二一，《韩国文集丛刊》第 66 册，首尔：民族文化推进会，1991，第 200 页。

③ 尹镌：《白湖集》卷二一《诸将传·柳珩》，《韩国文集丛刊》第 123 册，首尔：民族文化推进会，1994，第 381 页。

④ （宋）严羽著，张健校笺《沧浪诗话校笺》下册，上海古籍出版社，2012，第 518 页。

要皆望而知为唐人。别有一种气象，非宋人所可比也。'余谓非独画也，于诗亦然。前辈所云望其题目，亦知为唐者，此也。"[1] 他由《稗史》引出唐诗与宋诗气象不同，也与严羽《沧浪诗话》观念相同："唐人与本朝人诗，未论工拙，直是气象不同。"[2] 题目是唐诗最浅层的表征，气象为诗歌整体风格，不过由于乐府书写传统的沿袭性强，乐府题目一旦确定，也就规定了诗歌的内容与风格。"望其题目，亦知为唐者"是车天辂的选诗标准之一。虽然他在《五山说林》中指出《前溪舞》《后溪舞》"见《乐府》"，表明他阅读过《乐府诗集》，但他并非严格按照《乐府诗集》的范围来选录乐府。《古意》《拟古》等本不属于乐府旧题，汉魏人多作，唐人也是出于摹拟汉魏的初衷，车天辂选录是因为"望其题目，亦知为唐者"。但又存在选录标准不一的问题，如《拟古》选白光勋，而不选李晬光五绝《拟古》及五七言古《拟古三篇次成鹤泉韵》；《别意》题目大抵出自李白《金陵酒肆留别》"别意与之谁短长"，选林悌七绝和七律，但不选李达五绝。李晬光《崔将军祠歌（并序）》[3]《祝圣词（并序）》[4]《玉河馆人日效宋之问体》严格说来不属于乐府，一则出于与李晬光交好，一则出于"格力"与"声律"的考量，大抵由于符合他的选诗标准。此外，车天辂修改了一些诗题使其更符合乐府命题习惯，往往删掉其写作背景的交代[5]，如林悌《灵谷归来不胜仙兴乃作步虚词》改为《步虚词》，《地气常暖，雪落便消，而汉拿一山积缟千丈。故洞府寻真，春以为期，乃作思仙谣》简化为《思仙谣》。又崔庆昌《浿江楼船题咏》改为《采莲曲》[6]，李晬光《游仙洞》改

---

① 李晬光：《芝峰类说》卷一八《技艺部·画》，据仁祖十二年（1634）木刻本。

② （宋）严羽著，张健校笺《沧浪诗话校笺》下册，上海古籍出版社，2012，第515页。

③ 李晬光原题为《崔将军祠（并序）》，车天辂入选时加"歌"字，更符合乐府诗命题习惯。

④ 李晬光原题为《十二月十八日夜，梦得"龙飞四十万历万，胡雏奔走气自夺，圣主千年天地德"三句，因演成双韵以识之》。车天辂改为《祝圣词》，裁以三字，且以"词"结尾，更符合乐府诗命题习惯。

⑤ 《乐府新声》与诗人本集的题目对比见表三。

⑥ 申钦《晴窗软谈》卷下："丽朝学士郑知常诗曰：'雨歇长堤草色多，送君南浦动悲歌。大同江水何时尽，别泪年年添绿波。'一世争传，至今推为绝唱。万历庚辰年间，崔庆昌嘉运为大同察访，徐益君受为平壤庶尹，皆诗人也，步其韵为《采莲曲》。"（《象村稿》卷五二，《韩国文集丛刊》第72册，首尔：民族文化推进会，1991，第341页）许筠《惺叟诗话》："（崔庆昌、李达——引者注）二诗殊好，有王少伯、李君虞余韵。然自是《采莲曲》，非西京送别诗本意也。"（《惺所覆瓿稿》卷二五《说部四》，《韩国文集丛刊》第74册，首尔：民族文化推进会，1991，第375页）

为《游仙词》，都更符合乐府的命题习惯。而将李晬光《老将行》改为《老将词》则不当，王维有《老将行》同题之作，改后反而无据。

另外一些入选《乐府新声》的非乐府题目具有清丽绮靡的风格特征，如香奁体、宫词、游仙词，代表了车天辂乃至当时朝鲜诗人的乐府观。香奁体得名于唐人韩偓，严羽《沧浪诗话·诗体》云："香奁体，韩偓之诗，皆裾裙脂粉之语。有《香奁集》。"① 王建发展乐府的宫怨题材而去其怨，作有宫词百首，"多言唐宫禁中事，皆史传小说所不载者"②。朝鲜流传较广的唐诗选本《三体唐诗》《万首唐人绝句》《唐音》《唐诗品汇》等选录多首唐人宫词，在朝鲜影响较大。李达、李晬光的拟作多从王建、王涯来，书写对君王和宫女朝仪、生活的想象，事浅而语丽，没有张祜、元稹宫词的深沉沧桑，也没有白居易、崔道融、李商隐诗的宫怨。曹唐《小游仙诗》延续郭璞开创的游仙诗传统，变五古为七绝，又将艳情与游仙合二为一。《乐府新声》所选李晬光诗接续曹唐的七绝传统，主要侧重描摹清丽缥缈的仙境，艳情化倾向并不明显，更接近《万首唐人绝句》所收李九龄《上清辞五首》。李晬光诗如：

> 五色云中谒玉皇，碧霄随意驾鸾凰。花间一笑三千岁，未信仙宫日月长。
>
> 玉清仙子行无迹，夜入星辰吹凤笛。瑶池飞去月明时，鹤上三更凉露滴。

玉皇、王母、碧霄、笛、月、鹤、露等清灵意象构成游仙词的主体，而频繁借用更加复杂的道教人物、术语作为意象的《游仙词十首》《游仙词三首》并未入选。此外，李晬光、车天辂不言"游仙诗"而称以"游仙词"，也标示了师法渊源③。《万首唐人绝句》载唐代窦巩《游仙词》，不称"游

---

① （宋）严羽著，张健校笺《沧浪诗话校笺》上册，上海古籍出版社，2012，第253页。
② （宋）欧阳修：《六一诗话》，见（清）何文焕辑《历代诗话》上册，中华书局，1981，第268页。
③ 申钦并未注意"游仙诗"与"游仙词"的差别，诗题仍作"游仙诗"，如《象村稿》卷二〇《芝峰辑〈乐府新声〉，其中有〈宫词〉〈塞下曲〉〈游仙诗〉等体，余戏效之》，见《韩国文集丛刊》第71册，首尔：民族文化推进会，1991，第506页。

仙诗",但诗体为五绝,与朝鲜诗人不同。元人所作为七绝,为区别于郭璞的五古游仙诗,或沿袭曹唐的"小游仙",或称为"游仙词",如杨维桢、张昱题作《小游仙》,马臻、张雨、曹文晦等题作《游仙词》,张翥、王逢有《小游仙词》。朝鲜诗人的游仙词可能得自元代乐府的称呼,又继续沿用唐人以来清新明快的七绝诗体。比李睟光稍早的杨士彦,或同时代许氏家族的许兰雪轩、许禰(1563~1640)已经开始题作《游仙词》,都处于朝鲜时代中期宗唐风气较盛时。此后朝鲜诗人再拟游仙诗,一般分作两途,直接祖述郭璞传统的采用五古形式①,称为《游仙诗》,如沈东龟、李回宝、申濡、赵锡胤有《和郭景纯游仙诗》②,内容多暗寓社会政治关切、人生感慨,表达对现实的不满,寄托士人精神;题作《游仙词》的一般为七绝形式,如金尚宪、赵缵韩、李端相、金昌翕、李彦瑱、曹汉英、俞场、沈攸、赵远期、李瑞雨、赵显期、赵尚絅、金履万、姜朴等③,主旨在于描绘仙境,呈现出娱乐化倾向和对清雅诗境的追求。这种《游仙词》诗体传统可以说是受许兰雪轩、李睟光诗作与车天辂选本《乐府新声》的双重影响。

此外,《乐府新声》选录的崔庆昌、林悌、李睟光《古意》也偏离汉魏诗歌以及朝鲜李穑等前辈慷慨见志的主题,转而抒发闺情相思,五古、五绝、七绝的形式均有。李春英题作《古意效温李体》④,可知其嫁接温庭筠、李商隐的传统。据李世龟《古意(次唐音韵)》⑤,又知这种传统受杨士弘《唐音》的影响,《唐音》中崔国辅、崔曙、陆龟蒙同题之作均写相思之情。如崔庆昌《古意二首》其一:"辚辚双车轮,一日千万转。同心不同车,别离时屡变。车轮尚有迹,相思人不见。"⑥ 其双车轮的象喻可能来自陆龟蒙:"远

①　早于李睟光的游仙诗,如沈义(1475~?)《大观斋乱稿》卷一《续何敬祖游仙诗》,绍续西晋何劭传统,也为五古。

②　分别见沈东龟《晴峰集》卷五、李回宝《石屏集》卷二、申濡《竹堂集》卷一、赵锡胤《乐静集》卷五。此外,郭说《西浦集》卷四《次仲善游仙诗》为七绝,是为特例。

③　笔者仅见二特例:郑斗卿擅古体,其《游仙词十一首》仍用五古(《东溟集》卷九);丁范祖《海左集》卷一〇《游仙词》为五律。此外,金正喜、曹文秀也采用七绝形式,但题为《小游仙词》,稍有差别。

④　李春英《体素集中》,《韩国文集丛刊》第66册,首尔:民族文化推进会,1991,第416页。

⑤　见李世龟《养窝集》册二,《韩国文集丛刊续》第48册,首尔:民族文化推进会,2007,第47页。

⑥　崔庆昌:《孤竹遗稿》,《韩国文集丛刊》第50册,首尔:民族文化推进会,1990,第28页。

心莫淡薄，妾意方栖托。愿得双车轮，一夜生四角。"① 又林悌《古意》：

> 会真缄札鹤传看，芝篆云书墨未干。多少怨词添静想，玉楼秋月
> 一帘寒。②

采用唐乐府典型的七绝体，诗意遒紧。车天辂在李达《苏谷诗集》之外补充的《玉台体》也非乐府旧题，其诗曰：

> 愿将金剪刀，截断西江水。隔江有妇人，江水来不已。

《万首唐人绝句》《唐音》《唐诗品汇》皆载权德舆同题之作。《沧浪诗话·诗体》谓："玉台体：《玉台集》乃徐陵所序，汉、魏、六朝之诗皆有之。或者但谓纤艳者为玉台体，其实则不然。"③ 权德舆和李达之作仍是"纤艳"之体，上溯到《玉台新咏》的宫体诗，李达这首《玉台体》与李睟光的《艳体》可谓香艳之极。好友李睟光之论大抵可以反映车天辂选录该诗的原因："《玉台新咏》，徐孝穆所编，多取闺情之作，故名，犹后代之《香奁集》尔。其词过于绮靡，然语意婉丽，殊有风人之致，又高于唐矣。"④

《乐府新声》中的典型乐府题目包括出自《乐府诗集》的汉魏六朝旧题，以及沿袭唐代杜甫、王维、韦应物、刘禹锡、崔颢、韩偓等人的旧题。此外一些乐府自拟新题，包括由南朝诗、唐诗衍生的新题，如《白云词》《横塘曲》《别意》，也有无复依傍，自立新题，李达多此类题目，如《祭冢

---

① 《唐诗遗响》卷六，见（元）杨士弘编选，（明）张震辑注，（明）顾璘评点，陶文鹏、魏祖钦整理点校《唐音评注》下册，贵州人民出版社、河北大学出版社，2010，第753页。《全唐诗》"远"作"君"，"方"作"正"。

② 林悌：《林白湖集》卷二，《韩国文集丛刊》第58册，首尔：民族文化推进会，1990，第284页。

③ （宋）严羽著，张健校笺《沧浪诗话校笺》上册，上海古籍出版社，2012，第250页。

④ 李睟光《芝峰类说》卷七《经书部三·书籍》，据仁祖十二年（1634）木刻本。许筠《惺所覆瓿稿》卷一三《文部十·题温李艳体后》："右《温李艳体》一卷，乃唐温飞卿、南唐后主李煜之著词也。"（《韩国文集丛刊》第74册，首尔：民族文化推进会，1991，第249页）可见当时人对艳体的普遍喜好，许筠将温庭筠、李煜合称"温李"与中国不同。并且李睟光《艳体》为七绝，许筠则指向词体。

谣》《刈麦谣》《拾穗谣》《扑枣谣》等。

林悌一些自拟新题乐府诗还反映出朝鲜诗人根据本国风土人情对中国乐府的变异性接受。如《迎郎曲》："三月三日桃花开，云帆片片过海来。妍妆调笑别刀浦，岸上斜阳连袂回。"《送郎曲》："朝天馆里泣愁红，黄帽催行理短蓬。东风不道娘娘怨，吹送飞舟度碧空。"① 薛涛《题竹郎庙》有"笛声尽是迎郎曲"，见载于《万首唐人绝句》《唐音》《唐诗品汇》，在朝鲜流传较广，不详林诗命名是否与此有关。不过南九明（1661~1719）《块蛰中，无以排悯，命儿妓数人各献歌，采其出于本岛闾巷者，成近体五首》，其中有《迎郎曲》《送郎曲》②，林悌诗题可能来自朝鲜民歌，而南九明晚于林悌，抑或由于林诗影响，朝鲜民歌有此题目。林诗题注云"入耽罗时所咏"，耽罗即今济州岛。林悌还有三首自拟新题的乐府以朝鲜地名为题，如：

　　锦城曲罗州

　　锦城儿女鹤桥畔，柳枝折赠金羁郎。年年春草伤离别，月井峰高锦水长。

　　鳌山曲长城

　　金鳌山下黄龙川，绿柳依依千户烟。折花官道送君去，荻岭重关孤鸟边。

　　楚山曲井邑

　　楚山何处朝阳台，巫峡寒波日夜怨。晓月云沉篁竹丛，斜阳雨湿胭脂院。③

林悌为全罗道（湖南）人，诗中地点均在其家乡。罗州郡有锦城山，因此邑号锦城；长城县有金鳌山、黄龙川，邑号鳌山；楚山为井邑邑号。④

---

① 二诗见林悌《林白湖集》卷三，《韩国文集丛刊》第 58 册，首尔：民族文化推进会，1990，第 289 页。

② 南九明：《寓庵集》卷二，《韩国文集丛刊续》第 53 册，首尔：韩国古典翻译院，2008，第 391 页。

③ 林悌：《林白湖集》卷二，《韩国文集丛刊》第 58 册，首尔：民族文化推进会，1990，第 272 页。

④ 据古山子编《大东地志》卷六《全罗道》，韩国首尔大学奎章阁藏本。

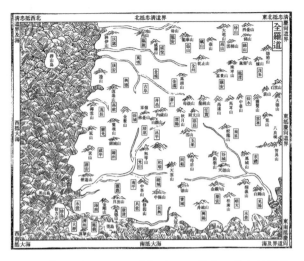

图二 《新增东国舆地胜览》卷三三载全罗道山川郡县

唐人温庭筠有《锦城曲》，见录于《唐音》，为林悌接续的远传统暨诗题出处。朝鲜诗人金宗直有《锦城曲》十二首①，并未像《江南曲》等乐府旧题一样书写中国意象，而是延续《东都乐府》开拓的朝鲜乐府传统，书写朝鲜地理、山水、物产、人情，诗末注："丁未二月，以朝旨，割光山并火老津外三十里之地属于州。"可见诗作出于时事。此外，在林悌之前，朴成乾（1414~1487）也曾作此题，他任锦城教授时"尝作《锦城曲》六章，被之弦管，锦人至今传之"②，可知《锦城曲》为朝鲜歌曲，可配乐歌唱。林悌之作主要延续朝鲜诗人的近传统。在林悌之后，安东人金盛达（1642~1696）"在乡时有《鳌山曲》，在东郡时有《蓬莱曲》"③，也以乐府书写家乡和居地风物，可能受林悌影响，而其《鳌山曲》写其家乡庆州金鳌山④，又与林

---

① 见金宗直《占毕斋集》卷二二，《韩国文集丛刊》第 12 册，首尔：民族文化推进会，1988，第 381、382 页。

② 李绛：《陶庵集》卷四八《县监五恨朴公行状》，《韩国文集丛刊》第 195 册，首尔：民族文化推进会，1997，第 499 页。

③ 尹拯：《明斋遗稿》卷四〇《高城郡守金公墓碣铭》，《韩国文集丛刊》第 136 册，首尔：民族文化推进会，1994，第 346 页。

④ 卢思慎等编《新增东国舆地胜览》卷二一《庆尚道·庆州府》："金鳌山，一名南山，在府南六里。"首尔：明文堂，1994，第 348 页。

悌"鳌山"所指不同。当然林悌最著名的朝鲜风土乐府是其《浿江歌》。

《宫词》《闺怨》《少年行》《塞下曲》《游仙词》等题目多为宣祖宗唐诗人创作，《乐府新声》可谓是对宣祖宗唐乐府体创作的总结，典型代表了宣祖乃至朝鲜时代中期的学唐方式及其唐诗观。车天辂阅读《乐府诗集》，且编撰朝鲜乐府选本，可谓熟悉乐府诗体。不过他自己的诗较少用乐府旧题，本集中仅见《有所思》《静夜思》与二首《秋思》，与艳丽绮靡的晚唐风不同，可见其诗学旨趣。

总之，车天辂与宣祖前期中晚唐诗风不同，由性情所近，以杜甫、韩愈为取法典范，雄浑敏赡的诗风适合诗赋外交的文战场合，又在七年战争中对杜诗有切身之感，增强了认同。他对杜韩诗的提倡，使宣祖宗唐之风从卢守慎、黄廷彧的宗杜开始，又回归杜韩。

表三　《乐府新声》选录作品及其诗题来源

	《乐府新声》题目	本集不同题目	乐府题目来源
崔庆昌	《楚调》		《乐府诗集·相和歌辞》有《楚调曲》
	《采莲曲》	《浿江楼船题咏》	《乐府诗集·清商曲辞》
	《闺思》		—
	《宫怨》		《乐府诗集·相和歌辞·楚调曲》
	《昭君怨》		《乐府诗集·琴曲歌辞》
	《边思》		—
	《古意》	《古意（二首）》	—
	《锦貂裘歌赠郑书状（邦武)①》	《锦貂裘歌赠郑书状（以周）》	自拟新题
	《李少妇词》		自拟新题
	《铜雀妓词》		《乐府诗集·相和歌辞·平调曲》有《铜雀台》《铜雀妓》

---

① 括号内为题注，原文为双行小字。下同。

续表

	《乐府新声》题目	本集不同题目	乐府题目来源
白光勋	《江南词》		《乐府诗集·相和歌辞》有《江南》古辞及《江南曲》
	《清映亭四时词》		自拟新题，另《乐府诗集·清商曲辞·清商乐·吴声歌曲》有《四时歌》
	《采菱曲》		《乐府诗集·清商曲辞》
	《效香奁体》	《用前韵效香奁体》	—
	《边词》		《唐诗品汇》有张敬忠《边词》
	《拟古》		
	《东郭美人篇》		自拟新题
	《龙江词》		自拟新题
	《西楼篇》		韦应物《示全真元常》有"更咏西楼篇"
	《西台篇》		自拟新题
林悌	《无语别》		自拟新题①
	《奁体》	《伏岩寺偶成奁体》	—
	《奁体》		—
	《奁体》	《奁体偶成》	—
	《锦城曲（罗州）》		《唐音》温庭筠有《锦城曲》。朝鲜金宗直有《锦城曲》，锦城指朝鲜全罗道罗州
	《鳌山曲（长城）》		自拟新题
	《楚山曲（井邑）》		自拟新题
	《塞下曲》		《乐府诗集·横吹曲辞》
	《秋千曲三首》		疑自拟新题
	《香奁》	《又赠香奁一绝》	—
	《浿江歌十首》	《浿江歌》	自拟新题
	《古意》		

---

① 李睟光《芝峰类说》卷一三《文章部六·东诗》题作"香奁诗"，见蔡美花、赵季主编《韩国诗话全编校注》第 2 册，人民文学出版社，2012，第 1297 页。

续表

	《乐府新声》题目	本集不同题目	乐府题目来源
林　悌	《步虚词》	《灵谷归来不胜仙兴乃作步虚词》	《乐府诗集·杂曲歌辞》
	《迎郎曲》	《迎郎曲（入耽罗时所咏）》	薛涛《题竹郎庙》有"笛声尽是迎郎曲"。南九明《寓庵集》卷二《块蛰中，无以排悯，命儿妓数人各献歌。采其出于本岛闾巷者，成近体五首》有《迎郎曲》《送郎曲》
	《送郎曲》		见《迎郎曲》
	《弹琴曲》		疑自拟新题
	《别意》		李白《金陵酒肆留别》有"别意与之谁短长"
	《荡桨曲》	《三浦倩作荡桨曲》	疑自拟新题
	《东庵壁上美人歌》		自拟新题
	《梦仙谣》		《文苑英华》有李沇同题之作，《万首唐人绝句》有沈彬、王毂同题之作
	《行路难》		《乐府诗集·杂曲歌辞》
	《思仙谣》	《地气常暖，雪落便消。而汉拿一山积缟千丈，故洞府寻真，春以为期，乃作思仙谣》	自拟新题
	《长歌行》		《乐府诗集·相和歌辞·平调曲》
	《沧浪曲》		《乐府诗集·杂歌谣辞》题作《渔父歌》
	《田家怨》	《田家怨（月课）》	自拟新题

续表

	《乐府新声》题目	本集不同题目	乐府题目来源
李 达	《效崔国辅体四时》		韩偓有《效崔国辅体》,《乐府诗集·清商曲辞·清商乐·吴声歌曲》有《四时歌》
	《玉台体》		—
	《祭冢谣》		自拟新题
	《拜新月》		《乐府诗集·近代曲辞》
	《襄阳曲》		《乐府诗集·清商曲辞·西曲歌》
	《出塞曲》		《乐府诗集·横吹曲辞·汉横吹曲》
	《锦带曲赠孤竹使君》		自拟新题
	《锦衣曲》		自拟新题
	《江南曲》		《乐府诗集·相和歌辞》
	《采莲曲次大同楼船韵》		《乐府诗集·清商曲辞》
	《刈麦谣》		自拟新题
	《横塘曲》		《乐府诗集·杂曲歌辞》崔颢《长干曲》有"妾住在横塘"
	《仙桂曲题月娥帖》		自拟新题
	《降仙曲》	《降仙曲次青涧亭韵》	疑自拟新题
	《拾穗谣》		自拟新题
	《扑枣谣》		自拟新题
	《长信宫四时词》		《乐府诗集·相和歌辞·楚调曲·班婕好》有《长信宫》,《清商曲辞·清商乐·吴声歌曲》有《四时歌》
	《四时词平调》	《平调四时词》	《乐府诗集·相和歌辞》有《平调曲》,《乐府诗集·清商曲辞·清商乐·吴声歌曲》有《四时歌》
	《步虚词》	《步虚词三首》	《乐府诗集·杂曲歌辞》
	《宫词》	《宫词二首》	—
	《步虚词》		《乐府诗集·杂曲歌辞》

续表

	《乐府新声》题目	本集不同题目	乐府题目来源
李达	《塞下曲》	《塞下曲赠柳总戎》	《乐府诗集·横吹曲辞》
	《斑竹怨》		疑自拟新题
	《采菱曲》		《乐府诗集·清商曲辞》
	《忆昔行赠申正郎》	《忆昔行赠申正郎渫》	杜甫有同题《忆昔行》
	《乱离篇赠申御史》		自拟新题
	《关山月》		《乐府诗集·横吹曲辞·汉横吹曲》
李晬光	《古意》		—
	《衮体》		—
	《白雪曲》		《乐府诗集·琴曲歌辞》（李诗与本事无关）
	《夜雨吟》		《文苑英华》有陆龟蒙《夜雨吟》（李诗与本事无关）
	《宫词》	《宫词（丙午）》	—
	《春宫怨》		《乐府诗集·相和歌辞·楚调曲·班婕妤》有《宫怨》
	《秋宫怨》		《乐府诗集·相和歌辞·楚调曲·班婕妤》有《宫怨》
	《水调词》		《乐府诗集·近代曲词》有大曲《水调歌》、吴融七绝《水调》，《万首唐人绝句》有陈陶同题《水调词十首》（李诗与本事、原诗无关）
	《塞下曲》		《乐府诗集·横吹曲辞》
	《宫词》		—
	《古别离》		《乐府诗集·杂曲歌辞》
	《七夕词》	《和车复元〈七夕词〉》	《唐诗品汇》有崔颢《七夕词》
	《华清宫词》		刘禹锡有《华清宫词》
	《相逢行》		《乐府诗集·相和歌辞·清调曲》
	《春闺咏》		疑自拟新题
	《游仙词》		—

续表

	《乐府新声》题目	本集不同题目	乐府题目来源
李睟光	《塞下曲》		《乐府诗集·横吹曲辞》
	《老将词》	《老将行》	王维有同题《老将行》
	《塞下曲》	《塞下曲四首》	《乐府诗集·横吹曲辞》
	《游仙词》	《游仙洞》	车天辂改题
	《艳体》		—
	《游仙词》		—
	《渔父词》		《乐府诗集·杂歌谣辞》有《渔父歌》古辞与张志和《渔父歌》
	《香奁体》	《效香奁体》	—
	《苦寒行次谢康乐（附康乐诗）》	《苦寒行次谢康乐》	《乐府诗集·相和歌·清调曲》，且有谢灵运诗
	《山云词》	《山云词（庚戌）》	陶弘景《诏问山中何所有赋诗以答》有"山中何所有，岭上多白云"
	《田父词》		自拟新题
	《见月词》		自拟新题
	《筑城词》		《唐诗品汇》载陆龟蒙、张籍各一首
	《懒鸡词》	《懒鸡词并序》	自拟新题
	《崔将军祠歌（并序）》	《崔将军祠（并序）》	车天辂改题
	《祝圣词（并序）》	《十二月十八日夜，梦得"龙飞四十万万历，胡雏奔走气自夺，圣主千年天地德"三句，因演成双韵以识之》	车天辂改题
	《玉河馆人日效宋之问体》	《人日效宋之问体》	宋之问有《军中人日登高赠房明府》

第二节　权韠诗的性情与比兴

权韠（1569~1612）字汝章，号石洲。本贯安东。为朝鲜时代著名文人权近六世孙，其父权擘（1520~1593）与韠、韧、韐、韫、韬兄弟六人都能诗，而以权韠最著名。宣祖二十年（1587）十九岁魁发解，又魁覆试。因一字误书被黜，之后就不再参加科举。宣祖二十四年（1591），领相李山海以立世子事陷害郑澈，权韠作为郑澈门人，自此更无意世事，放浪物外，以诗酒自娱。宣祖三十四年（1601）朝鲜获知颁册立皇太子诏使翰林院侍讲顾天埈、副使行人司行人崔廷健即将来朝鲜，李廷龟辟权韠为制述官，时称白衣从事。[①] 宣祖征其诗稿观览，并大加称赏，由此诗名大震。崔岦有“见说至尊征稿入，全胜身到凤凰池”[②] 句。李廷龟记载：“逮万历辛丑，余受命西傧，白于朝，请以白衣充制述官。宣庙嘉之，命征诗稿以入。于是汝章之诗恒在香案，而汝章诗声益彰彻，大鸣于时。”[③] 李廷龟为礼曹判书时荐举权韠为童蒙教官。他作诗好讥讽时政。光海君三年（1611），好友任叔英（1576~1623）在殿试对策中抨击朝政，光海君命削科。权韠作诗曰：“宫柳青青花乱飞，满城冠盖媚春辉。朝家共贺升平乐，谁遣危言出布衣？”（《闻任茂叔削科》）[④] 后受刑而亡。张维《石洲集序》谓：“其遇于世也，只一当华使而已；奇祸之憯，竟亦繇是致焉。”[⑤] 仁祖即位后为其反正，赠司宪府持平，奉享光州云岩祠。有《石洲集》今传。

权韠的汉诗包括羁旅行役、咏史怀古、咏物摹景、题画、赠答、送别、悼挽等题材，还有傧接皇华使节、题僧轴的作品，其中以自抒怀抱占绝大

① 《朝鲜宣祖修正实录》卷三五，宣祖三十四年（1601）十月一日（乙丑）：“廷龟以吏曹正郎朴东说、礼曹正郎李安讷、吏曹佐郎洪瑞凤为从事官，辟士人权韠为制述官，人称为白衣从事。”据太白山史库本。

② 崔岦：《简易集》卷八《西都录后·寄权大雅》，《韩国文集丛刊》第49册，首尔：民族文化推进会，1990，第475页。

③ 李廷龟：《月沙集》卷四〇《石洲集序》，《韩国文集丛刊》第70册，首尔：民族文化推进会，1991，第159页。

④ 关于任叔英削科，权韠还作有《西河歌》，《韩国文集丛刊》第75册，首尔：民族文化推进会，1991，第26、27页。

⑤ 张维：《溪谷集》卷六，《韩国文集丛刊》第92册，首尔：民族文化推进会，1992，第113页。

多数。"凡有磊块壹郁无聊不平，必以诗发之"①。他从自身经历出发，抒发党争时代寒士的苦闷和仕途艰难，可谓寒士悲歌。

权韠的汉诗风格，以和平淡雅、清疏婉亮为主，又含蓄婉转，闲雅不迫。论者将其和平淡雅的诗风与王朝前期的李荇相比。许筠《惺叟诗话》："其后权汝章晚出，力追前贤，可与容斋相肩随之，猗欤盛哉！"②《荪谷诗集序》："其和平淡雅，圆适均称，浑然成一家言者，推容斋相，而骆峰及永嘉父子擅其华。"③永嘉为安东旧称，另安东大都护府有永嘉郡，永嘉权氏为文献世族，此处"永嘉父子"即指权擘与权韠。申钦评权韠诗"清艳"④，郑斗卿评其"婉亮"⑤，李廷龟谓"意至而舒，清丽典雅"⑥。《朝鲜仁祖实录》卷一，仁祖元年（1623）四月十一日（庚午）："格律清丽，造语精妙。"⑦ 在和平淡雅的底色上，权韠有的诗雄奇豪壮，如《大风用玄翁韵》；有的雄浑悲壮，如《述怀示五山三首》其一；有的沉郁顿挫，如《赠湖南亲友》；有的则落寞萧索，如《大岁日抱疾有作》。

以体裁论，权韠擅长五律和古体。其五律《清明日有作》："淑气催花信，轻黄着柳丝。人烟寒食后，鸟语晚晴时。老去还多事，春来不赋诗。京华十年梦，惆怅只心知。"许筠《国朝诗删》卷四评："此君五律最佳，而此为绝唱。"⑧

朝鲜时代傧接皇华多用律诗，所以擅长古体的诗人不多，权韠的古风在朝鲜实属难得。金得臣《终南丛志》："我东文人每与华使唱酬皆用律诗，故如湖阴大手，至于古诗长篇不能工。唯权石洲深晓古诗体，其《忠州石》

① 李廷龟：《月沙集》卷四〇《石洲集序》，《韩国文集丛刊》第70册，首尔：民族文化推进会，1991，第159页。
② 见许筠《惺所覆瓿稿》卷二五《说部四》，《韩国文集丛刊》第74册，首尔：民族文化推进会，1991，第362页。
③ 李达：《荪谷诗集》卷首，《韩国文集丛刊》第61册，首尔：民族文化推进会，1991，第3页。
④ 申钦：《晴窗软谈》卷下，见《象村稿》卷五二，《韩国文集丛刊》第72册，首尔：民族文化推进会，1991，第348页。
⑤ 洪万宗《小华诗评》卷下引，蔡美花、赵季主编《韩国诗话全编校注》第3册，人民文学出版社，2012，第2362页。
⑥ 李廷龟：《月沙集》卷四〇《石洲集序》，《韩国文集丛刊》第70册，首尔：民族文化推进会，1991，第159页。
⑦ 见《李朝实录》第34册，东京：日本学习院东洋文化研究所，1962，第23页。
⑧ 〔韩〕赵钟业：《韩国诗话丛编》第4册，首尔：太学社，1996，第503页。

《送胡秀才》等篇绝佳。"① 权铧的古体，或杂言，或齐言，以气为主，气韵温厚浑融。七古《飞光戏赠友人》全篇浑融一气，纵横捭阖，襟怀高迈，气势宏肆豪逸。"下视无怀、几蘧等蜎螟，其余尧、舜、禹、汤、文、武、周、孔琐琐不足程。"使用十五言长句，文气冲肆而下，体现出超逸豪迈的襟怀。他的古体以单行散笔为主，偶尔采用对举的章法，更显整饬而语豁意明，气势畅达豪放。如《君不见对酒走笔》，全诗上、下两章之间，相国的没落与寒门的穷愁形成对比。相国与寒士，本贵贱不同，但在当今的世道中落得同一下场，意味深长。同时每章内同类相对，上一章以朴淳、郑澈对举，下一章以李春英、车天辂连属，容量丰富而章法整饬。又《诗酒歌》前半部分分述诗与酒，后半部分连用六个"不"字句和两个"或"字句，豪畅之气势不可当，抒情酣畅淋漓。其《天何苍苍醉中走笔》：

　　　　天何苍苍，地何茫茫？山岳何崒崒，江海何洋洋？尧舜何巍巍，孔孟何遑遑？盗跖何以寿，颜渊何以殇？宁子何为愚，箕子何为狂？万物尽如此，此理谁能详？

开篇连续抛出十个问题，一似屈原《天问》，层层深入，引发读者对荒诞的世事人情的思索，笔法雄奇。

　　关于权铧的诗学渊源，首先，他有宗唐倾向。这与家学有很大关系，他的父亲权擘向宗唐诗人申光汉（号骆峰）学诗②。文集中可见他继承许筠、"三唐"诗人等摹拟唐诗诗体的学唐方法，如七绝《征妇怨》《效香奁体》《春江词效竹枝歌二首》，七律《赋得春日观朝效唐朝省试体》，以及效李白《行路难》、效李商隐《无题》等作。正祖谓："我朝诗家权石洲，能得盛唐调响。"③ "石洲虽欠雄浑，一味袅娜，往往有警绝处。谓之盛唐则未

---

① 蔡美花、赵季主编《韩国诗话全编校注》第 3 册，人民文学出版社，2012，第 2112 页。
② 许筠《惺所覆瓿稿》卷一〇《答李生书》："汝章先人学于骆峰。"《韩国文集丛刊》第 74 册，首尔：民族文化推进会，1991，第 227 页。
③ 李祘：《弘斋全书》卷一六四《日得录四·文学四》，《韩国文集丛刊》第 267 册，首尔：民族文化推进会，2001，第 210 页。

也，而谓之非唐则太贬也。"①《东国名贤抄》评："诗调骎骎乎晚唐。"② 姑且不论实际创作艺术效果接近盛唐还是晚唐，权铧在意识中是以盛唐诗为摹拟对象的。他对朋友诗作的颂美以盛唐为准的，如"羡君文彩映诸郎，七字新诗近盛唐"（《次郭山杂题韵四首》其一）；"新诗多出巨公手，风格宜居盛唐首"（《又次轴中金南窗韵》）。认为如果以晚唐孟郊、贾岛诗为宗尚，则风骨弱。权铧《任宽甫挽词》："我国于为诗，好尚唯苏黄。中间崔白辈，稍稍归盛唐。虽然喜清丽，古气颇凋伤。"他评价崔庆昌、白光勋的诗虽然更近于盛唐诗风，但高古之气颇伤，仍然不能尽美，又嘲白大鹏诗风太弱③，可见其诗学追求。

实际权铧的诗学渊源是多方面的，他唐宋兼宗。金万重《西浦漫笔》："权汝章以布衣之雄起而矫之，采拾唐宋，融冶雅俗，磨砻刷冶，号称尽美。"④ 许筠《石洲小稿序》："若论汝章之独造玄解，则清，右丞若也；旨，柳州若也；婉而有味，简斋若也。"⑤ 从清、旨（味美）、婉而有味三个维度上，指出其诗风与盛唐诗人王维、柳宗元以及江西诗派陈与义的接近。此外，他还有摹拟魏晋古诗的五古《古意八首》、七古《古长安行》，应该正是由于推崇"古气"。

对于具体的诗人，权铧也是转益多师，"尽集诸子之长，而自成一家"⑥。而以杜甫和陈与义为主。申钦《晴窗软谈》卷下："弱冠而艺成，治少陵，所作甚清艳，后来作诗者推为第一。"⑦ 梁庆遇《霁湖诗话》："其

---

① 李祘：《弘斋全书》卷一六一《日得录一·文学一》，《韩国文集丛刊》第 267 册，首尔：民族文化推进会，2001，第 154 页。

② 蔡美花、赵季主编《韩国诗话全编校注》第 6 册，人民文学出版社，2012，第 4717 页。

③ 许筠《惺叟诗话》："有白大鹏者亦能诗，尝为司钥，一时渠之侪类皆效之。其学诗郊、岛，枯淡而菱，故汝章每见人学晚唐者，必曰：'司钥体也。'盖嘲其弱焉。"（《惺所覆瓿稿》卷二五《说部四》，《韩国文集丛刊》第 74 册，首尔：民族文化推进会，1991，第 368 页）

④ 蔡美花、赵季主编《韩国诗话全编校注》第 3 册，人民文学出版社，2012，第 2249 页。

⑤ 许筠：《惺所覆瓿稿》卷四《文部一》，《韩国文集丛刊》第 74 册，首尔：民族文化推进会，1991，第 173 页。

⑥ 《光海君日记》卷五二，光海君四年（1612）四月二日（丙寅），据鼎足山史库本，见《李朝实录》第 32 册，东京：日本学习院东洋文化研究所，1962，第 459 页。

⑦ 申钦：《象村稿》卷五二，《韩国文集丛刊》第 72 册，首尔：民族文化推进会，1991，第 348 页。

诗祖老杜，袭简斋，语意至到，句法软嫩，一时能诗人皆推以为莫及。"① 黄玹《读国朝诸家诗》其十一："傲睨千秋孰我知，人言胜到凤皇池。纵然未入花溪室，不堕黄陈转可师。"② 权韠《读杜诗偶题》：

> 杜甫文章世所宗，一回披读一开胸。神飙习习生阴壑，天乐嘈嘈发古钟。云尽碧空横快鹘，月明沧海戏群龙。依然步入仙山路，领略千峰更万峰。

这首论诗诗以象喻式批评的方式表达对杜诗艺术特色的感受和理解。"神飙习习生阴壑"，言杜诗沉郁博大的感情气势；"天乐嘈嘈发古钟"，言其音韵铿锵，风格高古典重；"云尽碧空横快鹘"，言其骨力苍劲；"月明沧海戏群龙"，言其雄浑奇崛；"领略千峰更万峰"，言其家数大，风格多样。

此外，权韠的模仿对象还包括韦应物、韩愈、柳宗元、张籍、王建的七古，以及白居易等。李植《学诗准的》："石洲虽终学唐律，初亦读韩。""七言歌行最难学，才高学浅者韦、柳、张籍、王建，如权石洲所学，庶可企及，然未易学也。"③ 从其文集可见，有的诗歌直接仿效白居易，如五古《记异效白乐天》《有木不知名效白乐天》，七古《忠州石效白乐天》，七律《自遣效白乐天》，或效白居易新乐府，或效其抒写隐居闲适之乐。

学唐对权韠汉诗的影响在于意象营构，他注重意象的提纯，以清疏明净的意象构成浑融的意境。

权韠不为追求精警而矜法度、炫技巧，不争一句一字之奇，注重全篇诗境的浑融。张维《石洲集序》评其诗"情境妥适，律吕谐协"④。南龙翼《壶谷诗话·诗评·东诗》："情境之谐化，当以权石洲韠为宗。"⑤ 所谓情与境谐，就是所表达的感情与意象罗列所形成的意境是和谐一致的。明代何景明《与李空同论诗书》："意、象应曰合，意、象乖曰离。"⑥ 也讲到意

① 梁庆遇：《霁湖集》卷九，《韩国文集丛刊》第 73 册，首尔：民族文化推进会，1991，第 500 页。
② 黄玹：《梅泉集》卷四，《韩国文集丛刊》第 348 册，首尔：民族文化推进会，2005，第 485 页。
③ 李植：《泽堂别集》卷一四，《韩国文集丛刊》第 88 册，民族文化推进会，1992，第 518 页。
④ 张维：《溪谷集》卷六，《韩国文集丛刊》第 92 册，首尔：民族文化推进会，1992，第 113 页。
⑤ 蔡美花、赵季主编《韩国诗话全编校注》第 3 册，人民文学出版社，2012，第 2199 页。
⑥ （明）何景明：《大复集》卷三二，台湾商务印书馆影印文渊阁《四库全书》本。

与象，即诗意与所选取的物象、事象之间或相应、或相悖的关系。只有选取的意象具有统一性，并且与希望传达的情意相符，才能形成浑融的诗境。其《旅怀》：

> 东郡秋将尽，西征计又非。烟尘关外阻，书信峡中稀。古渡寒吹角，空林暮掩扉。愁时见归雁，一一背人飞。

一"愁"字统领全篇。围绕它，诗人选取了秋、暮这样的时间意象，以及关外、峡中、古渡这样偏僻冷落的空间意象，以"寒"的感觉与"愁"相通。节序促迫，计划无成，本已苦闷；受阻、无书信、空林、关闭的柴扉，都指向幽闭和孤独，连飞雁也是背向人的，独自归去，不给一丝安慰。总之，无一不与"愁"相关，全诗浑然一体。

权辂很擅长意象的提纯，诗中的意象密度不大，却有很强的象征性和辐射力，足以形成清疏明净的意境。如《赠李佐郎》：

> 历历江陵事，凭君更一听。家人多习礼，士子尽通经。水作天然白，松留太始青。何当借隙地，送老此林坰。

题下注："李，江陵人也。"于是除首尾交代事情缘由始末外，诗歌颔联、颈联分别描写江陵风俗民情和自然物象，于自然物象仅选取白水与青松。全诗仅此一联意象，而颜色词"白"与"青"的鲜明对照足以提振全诗。再加上"天然"与"太始"的修饰语，更突出江陵的悠古，让人想往"山水甲天下"的江陵①。又《沈监司挽词》："一代论人物，英才少似公。艰难知苦节，盘错见奇功。圣主方加眷，私门忽告凶。伤心仗钺地，棠叶落秋风。"结句五字而意象具足。"棠叶"即甘棠之叶，典出《诗经·召南·甘棠》，《毛诗序》："《甘棠》，美召伯也。"郑玄笺："召伯听男女之讼，不重烦劳百姓，止舍小棠之下而听断焉。国人被其德，说其化，思其人，敬

---

① 金九容《惕若斋学吟集》卷上《送金汉宝生员归江陵》有"江陵山水甲天下"句，见《韩国文集丛刊》第6册，首尔：民族文化推进会，1988，第10页。

其树。"① 此处既是对监司沈友胜政绩的颂美，也是以秋风落叶象征沈友胜生命的结束，不尽的悲凉意味溢出言表。

权韠擅长调动意象，还表现在利用同类意象的叠加，增强表达效果。如为了表达"悲"，常将秋、暮或其他表示黑暗的时间意象叠加，有"秋风卷溪雨，暮鸟集庭柯"（《醉赋示李实之》）；"驿路吟秋草，离筵惜暮晖"（《送李都事赴咸镜道》）；"竹影秋宜月，林霏夜作烟"（《题宋村宋林川幽居》）；"溪月欲沉秋树黑"（《再宿灵通寺》）等。他学李白，将具象与抽象巧妙地结合在一起。如"春风吹恨去，一夜到天涯"（《滴滴》），"恨"本不能被春风吹去，但是表示具象的动作"吹"与抽象的"恨"结合之后，便产生了新奇的诗意。又如"井栏桐叶坠相思"（《初秋寄子敏》）。

权韠诗往往意境阔大，也与意象的选择有关。如"宇宙空搔首，风尘几折肱"（《将归示友人》）；"宇宙此生都梦幻，山河终古几英雄"（《登百祥楼》），将自己的一生置于无限的宇宙时空中，愈觉浩汗。又如数字的选择，不像大历诗人常常选择"一"，而是以"百"对"万"，形成阔大的情思。如"万事忘怀唯梦里，百年得意是樽前"（《首夏村居睡起对酒》）；"百年忧乐身如梦，万事乘除发欲星"（《次使相韵》）；"百年契阔诗千首，万事驱除酒一缸"（《夜雨杂咏四首》其四）等。

权韠运用意象的技巧自然，不见斧凿痕，即梁庆遇《霁湖诗话》所谓"句法软嫩"②。虽然难免宗唐诗人"偷语"（唐皎然《诗式》）的通病，但是对意象的运用和意境的营构比之前的郑澈和"三唐"诗人都更加成熟。

权韠不仅有诗才，还懂诗，自言"心眼俱到，透得妙解"③，李安讷比以诗中诸葛亮④。洪万宗《诗评补遗》卷上："皇使顾天峻书'烟锁池塘柳'一句，送傧使五峰使续对。五峰不晓其意，甚易之。将欲对送，时石洲以从事官在座，难之曰：'此不可续对。烟者火也，锁者金也，池者水也，塘者土也，柳者木也。一句之中具金、木、水、火、土五行，决不可

① （汉）郑玄笺，（唐）孔颖达疏《毛诗注疏》上册，上海古籍出版社，2013，第102、104页。
② 梁庆遇：《霁湖集》卷九，《韩国文集丛刊》第73册，首尔：民族文化推进会，1991，第500页。
③ 郑弘溟《畸庵集》卷一二《漫述》引，《韩国文集丛刊》第87册，民族文化推进会，1992，第194页。
④ 李安讷《东岳续集·有怀权汝章》："我友永嘉子，今时诸葛侯。"见《韩国文集丛刊》第78册，首尔：民族文化推进会，1991，第544页。

对，莫如谢而入送。' 五峰始悟，如其言。皇使叹曰：'东国亦有知诗如此者，未可轻也。'"①

关于权韠在汉诗史上的地位，梁庆遇《霁湖诗话》："近世诗人之得盛名者，石洲为最矣。"② 申钦《晴窗软谈》卷下："后来作诗者推为第一。"③ 实录史臣谓："近世论诗家上乘，必以韠为首。"④ 洪万宗《诗评补遗》卷下引赵纬韩点鬼簿体诗"最是石洲名不朽，应同体素擅吾东"⑤；所引李植《宣庙朝六绝》列理学、文章、书法、诗、将军、相臣，其中诗以权韠为最。他与李安讷齐名，时称"权李"。

权韠取得如此艺术成就，之后的诗论家多认为其诗得"天机"，实质强调权韠并不惟唐是宗，不以摹拟得似为指归，而是真实自然地反映了个人性情，且诗歌风格自然天成。张维《石洲集序》："诗，天机也。鸣于声，华于色泽，清浊雅俗，出乎自然。声与色，可为也；天机之妙，不可为也。如以声色而已矣，颠冥之徒，可以假彭泽之韵；龌龊之夫，可以效青莲之语。肖之则优，拟之则僭，夫何故？无其真故也。真者何？非天机之谓乎？"⑥ 认为诗的声音、色泽可以模仿，但得自本真的天机不可学。权韠"性酷嗜酒，酒后语益放，傲睨吟啸，风神散朗，即不待操纸落笔，而凡形于口吻，动于眉睫，无非诗也者。及其章成也，情境妥适，律吕谐协，盖无往而非天机之流动也"⑦。言权韠的清疏迈往是一种诗人气质。洪万宗《小华诗评》卷下："诗非天得不可谓之诗，无得于天者，则虽刿目鉥心、终身觚墨，而所就不过咸通诸子之优孟尔。譬如剪彩为花，非不烨然，而不可与语生色也。余观石洲诗格和平淡雅意者，其得于天者耶？"⑧ 强调

---

① 蔡美花、赵季主编《韩国诗话全编校注》第 3 册，人民文学出版社，2012，第 2431 页。洪万宗《旬五志》也记载此事，而表述稍异。

② 梁庆遇：《霁湖集》卷九，《韩国文集丛刊》第 73 册，首尔：民族文化推进会，1991，第 500 页。

③ 申钦：《象村稿》卷五二，《韩国文集丛刊》第 72 册，首尔：民族文化推进会，1991，第 348 页。

④ 《朝鲜仁祖实录》卷一，仁祖元年（1623）四月十一日（庚午），见《李朝实录》第 34 册，东京：日本学习院东洋文化研究所，1962，第 23 页。

⑤ 蔡美花、赵季主编《韩国诗话全编校注》第 3 册，人民文学出版社，2012，第 2436 页。

⑥ 张维：《溪谷集》卷六，《韩国文集丛刊》第 92 册，首尔：民族文化推进会，1992，第 113 页。

⑦ 张维：《溪谷集》卷六《石洲集序》，《韩国文集丛刊》第 92 册，首尔：民族文化推进会，1992，第 113 页。

⑧ 蔡美花、赵季主编《韩国诗话全编校注》第 3 册，人民文学出版社，2012，第 2356 页。

反映本真的性情之外，风格的和平淡雅也是天然的表现。许筠《石洲小稿序》也认为"唯其于弄天机、夺玄造之际，神逸响亮，格越思渊，为最上乘"①。

与之相应，权韠被朝鲜时代中期诗论家推为"诗家正宗"。如南龙翼谓："权石洲为诗家正宗，而其游戏之语亦皆出人。"② 李廷龟《石洲集序》："幕中诸君皆是名家大手，各建旗鼓，高视词坛。而门路之正，格律之谐，则籍籍咸推汝章，盖节制之师也。"③ 洪万宗《诗评补遗》卷上："郑东溟尝曰'我东诗人，惟石洲得其正宗'云。"④《光海君日记》卷五二，光海君四年（1612）四月二日（丙寅）："专力为诗，尽集诸子之长，而自成一家，论者推为国朝正宗。"⑤ 尹行恁《方是闲辑》："权石洲诗云：'磨天岭外山长雪，鸭绿江边草自春。'……朱兰堣之蕃奉使东来，馆伴诵传之，朱曰：'权诗如周天王受制强藩，乃正统也。'"⑥

第三节　李春英的多方取径与平铺富赡诗风

李春英（1563~1606）字实之，号体素斋，本贯全州。他是朝鲜著名儒学家白仁杰（1497~1579）的外孙，成浑、郑澈的门人。宣祖十五年（1582）中进士试，宣祖二十三年（1590）增广试丙科及第。宣祖二十四年（1591）郑澈因立储事件罢职，李春英受牵连，流配咸镜道三水郡。第二年日本入侵，朝廷用人之际，担任召募官、抄启制述文官。身后追赠左赞成，谥文肃。平素与李安讷、许筠、权韠、申钦等交游。有《体素集》今传。

① 许筠：《惺所覆瓿稿》卷四《文部一》，《韩国文集丛刊》第74册，首尔：民族文化推进会，1991，第173页。
② 洪万宗《诗话丛林·冬》引南龙翼《壶谷诗话》，见蔡美花、赵季主编《韩国诗话全编校注》第4册，人民文学出版社，2012，第2781页。
③ 李廷龟：《月沙集》卷四〇，《韩国文集丛刊》第70册，首尔：民族文化推进会，1991，第159页。
④ 蔡美花、赵季主编《韩国诗话全编校注》第3册，人民文学出版社，2012，第2431页。
⑤ 据鼎足山史库本，见《李朝实录》第32册，东京：日本学习院东洋文化研究所，1962，第459页。
⑥ 蔡美花、赵季主编《韩国诗话全编校注》第6册，人民文学出版社，2012，第4902页。

李春英为人"以气自豪，且负其才"①，许筠谓其"气自昌大"②，又读书广博，故诗作鸿罄俊逸。梁庆遇《霁湖诗话》谓"其文、其诗专尚富丽，滔滔不竭"③。申钦《体素集序》："方公之少也，咀嚼《左》《马》《庄》《列》，下逮韩、苏，驰骋数千载，必极其所如，往而后已。陆海之藏，富于蠹顿，而气之积也衍罂弥敷。"④金尚宪《体素集跋》又曰："既长，泛滥群书，自经史百家，靡所不读，读不过千百以上不止。以是为诗文鸿罄俊逸。"⑤他曾自言"吾多积薄发日进"⑥，诗中典故涉及经、史、子、集各部。如《行装》：

> 行装默默信其为，贵贱升沉自有时。良玉不须辞猛火，飞黄何必陋盐辎。公孙直欲诛长孺，章子焉能杀器之。九万里风终一到，蜩鸠徒自笑藩篱。

"良玉不须辞猛火"，承自苏轼"欲试良玉须猛火"⑦句。典出《淮南子·俶真训》："钟山之玉，炊以炉炭，三日三夜而色泽不变，则至德天地之精也。"⑧"飞黄何必陋盐辎"，承袭苏轼"均为人所劳，何必陋盐辎"⑨。典出《战国策·楚策四》汪明见春申君曰："夫骥之齿至矣，服盐车而上大行，蹄申膝折，尾湛胕溃，漉汁洒地，白汗交流。中阪迁延，负辕不能上。伯

① 许筠：《惺所覆瓿稿》卷一五《文部十二·李实之诔》，《韩国文集丛刊》第74册，首尔：民族文化推进会，1991，第263页。
② 许筠：《惺叟诗话》，见《惺所覆瓿稿》卷二五《说部四》，《韩国文集丛刊》第74册，首尔：民族文化推进会，1991，第366页。
③ 梁庆遇：《霁湖集》卷九，《韩国文集丛刊》第73册，首尔：民族文化推进会，1991，第501页。
④ 申钦：《象村稿》卷二一，《韩国文集丛刊》第72册，首尔：民族文化推进会，1991，第161页。
⑤ 金尚宪：《清阴集》卷三九，《韩国文集丛刊》第77册，首尔：民族文化推进会，1991，第594页。
⑥ 郑弘溟：《畸庵集》卷一〇《体素集跋》，《韩国文集丛刊》第87册，民族文化推进会，1992，第150页。
⑦ （宋）苏轼：《送蔡冠卿知饶州》，见（清）王文诰辑注《苏轼诗集》卷六，中华书局，1982，第1册，第253页。
⑧ 刘文典撰，冯逸、乔华点校《淮南鸿烈集解》上册，中华书局，1989，第52页。
⑨ （宋）苏轼：《次韵孔文仲推官见赠》，见（清）王文诰辑注《苏轼诗集》卷八，中华书局，1982，第1册，第385页。

乐遭之，下车，攀而哭之，解绀衣以幂之。骥于是俯而喷，仰而鸣，声达于天，若出金石声者，何也？彼见伯乐之知己也。"① 这两句说原是良玉、千里马的精良潜质，就要经受住贫苦生活的试炼，这是诗人遭贬后的自我激励。后两联连用《史记》《宋史》和《庄子》典故。

关于李春英的诗学渊源，论者多指向杜甫、韩愈、苏轼以及朴闾。如许筠《李实之诔》："诗法杜、韩、苏三家，浩瀚踔厉，以自成一家言。"② 申钦《体素集序》："方公之少也，咀嚼《左》《马》《庄》《列》，下逮韩、苏。"③ 他的诗集里次韵杜诗的有七律《次杜秋怀八首》、七古《次杜韵》。还有化用杜诗成句的，如"烽火连三月"（《九日次朴季吉》）、"未有不阴时"（《中秋夜宿临溟驿雨不见月》）等。因为贬谪生活的贫苦失意，对杜诗中体现的"艰难苦恨"尤其能感同身受，如"杜陵先已饱艰难"（《寒字韵五首》其四）、"白帝风花泣杜陵"（《寒食》）等。但李春英的气质秉性与杜甫并不相类，除七律《线路》《天气》等外，绝大多数诗没有学得杜诗的沉郁顿挫。他的诗平铺富赡，是酷好苏轼诗的结果。申钦《晴窗软谈》卷下："为诗平铺富赡。酷好苏长公，所就杰然。"④ 他对权韠论诗"舍苏取黄"⑤ 深致不满。此时的宣祖诗坛经过了唐风的洗礼，在"三唐"诗人的带动下各阶层文人以宗唐为主，李春英对苏轼诗风的复归固然与其性情相关，也可见一种文学潮流存在很大的历史惯性，不会轻易退出历史舞台，而是不时地以某种形式复归。李春英虽学苏轼，但他的诗不止于一味地平铺漫衍，而是以自负之气贯注其中，形成"腴而能悍"⑥ 的风格。李春英次韵的朝鲜诗人包括朴闾、郑士

---

① （汉）刘向集录，范祥雍笺证《战国策笺证》下册，上海古籍出版社，2006，第 909 页。
② 许筠：《惺所覆瓿稿》卷一五，《韩国文集丛刊》第 74 册，首尔：民族文化推进会，1991，第 264 页。
③ 申钦：《象村稿》卷二一，《韩国文集丛刊》第 72 册，首尔：民族文化推进会，1991，第 16 页。
④ 申钦：《象村稿》卷五二，《韩国文集丛刊》第 72 册，首尔：民族文化推进会，1991，第 348 页。
⑤ 郑弘溟：《畸庵集》卷一〇《体素集跋》，《韩国文集丛刊》第 87 册，首尔：民族文化推进会，1992，第 150 页。
⑥ 许筠：《惺所覆瓿稿》卷一五《文部十二·李实之诔》，《韩国文集丛刊》第 74 册，首尔：民族文化推进会，1991，第 264 页。

龙、苏世让、卢守慎①，都是宣祖时唐风兴起以前的宗宋诗人，诗歌格老语壮。其中苏世让的诗舒泰老成，略显平衍，与李春英的诗风最接近。

此外他对张籍、孟郊、李商隐、温庭筠诗也表现出一定的兴趣。如"病觉文园痼，诗看水部亲"（《雨中饮穆如家赠李希龙》其二）；"诗情岂下孟东野，酒兴不孤山使君"（《留题习池黄晦之使君铃斋》）。文集中还有摹拟李商隐《无题》所作的数首七绝、七律，以及七古《古意效温李体》。

虽然赵纬韩点鬼簿体诗谓"最是石洲名不朽，应同体素擅吾东"②，但是李春英诗的总体艺术水平不及车天辂和权韠。南龙翼谓其"多读博发而未尽精炼"③，许筠谓其"螭蚓杂陈，不妨其漫"④，又言："虽似冗杂，而气自昌大，可谓作家，然不逮汝章多矣。"⑤ 李晬光云："所向不高，可传者少。"⑥ 尤其前期诗"粗豪"⑦ 俗放，下笔少锻炼，用语不够妥帖，语言技巧不够成熟。但又着意求新，用力于修辞，缺少自然之致。他所称赞的李廷龟"春生关外树，日落马前山"⑧ 一句，也是重在景物位置的经营布置，而非"情动于中而形于言"（《毛诗序》）的生发感动，以人工之巧夺天然之致，乍观可喜，久诵则乏味。

后期被贬三水及经历国难之后，李春英的诗风发生了变化。曾言"格

① 关于朴闇的是七律《湖西水营挹翠轩之诗脍炙人口盖百二年。而余过之，海山佳处，依然如旧。而奈才拙不足以铺张之何？强题近体五首，续貂之作，能无愧乎》，关于郑士龙的是七律《到铁原可晦求诗五首次湖阴韵》，关于苏世让的是七绝《高兰寺次苏赞成十绝》，关于卢守慎的是五律《闻庆次苏斋相公韵》。

② 洪万宗《诗评补遗》卷下引，蔡美花、赵季主编《韩国诗话全编校注》第 3 册，人民文学出版社，2012，第 2433 页。

③ 南龙翼：《壶谷诗话·诗评·东诗》，蔡美花、赵季主编《韩国诗话全编校注》第 3 册，人民文学出版社，2012，第 2206 页。

④ 许筠：《惺所覆瓿稿》卷一五《文部十二·李实之诔》，《韩国文集丛刊》第 74 册，首尔：民族文化推进会，1991，第 264 页。

⑤ 许筠：《惺叟诗话》，见《惺所覆瓿稿》卷二五《说部四》，《韩国文集丛刊》第 74 册，首尔：民族文化推进会，1991，第 366 页。

⑥ 李晬光：《芝峰类说》卷一三《文章部六·东诗》，见蔡美花、赵季主编《韩国诗话全编校注》第 2 册，人民文学出版社，2012，第 1300 页。

⑦ 梁庆遇《霁湖诗话》："世之知诗者论及两翁，谓体素为'粗豪'，鸣皋为'寒俭'，未知此论何如也。"（《霁湖集》卷九，《韩国文集丛刊》第 73 册，首尔：民族文化推进会，1991，第 501 页）

⑧ 诗出李廷龟《月沙集》卷二《戊戌朝天录上·途中口占》，《韩国文集丛刊》第 69 册，首尔：民族文化推进会，1991，第 261 页。事见南龙翼《壶谷诗话·诗话》，蔡美花、赵季主编《韩国诗话全编校注》第 3 册，人民文学出版社，2012，第 2214 页。

老才清是我师"(《题智浩轴次诸公韵》),道出自身的诗学追求。其中"格老"与朴訚等宗宋诗人相通;"才清"一定意义上是接受了宣祖时宗唐诗风尚清的审美趣味,如自言"不辞落笔惊风雨,要使清篇泣鬼神"(《次登练光亭韵》)。鲜明体现"格老才清"的诗如《湖西水营挹翠轩之诗①脍炙人口盖百二年。而余过之,海山佳处,依然如旧。而奈才拙不足以铺张之何?强题近体五首,续貂之作,能无愧乎》其三:

> 雉堞萦纡树木间,金鳌顶上压朱栏。月从今夜十分满,湖纳晚潮千顷宽。酒气全禁水气冷,角声半杂江声寒。共君相对不须睡,待到晓雾清漫漫。

全诗感情深沉,脱却了早年浮华轻薄的习气,境阔景清。其中"月从今夜十分满,湖纳晚潮千顷宽"尤为人称道。梁庆遇《霁湖诗话》评"句圆意足"②。洪万宗《小华诗评》卷上:"豪纵雄爽,如蒲梢骏骎,不受羁靮。"卷下又谓全诗"极其纵横,步骤挹翠"。③

宣祖时及第的车天辂、权鞸、李春英生当穆陵盛世,又经历过党争的压抑和卫国战争的乱离,以自身性情为根底,或宗唐音,或学宋调,以富赡宏阔的诗风反映着时代风气。

---

① 即朴訚《挹翠轩遗稿》卷三《营后亭子》,《韩国文集丛刊》第 21 册,首尔:民族文化推进会,1988,第 44、45 页。
② 梁庆遇:《霁湖集》卷九,《韩国文集丛刊》第 73 册,首尔:民族文化推进会,1991,第 501 页。
③ 蔡美花、赵季主编《韩国诗话全编校注》第 3 册,人民文学出版社,2012,第 2335、2355 页。

余论　宣祖时期唐诗接受特征

宣祖时期是朝鲜汉诗发展的黄金时期。虽然被誉为古代朝鲜"四大诗人"的崔致远、李奎报、李齐贤和申纬并无一人在宣祖时，但这一时期的特点在于群星璀璨，诗体全面发展，以及诗歌风格的丰富性和创作群体的多样性。其中最突出的特点是唐宋诗风转关，由高丽末期专学苏轼、朝鲜时代初期兼宗黄陈，转向以丰神情韵见长的唐诗。金万重《西浦漫笔》反思学宋弊端："学眉山而失之，往往冗陈，不满人意，江西之弊尤拗拙可厌。"① 申钦《晴窗软谈》卷中揭示了这种典范选择的转变："丽朝及我朝皆尚东坡，故丽朝大比至有'三十三东坡'之语。近年以来稍稍不喜，为诗者皆学唐人。"② 又崔锡鼎云："本朝之诗，中叶以前皆效宋人，概不出苏、陈范围。穆陵之世，文士郁兴，稍稍步骤于三唐。操觚讲艺者，举能羞道宋元。"③

这种由宋至唐的转关呈现出阶段性。首先，燕山君到明宗时首倡唐风，唐宋诗之争与勋旧派、士林派的党争相表里，李胄、郑希良、姜浑、金净、申光汉、朴祥、奇遵、罗湜、林亨秀等宗唐诗人受到士祸清洗，其中湖南诗坛学唐风气最盛，以朴祥、林亿龄、金麟厚、林亨秀、李后白等为代表。到宣祖初年，元明格法著作、唐诗选本群《三体唐诗》《万首唐人绝句》《唐诗鼓吹》《唐音》《唐诗品汇》等以及李东阳诗集经过多次刊印、抄写，流传范围扩大，对诗歌发展的作用持续发酵，同时文衡朴淳有鼓舞之功，由此以湖南诗坛培育的崔庆昌、白光勋与由宋转唐的李达为中坚，形成纯

---

① 蔡美花、赵季主编《韩国诗话全编校注》第 3 册，人民文学出版社，2012，第 2248 页。
② 申钦：《象村稿》卷五一，《韩国文集丛刊》第 72 册，首尔：民族文化推进会，1991，第 338 页。
③ 崔锡鼎：《明谷集》卷八《鸣皋集序》，《韩国文集丛刊》第 153 册，首尔：民族文化推进会，1995，第 582 页。

粹的中晚唐格调，号"三唐"诗人。他们树立了朝鲜诗人的学唐信心，形成全社会普遍学唐的风气。如李植《村隐刘希庆诗集小引》云：

> 况当翁盛壮时，国朝诗教洋洽，轶轨三唐。无论馆阁巨公，方鹜燕、许；乃若下僚、外朝雄鸣高蕙，无非员外、协律、随、苏、溧阳之伦；下至齐民小胥，野鹊之吟、沙鹤之句，举皆铿锵不失声韵。①

这一时期宗唐诗人群体广泛，代表诗人包括士人许筠、林悌，女性诗人许兰雪轩、理学诗人李珥、台辅诗人李山海以及委巷诗人白大鹏等。宣祖时及第的车天辂、权韠、李春英则转向作为唐诗别调的杜韩，且兼宗宋调。其后，光海君、仁祖时期的唐诗接受与宣祖时既相关联，又有区别，刘希庆、许筠、申钦、李睟光等诗人在宣祖时登第或成长起来，跨越两个阶段。由于此前尹根寿等积极引进明代复古派文集，七年万历卫国战争也加速了中朝诗歌交流，许筠、申钦、李睟光等在明代复古派的进一步影响下，在理论建树和选本实践方面加深了唐诗接受。朝鲜诗论家南龙翼对朝鲜时代中期宗唐、宗宋诗风交接也有论述，其《壶谷诗话·诗评·东诗》：

> 我朝诗，诸名家各有所尚。四佳、挹翠、容斋、占毕、湖阴、苏斋、芝川、简易、泽堂尚宋，忘轩、冲庵、企斋、思庵、李纯仁、鹅溪、荷谷、兰雪许氏、孤竹、玉峰、荪谷、芝峰尚唐，石川、霁峰、白湖、石洲、东岳、五峰、月沙、体素、五山、东溟合取唐宋，象村、白洲、观海合取唐明。②

不过南龙翼的叙述略显平面化，淡化了历时性变化。唐风兴起之初，俞好仁、李胄、申光汉、郑希良等由于转变不彻底而兼有唐音宋调，宣祖后期车天辂、权韠、李春英因个人性情所近，转向杜韩诗，又回到唐宋兼宗的

---

① 李植：《泽堂集》卷九，《韩国文集丛刊》第 88 册，首尔：民族文化推进会，1992，第 155、156 页。
② 蔡美花、赵季主编《韩国诗话全编校注》第 3 册，人民文学出版社，2012，第 2199、2200 页。

取法路径上，历史形成一个循环。"合取唐明"则代表了光海君、仁祖时期许筠、申钦、李晬光等人的唐诗接受特点。金昌协也论及朝鲜时代中期学唐的两个阶段："至穆庙之世，文士蔚兴，学唐者寝多。中朝王、李之诗又稍稍东来，人始希慕仿效，锻炼精工。"[1] 在王世贞、李攀龙等明代唐诗学的影响下，朝鲜汉诗的创作风貌和理论趋向都发生了一定变化，不再拘守中晚唐格调和亦步亦趋的摹拟，境界更开阔，同时有自觉的理论建构和丰富的选本编选实践。

与光海君、仁祖时期的学唐诗风相比，宣祖时的唐诗接受呈现出以下特点。

首先，宣祖时宗唐诗风的兴盛及其创作风貌主要受到元明以来唐诗选本和格法著作的影响。选本作为中国古代文学批评的重要形态，具有建构文艺理论与批评、确立创作范式及文学史经典的多重意义；诗格诗法虽然不为精英诗学认可，却能满足朝鲜诗人学习创作的实际需求，适合朝鲜重创作不重理论的接受期待。因此二者成为朝鲜半岛接受唐诗的主要方式，其现实影响力远甚于诗话、笔记、序跋等诗学文献。中国传入的唐诗选本、格法著作作为创作范式，对朝鲜汉诗具有转移一代诗风的重要作用，在诗歌体式、风格、诗法、诗史观等方面深刻影响与全面塑造了朝鲜汉诗。虽然朝鲜未像日本呈现出单一选本交替主导诗坛的现象[2]，但是一系列性质、诗学观相近的选本组合产生集成效应，推动了诗风嬗变。此时期影响较大的唐诗选本主要有《唐宋千家联珠诗格》《唐百家诗选》《三体唐诗》《万首唐人绝句》《唐诗鼓吹》《瀛奎律髓》《唐音》《唐诗品汇》等。

南宋于济、蔡正孙编集的《唐宋千家联珠诗格》，诗格、选本、评点三位一体，选七绝一千余首，分为三百四十余格，详细指导作诗技法，非常适合初学者。汉语非朝鲜诗人母语，因此《唐宋千家联珠诗格》也适合其汉诗学习者，不仅在朝鲜流传很广，也传到日本[3]。朝鲜成宗时徐居正增

① 金昌协：《农岩杂识外篇》，见《农岩集》卷三四，《韩国文集丛刊》第 162 册，首尔：民族文化推进会，1996，第 377 页。

② 吴雨平：《唐诗选本的日本化阐释及其对中晚期日本汉诗创作的影响》，《江苏社会科学》2009 年第 5 期。

③ 吴雨平：《唐诗选本的日本化阐释及其对中晚期日本汉诗创作的影响》，《江苏社会科学》2009 年第 5 期；谢琰：《〈联珠诗格〉的东传与日本五山七绝的发展——兼论中国文学经典海外传播的路径与原则》，《江海学刊》2013 年第 3 期。

注，其后增注本在成宗、燕山君、中宗、宣祖时多次刊印，作为童蒙学诗范本，为诗人日后的创作观念奠定基调。如柳希春《庭训内篇·读书解文第四》阐述读书顺序："凡儿童，先学《字类》；次学《联珠诗格》；次读《少微通鉴》，以发其文理；次读《庭训内篇》，以知先务；次读《诗》《书》大文，以为他日讲经之本；次读《小学》《续蒙求》。"① 可见士人很早就要接受《联珠诗格》的诗学教育。万历卫国战争后，即使明代一些著名唐诗选本如《唐诗品汇》等已经涌入朝鲜，《联珠诗格》仍被重新挖掘并赋予意义。成汝信（1546~1632）"幸得是编于兵火灰烬之余"，抄写以教初学者"寻章而得其格，逐句而中其调"②，从当时的格调观念重审这本南宋唐诗选本。

如果说《唐宋千家联珠诗格》的意义主要在于诗歌启蒙教育，杨士弘《唐音》对创作风貌的影响则更为深刻全面。除自身编纂体例适合朝鲜外，明朝台阁李东阳、杨士奇、杨荣的标举也是重要原因。李东阳谓："选唐诗者，惟杨士弘《唐音》为庶几。"③ 朝鲜时代中期《唐音》抄本、刻本较多，流传范围广。《唐音》是很多诗人由宋转唐的诗歌范本，如奇遵"时时讽咏杨士弘编次《唐音》"④；许筠"少学东坡，后喜《唐音》、李白"⑤，并为初学者指示学诗路径："为诗则先读《唐音》，次读李白。"⑥李达初学杜、苏，受朴淳点拨转向唐风时，"取《文选》、太白及盛唐十二家、刘随州、韦左史暨伯谦《唐音》伏而诵之"⑦，也包括《唐音》。即《唐音》有初步的审音辨体意识，不选李、杜、韩诗，绝句多选乐府体，标举盛唐而实际选诗以中晚唐居多，都在一定程度上塑造了宣祖时宗唐诗人

① 柳希春：《眉岩集》卷四，《韩国文集丛刊》第 34 册，首尔：民族文化推进会，1988，第 212 页。
② 成汝信：《浮查集》卷三《联珠诗跋》，《韩国文集丛刊》第 56 册，首尔：民族文化推进会，1990，第 99 页。
③ 李东阳：《麓堂诗话》，见丁福保辑《历代诗话续编》下册，中华书局，1983，第 1376 页。
④ 朴忠元：《德阳遗稿叙》，见奇遵《德阳遗稿》卷首，《韩国文集丛刊》第 25 册，首尔：民族文化推进会，1988，第 291 页。
⑤ 李晬光：《芝峰类说》卷一四《文章部七·诗艺》，见蔡美花、赵季主编《韩国诗话全编校注》第 2 册，人民文学出版社，2012，第 1345 页。
⑥ 许筠：《鹤山樵谈》，见蔡美花、赵季主编《韩国诗话全编校注》第 2 册，人民文学出版社，2012，第 1447 页。
⑦ 许筠：《惺所覆瓿稿》卷八《文部五·苏谷山人传》，《韩国文集丛刊》第 74 册，首尔：民族文化推进会，1991，第 204 页。

的创作风貌。《唐音》特别注重音律，杨士弘自序"审其声律之正变，而择其精粹"①，《正音》部分往往选取音律接近盛唐的诗作，以诗的音节区分正变而不以时代。其所标举的"正音"成为朝鲜诗论家品鉴诗作的价值基准。如许筠《鹤山樵谈》："崔、白、李三人诗皆法正音。"② 又《惺叟诗话》："（崔白）音节可入《正音》。"③ 申钦《白玉峰诗集序》："则白子之诗信乎其为正音也。"④ 关于诗史观念，宣祖时朝鲜流行的主要是"三唐"说，而非"四唐"。如李植《村隐刘希庆诗集小引》："况当翁盛壮时，国朝诗教洋洽，轶轨三唐。"⑤ 林象德《幼学读书规模》："兼读《楚辞》、《选》赋，李、杜、三唐诗选，以博词翰。"⑥ "三唐"诗人的并称也有"三唐"说的投射。原本崔白齐名，同为湖南诗人，诗风也更接近，以格调纯粹著称。李达早学杜、苏，"及交崔、白，悟而汗下，尽弃其所学而学焉"⑦，但总体仍比崔白家数大，在三人并称中与崔白不尽相同。

唐诗选本资源对宣祖宗唐创作风貌的影响在于以下几点。一是宗唐思想主要渊源于唐诗选本，所以呈现出泛取唐代各家而不名一家的接受特点。各家师法典范包括李白、杜甫、王维、孟浩然、韦应物、刘长卿、刘禹锡、白居易、韩愈、柳宗元、许浑、钱起、杜牧、李商隐、贾岛等，而以韦应物、刘长卿、许浑、钱起为主。李植《学诗准的》推荐作为范本的"唐律"包括"韩、柳、韦、钱（起）、皇甫（非一人）、窦（五窦之类）、两刘数百首参之（长卿诗多抄）"⑧，李珥《精言妙选》唐诗部分入选九十位诗

---

① 《唐音姓氏并序》，见（元）杨士弘编选，（明）张震辑注，（明）顾璘评点，陶文鹏、魏祖钦整理点校《唐音评注》下册，贵州人民出版社、河北大学出版社，2010，第 26 页。

② 蔡美花、赵季主编《韩国诗话全编校注》第 2 册，人民文学出版社，2012，第 1436 页。

③ 见许筠《惺所覆瓿稿》卷二五《说部四》，《韩国文集丛刊》第 74 册，首尔：民族文化推进会，1991，第 366 页。

④ 申钦：《象村稿》卷二一，《韩国文集丛刊》第 72 册，首尔：民族文化推进会，1991，第 8 页。

⑤ 李植：《泽堂集》卷九，《韩国文集丛刊》第 88 册，首尔：民族文化推进会，1992，第 155、156 页。

⑥ 林象德：《老村集》卷四，《韩国文集丛刊》第 206 册，首尔：民族文化推进会，1998，第 90 页。

⑦ 许筠：《苏谷诗集序》，见李达《苏谷诗集》卷首，《韩国文集丛刊》第 61 册，首尔：民族文化推进会，1991，第 3 页。

⑧ 李植：《泽堂别集》卷一四，《韩国文集丛刊》第 88 册，首尔：民族文化推进会，1992，第 517、518 页。

人，其中的中小诗人没有专门的别集，他们能入选，显然出自选本的影响①。虽然理学家和诗人都推崇韦应物，但韦诗的影响力究竟不算一时独步，难以和最高典范李杜抗衡，并且韦诗以古体居多，宣祖时期的宗唐创作却以绝句为主，也不适合诗赋外交、科举考试对律诗创作范本的需求。二是受元代唐诗学如《三体唐诗》《唐音》等影响，此时期不专主盛唐，呈现多元化的趋势。虽然盛唐仍被公认为最高典范，但因其不可及而被悬置，唐诗范本《万首唐人绝句》《二泉绝句》《唐音》等实际选诗以中晚唐为主。影响之下，汉诗实际创作风貌也以中晚唐格调为主，即使"三唐"诗人也不例外。李晬光谓："杨仲②弘言：'《河岳英灵》及《中兴间气》等集皆唐人所选，而多主晚唐。王介甫《百家选》，除高、岑、王、孟数家外，亦皆晚唐。他如洪容斋、赵紫芝诸选，多略于盛唐而详于晚唐云。'时俗所尚如此，诗格之日卑，无足怪也。"③ 朝鲜也同理。三是《唐宋千家联珠诗格》专选七绝，《三体唐诗》《万首唐人绝句》《二泉绝句》都包括七言绝句，唐诗范本给朝鲜诗人最深的印象是绝句，也直接为宣祖时诗人提供了绝句范本，因此七绝能够成为此时期成就最高、最动人的诗体。一言以蔽之，从诗学渊源的意义上讲，当时流行的唐诗选本选诗以中晚唐为主，对宗唐诗风中晚唐倾向的形成产生了一定影响，对其擅长绝句也有一定影响。

其次，与宗唐思潮渊源于唐诗选本相关，宣祖时唐诗接受的成就主要体现在创作方面，从创作（唐诗选本）到创作（朝鲜诗人摹拟），还没有自觉的理论建构。此时期的序跋、诗话笔记，如尹根寿《月汀漫录》、尹国馨《闻韶漫录》、鱼叔权《稗官杂记》、尹耆献《长贫居士胡撰》、许筬《海东野言》、高尚颜（1553~1623）《效颦杂记》、车天辂《五山说林》等，对唐诗的论述不多，即使论述也是具体的逸闻轶事、典故考证等细节，并未对唐宋诗差异、宗唐方式、典范选择等进行自觉的理论思考。宗唐相关的诗歌选本仅见李珥《精言妙选》和车天辂《乐府新声》，而《精言妙选》杂选汉魏至宋代诗歌，虽然首推唐诗，但非专选；《乐府新声》选录朝鲜五位

---

① 参见莫砺锋《唐诗选本对小家的影响》，《文学评论》2020年第4期。
② "仲"，疑为"士"之误。下文乃隐括杨士弘《唐音序》而成，见（元）杨士弘编选，（明）张震辑注，（明）顾璘评点，陶文鹏、魏祖钦整理点校《唐音评注》上册《唐音姓氏并序》，贵州人民出版社，河北大学出版社，2010，第26页。
③ 李晬光：《芝峰类说》卷七《经书部三·书籍》，据仁祖十二年（1634）木刻本。

诗人的宗唐乐府创作，但这一时期仍主要以中国选本作为取法来源，朝鲜本土出于诗歌教育或科举范本的需求自主编纂选本要到光海君、仁祖时期。选本编纂和理论认识比创作滞后。

虽然不名一家，不专主盛唐，但宣祖时的宗唐创作追求唐诗格调的纯粹，对宋诗的说理议论、堆砌典故有很高的警惕，尤其"三唐"诗人树立典范之后给其他诗人带来影响的焦虑。"三唐"诗人作为创作高峰，并非以盛唐气象作为评价标准，而是很大程度上在于其唐诗格调的纯粹，不掺杂宋调。诗论家多反思朝鲜时代初期学唐的不彻底，如李睟光谓："本朝诗人不脱宋元习者无几。如李胄、俞好仁、申从濩、申光汉号近唐，而似无深造之功。"① 李胄"自是苏、杜中来，大体不纯"②。申光汉"祖少陵而效江西，务欲理胜而辞致分明"③。即使与"三唐"诗人同时的高敬命、许筈，因为由宋转唐，呈现过渡特征，也往往对自己不尽满意。高敬命自言在瑞山郡与李达唱和时，"每赋绝句，不敢以宋人体参错于其间，仓卒学唐，半真半假，诚可愧也"④。许筠"少学东坡，后喜《唐音》、李白，自言欲变前习而未能"⑤。他的问题出在七律上，李达认为其"诗长篇短韵清壮动荡，深得青莲遗法。而五言亦清邵逼唐。独七言近体，差未免苏眉山口气，若出二人手然"⑥。即使李达本人，由于早年跟随郑士龙学杜、苏，也说自己"苏、黄之诗着肺腑中已久，故造句无盛唐气格"⑦。

追求格调纯粹的背后是以宗唐得似为创作和批评标准。朝鲜诗人从语言、风格、意象、用典等各角度摹拟唐诗，追求酷似，后世诗论家在选本、诗话、

① 李睟光：《芝峰类说》卷九《文章部二·诗评》，见蔡美花、赵季主编《韩国诗话全编校注》第 2 册，人民文学出版社，2012，第 1106 页。
② 许筠：《鹤山樵谈》，见蔡美花、赵季主编《韩国诗话全编校注》第 2 册，人民文学出版社，2012，第 1435 页。
③ 洪暹：《忍斋集》卷二《有明朝鲜国辅国崇禄大夫灵城府院君申公墓志铭》，《韩国文集丛刊》第 32 册，首尔：民族文化推进会，1988，第 342 页。
④ 梁庆遇：《霁湖集》卷九《诗话》，《韩国文集丛刊》第 73 册，首尔：民族文化推进会，1991，第 495 页。
⑤ 李睟光：《芝峰类说》卷一四《文章部七·诗艺》，见蔡美花、赵季主编《韩国诗话全编校注》第 2 册，人民文学出版社，2012，第 1345 页。
⑥ 许筈《荷谷集》卷尾《荷谷先生年谱》引，《韩国文集丛刊》第 58 册，首尔：民族文化推进会，1990，第 486 页。
⑦ 许筠：《鹤山樵谈》，见蔡美花、赵季主编《韩国诗话全编校注》第 2 册，人民文学出版社，2012，第 1447 页。

序跋等评价诗作时也多以"逼唐""近唐""优入唐域""极似唐人乐府"等作为最高评价，甚至有"置之唐人集中，辨之不易"的传奇叙事。如：

> 许筠《惺所覆瓿稿》卷八《文部五·苏谷山人传》："权石洲铧见其（李达——引者注）《斑竹怨》① 曰：'置之青莲集中，具眼者不易辨也。'"②
>
> 李睟光《芝峰类说》卷一三《文章部六·东诗》："郑之升诗曰：'草入王孙恨，花添杜宇愁。汀洲人不见，风动木兰舟。'混书唐诗集中，以示崔庆昌诸人，皆不能辨云。"③
>
> 申钦《晴窗软谈》卷下："冲庵（金净——引者注）诗所传诵人口者固多，如'江南残梦昼厌厌，愁逐年芳日日添。莺燕不来春又暮，杏花微雨下重帘'；'西风木落锦江秋，烟雾蘋洲一望愁。日暮酒醒人去远，不堪离思满江楼'，尤为脍炙者也。置之唐人集中，辨之不易。"④
>
> 洪万宗《诗评补遗》卷上："成牛溪素于古今诗句藻鉴甚明，郑松江（郑澈——引者注）得五言一绝，其诗曰：'山雨夜鸣竹，草虫秋近床。流年那可住，白发不禁长。'遂印于唐楮，示牛溪曰：'此是古壁所涂，而但不知谁作也。'牛溪再三吟咏，曰：'此必晚唐人诗。'松江笑曰：'我欲试公，公果见瞒。'"⑤

持此标准的诗论家许筠、李睟光、申钦、洪万宗并不限于宣祖时期，以酷似唐诗为评价标准是朝鲜时代中期唐诗接受共同存在的现象，他们在追溯宗唐系谱时，李达、郑澈以及朝鲜时代前期的郑之升、金净都曾获此殊荣。与中国诗无异也是李达、白光勋等诗人自身的主动追求。据许筠《鹤山樵谈》记载：

---

① 李达《斑竹怨》全诗为："二妃昔追帝，南奔湘水间。有泪寄湘竹，至今湘竹斑。云深九疑庙，日落苍梧山。余恨在江水，滔滔去不还。"（见《苏谷诗集》卷一，《韩国文集丛刊》第 61 册，首尔：民族文化推进会，1991，第 5 页）
② 《韩国文集丛刊》第 74 册，首尔：民族文化推进会，1991，第 205 页。
③ 蔡美花、赵季主编《韩国诗话全编校注》第 2 册，人民文学出版社，2012，第 1296 页。
④ 申钦：《象村稿》卷五二，《韩国文集丛刊》第 72 册，首尔：民族文化推进会，1991，第 342 页。
⑤ 蔡美花、赵季主编《韩国诗话全编校注》第 3 册，人民文学出版社，2012，第 2415 页。

益之尝出一律示之曰："此仲默之逸诗。"初不觉真赝，则曰："此诗清绝，选律者不当遗之，必君之拟作。"益之不觉卢胡。①

"明人诗，苏谷以何仲默为首"②，李达期待自身能与所钦慕的何景明同化。"八岁能属文"，诗格极高的白光勋在幼年即有此举：

一日，长者拈春字，使以古诗应之。公即对曰："江花树树春。"长者诘其出处，公曰："此在唐诗，顾未察耳。"仍诵全篇曰"夕阳江上笛，细雨渡江人。余响杳无处"，落句云云。长者信之。既又自言其率口应猝，一座惊异。其后具眼者见之，咸谓置之《唐音》中，诚不易辨也。③

"率口应猝"的事件背后是对唐诗作为最高典范的认同。朝鲜时代中期如此追求宗唐得似的原因在于，在严辨华夷、钦慕中华的文化观念下，"雅"为朝鲜汉诗的最高价值准则。以中国文学为高雅，以朝鲜文学为鄙俗，学习中国、不断与中国诗歌同化是朝鲜化俗成雅的途径。唐永徽元年（650）新罗真德女王织锦作五言《太平颂》以献唐高宗，金万重认为"全篇典雅，绝无夷裔气"④。李齐贤北游元朝，深受中国文学影响，又以所学教化朝鲜士人，使朝鲜整体文风趋雅，李穑谓："东人仰之如泰山，学文之士去其靡陋而稍尔雅，皆先生化之也。"⑤ 宣祖时惟妙惟肖地摹拟唐诗正是追求文化意义上的文雅。与其后的宗唐诗论家以复古为创新不同，尤其朝鲜时代后期转而追求"真"，追求朝鲜诗风的自立，因此提倡"天机"与"真诗"的金昌协等人批评宣祖宗唐诗人蹈袭。由亦步亦趋地摹拟到自立，这是朝

① 蔡美花、赵季主编《韩国诗话全编校注》第 2 册，人民文学出版社，2012，第 1444 页。
② 许筠：《鹤山樵谈》，蔡美花、赵季主编《韩国诗话全编校注》第 2 册，人民文学出版社，2012，第 1444 页。
③ 郑澔：《丈岩集》卷一七《玉峰白公墓碣铭》，《韩国文集丛刊》第 157 册，首尔：民族文化推进会，1995，第 399 页。
④ 金万重：《西浦漫笔》，蔡美花、赵季主编《韩国诗话全编校注》第 3 册，人民文学出版社，2012，第 2257 页。
⑤ 李穑：《牧隐文稿》卷七《益斋先生乱稿序》，《韩国文集丛刊》第 5 册，首尔：民族文化推进会，1988，第 52 页。

鲜汉诗接受唐诗必然要经历的历史过程。

从诗歌艺术角度看，宣祖宗唐有以下艺术特征。

首先，秉持性情、兴象、声调三位一体的唐诗观。如李达被评为"兴寄清远，音韵铿锵"①。

宗唐诗人认为诗歌应该反映人的性情，性情论或与宋诗以议论为诗、以学问为诗相反，或针对过分注重辞藻、声律等诗歌形式。理学家或者受理学影响的诗人强调性情之正，淡化对艺术形式的绝对追求。中宗时宗唐诗人金净已经认识到："诗者，性情也。性情发而为声，乌取华采藻绘之足言也？"唐诗"随其所变，皆流出性情，往往殆亦精深悠远之可言，而犹有《三百篇》之遗音遗意焉"。他批评宋诗"一归之于寸学文字以为之，得一字以为巧，使一事以为能"，认为作诗应该"涵咏于自得之妙"，"以箫散静妙为趣"②。所以他的创作不事雕琢，无斧凿痕，被评为有盛唐之风。宣祖时理学家李珥认为"诗虽非学者能事，亦所以吟咏性情，宣畅清和，以涤胸中之滓秽，则亦存省之一助"③。诗可以观人，有足够的理学修养功夫，其襟怀流之于诗则为"冲淡萧散"、"闲美清适"或"清新洒落"的诗风。另一部分持纯文学观念的诗人强调性情之真，在诗中抒写感性的情思，如"三唐"诗人在诗中表达或低沉或孤寂的心绪，权韠书写党争时代的寒士悲歌。此外，宗唐诗人往往都创作过艳丽绮靡的乐府、宫词、游仙诗、香奁体等。车天辂《乐府新声》选"三唐"诗人、林悌与李晬光乐府，即使有《祝圣词》等宏大制作与林悌反映的朝鲜风土民情，仍以宫词、闺怨的相思恋慕为主，收录多首《奁体》，甚至选录《艳体》《玉台体》等香艳至极的非乐府题目。性情是各时期宗唐诗人的共同诗歌理念。其后编选过《温李艳体》《唐绝选删》的许筠于《诗经》风、雅、颂最推崇《国风》，认为"雅、颂则涉于理路，去性情为稍远矣"。而唐诗"于性情之道，或不无少补"④。即使朝鲜时代后期

---

① 任相元：《恬轩集》卷三〇《苏谷集跋》，《韩国文集丛刊》第148册，首尔：民族文化推进会，1995，第470页。

② 金净：《冲庵集》卷四《颜乐堂诗集跋》，《韩国文集丛刊》第23册，首尔：民族文化推进会，1988，第183、184页。

③ 李珥：《栗谷全书》卷一三《精言妙选序》，《韩国文集丛刊》第44册，首尔：民族文化推进会，1988，第271页。

④ 许筠：《惺所覆瓿稿》卷五《文部二·题唐绝选删序》，《韩国文集丛刊》第74册，首尔：民族文化推进会，1991，第185页。

持"天机"论诗的金昌协也在性情层面上肯定唐诗,指出"唐人之诗主于性情兴寄,而不事故实议论"①。

宋诗以议论说理为主,多用直抒胸臆的赋法,用典也是其重要的表达方式,可以在与历史的互文关系中增加诗歌的意蕴内涵,而用典过多或过于偏僻则使诗歌晦涩难懂。朝鲜宗唐诗人反思海东江西诗派宗宋弊端,用典是突出的问题之一。如李晬光谓郑士龙:

> 金宗直诗:"诗书旧业戈春黍,翰墨新功獭祭鱼。"按《荀子》曰:"不道礼意,以诗书为之,犹以戈春黍也。"古书云:"李商隐为文,多点检阅书籍,左右鳞次,号獭祭鱼。"余谓为文而以编缀用事为能者,乃文人之病也。顷世郑士龙类抄诸书,盛以大囊,每有制作,必以自随。故其诗多牵补斧凿之痕,绝无平稳气象,盖亦坐此病耳。②

梁庆遇《霁湖诗话》则举林苞注郑士龙诗为例:

> 湖阴疾病,属垂胡曰:"君必注吾诗。"垂胡许诺。后十余年,湖阴诗稿印行于世而无注。家君问之,垂胡则曰:"吾尝收其诗稿,既注一卷,其下用事及文字率多重出。取以遍阅,重出处逾去逾多,遂乃辍止云云。"③

以郑士龙大才尚且不免用典弊端。宣祖宗唐诗人放弃以学问为诗,尤其崔白极少用典。如南宋刘克庄所言宋初晚唐体诗人:"古诗出于情性,发必善;今诗出于记问,博而已,自杜子美未免此病。于是张籍、王建辈稍束起书袋,划去繁缛,趋于切近。世喜其简便,竞起效颦,遂为'晚唐体'。"④ 宗唐诗

---

① 金昌协:《农岩杂识外篇》,见《农岩集》卷三四,《韩国文集丛刊》第 162 册,首尔:民族文化推进会,1996,第 375 页。

② 李晬光:《芝峰类说》卷一三《文章部六·东诗》,见蔡美花、赵季主编《韩国诗话全编校注》第 2 册,人民文学出版社,2012,第 1275 页。

③ 梁庆遇:《霁湖集》卷九,《韩国文集丛刊》第 73 册,首尔:民族文化推进会,1991,第 496 页。

④ (宋)刘克庄:《后村先生大全集》卷九六《韩隐君诗序》,见《四库丛刊初编》第 1312 册,上海书店,2015。

人多使用自然意象，以建构意境为旨趣，恢复大量运用比兴手法的唐诗传统。如朴淳《访曹处士山居》："醉睡仙家觉后疑，白云平壑月沉时。翛然独出修林外，石径筇音宿鸟知。"又白光勋《弘庆寺》："秋草前朝寺，残碑学士文。千年有流水，落日见归云。"可谓"兴象玲珑，句意深婉"①。

宣祖时宗唐诗人也有审音辨体的诗法探求。明宗十年（1555）以活字刊刻过吴讷《文章辨体》，但此书在朝鲜流传不广，以至于李德懋认为本国所无②。杨士弘《唐诗正音》较早按照诗体编排，明代辨体之风盛，顾璘评点《唐音》时在各诗体卷首往往分述该体风格要求，不过顾璘评点本《唐音》在朝鲜流行较少。即便如此，《唐诗正音》各体风格差别明显，长时间的涵咏讽诵也能体悟并习得各体风格的差异。如尹根寿《月汀漫录》云："盖七律当沉着，五律当俊快，其体自异。"③ 除诗话、选本之外，一些格法著作也能提供辨体观念。中宗、明宗时诗人尹春年刊刻《诗法源流》，其序作于明宗七年（1552），题为《诗法源流体意声三字注解》，谓："诗家之所谓正宗者有三焉：曰体也，曰意也，曰声也。"④ 而体、意、声三者互相关联。其辨体观念大抵来自元代陈绎曾《文筌·诗谱》。他从渊源论古体："五言古诗：诗以古名，盖继《三百篇》之后者，世传枚乘诸公之作是也。七言古诗：从张衡《四愁诗》来。"论绝句："绝句者，截句也。句绝而意不绝，蹙繁就简也。"又论辞、歌、行、歌行、操、曲、吟、叹、怨、引、谣、咏、篇，曰："放情长言谓之歌。步骤驰骋，有如行书谓之行，宜痛快详尽若行云流水也。兼之曰歌行。"又：

　　谣：非鼓非钟，徒歌谓之谣。宜隐蓄谐音而通俚俗也。

　　咏：咏之为言永也。嗟叹之不足，故永言之。

---

① （明）胡应麟：《诗薮》内编卷六，上海古籍出版社，1979，第114页。

② 李德懋《青庄馆全书》卷五九《盎叶记六·东国书入日本》："《春官志》（李孟休著）曰：倭所求请书籍，……而如《杨诚斋集》《五经纂疏》《文体明辨》《周张全书》《文章辨体》《小学》《字训》、吕东莱《续大事纪》等书，我国所无，故不许。"（《韩国文集丛刊》第259册，首尔：民族文化推进会，2000，第56页）

③ 见尹根寿《月汀别集》卷四，《韩国文集丛刊》第47册，首尔：民族文化推进会，1988，第388页。

④ 蔡美花、赵季主编《韩国诗话全编校注》第1册，人民文学出版社，2012，第519页。

篇：篇者，遍也。写情铺事明而遍也。①

他点出这些歌辞性题目的内涵，大抵对宗唐诗人的乐府如何命题有直接的指导。体、意、声三者之中，尹春年尤其重视声韵，声韵也是宣祖宗唐诗人着意追求的艺术要素。西晋挚虞《文章流别论》云："虽以情志为本，而以成声为节。"② 宣祖各家诗作往往在声韵流转方面比朝鲜时代初期诗人有很大进步。如高敬命声调俊逸圆转，在声韵格律方面追踪唐诗。柳根评曰："其诗之播人口者，俊逸圆转，人皆以为不可及。"③ 李恒福《苔轩集序》："拱俟刊公诗，置我青石床。余响春容，众壑皆鸣。诵之万遍，升三天者，未足为多也。"④ 也推奖他的声韵音响。"三唐"诗人之诗更是常常与《唐诗正音》相提并论。尤其李达《采莲曲次大同楼船韵》："莲叶参差莲子多，莲花相间女郎歌。来时约伴横塘口，辛苦移舟逆上波。"⑤ 既有近体格律的调谐流便，又有乐府民歌同字回互手法带来的轻快跳跃，并且声随情转，前半轻快，后半滞涩，有一唱三叹之致。尤其前两句句首及第一句第五字，作为节奏开端的三个"莲"字，形成富有跳跃感的轻快节奏，以声递情。光海君、仁祖时期诗论家从理论上总结了这种创作趋向。梁庆遇认为"唐宋之卞，在于格律音响间"⑥。声韵与辞藻追求往往合之为"声色"，如许筠《国朝诗删》选诗"多主于声律之清、色泽之绚"⑦，李植《学诗准的》说学习唐诗时"摹袭其声色，方为全美"⑧。

① 以上见蔡美花、赵季主编《韩国诗话全编校注》第 1 册，人民文学出版社，2012，第 520、521 页。另参见〔韩〕安大会《尹春年与诗话文话》，首尔：昭明出版社，2001，第 634 页。

② （明）张溥编《汉魏六朝百三名家集》卷四二，台湾商务印书馆影印文渊阁《四库全书》本。

③ 柳根：《霁峰集跋》，见高敬命《霁峰集》卷尾，《韩国文集丛刊》第 42 册，首尔：民族文化推进会，1988，第 131 页。

④ 李恒福：《白沙集》卷二，《韩国文集丛刊》第 62 册，首尔：民族文化推进会，1991，第 192 页。

⑤ 李达：《苏谷诗集》卷六，《韩国文集丛刊》第 61 册，首尔：民族文化推进会，1991，第 35 页。

⑥ 梁庆遇：《霁湖集》卷九《诗话》，《韩国文集丛刊》第 73 册，首尔：民族文化推进会，1991，第 493 页。

⑦ 朴泰淳：《国朝诗删序》，见许筠《国朝诗删》卷首，〔韩〕赵钟业《韩国诗话丛编》第 4 册，首尔：太学社，1996，第 304 页。

⑧ 李植：《泽堂别集》卷一四，《韩国文集丛刊》第 88 册，首尔：民族文化推进会，1992，第 518 页。

其次，宣祖宗唐还对乐府和绝句进行专意摹拟。如南龙翼《壶谷诗话·诗评·东诗》：

> 各家又各有所长，七言律则湖阴、占毕、挹翠、苏斋、芝川、简易、东岳；五言律则容斋、石洲、东溟、泽堂；七言绝则企斋、思庵、鹅溪、白湖、玉峰、孤竹、荪谷、石洲、东溟、白洲，五言绝则白湖、玉峰、孤竹、荪谷、松江；五言古则容斋、石洲、溪谷、观海，七言古则荷谷、荪谷、石洲、东溟，而疏庵温李体亦奇，兰雪具体而微。①

宣祖时宗唐诗人擅长的诗体集中在七绝和五绝，五律、五古有权铧，七古有许筠、李达、权铧，七律则全部为宗宋诗人。李睟光云："朴淳、崔庆昌、白光勋、李纯仁、李达皆学唐，其所为诗有可称诵者。但止于绝句或五言律，而七言律以上则不能佳。"② "三唐"诗人擅长的诗体主要为绝句，如高敬命云："如七言律、排律等作，则吾不让李；至于短律若绝句，决不可及。"③ 从诗体角度看崔白优劣论，"绝句崔果优，而七律无可传者"④。

乐府创作也是宣祖宗唐诗歌的一个亮点。乐府集中体现了唐诗不同于宋调的丰神情韵，抒情旖旎，语言浅近自然，格调清新明快。宫词、游仙词可以容纳华美的意象，形成清丽的诗境，《塞下曲》可以抒发壮怀，并且可以使用顶真、叠字等调声方法，又多出之以近体格律，有声韵流转之美。总之符合当时性情、兴象、声韵三位一体的唐诗观。朝鲜诗人或沿袭汉魏唐人旧题，或自拟新题，对乐府的摹拟成为一种便捷有效的学唐方式。最流行的题目为《宫词》《闺怨》《少年行》《塞下曲》《游仙词》等，"此古人所谓望其题目，亦知为唐者也"⑤。朝鲜时代前期，主要学汉魏乐府。月山大君李婷、奇遵、金宗直等多作古体乐府，使用片段叙事结构，诗风高

---

① 蔡美花、赵季主编《韩国诗话全编校注》第 3 册，人民文学出版社，2012，第 2200 页。
② 李睟光：《芝峰类说》卷九《文章部二·诗评》，见蔡美花、赵季主编《韩国诗话全编校注》第 2 册，人民文学出版社，2012，第 1106 页。
③ 洪万宗《小华诗评》卷上引，蔡美花、赵季主编《韩国诗话全编校注》第 3 册，人民文学出版社，2012，第 2339 页。
④ 南龙翼：《壶谷诗话·诗评·东诗》，蔡美花、赵季主编《韩国诗话全编校注》第 3 册，人民文学出版社，2012，第 2203 页。
⑤ 车天辂：《乐府新声跋》，见日本东洋文库藏本《乐府新声》卷末。

古雄浑。成伣《虚白堂风雅录》收 150 首拟古乐府，分为歌体、行体、曲体、吟体、词体、谣体、篇体、引体、怨体、叹体、乐府杂体，全部为古体。柳希龄编《东林乐府》①选高丽以来乐府诗作，也绝大多数为古风，其中金宗直和俞好仁的《竹枝曲》为七绝，秾厚有味。许筠《惺叟诗话》谓："东诗无效古者，独成和仲拟颜、陶、鲍三诗深得其法，诸小绝句得唐乐府体。赖得此君，殊免寂寥。"②"拟颜、陶、鲍三诗"指成伣《杂诗三首》的《效陶征君》《效颜特进》《效鲍参军》③，以古体效汉魏古诗。而"诸小绝句"包括《宫词四时》《渔父六首》《清江曲》《美人行》《采莲曲》《罗唝④曲十二首》《艳阳词二首》《渔父》，采用五七绝体式，尤以七绝为主，风神情韵近唐，是转变风气之作。宣祖时乐府多为"唐乐府体"，以七绝为主，有的采用近体格律，属于艳丽绮靡的中晚唐格调。以车天辂《乐府新声》所收"三唐"诗人、林悌、李睟光为代表，此外女性诗人许兰雪轩的乐府诗风清丽。这些乐府体绝句成为宣祖宗唐创作的鲜明标识。此外，许筠乐府则多上溯汉魏，论者以为得古法。

宣祖时唐诗接受的艺术特征还表现为学杜不等于学唐的价值判断。中宗时尹春年将杜诗归属于盛唐体，如车天辂《五山说林草稿》记载：

> 尹相公春年，先君癸卯年同榜也，有诗鉴。见先君一律曰："君应读盛唐诗，必老杜也。"先君曰："然，余方致力于杜。"其诗曰："渡江缘草径，乘醉宿江城。白月千峰照，春鹃独夜鸣。水村归梦罢，山郭旅魂惊。望帝春心托，孤臣再拜情。"其后读《唐诗鼓吹》，作诗示之，尹公曰："此有晚唐气味，必《唐诗鼓吹》也。"先君又读杜诗，尹公见所作诗曰："此又有盛唐音律，必读杜律也。"所言皆中，先君敬服。⑤

---

① 今佚，据其《大东诗林》卷三一至三五可知部分篇目。参见黄渭周《朝鲜前期乐府诗研究》，高丽大学 1989 年博士学位论文。

② 见许筠《惺所覆瓿稿》卷二五《说部四》，《韩国文集丛刊》第 74 册，首尔：民族文化推进会，1991，第 360 页。

③ 成伣：《真逸遗稿》卷一，《韩国文集丛刊》第 12 册，首尔：民族文化推进会，1988，第 175 页。

④ "唝"，原文作"嗔"。《唐音》卷一四《唐音遗响七》有刘采春《罗唝曲五首》，据改。

⑤ 蔡美花、赵季主编《韩国诗话全编校注》第 2 册，人民文学出版社，2012，第 973 页。

而许学夷《诗源辨体》则认为杜诗与盛唐诗风不同："盛唐诸公律诗得风人之致，故主兴不主意，贵婉不贵深（谓用意深，非情深也），冯元成谓'得风人之旨而兼词人之秀'是也。子美虽大而有法，要皆主意而尚严密，故于雅为近。"① 宣祖时宗唐诗人也普遍认识到杜诗为唐诗别调，以意为主、重诗法，属于唐律中开宋。以"三唐"诗人为主的宗唐诗人认为学杜与学唐不同，如李植《学诗准的》：

> 所当专精师法者，无过于杜。……然不参以唐律，则自不免堕于宋格，须以韩、柳、韦、钱起、皇甫非一人、窦五窦之类、两刘数百首参之长卿诗多抄，摹袭其声色，方为全美。②

他将杜诗排除在"唐律"之外。又申靖夏《评诗文》："沧浪洪世泰少日为唐，晚乃学杜，其格颇变。论者以为学杜者不如学唐。"③ 朴齐家言："吾邦之诗，学宋、金、元、明者为上，学唐者次之，学杜者最下。"④ 此外，金昌协谓："为诗虽小道，亦必有所师法。或主唐，或主杜，或主宋。"⑤ 更明确地将杜诗独立于唐、宋之外。正是出于学唐与学杜不同的诗歌观念，宣祖时宗唐诗人的创作风貌与明"七子"迥异。朝鲜诗人重视唐诗绵邈的风神；"七子"学杜，注重诗歌的"大"与"重"。

宣祖时学杜的诗人往往与宋调有关联，如宣祖早期受宋诗风影响的卢守慎、黄廷彧以及后期唐宋兼宗的车天辂、权韠与李春英。

朝鲜时代初期理学家金宗直和李滉的学杜都有因朱熹推重杜诗的因素。朱熹认为："作诗先用看李杜，如士人治本经。本既立，次第方可看苏、黄以次诸家诗。"⑥ "杜诗佳处有在用事造语之外者，唯其虚心讽咏，

---

① （明）许学夷：《诗源辨体》，人民文学出版社，1998，第 183 页。
② 李植：《泽堂别集》卷一四，《韩国文集丛刊》第 88 册，首尔：民族文化推进会，1992，第 517、518 页。
③ 申靖夏：《恕庵集》卷一六《杂记》，《韩国文集丛刊》第 197 册，首尔：民族文化推进会，1997，第 480 页。
④ 朴齐家：《贞蕤阁文集》卷一《诗学论》，《韩国文集丛刊》第 261 册，首尔：民族文化推进会，2001，第 611 页。
⑤ 金昌协：《农岩别集》卷三《语录·鱼有凤录》，《韩国文集丛刊》第 162 册，首尔：民族文化推进会，1996，第 563 页。
⑥ （宋）黎靖德编《朱子语类》卷一四〇《论文下》，中华书局，1986，第 8 册，第 3333 页。

乃能见之。"① 又说"兰膏元自少陵残,好处金章不换"②。朝鲜诗人南孝温云:"朱文公晚年,好读杜诗。……占毕斋金先生曰诗陶冶性情,吾从师说。"③ 宣祖初期卢守慎的尊杜,就因研习理学受朱熹的影响,谪居珍岛十九年,饱经忧患,学得杜诗格力。黄廷彧规矩杜诗而能自立门户。沈守庆《遣闲杂录》:"余少时,士子学习古诗者皆读韩诗、东坡,其来古矣。近年士子以韩、苏为格卑,弃而不读,乃取李、杜诗读之。"④ 中宗、明宗以来,杜诗的典范作用主要在于消解苏轼诗对高丽中期至朝鲜时代初期诗坛的垄断,朝鲜诗人从艺术形式角度学其风格、格力、诗法等。

宣祖八年(1575)东西党分立后,党派倾轧,士人动辄得咎,被贬谪遭受穷苦,或沉居下僚,仕途蹭蹬。尤其万历卫国战争经受家国之痛后,对杜诗中表现的乱离、穷愁、漂泊感同身受,士人普遍对杜甫诗有了更深刻的共鸣,正如杜牧所言"杜诗韩集愁来读,似倩麻姑痒处搔"(《读韩杜集》)。崔岦到瓮津县后次韵杜诗二十三首。柳成龙经历国家乱离和个人的大起大落,谓"平生杜少陵,使我心悠悠"⑤。李德馨慨叹"丧乱真成少陵句,中和谁梦曲江游"⑥,其《送庆尚监司尹(昉)》自注:"杜甫送人诗:'众僚宜洁白,万役但平均。'真乱后格言。"⑦ 李山海遭贬后也自比于杜甫,"杜老狂怀常窃许"(《三次》),"杜陵不是缘诗瘦"(《流落》),"伤心杜陵子,诗句送生涯"(《越松主家》),对杜甫的心情境遇深有戚戚。李植《学诗准的》:"近代学诗者,或以韩诗为基,杜诗为范。此五山、东岳所教也。"⑧

---

① (宋)朱熹:《晦庵先生朱文公集》卷八四《跋章国华所集注杜诗》,见朱杰人、严佐之、刘永翔主编《朱子全书》第 24 册,上海古籍出版社,2010,第 3978 页。

② (宋)朱熹:《晦庵先生朱文公集》卷一〇《和西江月》,见朱杰人、严佐之、刘永翔主编《朱子全书》第 20 册,上海古籍出版社,2010,第 562 页。

③ 南孝温:《秋江冷话》,见《秋江集》卷七,《韩国文集丛刊》第 16 册,首尔:民族文化推进会,1988,第 137 页。

④ 蔡美花、赵季主编《韩国诗话全编校注》第 1 册,人民文学出版社,2012,第 586 页。

⑤ 柳成龙:《西崖集》卷二《九月初五夜登楼感秋作》,《韩国文集丛刊》第 52 册,首尔:民族文化推进会,1990,第 48 页。

⑥ 李德馨:《汉阴文稿》卷二《呈李提督》,《韩国文集丛刊》第 65 册,首尔:民族文化推进会,1991,第 301 页。

⑦ 李德馨:《汉阴文稿》卷二,《韩国文集丛刊》第 65 册,首尔:民族文化推进会,1991,第 299 页。

⑧ 李植:《泽堂别集》卷一四,《韩国文集丛刊》第 88 册,首尔:民族文化推进会,1992,第 518 页。

车天辂、李安讷提倡以杜诗为典范。权铧也从诗歌风格的角度欣慕杜诗，作《读杜诗偶题》："杜甫文章世所宗，一回披读一开胸。神飙习习生阴壑，天乐嘈嘈发古钟。云尽碧空横快鹘，月明沧海戏群龙。依然步入仙山路，领略千峰更万峰。"① 此外，效杜甫《八哀诗》作《四怀诗》，表达对好友李安讷、洪春寿、宋耆、具容的知己之情。对杜诗理解的加深，酝酿着仁祖时李植、李安讷的学杜高峰。李安讷号称读杜万遍，作诗雄拔钜丽；李植从其学诗，又作《纂注杜诗泽风堂批解》。

宣祖诗坛承上启下，既取得了与盛世相协调的丰雄高华的艺术成就，也具有很强的生发性，酝酿了其后汉诗发展的趋势。宗唐诗人积累的丰富创作经验，为光海君、仁祖时期李晬光、许筠、申钦进行理论总结和选本编选提供了基础和参照，"三唐"诗人、许兰雪轩的创作开始进入中国诗歌选本，为朝鲜汉诗获得了东亚声誉。

与中国的唐诗接受相比，朝鲜唐诗接受总体呈现以下特点。一是诗学策略重创作轻理论。朝鲜对中国诗歌与诗论的接受采用学诗者的视角，传播、接受唐诗的根本目的是创作，唐诗接受史具有很强的实践属性。因此对唐诗文献的接受也重格法、选本与别集，诗话不是每个诗人必需的阅读文本，流传范围不如前者。抄写、刊行较多的是《唐宋千家联珠诗格》《唐音》、李杜别集，而非《诗话总龟》等理论著作。二是依附中国诗学理论，承袭多，独创少。朝鲜对中国文化的态度以"事大""慕华"之诚敬为主，独立、批判、反思的精神不如同时代的日本。朝鲜诗人的目的不在理论创新，主要致力于如何传达中国诗论以指导本国汉诗创作，满足诗赋外交、科举试诗和自我抒怀的需要。

---

① 权铧：《石洲集》卷四，《韩国文集丛刊》第 75 册，首尔：民族文化推进会，1991，第 47 页。

参考文献

一　文献及著作

（一）国外出版

1. 原典

《李朝实录》，东京：日本学习院东洋文化研究所，1953~1967 年。

《宣祖修正实录》，太白山史库本。

《光海君日记》，太白山史库本。

古山子编《大东地志》，韩国首尔大学奎章阁藏本。

卢思慎等编《新增东国舆地胜览》，首尔：明文堂，1959 年。

李后白著，〔韩〕李昌燮译《国译青莲集》，光州：全南大学校出版部，1992 年。

林悌著，〔韩〕辛镐烈、林荧泽译《白湖全集》，首尔：创作和批评社，1997 年。

李珥编《精言妙选》，首尔：宝库社，1999 年。

金玄成披阅，车天辂校选《乐府新声》，日本东洋文库藏木刻本。

以下出自《（影印标点）韩国文集丛刊》，首尔：民族文化推进会，1986~2005 年：

姜浑《木溪逸稿》，《韩国文集丛刊》第 17 册，1988 年。

李胄《忘轩遗稿》，《韩国文集丛刊》第 17 册，1988 年。

朴祥《讷斋集》，《韩国文集丛刊》第 18~19 册，1988 年。

申光汉《企斋集》，《韩国文集丛刊》第 22 册，1988 年。

金净《冲庵集》，《韩国文集丛刊》第 23 册，1988 年。

林亿龄《石川诗集》，《韩国文集丛刊》第 27 册，1988 年。

林亨秀《锦湖遗稿》，《韩国文集丛刊》第 32 册，1988 年。

金麟厚《河西全集》，《韩国文集丛刊》第 33 册，1988 年。

卢守慎《苏斋集》，《韩国文集丛刊》第 35 册，1988 年。

朴淳《思庵集》，《韩国文集丛刊》第 38 册，1988 年。

黄廷彧《芝川集》，《韩国文集丛刊》第 41 册，1988 年。

高敬命《霁峰集》，《韩国文集丛刊》第 42 册，1988 年。

李珥《栗谷全书》，《韩国文集丛刊》第 44~45 册，1988 年。

郑澈《松江集》，《韩国文集丛刊》第 46 册，1988 年。

尹根寿《月汀集》，《韩国文集丛刊》第 47 册，1988 年。

李山海《鹅溪遗稿》，《韩国文集丛刊》第 47 册，1988 年。

白光勋《玉峰集》，《韩国文集丛刊》第 47 册，1988 年。

崔岦《简易集》，《韩国文集丛刊》第 49 册，1990 年。

崔庆昌《孤竹遗稿》，《韩国文集丛刊》第 50 册，1990 年。

柳成龙《西崖集》，《韩国文集丛刊》第 52 册，1990 年。

许篈《荷谷集》，《韩国文集丛刊》第 58 册，1990 年。

林悌《林白湖集》，《韩国文集丛刊》第 58 册，1990 年。

李达《苏谷诗集》，《韩国文集丛刊》第 61 册，1991 年。

车天辂《五山集》，《韩国文集丛刊》第 61 册，1991 年。

李睟光《芝峰集》，《韩国文集丛刊》第 66 册，1991 年。

李春英《体素集》，《韩国文集丛刊》第 66 册，1991 年。

许兰雪轩《兰雪轩诗集》，《韩国文集丛刊》第 67 册，1991 年。

申钦《象村稿》，《韩国文集丛刊》第 71~72 册，1991 年。

许筠《惺所覆瓿稿》，《韩国文集丛刊》第 74 册，1991 年。

权韠《石洲集》，《韩国文集丛刊》第 75 册，1991 年。

李植《泽堂集》，《韩国文集丛刊》第 88 册，1992 年。

张维《溪谷集》，《韩国文集丛刊》第 92 册，1992 年。

宋时烈《宋子大全》，《韩国文集丛刊》第 108~116 册，1993 年。

朴世采《南溪集》，《韩国文集丛刊》第 138~142 册，1994、1995 年。

金昌协《农岩集》，《韩国文集丛刊》第 161~162 册，1996 年。

李瀷《星湖全集》，《韩国文集丛刊》第 198~200 册，1997 年。

洪良浩《耳溪集》，《韩国文集丛刊》第 241~242 册，2000 年。

李德懋《青庄馆全书》，《韩国文集丛刊》第 257~259 册，2000 年。

李祘《弘斋全书》，《韩国文集丛刊》第 262~267 册，2001 年。

丁若镛《与犹堂全书》，《韩国文集丛刊》第 281~286 册，2002 年。

申纬《警修堂全稿》，《韩国文集丛刊》第 291 册，2002 年。

李后白《青莲集》，《韩国文集丛刊续》第 3 册，2005 年。

金安老《龙泉谈寂记》，见《希乐堂文稿》卷八，《韩国文集丛刊》第 21 册，1988 年。

尹根寿《月汀漫录》，见《月汀别集》卷四，《韩国文集丛刊》第 47 册，1988 年。

申钦《晴窗软谈》，见《象村稿》卷五〇至五二，《韩国文集丛刊》第 72 册，1991 年。

申钦《山中独言》，见《象村稿》卷五三，《韩国文集丛刊》第 72 册，1991 年。

梁庆遇《霁湖诗话》，见梁庆遇《霁湖集》卷九，《韩国文集丛刊》第 73 册，1991 年。

许筠《惺叟诗话》，见《惺所覆瓿稿》卷二五《说部四》，《韩国文集丛刊》第 74 册，1991 年。

郑弘溟《畸翁漫笔》，见《畸庵集》卷一二，《韩国文集丛刊》第 87 册，1992 年。

金昌协《农岩杂识》，见《农岩集》卷三一至三四，《韩国文集丛刊》第 162 册，1996 年。

2. 现代著作

〔日〕前间恭作编《古鲜册谱》，东京：东洋文库，1956 年。

〔韩〕尹炳泰编《韩国古书年表资料：现存刊记本目录》，首尔：大韩民国国会图书馆，1969 年。

〔韩〕李丙畴《韩国汉文学史》，首尔：半岛出版社，1991 年。

〔韩〕赵钟业《韩国诗话研究》，首尔：太学社，1991 年。

〔韩〕曹佐镐《韩国科举制度史研究》，首尔：범우사，1996 年。

〔韩〕赵钟业编《韩国诗话丛编》，首尔：太学社，1996 年。

〔韩〕闵丙秀《韩国汉诗史》，首尔：太学社，1996 年。

〔韩〕李成茂《韩国科举制度史》，首尔：民音社，1997 年。

〔韩〕朴焌圭《湖南诗坛研究》，光州：全南大学校出版部，1998 年。

〔韩〕沈庆昊《朝鲜时代文学与〈诗经〉论》，首尔：一志社，1999 年。

〔韩〕朴银淑《高敬命诗研究》，首尔：集文堂，1999 年。

〔韩〕金学主《朝鲜时代刊行中国文学关联书研究》，首尔：首尔大学校出版部，2000 年。

〔韩〕李香培《性理学对韩国诗论的影响》，首尔：檀国大学校，2000 年。

〔韩〕全松烈《朝鲜前期汉诗史研究》，首尔：以会文化社，2001 年。

〔韩〕全寅初主编《韩国所藏中国汉籍总目》，首尔：学古房，2005 年。

〔韩〕安大会《韩国汉诗的分析与视角》，首尔：延世大学校出版部，2010 年。

〔韩〕千惠凤《韩国书志学》，首尔：民音社，2012 年。

刘畅、〔韩〕许敬震、赵季《韩国诗话人物批评集》，首尔：宝库社，2012 年。

（二）国内出版

1. 原典

（朝）南龙翼编，赵季校注《箕雅校注》，中华书局，2008 年。

蔡美花、赵季主编《韩国诗话全编校注》，人民文学出版社，2012 年。

赵季辑校《新罗高丽朝鲜汉诗集成》（第 1 辑），凤凰出版社，2018 年。

（唐）李白著，（清）王琦注《李太白全集》，中华书局，1977 年。

（唐）杜甫著，（清）仇兆鳌注《杜诗详注》，中华书局，1979 年。

（唐）韦应物著，陶敏、王友胜注《韦应物集校注》，上海古籍出版社，1998 年。

（宋）郭茂倩编《乐府诗集》，中华书局，1979 年。

（宋）黎靖德编《朱子语类》，中华书局，1986 年。

（宋）朱熹、吕祖谦编，查洪德注译《近思录》，中州古籍出版社，2017 年。

（宋）严羽著，张健校笺《沧浪诗话校笺》，上海古籍出版社，2012 年。

（宋）于济、蔡正孙著，卞东波校证《唐宋千家联珠诗格校证》，凤凰出版社，2007 年。

（金）元好问编，（清）钱谦益、何义门评注，韩成武、贺严、孙微点校《唐诗鼓吹评注》，河北大学出版社，2010 年。

（元）方回选评，李庆甲集评校点《瀛奎律髓汇评》，上海古籍出版社，2005 年。

（元）杨士弘编选，（明）张震辑注，（明）顾璘评点，陶文鹏、魏祖钦整理点校《唐音评注》，贵州人民出版社、河北大学出版社，2010 年。

（明）高棅编选《唐诗品汇》，上海古籍出版社，1988 年。

（明）李梦阳《空同集》，台湾商务印书馆影印文渊阁《四库全书》本。

（明）谢榛著，朱其凯、王恒展、王少华点校《谢榛全集》，齐鲁书社，2000 年。

（明）胡应麟《诗薮》，上海古籍出版社，1979 年。

（明）胡震亨编《唐音癸签》，古典文学出版社，1957 年。

（清）钱谦益撰集《列朝诗集》，中华书局，2007 年。

（清）钱谦益《列朝诗集小传》，上海古籍出版社，2008 年。

（清）张廷玉等撰《明史》，中华书局，1974 年。

（清）朱彝尊辑录《明诗综》，中华书局，2007 年。

（清）彭定求等编《全唐诗》，中华书局，1960 年。

（清）何文焕辑《历代诗话》，中华书局，1981 年。

丁福保辑《清诗话》，上海古籍出版社，1963 年。

郭绍虞编选《清诗话续编》，上海古籍出版社，1983 年。

丁福保辑《历代诗话续编》，中华书局，1983 年。

张伯伟主编《朝鲜时代女性诗文集全编》，凤凰出版社，2011 年。

赵季辑校《足本皇华集》，凤凰出版社，2013 年。

（朝）洪万宗撰，刘畅、赵季笺注《诗话丛林笺注》，人民文学出版社，2015 年。

2. 现代著作

〔日〕林泰辅著，陈清泉译《朝鲜通史》，商务印书馆，1934 年。

彭国栋《中韩诗史》，台北：正中书局，1957 年。

许世旭《韩中诗话渊源考》，台北：黎明文化事业股份公司，1979 年。

缪钺《诗词散论》，上海古籍出版社，1982 年。

〔韩〕赵钟业《中日韩诗话比较研究》，台北：学海出版社，1984 年。

齐治平《唐宋诗之争概述》，岳麓书社，1984 年。

王明居《唐诗风格美新探》，中国文联出版公司，1987 年。

简锦松《明代文学批评研究》，台北：学生书局，1989 年。

马积高《宋明理学与文学》，湖南师范大学出版社，1989 年。

李立信《杜诗流传韩国考》，台北：文史哲出版社，1991 年。

〔韩〕李成茂著，张琏瑰译《高丽朝鲜两朝的科举制度》，北京大学出版社，1993 年。

〔韩〕李基白《韩国史新论》，国际文化出版公司，1994 年。

吴长庚《朱熹文学思想论》，黄山书社，1994 年。

〔韩〕金台俊著，张琏瑰译《朝鲜汉文学史》，社会科学文献出版社，1996 年。

〔韩〕赵润济著，张琏瑰译《韩国文学史》，社会科学文献出版社，1998 年。

葛晓音《诗国高潮与盛唐文化》，北京大学出版社，1998 年。

崔根德《韩国儒学思想研究》，学苑出版社，1998 年。

许总《宋明理学与文学》，百花洲文艺出版社，1999 年。

朱易安《唐诗学史稿》，广西师范大学出版社，2000 年。

邝健行、陈永明、吴淑钿编选《韩国诗话中论中国诗资料选粹》，中华书局，2002 年。

张伯伟《中国古代文学批评方法研究》，中华书局，2002 年。

邹云湖《中国选本批评》，上海三联书店，2002 年。

罗宗强《隋唐五代文学思想史》，中华书局，2002 年。

张伯伟主编《朝鲜时代书目丛刊》，中华书局，2004 年。

杨昭全《中国朝鲜-韩国文化交流史》，昆仑出版社，2004 年。

查洪德《理学背景下的元代文论与诗文》，中华书局，2005 年。

金程宇《域外汉籍丛考》，中华书局，2005 年。

孙德彪《朝鲜诗家论唐诗》，民族出版社，2006 年。

张红《元代唐诗学研究》，岳麓书社，2006 年。

查清华《明代唐诗接受史》，上海古籍出版社，2006 年。

陈国球《明代复古派唐诗论研究》，北京大学出版社，2007 年。

傅璇琮《唐代科举与文学》，陕西人民出版社，2007 年。

金生奎《明代唐诗选本研究》，合肥工业大学出版社，2007 年。

周裕锴《宋代诗学通论》，上海古籍出版社，2007 年。

李甦平《韩国儒学史》，人民出版社，2009 年。

曹永任《朝鲜时代三唐诗人研究》，辽宁民族出版社，2009 年。

蒋寅《古典诗学的现代诠释》（增订本），中华书局，2009 年。

王培友《宋元理学基本范畴及其诗学表达研究》，南京大学出版社，2010 年。

杜慧月《明代文臣出使朝鲜与〈皇华集〉》，人民出版社，2010 年。

高丽大学校韩国史研究室著，孙科志译《新编韩国史》，山东大学出版社，2010 年。

李岩、徐建顺等《朝鲜文学通史》，社会科学文献出版社，2010 年。

杨雨蕾《燕行与中朝文化关系》，上海辞书出版社，2011 年。

〔韩〕琴章泰著，韩梅译《韩国儒学思想史》，中国社会科学出版社，2011 年。

张伯伟《域外汉籍研究论集》，北京大学出版社，2011 年。

张伯伟《作为方法的汉文化圈》，中华书局，2011 年。

李雪花《朝鲜朝闺阁汉诗研究》，黑龙江朝鲜民族出版社，2011 年。

陈伯海主编《唐诗学史稿》，人民出版社，2011 年。

钱穆《理学六家诗钞》，九州出版社，2011 年。

叶晔《明代中央文官制度与文学》，浙江大学出版社，2011 年。

〔韩〕李家源著，赵季、刘畅译《韩国汉文学史（上）》，凤凰出版社，2012 年。

张毅《唐诗接受史》，人民文学出版社，2012 年。

葛晓音《先秦汉魏六朝诗歌体式研究》，北京大学出版社，2012 年。

陈广宏《文学史的文化叙事——中国文学演变论集》，复旦大学出版社，2012 年。

孙学堂《明代诗学与唐诗》，齐鲁书社，2012 年。

罗宗强《明代文学思想史》，中华书局，2013 年。

查洪德《元代诗学通论》，北京大学出版社，2014 年。

曹春茹、王国彪《朝鲜诗家论明清诗歌》，中央编译出版社，2015。

李岩《朝鲜文学的文化观照》，商务印书馆，2015 年。

李岩《朝鲜中古文学批评史研究》，人民文学出版社，2015 年。

钱志熙《唐诗近体源流》，北京大学出版社，2015 年。

赵季、刘畅编《中朝三千年诗歌交流考论》，南开大学出版社，2016 年。

季南《朝鲜王朝与明清书籍交流研究》，吉林人民出版社，2016 年。

王培友《两宋理学家文道观念及其诗学实践研究》，南京大学出版社，2016 年。

葛晓音《唐诗流变论要》，商务印书馆，2017 年。

俞士玲《性别、身份和文本——朝鲜女性文学文献研究》，中华书局，2018 年。

左江《"此子生中国"——朝鲜文人许筠研究》，中华书局，2018 年。

葛晓音《杜诗艺术与辨体》，北京大学出版社，2018 年。

马金科《黄庭坚与朝鲜古代汉诗的发展》，人民出版社，2018 年。

严明《近世东亚汉诗流变》，凤凰出版社，2018 年。

余来明《明代复古的众声与别调》，中华书局，2020 年。

左江《高丽朝鲜时代杜甫评论资料汇编》，上海古籍出版社，2021 年。

二 期刊论文

（一）国外出版

〔韩〕李钟默《朝鲜前期汉诗唐风的特征与局限》，韩国汉文学会主办《韩国汉文学研究》第 18 辑，1995 年。

〔韩〕郑珉《十六七世纪学唐风的性格和风情》，《韩国汉文学研究》第 19 辑，韩国汉文学会，1996 年。

〔韩〕安炳鹤《朝鲜中期唐诗风与诗论的展开样相》，《韩国文化研究》第 1 辑，2000 年 12 月。

〔韩〕朴现圭《聚沙元倡：许兰雪轩的另一个中国版本》，韩国汉文学会主办《韩国汉文学研究》第 26 辑，2000 年。

〔韩〕朴现圭《许兰雪轩作品的剽窃实体》，韩国汉诗学会主办《韩国汉诗研究》第 8 辑，2000 年。

〔韩〕全相烈《朝鲜时代唐诗选集的编纂样相》，东方古典文学会编《东方古典文学研究》，2004 年。

〔韩〕沈庆昊《中国诗选集与诗注释书的受容与朝鲜前期汉诗的变化》，韩国语文学国际学术论坛，2007 年。

〔韩〕晋永美《中国诗选集〈精言妙选〉的内容与特征》，《栗谷学研究》第 31 辑，2015 年。

〔韩〕安炳鹤《三唐派诗世界研究》，高丽大学 1988 年博士学位论文。

〔韩〕黄渭周《朝鲜前期乐府诗研究》，高丽大学 1989 年博士学位论文。

钱念纯《朝鲜时代〈唐诗品汇〉的刊行与受容》，高丽大学 2018 年博士学位论文。

（二）国内出版

〔韩〕金卿东《高丽朝鲜时代士人对白居易的"受容"及其意义》，《文学遗产》1995 年第 1 期。

张伯伟《朝鲜古代汉诗总说》，《文学评论》1996 年第 2 期。

张伯伟《韩国历代诗学文献总说》，《文献》2000 年第 2 期。

〔韩〕黄渭周《关于韩国编纂的中国诗选集》，《中国诗歌研究》2003 年第 6 期。

马金科《试论朝鲜诗话话语中的"学诗者"接受视角》，《延边大学学报》2005 年第 2 期。

陈广宏《许筠与朝、明文学交流之再检讨》，复旦大学韩国研究中心编《韩国研究论丛》第 19 辑，世界知识出版社，2008 年。

〔韩〕晋永美《李珥中国诗选集〈精言妙选〉小考》，《文献》2008 年第 3 期。

张伯伟《论朝鲜时代女性文学典范之建立》，《中国文化》2010 年第 33 期。

〔韩〕晋永美《朝鲜文人李栗谷之〈精言妙选〉与经典文献诠释艺术》，《北京大学中国古文献研究中心集刊》第 9 辑，北京大学出版社，2010 年。

金程宇《近十年中国域外汉籍研究述评》，《南京大学学报》2010 年第 3 期。

〔韩〕李钟汉《韩愈诗文在韩国的传播时期、过程和背景》，《周口师范学院学报》2010 年第 1 期。

张伯伟《典范之形成——东亚文学中的杜诗》，《中国社会科学》2012

年第 9 期。

杨会敏《论朝鲜朝宗唐诗人群汉诗创作及影响》,《重庆理工大学学报》2012 年第 1 期。

〔韩〕李南锺《在韩国传统时期孟浩然诗接受样相研究》,《吉林师范大学学报》2012 年第 3 期。

〔韩〕卢京姬《十七、十八世纪朝鲜和江户文坛对唐诗选集接受与刊行之比较研究》,《域外汉籍研究集刊》第 9 辑,中华书局,2013 年。

张伯伟《书籍环流与东亚诗学——以〈清脾录〉为例》,《中国社会科学》2014 年第 2 期。

张伯伟《明清时期女性诗文集在东亚的环流》,《复旦学报》2014 年第 3 期。

杨会敏《高丽前半期汉诗的盛唐精神意蕴》,《北华大学学报》2014 年第 6 期。

杨会敏《统一新罗时期汉诗的晚唐风韵》,《延边大学学报》2014 年第 6 期。

赵季《中朝诗歌交流的历史巅峰——明朝使节与朝鲜臣工诗歌唱酬刍论》,《南开大学学报》2016 年第 3 期。

查洪德《元人诗宗唐观念之演变》,《文学与文化》2019 年第 3 期。

马金科、朴哲希《论朝鲜朝初期文学家徐居正的唐宋诗观》,《社会科学战线》2019 年第 10 期。

查清华《东亚唐诗学资源的开发空间及其现代意义》,《上海师范大学学报》2020 年第 5 期。

杨焄《东亚唐诗论评与唐诗学研究》,《上海师范大学学报》2020 年第 5 期。

杨传庆《韩国词体畛域考察:以词在韩国文集中的文体归属为例》,《词学》第 44 辑,华东师范大学出版社,2020 年。

杜慧月《〈杜律虞注〉在朝鲜时代的流传》,《域外汉籍研究集刊》第 19 辑,中华书局,2020 年。

朴哲希《朝鲜朝中期"唐宋诗之争"研究》,《外国文学研究》2021 年第 3 期。

韩东《李攀龙、王世贞复古文风在朝鲜朝文坛的传播与影响》,《东疆学刊》2021 年第 4 期。

杨会敏《朝鲜朝仁祖至景宗时期宗唐诗风论析——以士大夫诗人群、委巷诗人群为中心》,《唐都学刊》2021 年第 9 期。

李岩《域外接受与变革:朝鲜朝唐宋诗之辨审美趋向探析》,《文学评论》2022 年第 4 期。

安末淑《杜甫诗和韩国朝鲜时代诗研究》,山东大学 2005 年博士学位论文。

杨会敏《朝鲜朝前半期汉诗风演变研究》,中央民族大学 2011 年博士学位论文。

吴伊琼《明朝与朝鲜王朝诗文酬唱外交活动考论》,复旦大学 2013 年博士学位论文。

安生《朝鲜王朝韩愈文学接受研究》,南京大学 2020 年博士学位论文。

后　记

　　这本小书在 2015 年博士学位论文基础上修改而成。原本想等到完成朝鲜时代全部研究之后再呈现给学界，那时的思考和表述也许会更成熟、理性，但也会丢失原有的一些灵性和锐气。本书虽然青涩，也因为偏爱刘师培《中古文学史讲义》的写法，填满材料而显得理论阐释极为节制，但仍然想以它作为我学术历程第一个十年的记录和总结。同时，这也是由于近年来域外汉文学迅速发展带给我的紧迫感。记得在读博期间我和同学一起逛书店，但凡遇到东亚研究书籍，每每激动地先占为己有，不放过汲取东亚研究成果的任何一次机会，现在已经不得不望洋兴叹了。

　　能在学术路上坚持到现在，最该感谢的人是业师赵季先生。硕博期间追随赵老师六年，他是一位有魏晋名士风度的学者，时时显露真性情，通透而有情怀。还依稀记得在范孙楼的那个下午，老师以李崇仁的"道人汲水归茅舍，一带青烟染白云"给我启蒙，直至现在，朝鲜汉诗在我心中仍然保有原初期冀的那份美感。他说依照我的学术兴趣，做自己喜欢的事，却不知无形中我的很多观念是受到他的影响。无论读书期间，还是工作之后，每每听闻老师工作到后半夜，作为学生，又有何理由放松、随波逐流？由老师引路，踏入朝鲜汉诗研究领域，获得一个长远的学术规划和架构，有目标的人，其内心是安定的。

　　后来关于学术道路的选择，受制于两股力量。一方面，我在因缘际会中不断确认自己的位置，走入朝鲜汉诗领域，又误打误撞开始唐诗接受研究。现在想来这些生命中的不由自主给我带来莫大的幸运。曾自嘲自己的学术方向从先唐跨到明代，从中国跨到外国，从诗学跨到经学，对任何一个问题，不读足够多的书不敢说话。但有一天终于恍然大悟，自己始终没有偏离诗歌这个核心，在辐射中心的不仍然是自己喜欢的诗歌吗？期待有一天所有的积累能够豁然贯通，能在更广阔的学术背景中深刻地思考问题，优游无碍。另一方面，又近乎倔强、执拗地持守着一些能让自己心安的选择，美其名曰奉行"长期主义"。感谢给我时间、温和地注视着我自由发展的父母、老师以及其他师友，允许我在人生的各种最后关头（deadline）前高效而惊险地交上答卷，就如这本小书一样。

一路走来，很庆幸自己遇到了很多友善的师友。脑海里萦绕过太多问题，有人解疑，有人无私指引方向。感谢南开大学的塑造，叶嘉莹、罗宗强先生的精神垂范，张峰屹、卢盛江、查洪德、沈立岩、张毅、杨洪升等各位老师课上课下的指导与引领，使我在六年时光里贪婪地吸取着文史哲精华，这段学习经历成为我一生的底色。2013 年在韩国高丽大学交流，又是一段高效而快乐的美好时光，沈庆昊老师的渊博、勤奋、宽厚与殷殷期待成为我受用不尽的精神资源。沈老师的研究范围颇广，他对诗歌、散文、经学、文字学、史学等都有涉猎，每每感慨自己的研究范围或者具体的研究论题在兜兜转转之后又与老师不期而遇。关于朝鲜科诗不用入声韵、申绰《诗次故》编纂过程、中国选本传入与朝鲜诗风变化的关系研究，沈老师早已道夫先路，我扩而充之。回国之后，钱念纯、王飞燕、鲁耀翰等学友在百忙之中为我查找资料，没有他们，也不会有研究的深入进展。

书中的一些章节数年前曾在《域外汉籍研究集刊》《洌上古典研究》《南阳师范学院学报》等期刊发表，感谢他们接纳尚不成熟的青年学者。责任编辑杨雪女史积极争取此书的出版机会，不胜感激。研究生王蕾、张瑜为我核对文献，他们是我的第一届研究生，也见证了我第一本个人专著的出版。

此外，还要感谢先生为我跨学科核对文献，在因疫情居家隔离的一个多月时间内，他以工科生的细致严谨和技术手段为我纠正了很多错误，也节省了很多时间。他还重拾对历史学的兴趣，在考证方面自学成才。

山西大学的国学大讲堂悬挂着姚奠中先生的一副学联："未能一日寡过，恨不十年读书。"宣祖时期的唐诗接受研究将成为我再出发的一个起点。

图书在版编目（CIP）数据

唐诗接受史研究：以朝鲜宣祖时期为中心／张景昆
著. -- 北京：社会科学文献出版社，2022.9
ISBN 978-7-5228-0450-7

Ⅰ.①唐…　Ⅱ.①张…　Ⅲ.①唐诗-接受学-诗歌史
-研究　Ⅳ.①I207.209

中国版本图书馆 CIP 数据核字（2022）第 176268 号

唐诗接受史研究
———以朝鲜宣祖时期为中心

著　　者／张景昆

出 版 人／王利民
责任编辑／杨　雪
责任印制／王京美

出　　版／社会科学文献出版社·人文分社（010）59367215
　　　　　　地址：北京市北三环中路甲 29 号院华龙大厦　邮编：100029
　　　　　　网址：www.ssap.com.cn
发　　行／社会科学文献出版社（010）59367028
印　　装／三河市尚艺印装有限公司

规　　格／开　本：787mm×1092mm　1/16
　　　　　　印　张：17.25　字　数：279 千字
版　　次／2022 年 9 月第 1 版　2022 年 9 月第 1 次印刷
书　　号／ISBN 978-7-5228-0450-7
定　　价／148.00 元

读者服务电话：4008918866